OLIVER MÉNARD

DER KRATZER

THRILLER

KNAUR

Die Ereignisse und Charaktere in *Der Kratzer* sind frei erfunden. Einige Schauplätze des Romans wurden ihren Vorbildern nachempfunden oder sind im Sinne der Geschichte vom Autor verändert.

Besuchen Sie uns im Internet:
www.knaur.de

Originalausgabe Dezember 2018
Knaur Taschenbuch
© 2018 Knaur Verlag
Ein Imprint der Verlagsgruppe
Droemer Knaur GmbH & Co. KG, München
Alle Rechte vorbehalten. Das Werk darf – auch teilweise – nur mit Genehmigung des Verlags wiedergegeben werden.
Redaktion: Jutta Ressel
Covergestaltung: ZERO Werbeagentur, München
Coverabbildung: © Roy Bishop / arcangel; © FinePic / shutterstock
Satz: Adobe InDesign im Verlag
Druck und Bindung: CPI books GmbH, Leck
ISBN 978-3-426-52237-0

2 4 5 3 1

*Polen, Stettin,
28. April 2011*

Die Jagd näherte sich dem Ende. Das konnte er spüren.

Kriminalkommissar Tobias Dom presste sich auf den feuchten Waldboden. Er durfte nicht entdeckt werden. Nicht jetzt.

Wucherndes Perlgras berührte ihn am Hals, die Halme kitzelten seine Haut, strichen über seinen Adamsapfel. Auf seiner Unterlippe schmeckte er raue Sandkörner, die der Wind in sein Gesicht getrieben hatte. Der Geruch von altem Moos und toten Blättern umgab ihn. Dom streckte die Arme nach vorne und umklammerte die hölzernen Griffschalen seiner SIG Sauer mit beiden Händen. Dunkelbraune Erde klebte an seinen verschwitzten Fingern. Das Gewicht der Waffe erschien ihm schwerer als noch vor einer halben Stunde. Natürlich war das nicht möglich, das wusste er, doch das Gefühl ließ sich nicht vertreiben.

Unten am See stand ein Campingwagen. Dom richtete den Lauf seiner SIG Sauer darauf. Kein Mensch war dort zu sehen. Nur dieses silbrig graue Wohnmobil mit den Milchglasscheiben, das sich in der Abenddämmerung wie ein Koloss aus Metall gegen die Natur aufzubäumen schien.

»Wie lange noch, Tobias?«, flüsterte die Stimme. Dom blickte über seine Schulter. Kriminalhauptmeisterin Karen Weiss, seine Partnerin. Sie schmiegte sich mit ihrem Körper an den Boden und schob sich mit den Ellbogen vorwärts, ein stetes Gleiten. Als sie auf gleicher Höhe mit ihm angelangt war, verharrte sie. Eine Haarsträhne hatte sich aus ihrem streng geflochtenen Zopf gelöst. Karen strich sie sich mit einer schnellen Bewegung aus dem Gesicht. Sie atmete viel zu stark durch die Nase ein, wie sie es immer tat, wenn sie im Angesicht von Gefahr nach Luft hungerte.

Dom blickte über die hohen Grashalme zum Ufer hinab. »Schluss mit der Warterei. Ich geh jetzt rein.«

Durch die Fenster des Campingwagens drang der helle Schein der Innenbeleuchtung. In der purpurnen Abenddämmerung erschien das Licht wie ein Versprechen von Wärme und Sicherheit. Doch der Eindruck täuschte. Im Innern des Wagens hauste eine Bestie. Dom war sich sicher. Er kannte seinen Gegner. Die Handschrift des unbekannten Mörders, die eingeritzten Buchstaben, die er in der Haut seiner Opfer hinterließ, hatten ihm viele Geschichten erzählt – zuerst in Deutschland und nun in Polen. An diesem verlassenen See in Stettin würde die Entscheidung fallen. Dom ließ keinen Zweifel zu, der ihn von seinem Ziel abbringen könnte.

»Wir wissen doch gar nicht, ob er es wirklich ist.« Karen berührte ihn an der Schulter. »Warum bist du dir so sicher?«

Dom ging in die Hocke. »Das tote Mädchen aus Köslin. In der Nähe des Tatortes wurde genau so ein Campingwagen gesichtet. Dasselbe Modell. Das reicht mir.«

Karen schüttelte den Kopf. »Schwarz. Der war schwarz, nicht grau. Und das Ding da unten«, sie deutete mit dem Kinn zum Ufer, »das gehört einer Lehrerin aus Schwerin. Wir haben das doch überprüft. Es gibt keinen plausiblen Anhaltspunkt.«

»Diskutier jetzt nicht mit mir. Bitte.« Jede Sache hatte ein Aber, doch jetzt wollte er nichts von Karens Einwänden hören. Er drehte sich um. Hinter ihm verblassten die Sonnenstrahlen auf einer Waldlichtung, ein heller Kreis, der immer kleiner wurde, bis er von der einbrechenden Dunkelheit verschluckt wurde. »Ich kann ihn fühlen.«

Karen zog ihre Waffe aus dem Holster und visierte das Wohnmobil in vierzig Metern Entfernung an. »Na gut. Du bist der Chef.« Sie zuckte mit den Schultern. »Dann los.«

Dom erhob sich. Der Sand zwischen seinen Fingerknöcheln

rieselte zu Boden. Er griff in seine Hosentasche und stöpselte sein In-Ear-Headset ein. Der kleine Knopf am Kabel gab dem Druck seines Fingers nach. Sofort ertönte ein Rauschen in seinem rechten Ohr. Er sprach ins Mikrofon. »Funkstrecke steht.«

Karen klopfte auf ihr Ohr und hob den Daumen.

Dom nickte ihr zu. Mit kleinen Schritten bewegte er sich im Schatten der Eschen und näherte sich dem Wohnmobil. Unter seinen Schuhen knackten trockene Zweige. Im Vorbeigehen strich er mit der freien Hand über die rissigen Rinden der Bäume. Karen folgte ihm in einem Abstand von zehn Metern.

Fünfzehn Kugeln befanden sich in seinem Magazin. Geschosse, die er nur abfeuern musste, um die Haut dieses Schweins zu durchbrechen und einen Flächenschaden anzurichten. Die Tatortfotos der toten Fünfzehnjährigen blitzten vor ihm auf: ihr zerstörter Körper und ihr starrer Blick, aus dem das Leben entflohen war. In den vergangenen vier Tagen hatte sich Dom dieses Bild immer wieder aufgezwängt. Und er hatte es sofort verdrängt. Er war Polizist, kein Mörder. Seine Wut spielte seinem Gegner nur in die Hände. Das durfte er nicht zulassen.

Scharbockskraut und Taubnesseln strichen über seine Hosenbeine. Schritt für Schritt kam er dem Wagen näher. Da war kein Vogelkreischen. Keine Stimme. Nur das Schlagen der Wellen, das in einem Rauschen ausklang. Der scharfe Aprilwind trieb das Wasser des Dammscher Sees vor sich her. Grashalme beugten sich, Blätter raschelten.

Er lief gebückt auf den Wohnwagen zu. Der Sand am Ufer war locker, der Boden verschluckte das Geräusch seiner Schritte. Vor ihm zeichneten sich die Abdrücke von breiten Reifenprofilen ab, die zu dem Campingwagen führten. Der Wind hatte Teile der Spur verweht. Vielleicht drei, vier Stunden, länger konnte der Wagen hier nicht stehen.

Dom erreichte die dem Wald zugewandte Fahrzeugseite und

presste sich mit dem Rücken gegen die Außenwand des Wohnmobils. Die Kühle des Metalls drang durch den dünnen Stoff seines Sakkos. Mit der Hand ertastete er feine Dellen im Aluminium. Unter den Schiebefenstern zeigten sich braune Roststellen und abgeblätterter Lack. Dichte Streifen von Moos zogen sich über die Dachreling. Der Wohnwagen musste mindestens zwanzig Jahre alt sein.

Im Innern war das Brummen eines Generators zu hören. Dom spürte die Vibrationen, die durch das Blech zogen, er atmete den Geruch von Benzin ein. Camper ließen die Stromversorgung nur an, wenn sie sich in der Nähe ihres Fahrzeugs aufhielten. Das hatten ihm seine Großeltern schon als Kind beigebracht, in den Sommerurlauben auf der Insel Fehmarn. Er umklammerte seine Waffe noch fester.

Dom stellte sich auf die Zehenspitzen. Durch die beiden Milchglasscheiben konnte er keine Bewegung wahrnehmen. Doch hinter einem der trüben Fenster zeichnete sich eine dunkle Kontur ab, womöglich die Umrisse eines Menschen, der auf einem Stuhl saß. Aber vielleicht sah er ja auch nur das, was er sehen wollte. Er blickte auf seine Schuhspitzen hinab. *Konzentrier dich auf die Fakten. Auf die Fakten und sonst nichts. Er hat dich oft genug in die Irre geführt.*

Kurz schaute er sich nach Karen um, die sich im Schatten eines Baumes verbarg. Mit beiden Händen hielt sie ihre Waffe auf den Boden gerichtet. Sie wartete auf sein Kommando. Dom deutete mit ausgestrecktem Zeige- und Mittelfinger auf seine Augen und wies dann zum Ufer. Sofort verlagerte Karen ihre Position und näherte sich im Schutz der Bäume dem See. Von dort aus konnte sie ein größeres Areal überblicken und näher kommende Personen schon aus der Ferne erkennen.

Dom setzte einen Fuß neben den anderen und umrundete das Wohnmobil. Durch die Scheiben des Fahrerhauses blickte er ins

Wageninnere. Zwei leere Bierflaschen mit dem Logo eines Leuchtturms und eine sechs Tage alte *Bild*-Zeitung lagen im Fußraum des Beifahrersitzes. Am Rückspiegel baumelte eine zerfledderte Hawaii-Girlande. Auf dem Armaturenbrett stand eine aufgerissene Packung Käse-Cracker, daneben pappten gelbliche Kekskrümel an der Plastikverkleidung. Hinter den Sitzen hing eine grüne Stoffgardine, die löchrig und mit Flecken übersät war. Sie verbarg die Sicht auf den Wohnraum im Wagen. Die Gleichgültigkeit gegenüber der Verwahrlosung zeigte sich in jedem Detail, doch das alles war noch kein Hinweis auf den Serienmörder, den Dom im Umfeld des Fahrzeugs vermutete.

Er näherte sich der Wohnwagentür. Sie hing schief im Rahmen und war verzogen. Das Aluminiumblech wies rund um den Drehknauf tiefe Kratzspuren auf. Offenbar hatten sich schon häufiger Einbrecher das Auto vorgenommen. Der ausgeleierte Zylinder bestätigte Doms Vermutung. Er legte seine linke Hand um den Knauf und drehte ihn bis zum Anschlag. Abgeschlossen.

Die Erde vor dem Eingang des Wohnmobils war platt getreten. Die ungleichmäßig geriffelten Profile von zwei Sportschuhen bildeten sich im Sand ab. Größe einundvierzig, kein tiefer Abdruck, abgelaufene Sohlen – der Bewohner des Campingwagens wog nicht viel, wahrscheinlich war er von schmächtiger Statur. Die Spuren führten um den Wagen herum, dann fort von ihm in Richtung Ufer und wieder zurück. Hin und her. Das Durcheinander an Abdrücken ließ keine Rückschlüsse über den Aufenthalt der Person zu.

Noch einmal warf Dom einen Blick durch eine der Milchglasscheiben. Innen regte sich nichts. Ein guter Instinkt brauchte keine Vernunft, selbst wenn Karen da anderer Meinung war.

Er klopfte mit der geballten Faust gegen die Tür. Einmal. Zweimal. Dom stellte sich breitbeinig vor den Eingang, streckte seinen Arm mit der Waffe aus und atmete flach. Wasser plätscherte ans Ufer. Der Wind fuhr durch die Zweige der Eschen, trieb Dom

Haarsträhnen vors Gesicht. In der Ferne ertönte der krächzende Ruf einer Schleiereule. Über dem Campingwagen hing eine seltsame Stille, die nur vom sonoren Brummen des Generators gestört wurde.

Dom machte einen Schritt nach vorn und drehte den Knauf bis zum Anschlag. Er rammte seine Schulter gegen die Tür. Das Blech gab dem Druck nach und bog sich im Rahmen. An den Kanten konnte er das Licht im Innenraum des Wagens sehen. Noch stärker. Mehr Druck. Er nahm Schwung und schleuderte sich mit seinem ganzen Gewicht gegen die Tür. Das Aluminium verbog sich, der Riegel brach aus der Verankerung und fiel zu Boden. Die Tür klappte auf.

Das Brummen des Generators wurde lauter. Warme Luft schlug Dom entgegen. Er hörte sein Atmen wie aus weiter Ferne, ganz so, als würde das Geräusch einem fremden Körper entweichen.

Eine gelbe Plastikplane lag ausgebreitet auf dem Boden des Wohnmobils. Dom beugte sich vor. Nein, keine Plane: Da waren Ösen in den Kunststoff eingelassen, durch die sich eine weiße Kordel zog. So sah eine luftleere Schlauchboothülle aus.

Der Geruch von Eisen umgab Dom, metallisch, wie zersetzter Schweiß, und so intensiv, als ob er in seine Schleimhäute eindringen und sie verkleben wollte. Er senkte den Kopf. Da nahm er ein Geräusch wahr, ein unregelmäßiges Tropfen, ähnlich einem lecken Wasserhahn.

Er presste den Lauf seiner Waffe gegen die Brust. Die Schlauchboothülle raschelte unter seinen Füßen, als er den Wohnwagen betrat. Über ihm strahlte eine LED-Leuchtschiene und warf ihr flackerndes Licht in den Raum. Doms Lederschuhe knirschten.

Eine Frau saß vornübergebeugt und mit weit gespreizten Beinen auf einem hölzernen Klappstuhl. Sie war nackt und fast vollständig mit Blut besudelt. Ihr Gesicht zeigte nach unten. Dabei schien ihr Oberkörper zu schweben, als würde er sich der Schwerkraft widersetzen wollen. Ein Rinnsal von Blut verlief in Höhe der Hauptschlagader. Es war über die Brust der Frau geflossen und auf die unter ihr ausgebreitete Schlauchboothülle getropft. Mindestens zwei Liter Blut hatten sich wie in einem Auffangbecken in den Falten der Hülle abgesetzt. Die Frau musste tot sein.

»Das hast *du* getan. Ich weiß, dass *du* es warst.« Auf einer Sitzbank lag ein gefaltetes Kleid mit Blumenmuster. Zwei rote Absatzschuhe standen davor. Dom schloss kurz die Augen.

Draußen nahmen die Böen des Windes an Wucht zu und schlugen die geöffnete Tür gegen die Blechwand des Wagens. Auf und zu. Das dumpfe Scheppern erinnerte Dom an den Pendelschlag der Standuhr im Wohnzimmer seiner Mutter. Er zog die Klappe ins Schloss.

Die Sitzbänke im Wohnwagen glänzten speckig. In einem Fliegengitter klebten die Reste toter Insekten. Im Regal daneben reihten sich selbst getöpferte Keramiktassen aneinander. Anti-Atomkraft-Aufkleber mit lachenden Sonnen pappten an den Wänden. Eine Staffelei mit einer kindlich anmutenden Malerei lehnte an der Wand. Die Farbe roch noch frisch.

Dom trat vorsichtig auf das grüne Linoleum, das sich überall dort zeigte, wo der Boden nicht von der Schlauchboothülle verdeckt wurde. Er wollte keine Spuren zerstören, außerdem war es ihm zuwider, durch das Blut zu waten.

Er schob die Waffe in sein Schulterholster und näherte sich dem Stuhl. Die Frau mochte Anfang fünfzig sein. Ihr blondes Haar war kurz geschnitten, ihr Körper von mittlerer Statur. Zweifelsohne war sie die Lehrerin aus Schwerin, auf die das Wohnmobil zugelassen war. Doch da war noch etwas über ihr, ein Flirren in der Luft, das nur für einen Moment sichtbar war und sofort wieder verschwand. Dom legte den Kopf schräg. Aus dieser Perspektive waren ein paar durchsichtige Fäden erkennbar, die sich vom Oberkörper der Frau bis zur Decke spannten.

Er trat von der Seite an den Stuhl heran, zog ein Taschentuch aus seiner Sakkotasche und tippte mit dem umwickelten Zeigefinger gegen einen der Fäden in der Luft: Angelschnur. Dom erkannte acht Angelhaken, die durch die Schulterblätter der Frau gestochen worden waren. Rund um die Einstichstellen befanden sich schwarze Spuren geronnenen Blutes. Die Schnüre verliefen von den Haken in der Haut bis zur Decke hinauf, wo sie an einer metallenen Schiene festgeknüpft waren. Das gesamte Gewicht des Oberkörpers hing an den Widerhaken. Daher also rührte der schwebende Eindruck der Leiche.

Dom beugte sich vor. Auf allen Haken glänzte eine Fettschicht. Der Mörder hatte das Metall mit einer Paste bearbeitet, um es leichter durch die Haut seines Opfers treiben zu können. Die Haken waren fast drei Millimeter breit. Normalerweise wurden damit wohl große Raubfische wie Hechte geangelt. In dem Regal an der Wand lagen weitere Angelrollen. Sicher gehörten sie der Toten, die in stillen Stunden an den polnischen Seen Fische gefangen hatte.

Dom breitete das Taschentuch über seiner Hand aus, formte seine Finger zur Schale und zog das Kinn der Frau zurück. Ihr Oberkörper wackelte hin und her wie eine Marionette. Blut trat aus der Schnittwunde am Hals, lief über seinen rechten Schuh und tropfte von dort auf den Linoleumboden. Die Hauptschlagader war mit einem sauberen, sechzehn Zentimeter langen, vertikalen Schnitt durchtrennt worden. Die unnatürliche Körperhaltung der Frau hatte dafür gesorgt, dass das Blut schneller aus ihrem Körper entweichen konnte.

Die Sprache des Mörders war eindeutig und schnörkellos. Sie folgte einem streng logischen System, das Dom in den vergangenen achtzehn Monaten ausführlich kennengelernt hatte. Er ging vor der Frau in die Knie. Neben dem rechten hinteren Stuhlbein lag eine aufgeklappte Nagelschere. Mit dem Taschentuch hob er die Schere auf. An ihrer Spitze klebte getrocknetes Blut.

Doch das Wort fehlte noch. Immer wieder das verdammte Wort. »Wo ist es? Wo hast du es versteckt?« Niemals würde der Mörder sein Opfer ohne das Wort zurücklassen.

Dom hasste es, dem Regelsystem eines Wahnsinnigen zu folgen, auch wenn es sein Job war. Es fühlte sich an, als hätte ihn der Unbekannte in all seiner Überlegenheit dazu erzogen, bei seinem Spiel mitzumachen.

Dom legte die Schere an ihre ursprüngliche Stelle zurück und prüfte den Körper der Toten: Brust, Oberarme, Rücken und Schulterpartie – keine Spur von dem Wort. Doch an der Innenseite des linken Oberschenkels hatte sich das Blut ungleichmäßiger verteilt. Er fuhr mit dem Taschentuch über die Haut der Frau. Das Tuch sog sich voll mit Blut, ein tiefroter Fleck, der sich ausbreitete und die letzten Reste Weiß verschluckte. Das Bindegewebe der Toten wirkte am Oberschenkel wulstig und aufgequollen. Dom konnte die scharfen, eckigen Schnittwunden unter seinen Fingern fühlen und nahm das Taschentuch fort. In der zerstörten Haut erhoben sich eingeritzte rote Linien, ungefähr einen halben Zentimeter tief. Sie formten das Wort: *Heimweh*.

Was wollte ihm der Mörder damit sagen? Vielleicht sehnte er sich zurück nach Deutschland, um dort weiter zu töten. Oder er fühlte sich in Polen verloren. Vielleicht war es auch nur ein Gefühl des Opfers gewesen, das sich dem Mörder mitgeteilt hatte. Fragen, immer diese gottverdammten Fragen.

Dom drückte den Knopf am Mikro seines Headsets. »Er ist es. Wir haben eine Tote mit aufgeschlitztem Hals und seinem Wort. Eindeutig seine Handschrift.«

In der Klangkulisse seines Ohrsteckers rauschte es. Karen sog scharf die Luft ein. »Dann hast du also recht gehabt. Ich mache mich auf den Weg.«

»Nein, Karen. Warte. Wir halten unsere Positionen. Gib den Polen Bescheid. Ich schaue mich hier noch um.«

»Verstanden. Und, Tobias …?«

»Ja?«

»Sei vorsichtig.«

Das Rauschen in Doms Ohr brach ab. Er strich die Knopfleiste seines Hemdes gerade. Sein Nacken schmerzte, was eine Folge der langen und unbequemen Observation auf dem Waldboden war. Er atmete tief durch und streckte sich. Ein runder Gegenstand auf der Sitzbank fiel ihm ins Auge. Eine Schneekugel. Sie lag auf einem der abgewetzten Polster.

Er ging vor der Kugel in die Hocke. Unter dem Glas war ein Haus zu sehen, das von blattlosen Bäumen umgeben war. Davor stand ein Mädchen mit nach oben gereckten Armen. Der Mund des Kindes stand weit offen, als würde es einen Jubelschrei ausstoßen. Dom zog ein frisches Taschentuch aus seinem Sakko und hob damit die Kugel dichter vor seine Augen. *Herbst* stand in goldener Schreibschrift auf dem zerkratzten Sockel. Er schüttelte die Kugel, und sofort erhoben sich gelb-braune Blätter und wirbelten durch die Landschaft unter dem Glas. Eine kindlich anmutende Melodie setzte ein. Dom brauchte drei Sekunden, um in dem Geklimper Beethovens *Für Elise* zu erkennen.

Er drehte die Kugel. Auf der Rückseite des Glases befanden sich zwei Finger breite Blutschlieren. Der Abstand zum Opfer betrug zwei Meter. Während des Tötungsprozesses konnte das Blut unmöglich auf die Rückseite des Glases gespritzt sein. Der Mörder musste die Schneekugel während oder nach der Vollendung seiner Tat in der Hand gehalten haben. Die Schlieren stammten wahrscheinlich von seinem Zeige- und Mittelfinger.

Dom legte die Schneekugel zurück auf die Sitzbank. Die Musik verstummte mit zwei ausklingenden Akkorden.

Vorsichtig tippte er mit der Schuhspitze gegen die Schlauchboothülle am Boden. Die Leiche der Lehrerin und das Blut ließen sich damit auf einfache Weise entsorgen. Der Mörder wollte das

Wohnmobil weiter benutzen, sonst hätte er nicht so viel Sorgfalt darauf verwendet, keine Spuren zu hinterlassen. Das Schwein hatte seine Rückkehr geplant, zurück zu dem Wagen und der Toten. Doch jetzt war er hier. Er würde warten, egal, wie lange, tagelang, wenn es sein musste.

Der Stecker in seinem Ohr knisterte. »Ein Mann kommt auf den Wagen zu. Entfernung vierzig Meter. Keine Waffen erkennbar.«

Vierzig Meter. Doms Vermutung wurde zur Wahrheit. Er drückte die Sendetaste für das Mikrofon. »Position halten«, flüsterte er. Eine falsche Bewegung, und sie flogen auf. Das könnte er sich nie verzeihen.

Dom zog die SIG Sauer aus seinem Schulterholster und baute sich hinter der Tür auf. Er umklammerte die Griffschalen seiner Waffe. Mit geschlossenen Augen horchte er in seine eigene Stille hinein. Die Lautlosigkeit beruhigte ihn, gab ihm Kraft. So hatte er schon als Heranwachsender gegen sein Asthma gekämpft, wenn Aufregung und Atemlosigkeit ihm die Muskeln verkrampft hatten.

»Dreißig Meter.« Karen reihte die Silben wie mechanisch aneinander.

Nur eine lächerlich kleine Entfernung trennte Dom von dem Unbekannten. Nach all den Monaten der Jagd kam ihm diese Vorstellung so unwirklich vor, als würde er sich bei seinem Einsatz aus der Distanz beobachten.

»Noch zwanzig Meter.« Trotz des elektronisch verzerrten Klangs konnte er den gepressten Tonfall in Karens Stimme vernehmen.

Vielleicht noch fünfzehn Sekunden, dann würde, wer immer sich dort draußen dem Wohnwagen näherte, in den Lauf seiner Waffe blicken. Gleich war es vorbei. Nur noch einen Moment.

»Verdächtiger bleibt stehen. Abstand zehn Meter.« Es knackte im Ohrstecker. »Der ist wie erstarrt.«

Dom hielt die Luft an. Keine Bewegung, kein Geräusch. Er hatte es vermieden, dass er im Licht der LED-Lampe verräterische Schatten warf, die von außen durch die Scheiben zu erkennen waren. Die Tür zum Wohnwagen hatte er geschlossen. Auf zehn Meter Entfernung fiel der lädierte Riegel in der Abenddämmerung nicht auf. Das Gleiche galt für seine Spuren im Sand. Die Fußabdrücke auf der Uferseite befanden sich so dicht am Fahrzeug, dass sie nur aus nächster Nähe zu bemerken waren.

»Der Typ steht noch immer an derselben Stelle. Jetzt schaut er sich nach allen Seiten um.« Die Verbindung wurde durch ein Knistern gestört. »Tobias, der hat vielleicht irgendwas gemerkt. Soll ich …?«

»Position halten. Unbedingt«, antwortete er schnell. »Ich gehe raus.«

Dom riss den Stecker aus seinem Ohr. Karen war ein vorsichtiger Mensch. Sie wollte verhindern, dass er auf eigene Faust handelte, bevor sie selbst das Wohnmobil erreichte. Aber das war der falsche Zeitpunkt für Einwände und Bedenken.

Er warf sein Haar nach hinten, drückte den Rücken durch und atmete tief ein. Mit dem rechten Fuß trat er die Tür des Wohnmobils auf. Blech knallte auf Blech. Die Wagenwände vibrierten. Dom sprang mit erhobener Waffe nach draußen.

Seine Füße versanken ein paar Zentimeter im Sand. Der Himmel hatte eine blaugraue Färbung angenommen, die ersten Sterne zeigten sich am Firmament. Die Luft roch nach Algen und süßlich faulem Moder. Der Mann, der Dom in einem Abstand von zehn Metern gegenüberstand, hielt eine Angel und einen Eimer mit Fischen in den Händen. Er ließ beides fallen. Zwei silbrig weiße Aale zappelten auf dem Boden, sie warfen sich hin und her und wühlten den Sand auf. Der Unbekannte trug einen wuchernden Vollbart und eine runde Brille mit dünnem Drahtgestell, die einen Großteil seines Gesichts verbargen. Sein blondes Haar war zu einem Zopf gebunden. Er mochte sechzig Kilo schwer sein und war vielleicht ein Meter zweiundsiebzig groß. Die Schnürsenkel seiner blauen Sportschuhe waren offen. Auf seinem T-Shirt prangte ein Logo von Black Sabbath. Dom konnte das Alter des Mannes nicht bestimmen. Er hätte Mitte zwanzig oder Ende dreißig sein können.

Breitbeinig stand er vor Dom und schaute ihm direkt ins Gesicht. Nach fünf Sekunden senkte er den Blick und trat mit seinem rechten Schuh auf den Kopf eines sich windenden Aals. »Ich mag ... das nicht, dieses ... Rumgezappel.« Seine Stimme klang rau, aber freundlich, nur die langen Pausen verliehen seinen Worten eine unterschwellige Bedrohung. Sicher plante er ein Spiel auf Zeit. Der Fisch wand sich unter seinem Schuh. »Ich kann es nicht ... ausstehen.« Er drückte das Knie durch. Ein Knacken ertönte. Der Aal zuckte dreimal, dann verebbten seine Bewegungen im Sand.

Dom ging dem Fremden entgegen. Mit der Waffe zielte er auf seine linke Brustwand.

Der Mann presste seine Lippen zu einem schmalen Strich zusammen. »Kommissar Dom«, sagte er mit einem überraschten Unterton, als habe er ihn eben erst bemerkt. »Hatten Sie 'ne schöne Anreise?« Er schob beide Hände in die Taschen seiner Cordhose. »Ist ziemlich ungemütlich hier, oder? Ich hab's mir irgendwie hübscher vorgestellt.«

Dom machte vier Schritte auf ihn zu. »Hände hoch, sofort!«

Der Mann schüttelte den Kopf. »Und wenn nicht?« Seine Zunge blitzte zwischen den Zähnen auf. »Nieten Sie mich dann einfach um?« Er zog beide Hände aus den Taschen und richtete Zeige- und Mittelfinger wie zwei Pistolenläufe auf seine Stirn. »*Bamm.*« Seine Augenbrauen hoben sich. »Einfach so, und der Fall ist erledigt?«

Die Fingerkuppen des Mannes wirkten heller als der Rest seiner Haut. Ein Teil des kleinen Fingers an der linken Hand fehlte.

Dom ging einen weiteren Schritt auf ihn zu. Er spürte das Gewicht seiner Waffe noch deutlicher als zuvor. Zwei Meter trennten ihn von dem Fremden. Er war von zierlicher Statur. Seine schmalen Hände und dünnen Arme passten nicht in Doms Vorstellung von einem Serienmörder. Aber er war es. Das tote Mädchen blitzte vor ihm auf, durch seinen Kopf rauschte die Wut. »Ich schieße dir erst ins rechte Knie und dann ins linke. Ich höre mir an, wie du schreist. Und dann, erst dann, lasse ich dich von der *Policja* abführen.«

Der Mann zog die Brauen zusammen. »Schreie mag ich auch. Ich liebe es, wenn sie schreien. Das klingt immer so natürlich, als seien sie nur dafür geschaffen. Irgendwie ursprünglich ... so echt.« Er deutete auf das Wohnmobil. »Die Alte da drinnen war nicht übel. Hat mehr gewinselt als die Kleine aus Köslin. Hätte ich nicht gedacht. War aber 'ne angenehme Überraschung.« Er schob seine Brille das Nasenbein hinauf. »Muss wehtun, wenn man als Polizist so versagt hat wie Sie.« Seine Mundwinkel hoben sich zu einem Lächeln. »Habe ich Ihnen wehgetan, *Herr Kommissar*? Oder haben Sie's auch ein bisschen genossen?«

Genug. Dom sprang nach vorn. Er schlug den Waffenlauf gegen die Stirn des Mannes. Der kippte nach hinten, knallte mit dem Rücken auf den Boden. Dom setzte sich auf seine Brust und presste mit den Knien die dünnen Arme in den Sand.

Eine Welle wurde ans Ufer gespült. Sie lief in einem Rinnsal aus und berührte Dom an den Unterschenkeln. Der Wind trieb einzelne Tropfen Wasser in sein Gesicht. Er steckte die Waffe ins Holster und schlug zu. Das Brillenglas splitterte. Eine Augenbraue platzte auf. Wieder schlug er zu. Erst mit der rechten Faust, dann mit der linken. Immer wieder. Blut schoss aus den Mundwinkeln. Ein Schneidezahn brach. Aber das Lächeln in dem Gesicht blieb.

Dom holte mit der rechten Faust weit aus, da wurde sein Handgelenk von hinten gepackt. Er fuhr herum und blickte in Karens Gesicht. Zwei tiefe Falten zogen sich über ihre Stirn.

»Es reicht, Tobias. Es ist gut. Das will er doch nur. Erkennst du das denn nicht?« Sie packte sein Handgelenk noch fester. Ihre scharfen Fingernägel bohrten sich in seine Haut. »Wir haben ihn. Es ist vorbei.«

Dom sah einen blutverschmierten Klumpen unter sich, eine fleischige Masse mit zwei Lippen.

»Es ist erst vorbei ... wenn ich tot bin.« Die Stimme des Mannes brach. Speichelfäden hingen an seinen Zähnen. »Erst, wenn ich tot bin. Das wissen Sie doch ...«

Dom legte den Kopf in den Nacken. Über ihm stand Jupiter mit seinem ruhigen Licht am Firmament. Da waren keine Wolken am Himmel, nur völlige Klarheit. Er fuhr mit der Hand über die Waffe in seinem Holster. Es würde eine stille Nacht werden.

Erster Teil

DER KRATZER

1. KAPITEL

*Bernau bei Berlin,
heute*

Der Rappe stieß seinen Atem durch die Nüstern. Wie Nebel stieg die warme Luft in die Höhe und verschwand zwischen den schneebeladenen Zweigen der Buchen. Jasmin blickte den Schwaden nach. Die Lederzügel lagen schwer in ihren Händen. Sie verlagerte ihr Gewicht nach rechts und galoppierte durch das Unterholz des Waldes. Schnee fiel auf ihr Haar. Sie trug keine Handschuhe, weil sie das feuchtwarme Fell des Pferdes spüren wollte. Jasmin beugte sich vor und atmete den Geruch von Schweiß ein, den Timmi verströmte.

Sie liebte die Ausritte nach Einbruch der Dunkelheit. Am Tag nahm sie die Geräusche im Wald kaum wahr, das Knacken und Rauschen der Zweige und den würzigen Geruch der Erde. Im Dunkeln erlebte sie alles intensiver, vor allem sich selbst. Nach jedem Ausritt war ihr Kopf klarer, befreit von den Eindrücken einer kräftezehrenden Großstadt. Ihre Sorgen und Probleme wurden hier draußen mit jeder Minute kleiner.

Eine Frau mit Mitte dreißig sollte nicht schon die erste Scheidung hinter sich haben, sagte ihre Mutter immer wieder. Zu spät, Mutti. Ehe kaputt, Zoff mit dem Ex und dazu jede Menge Ratschläge von allen Seiten. Wie sehr sie all diese Klugscheißer nervten, die das Ende ihrer Beziehung schon kommen sahen, bevor sie den Ehering über ihren Finger gestreift hatte. Jasmin brauchte die Ausritte in der Nacht und den schnellen Galopp ihres Pferdes, weil sie all ihren Ärger vergessen machten. Zumindest bis zum nächsten Morgen.

Sie passierte eine Lichtung, zog den Kopf unter einem ausfächernden Ast ein und touchierte Timmi mit ihrer Gerte. Seine Hufe verfielen in einen schnellen, dreitaktigen Rhythmus. Der Schnee dämpfte das Getrappel. Sie galoppierte über eine Obstwiese. An den Kronen der Apfelbäume glitzerten Eiskristalle, die Wiese lag ruhig in der Dunkelheit. In der Ferne leuchteten elektrische Laternen an der Scheune.

Nur noch einhundert Meter.

Jasmin setzte sich im Sattel aufrecht und presste ihre Waden gegen die Flanken ihres Rappen, bis er langsamer wurde und vor dem zweiflügeligen Scheunentor aus Eiche zum Stehen kam.

Sie stieg aus den Bügeln und strich über den weißen Fleck auf seiner Stirn. »Bist ein Braver, Timmi.«

Er hob den Kopf und schnaubte.

Jasmin drehte den Scheunenschlüssel im Schloss und zog die rechte Seite des Tores an dem schweren Eisenring auf. Die Stallgasse mit ihren Verschlägen zeichnete sich nur konturenhaft in der Dunkelheit vor ihr ab. Sie zog Timmi am Zügel hinter sich her und passierte aufgetürmte Strohballen und Heubündel. Das Tor fiel hinter ihr zu.

Der Geruch von Gras und Kräutern hing in den Pferdeboxen. Jasmins Stall lag unweit vom Eingang. Sie ertastete einen Schalter neben dem Sicherungskasten, und das gedimmte Nachtlicht unter dem Dach der Scheune flackerte auf. Der rote Schein fiel auf die Boxen neben dem Tor.

Zwei Schimmel standen in ihren Holzverschlägen. Als Jasmin an ihnen vorbeiging, neigten sie ihre Köpfe und legten die Ohren an. Sie erreichte ihre Box, schob den Querriegel nach oben und zog das Gatter auf.

Timmi ging im Schritt in seine mit Stroh gedeckte Stallung. Jasmin öffnete den Ledergurt unter seinem Bauch, lockerte Kehlriemen und Reithalfter und legte das Zaumzeug zusammen. Ein Rascheln drang vom anderen Ende der Scheune zu ihr. Doch in diesen Verschlägen befanden sich keine Pferde.

Sie lauschte in die Dunkelheit. Draußen vor dem Stall wehte ein leichter Wind, der die Laternen zum Schaukeln brachte. Sie knirschten in ihren Fassungen. Die Äste eines Baumes schlugen gegeneinander. Neben sich hörte sie Timmis flaches Atmen.

Wahrscheinlich war es eine Krähe gewesen. Die Vögel suchten vor dem eiskalten Winter oft Zuflucht im Stall. Manchmal hatte Jasmin sogar für die Krähen Fettfutter und Erdnussnetze draußen in den Bäumen auf der Wiese aufgehängt.

Sie legte das Zaumzeug auf den Boden und nahm einen Striegel aus ihrem Putzkasten. Mit kreisenden Bewegungen zog sie die Drahtbürste über Timmis Rücken und entfernte Erde, Blätter und lockere Haare. Die Borsten kratzten über die Haut des Rappen. Auf und ab. Die Gleichmäßigkeit ihrer Handbewegungen entspannte Jasmin. Sie holte tief Luft.

Der helle Streifen an ihrem Ringfinger war selbst im dämmrigen Licht der Scheune gut sichtbar. Wie seltsam. Nach acht Monaten Trennung und einem sonnigen Urlaub in Sri Lanka wehrte sich ihre Haut noch immer dagegen, die Spuren ihrer Ehe zu vertreiben.

Der Grund für deine Scheidung liegt in der Eheschließung. Ihr Vater hatte das immer wieder mit der Vehemenz eines Starrsinnigen betont. *Du bist doch Neurowissenschaftlerin, da wirst du doch wissen, dass irgendwelche Botenstoffe dir das Hirn vernebelt haben. Da lief so ein Hormonterror in deinem Kopf ab, anders kann ich mir deine Beziehung mit diesem Mann nicht erklären.*

Liebe war nur Chemie – oder auch nicht. Einhundert Milliarden Nervenzellen ließen sich nicht so einfach austricksen. Jahrelang hatte ihr Vater über Jasmins Ehe doziert, geschimpft und geflucht, während ihre Mutter mit sanften Bewegungen über seinen Handrücken strich, um ihn zu beruhigen. Was für ein Aufruhr im Hippie-Haushalt des Lehrerehepaars. Und nun war alles vorbei.

Jasmin lächelte bei dem Gedanken an ihre Eltern und fuhr durch Timmis Mähne, die rau wie Stroh in ihrer Handfläche pikste. Durch den Lichtfirst im Scheunendach fielen die Strahlen des Vollmonds. Immer wieder schoben sich Wolken am Himmel entlang und nahmen dem kalten Schein seine Kraft.

Etwas knisterte links von ihr, weit entfernt. Es war kein Scharren von Hufen, das immer ein wenig wie der dumpfe Schlag eines Holzhammers klang, sondern ein Geräusch, das einem fegenden Besen ähnelte.

Jasmin legte die Drahtbürste ins Stroh. Sie beugte sich vor, bis sie den Stallgang überblicken konnte. Timmis Schweif raschelte. Niemand zu sehen.

Um diese Uhrzeit hielt sich kein Mensch auf dem Gelände auf. Nicht einmal Axel, der Stallwirt, war jetzt noch unterwegs. Für seinen 450-Euro-Job erledigte er ohnehin nur die nötigsten Arbeiten.

Jasmin kannte alle Geräusche im Stall: das Knarren des Holzes im Winter, das Atmen der Pferde, das Gluckern in den Wasserleitungen – doch dieses Knistern passte nicht hierher.

Jasmin ging in die Knie. Sie blickte durch die Holzlatten in die benachbarten Stallungen. Das schwache Licht drang kaum bis auf den Boden vor.

»Hallo?«, rief sie und drehte sich dabei auf ihren Stiefelabsätzen um. Das Stroh unter ihren Schuhen raschelte, doch die übrigen Stallungen lagen friedlich vor ihr. Niemand antwortete. Sie war allein in der Scheune mit den Pferden.

Jasmin schüttelte den Kopf. Sie musste endlich ruhiger werden. Selbst hier draußen, in der Stille des Stalles, ließ sie sich von ihrer Stressspirale gefangen nehmen.

Timmi blähte die Nüstern und beugte den Kopf zu ihr hinab. Sie spürte sein Maul an ihrem Haar und musste lachen. »Klar, so eine Gelegenheit lässt du dir nicht entgehen, was?« Sie erhob sich und strich über Timmis Nüstern. »Alter Gauner.«

Mit Sattel und Zaumzeug lief sie zur Stallkammer. Durch die Glasscheibe in der Tür zeichneten sich die Konturen der Trensen-, Gerten- und Helmhalter ab. Mit Ausnahme ihrer eigenen Ausrüstung waren alle Plätze belegt. Sie nahm einen Schlüssel von dem verrosteten Haken an der Wand und öffnete die Tür. Als sie den Sattel auf eine hölzerne Stange hieven wollte, hörte sie ein Klicken.

Das Licht ging aus. Dunkelheit legte sich über die Scheune. Nur das Geflimmer der Laternen fiel durch die Fenster. Schemenhaft lag der Stall vor ihr. Der Sicherungskasten. Eine der Zellen musste ausgefallen sein.

Sie legte Sattel und Zaumzeug ab. Die eisernen Steigbügel klirrten auf dem Boden. Jasmins Stiefel knirschten, als sie einen Schritt in Richtung Ausgang machte. Sie tastete sich durch den Türrahmen, fühlte das rissige Holz unter ihren Fingern und setzte vorsichtig einen Fuß vor den anderen, bis sie im Stallgang stand.

Schritte kamen von rechts, wurden lauter, waren ganz nah. Der erste Schlag traf sie an der Wange, der zweite unter ihrem Brustbein. Jasmin torkelte rückwärts in die Stallkammer, suchte Halt und griff nach den Gestängen an der Wand.

Nein! In ihrem Kopf dröhnte ihr eigener Schrei. *Du darfst nicht stürzen.* Ihr Körper ignorierte den Befehl. Sie krümmte sich und krachte mit dem Bauch auf den Boden. Der Aufprall wurde durch ihre dicke Daunenjacke gedämpft. Vor ihren Augen tanzten flirrende Punkte.

Jemand fuhr ihr mit der Hand ins Haar, riss ihren Kopf hoch. Ein Tritt in ihr Rückgrat, so hart, dass sie auf den Boden geschleudert wurde. Jasmin wollte sich mit den Händen abstützen, sich unter dem schweren Fuß seitlich fortrollen.

»Die kleine Sau will kämpfen?« Die Stimme gehörte einem Mann. Der Druck des Fußes auf ihren Rücken nahm zu. »Sau, Sau, Sau ...«, sagte er ganz leise.

Der Tonfall ihres Angreifers war eindringlich, ohne Schwankungen in den Tonhöhen, kein Zittern oder Zaudern. Sie kannte den Mann nicht und hatte niemals zuvor seine Stimme gehört. Auf keinen Fall arbeitete er hier oder ritt mit einem der Pferde aus. Wohl ein Obdachloser, der hier Unterschlupf gesucht hatte.

»Wollen ... Sie ... Geld? Bitte ... in meiner Jackentasche.« Jedes Wort tat weh. Ihre Lunge brannte. Der Tritt in den Rücken schmerzte noch immer.

Statt einer Antwort packte sie der Mann noch fester an den Haaren. Er bückte sich und hob mit der freien Hand ihr Zaumzeug auf. Das Leder der Zügel spannte sich um ihren Hals, schnitt in ihre Haut und würgte sie. Er band die Riemen hinten an ihrem Nacken zusammen. Jasmin wurde an den Zügeln über den Boden geschleift. Auf allen vieren musste sie dem Mann folgen. Stroh und Erde verfingen sich in ihrem Gesicht. Sie riss den Kopf zurück, stemmte sich gegen die Zügel, spreizte die Knie. *Wehr dich.* Mit den Fingern suchte sie Halt am Boden. Die Strohballen, die Halterungen mit den Futtertrögen – ihre Hände griffen ins Leere. Der Ruck an den Zügeln war hart und schnell. Der Mann riss ihren Körper in die Höhe.

»Glaubst du wirklich, du kannst dich hier mit ein paar Euro rauskaufen?« Er zerrte an den Riemen. »Du hast es wohl noch nicht kapiert. Ich mache mit dir, was ich will.« Langsam zog er die Zügel über seiner geballten Faust zusammen und verkürzte den Abstand zwischen sich und Jasmin.

Der Geruch verschimmelter Erde drang aus seiner Kleidung. Er beugte den Kopf zu ihr hinab. Vorbeiziehende Wolken gaben den Mond frei. Kalt und aschgrau fiel der Schein durch den Lichtfirst. Der Mann hatte eine Schiebermütze mit breiter Krempe tief ins Gesicht gezogen. Er trug eine Brille mit großen runden Gläsern. Jasmin bemerkte die Grübchen um seine Mundwinkel, in ihnen lag ein Anflug von Lächeln.

»Wir müssen die Balance wiederherstellen. Kapierst du?«

Sie kapierte gar nichts, und er erwartete wohl auch keine Antwort. Für einen Mann, der auf der Straße lebte, erschien er Jasmin zu stark. Und ein ertappter Einbrecher wäre einfach geflohen. Sie fand keine Erklärung für sein Auftauchen in der Scheune.

Er zog seine Mütze noch tiefer ins Gesicht und schüttelte den Kopf. »Armseliger, kleiner Mensch.« In seiner Stimme klang Enttäuschung mit, wie ein abschließendes Urteil, das er gerade über sie gefällt hatte.

Er zerrte sie zu einer leeren Pferdebox, direkt gegenüber von Timmis Stall. Mit einer Hand packte er sie am Hals und drückte sie mit dem Rücken gegen die Stallwand. Er zog die ledernen Riemen um ihren Hals durch die Zwischenräume der Latten. Ihr Hinterkopf schlug gegen das Holz. Das Leder knirschte in der Faust des Mannes. Er verknotete die Enden auf der Rückseite der Bretter. Jasmins Hals wurde zusammengepresst. Sie schob ihre Fingerspitzen unter den Riemen, wollte sich Luft verschaffen. Doch der Mann bemerkte den Widerstand und riss ruckartig am anderen Ende des Zügels. Jasmins Kehlkopf knackte.

Zu Hause wartete niemand auf sie. Mit ihren Eltern hatte sie erst vor ein paar Stunden telefoniert. Zu so später Stunde ritt niemand mehr die Pferde aus. Was immer der Fremde mit ihr vorhatte, er konnte seinen Plan ungestört ausführen.

Hitze stieg in ihr auf. Ein Kribbeln setzte in den Füßen ein. Sie saß auf der Erde, streckte die Beine weit von sich und schob ihren Rücken an den Holzlatten ein Stück hinauf. Die Absätze ihrer Stiefel rutschten vom Boden ab. Die Erstickungsgefühle ließen nicht nach. Je mehr sie sich verrenkte, desto härter schnitt das Leder in ihren Hals. Jasmin wollte schreien, doch ihre Zunge lag schwer und unbeweglich in ihrem Mund. Sie war ihm hilflos ausgeliefert.

»Wir bringen alles wieder ins Gleichgewicht«, flüsterte die Stimme hinter ihr. »Der Kreisel muss sich drehen, damit er nicht umfällt.«

Das Stroh knackte unter seinen Schuhen, als er vor die Pferdebox trat. Er ließ seinen Blick über Jasmin gleiten, betrachtete sie wie einen komplexen Versuchsaufbau in einem Chemielabor. Wenn er mit seinem Experiment begann, hatte sie ihm nichts entgegenzusetzen.

Durch die spinnenverwobenen Fenster der Scheune leuchtete der Schnee. Timmi stieß Luft durch die Nüstern. Aus den Boxen der beiden Schimmel drangen scharrende Hufgeräusche. Der Fremde trug einen dunklen Mantel, der ihm bis zu den Knien reichte. Klobige Schuhe lugten unter dem Saum seiner Hose hervor.

»Ich kann in deinen Kopf sehen.« In seiner Stimme lag keine Aggression, nur Gelassenheit. Jasmin konnte nicht glauben, dass so derselbe Mann sprach, der sie gerade mit Gewalt durch den Stall gezerrt hatte.

»Ist eigentlich lustig, Jasmin, wo doch sonst du diejenige bist, die in den Hirnen ihrer Patienten herumwühlt.«

Er kannte ihren Namen und wusste, dass sie Neurologin war. Das konnte nur eines bedeuten: Der Mann hatte sie im Verborgenen beobachtet und dann einen günstigen Zeitpunkt für seinen Überfall gewählt. Aus ihrer Vermutung wurde Gewissheit: Dieser Angriff war kein Zufall. Ob er einer ihrer ehemaligen Patienten war? Die Besucher der Praxis glitten vor ihrem inneren Auge vorüber. Sie suchte nach einer Übereinstimmung – vergeblich.

Er ging in die Hocke, griff nach ihrem Kinn und presste ihre Wangen zwischen Zeigefinger und Daumen zusammen. »Du fragst dich sicher, ob wir uns schon mal begegnet sind?«

Sie musste mitspielen, bis sie einen Plan für ihre Flucht hatte. Jasmin deutete ein Nicken an, so weit es die Zügel um ihren Hals zuließen.

»Siehst du? Hab ich's doch gewusst. Ist doch komisch.« Er schüttelte ihren Kopf hin und her. Seine Finger bohrten sich in ihre Wangen. »Oder nicht?«

»Ja …« Ihre Stimme klang schwach und brüchig, als würde sie einer anderen Frau gehören.

»Was, *ja?*« Er beugte den Kopf vor.

»Ja … Das ist komisch.«

»Warum lachst du dann nicht?«

»Weil ich … ich …« Er war unberechenbar. Eine falsche Antwort konnte ihn vielleicht zum Ausrasten bringen.

Der Mann strich ein paar Haarsträhnen aus ihrem Gesicht. »Weil du mich nicht verstanden hast.« Der Griff um ihr Kinn lockerte sich, beinahe zärtlich berührte er sie. »Gerade eben noch hattest du ein Leben. Und nun stehe *ich* vor dir.« Abrupt drückte er ihre Schulter gegen die Holzwand und begann, ihr die Daunenjacke auszuziehen.

Jasmin drückte ihr Kreuz durch. »Nein … Was soll das?«

Er schob ihren rechten Ärmel nach unten, ergriff ihr Handgelenk, zerrte die Jacke von ihren Schultern und warf sie in den Stallgang.

»Bitte, warum machen Sie das? Was wollen Sie?« *Dich nehmen. Mit dir machen, was ich will.* Er musste seine Lippen nicht bewegen, damit sie seinen ruhigen Tonfall in ihrem Innersten hörte. Jasmin bäumte sich auf. Sie spannte ihre Halsmuskeln an, in ihren Adern pochte es. Das Leder des Zügels ließ sich nicht brechen.

Er legte einen Finger auf ihre Lippen. »Ruhig. Alles ist miteinander verbunden. Du. Ich. Die anderen.« Langsam schob er seine Hände über ihren Bauch. Zwischen Jasmins Haut und seinen Fingern lagen nur noch die dünne Baumwollschicht ihres Pullovers und ihr Unterhemd. »Für alles, was passiert, gibt es einen Grund. Immer. Das ist das Gesetz des Universums.«

Jasmin spürte, wie sich seine Finger krümmten. Mit beiden Händen packte er den Stoff ihres Pullovers und zerrte daran, bis er mit einem scharfen Geräusch riss. Kälte drang durch ihr Unterhemd an ihre Haut. Der Geruch von Schimmel, süßlich und moderig, entstieg dem Mantel des Mannes. Sein Atem streifte ihr Gesicht.

»Nein ... Nicht ...«

Ein Windstoß erfasste die Scheune, so plötzlich, als sei ein Sturm erwacht. Das Tor klapperte. Laternen schepperten. *Jetzt.* Jasmin ballte die Fäuste und schlug sie dem Fremden ins Gesicht, schnell, noch schneller. Sie traf seine Wange, seinen Mund. Die Oberlippe platzte auf, Blut rann aus dem Riss. Sie streckte sich, trat mit dem Bein gegen seinen Oberschenkel, verfehlte nur knapp seine Lenden. Sie wollte noch einmal zutreten, da erwischte sie sein Faustschlag direkt unterm Kinn.

Ihr Hinterkopf knallte gegen die Latten. Der Stall drehte sich um sie. Ihr wurde schwindelig, ein Gefühl, das sie sonst nur empfand, wenn sie mit dem Lift in der Praxis viel zu schnell nach unten fuhr. Ihr Blickfeld verengte sich, als würde sie durch eine lange Röhre schauen. Alles um sie herum war grau in grau: Der Mann, sein Lächeln, Timmi, die Seile an der Wand, die Eimer auf dem Boden.

Er packte Jasmins Stiefel und zog sie ihr mit den Socken von den Füßen. »Wehr dich nicht. Gegen die Wahrheit gibt es keine Medizin.« Mit seinen Fingern fuhr er an der Innenseite ihrer Beine entlang, fand die Naht und riss ihre Reiterhose daran auf. Der Stoff gab knirschend nach.

Jasmin trat um sich, warf sich hin und her.

Der Mann band ihre Hände mit dem elastischen Material ihrer Hose an die unterste Holzlatte. Ihre Fingerspitzen berührten den Boden, sie ertastete Stroh und Erde unter sich.

»Der Stallwirt … er wird gleich kommen. Gleich …« Ihrer Stimme fehlte die Überzeugung. Nicht einmal für einen Selbstbetrug reichte ihr Gestammel.

Der Mann schüttelte den Kopf. »Nein, das wird er nicht.« Er erhob sich und nahm einen Besen, der an einem Gatter lehnte. Mit beiden Händen prüfte er den Stiel auf seine Biegsamkeit. Das Holz gab nicht nach. Er nickte und ging vor Jasmin in die Hocke.

»Dein Stallwirt sitzt jetzt zu Hause, wie er es immer um diese Zeit macht. Er lässt sich von seinem Fernseher einlullen und trinkt dazu billiges Bier.« Er winkelte ihre Beine an, drückte mit Gewalt, als sie die Knie versteifte. Jasmin schrie auf. Immer weiter presste er ihre Beine auseinander, spreizte sie, bis ihre Muskeln schmerzten.

»Nein. Bitte …«

Er band Jasmins Füße an die beiden Enden des Besenstiels und verknotete die Enden des Stoffs.

Sie zerrte an ihren Fesseln. Aussichtslos. Er hatte ihren Körper bis zur Bewegungslosigkeit fixiert. Mit weit gespreizten Beinen saß sie vor ihm. So hilflos.

»Ich werde von einer Freundin erwartet, wenn ich nicht komme, ruft sie die Polizei. Das wird sie tun, sie tut das, sie ruft an.« Ihre Worte überschlugen sich. »Sie ruft die Polizei.« Nur noch ein Flüstern kam über ihre Lippen.

Der Mann erhob sich. »Bis dahin sind wir längst fertig.« Er wandte sich um, als langweile ihn ihr Anblick. Anscheinend wollte er seinen Geist nicht weiter an ihrem Unverständnis vergeuden. Stattdessen schlenderte er zur Stallkammer. Vor der Tür blieb er stehen. Er band die Reste von Jasmins Hose um seine rechte Faust und schlug sie in das Fenster der Kammer. Das Glas klirrte, die Scherben rieselten zu Boden und fielen vor ihm zu einem splittrigen Haufen zusammen.

»Manchmal ist es nur 'ne Kleinigkeit, die ein Wesen vom Rest seiner Art unterscheidet.« Er bückte sich und schob die Glasscherben auseinander, als würde er in ihnen nach etwas suchen. »Taranteln, Jasmin. Taranteln ...«

Er war abgelenkt. Sie musste diesen Moment nutzen. Jasmin tastete den Boden neben sich ab. Im Stroh fühlte sie die Ränder eines Blecheimers. Daneben stand ein Besen, die harten Borsten kratzten über ihre Fingerspitzen. Beides unbrauchbar. Doch da lag noch etwas. Ein rechteckiger Gegenstand aus gegerbtem Leder: ein Etui.

Der Mann trat mit seinem Schuh in den Glashaufen. »Taranteln sind Spinnen, doch sie sind ganz anders als die meisten Arachniden.« Er schob die Splitter auseinander. »Taranteln stechen nicht, sie beißen. Und sie bauen keine Netze.«

Jasmin nahm das Etui in die Hände. Es war verschlossen. Ein Reißverschluss. Sie presste ihren Fingernagel in die Öffnung zwischen den Schieber und die kleinen Zähne. Der Stall gehörte ihrer Freundin Lisa, und Jasmin wusste, was sich in dem Etui verbarg: ihre einzige Überlebenschance.

Der Mann hob eine keilförmige Glasscherbe auf. Er hielt sie auf Augenhöhe, begutachtete sie. »Taranteln beobachten ihr Opfer sehr lange. Sie verlassen ihre Zuflucht und bewegen sich auf fremdem Terrain. Sie sind Meister der Improvisation.« Er umwickelte das breite Ende der Glasscherbe mit Stoff und wog das Gewicht in seiner Hand.

»Sie jagen aus dem Hinterhalt.« Er blickte über seine Schulter. »Verstehst du?«

Jasmin zwang sich zu einem Nicken, während sie versuchte, das Etui zu öffnen. Der Schieber hakte, sie konnte ihn aus dieser Position nicht über die Metallzähne bewegen.

Mit langsamen Schritten, als würde ihn völlige Ruhe umgeben, ging der Mann an Jasmin vorbei. Er betrat Timmis Box. Mit der flachen Hand fuhr er durch die Mähne des Rappen, klopfte mit kurzen Schlägen auf seinen Nacken. »Taranteln sind listig und schnell. Sehr, sehr schnell.«

Die Laternen vor den Fenstern schaukelten. Das Licht fiel für einen kurzen Moment in die Scheune und verschwand. Hin und her, immer wieder.

Mit einer blitzschnellen Geste, die Jasmin fast entgangen wäre, hob er den rechten Arm mit der Glasscherbe und rammte sie in Timmis Hals.

»Nein!« Ihr Schrei klang in einem Schluchzen aus. »Nein, nein …«

Mit beiden Händen zog er den Splitter durch die Haut des Pferdes, an die Stelle, wo sich Hauptvene und Schlagader kreuzten. Jasmin erkannte den tödlichen Schnitt sofort.

Timmi bäumte sich auf, er trat mit den Vorderläufen aus. Das Holz in der Stallung knirschte. Nur noch das Weiße in seinen Augen war zu sehen. Ein Zittern lief durch seinen schweren Körper. Aus seinem Maul drang ein Schnarren.

Sie wollte Timmi streicheln, seinen Hals stützen, bei ihm sein. Ihre Fesseln knirschten, doch sie rissen nicht.

»Eine Tarantel verzehrt ihr Beutetier an Ort und Stelle.« Der Mann zog die Glasscherbe aus Timmis Fleisch und schüttelte sein Handgelenk, als ob er den Splitter vom Blut des Rappen befreien wollte. »Verstehst du jetzt, wie eine Tarantel denkt, Jasmin?«

Der Wind rüttelte an den Fensterläden. Schneeflocken rieselten auf den Lichtfirst im Scheunendach. Das Mondlicht fiel ungehindert von der dämpfenden Kraft der Wolken in die Stallungen. Jasmins Drahtbürste lag im Stroh. Zwei braune Arbeitshandschuhe hingen an einem Gatter. Aus Timmis Nüstern drang blutiger Schaum.

»Du dreckiger Wichser.« Wut erstickte ihre Stimme, ließ sie in einem Raunen ausklingen. Sie senkte den Blick.

An ihren nackten Beinen klebten schwarze Erde und Stroh. In

ihren Augen stiegen Tränen auf. Die Halme, ihre Haut, die Erdklumpen – alles verschwamm zu einer breiigen Masse. Da war ein Gefühl von Enge in ihrer Brust. Ihr blieb zu wenig Luft zum Atmen.

Schließ die Augen. Mach die verdammten Augen zu. Das Gehirn hat die Konsistenz von Tofu. Die Länge aller Nervenbahnen beträgt fast sechs Kilometer. Je mehr ein Mensch träumt, desto höher ist sein IQ. *Fakten. Fakten. Bleib fokussiert. Sieh nicht hin.*

Schon als Kind hatte sich Jasmin mit diesem Täuschungsmanöver beruhigt, wenn sie sich mit ihrem Vater stritt und ein Gefühl tiefer Verzweiflung über sie hereingebrochen war. Sie musste raus aus der Scheune. Egal, wie. Der Mann würde sie wie Timmi töten. Das war die einzige Gewissheit, die ihr auf dem verdreckten Boden der Scheune geblieben war.

Sie zwängte ihre Finger in den Reißverschluss des Lederetuis, und endlich konnte sie den Holzgriff eines Hufmessers ertasten.

Timmis Körper wankte und krachte gegen die Holzlatten seines Stalls. *Nicht hinhören.* Mit Zeigefinger und Daumen schob Jasmin das Messer Zentimeter für Zentimeter aus der Spannhalterung der Hülle.

Der Mann näherte sich ihr. »Wir müssen denen da draußen das Wort schicken.« Er kniete vor ihr nieder. Die Glasscherbe lag in seiner Hand. »Das tut nicht weh. Mach dir keine Sorgen.« Wieder lag dieses angedeutete Lächeln auf seinen Lippen. »Ich kenne mich damit aus. Nur ein Wort. Ein einziges Wort.«

Bevor Jasmin reagieren konnte, setzte er die Spitze der Scherbe an ihrem rechtem Oberschenkel an und drückte zu, ganz sanft. »Bleib ruhig, sonst versaust du es. Und das willst du doch nicht, oder?«

Er erhöhte den Druck. Das Glas durchbohrte ihre Haut, brachte sie zum Pulsieren. Jasmin biss sich auf die Lippen. Er führte kurze Schnitte aus, ritzte mit großer Vorsicht, als ob er eine Zeichnung auf ihrem Oberschenkel anfertigte. Der Schirm seiner Kappe nahm ihr die Sicht, doch mit jedem Schnitt zog ein Brennen durch ihr Bein. Warmes Blut lief aus den feinen Wunden in ihrer Haut. Das Hufmesser lag kalt in ihrer Hand.

Der Mann legte den Kopf schräg und leckte sich über die Lippen. Er schien zufrieden.

Jasmin drehte die Klinge zwischen den Fingern, setzte die Schneide an ihrer rechten Handfessel an und schloss die Augen. Ganz vorsichtig bewegte sie das Hufmesser hinter ihrem Rücken auf und ab. Der elastische Stoff gab nach, Zentimeter für Zentimeter, immer noch ein wenig mehr. Schließlich riss das Gewebe lautlos über ihrem Handgelenk.

Der Mann beugte sich tief über ihre Beine. Die raue Wolle seines Mantels kratzte über Jasmins Knie. Sein warmer Atem glitt über ihre Haut, bevor er mit der Glasscherbe seine Schnitte setzte.

Da holte Jasmin aus. Mit der Klinge des Hufeisenmessers hackte sie auf seinen Hals ein. Ein Mal, ein zweites Mal. Keine vollen Treffer, sein Mantelkragen hatte ihn geschützt.

Er riss den Kopf hoch, wandte sich ihr zu. Sie zog die Schneide durch sein Gesicht. Auf seiner Wange bildete sich ein Striemen, der sich sofort mit Blut füllte.

»Sau...« Nur ein Wort entrang sich seinem Mund. Sein Oberkörper wankte, er kippte zur Seite. Seine Brille fiel ins Stroh. Jasmin holte noch einmal mit der Klinge aus und stach zu. Sie durchbohrte den Stoff seiner Hose, traf auf Widerstand und drückte das Messer in seinen Unterschenkel, bis seine Haut nachgab.

Kein Laut kam über seine Lippen. Der Mann stützte sich mit einer Hand vom Boden ab. Er wollte sich aufrichten. Seine Mütze rutschte herab. Die Kopfhaut schimmerte hell durch sein kurzes Haar.

Jasmin handelte ohne Umwege. Ein Schnitt mit dem Hufeisenmesser, die zweite Handfessel fiel. *Schneller*. Ihre zusammengebundenen Füße. Sie streckte die Arme aus, bis sie knirschten. Zwei Schnitte. Der Besen fiel zu Boden. Ihre Beine waren frei. Jasmin griff nach dem Lederriemen an ihrem Hals, der sie noch immer an der Stallwand festhielt.

Der Mann krümmte sich auf dem Boden. Mit einer Hand fuhr er sich über die Wange, dort, wo sie ihn verletzt hatte.

»Die kleine Sau will alles kaputt machen.« Er betrachtete die feinen Schlieren von Blut an seinen Fingern.

Jasmin hätte einen wutentbrannten Schrei erwartet, nicht diese kalte Sachlichkeit. Sie winkelte ein Bein an, nahm Schwung und trat mit ihrem Fußballen gegen das Kinn des Mannes. Er kippte nach hinten, fiel auf den Rücken.

Ein Poltern kam aus Timmis Stall. Der Rappe wankte aus seiner Box und schleppte sich in den Stallgang. Seine hängenden Lefzen, der gesenkte Kopf – nichts an ihm erinnerte noch an das Pferd, mit dem sie jahrelang durch den Wald galoppiert war. Timmis Vorderbeine knickten ein. Das Geräusch seines zusammenbrechenden Körpers klang gedämpft und weit entfernt. Er sackte neben dem Mann zu Boden.

Jasmin riss an den Zügeln um ihren Hals. Sie ertastete die harten Zwirnnähte in den Riemen, suchte nach einer vor Jahren geflickten Bruchstelle und fand sie. Mit der Schneide fuhr sie über die Quernaht. Auf. Ab. Auf. Ab. Immer wieder, bis das Leder brach. Ihr Hals lag frei. Sie atmete tief ein und rollte sich zur Seite.

Der Mann kniete neben ihr. Blut lief an seiner Wange herab. Seine Hand streifte Jasmins Bein. Die Berührung fuhr wie ein kalter elektrischer Schock durch ihren Körper. Er wollte sie packen, doch seine Finger rutschten an ihrer Ferse ab.

Jasmin zog sich an der Stallung empor. Ihre Beine zitterten, ein Taubheitsgefühl zog durch ihre Füße. Sie umklammerte das Messer fester als zuvor.

Das Tor der Scheune, es war etwa zwölf Meter entfernt. *Das schaff ich nicht. Niemals.* Sie erstickte alle Gedanken und öffnete ihrem Fluchtinstinkt die Tür. *Lauf!* Jasmin lief los. Stroh, kleine Steine und klumpige Erde pressten sich in ihre Fußsohlen. Ihre Beine übernahmen die Kontrolle. Sie blickte über die Schulter zurück. Timmi lag in einer Blutlache am Boden. Seine Nüstern zitterten. Mit glasigen Pupillen schaute er Jasmin nach. Sie ertrug seinen Anblick nicht, doch sie musste auch den Mann im Auge behalten.

Der richtete sich aus der Hocke auf. »Will die Sau spielen?« Er folgte ihr mit kleinen Schritten, ganz vorsichtig, dabei zog er sein verletztes Bein nach.

Jasmin erreichte das Tor. Der Türgriff lag kühl in ihrer Hand. Sie drückte die Klinke nach unten, presste ihre Schulter gegen das Holz. Das Tor bewegte sich, glitt knarrend zurück. Kaum tat sich ein schmaler Schlitz auf, schob sich Jasmin ins Freie.

Eisige Kälte schlug ihr entgegen. Der Schnee gab unter ihren Füßen nach, bis zu den Knöcheln versank sie in ihm, als sie in die Nacht rannte. In der klirrenden Kälte formten sich weiße Wolken aus ihrem Atem. Slip und Unterhemd, mehr hatte ihr der Mann nicht gelassen. Sie wollte die Arme vor der Brust kreuzen, ihre Haut wärmen, doch dann hätte sie an Tempo eingebüßt. Hinter ihr knarrte das Tor. Sie rannte vorbei an der Koppel. Ihr Wagen stand dreihundert Meter entfernt auf dem kleinen Parkplatz an der Straße. Der Autoschlüssel und ihr Handy steckten in ihrer Daunenjacke, die unerreichbar im Stall lag. Doch auf der unten angrenzenden Allee fuhren Autos. Dort war das Leben. Dort waren Menschen. Hilfe.

Am Wegrand schaukelten die Zweige der Birken. Ein Windspiel klirrte an einem Ast. Kinder hatten es dort im Herbst aufgehängt. Hinter sich hörte sie die schweren Schritte ihres Verfolgers. Unter seinen Schuhen knirschte der Schnee. Jasmin schaute sich um. Fünfzehn Meter, der Mann im langen Mantel war vielleicht noch fünfzehn Meter hinter ihr. Obwohl er humpelte, zog er sein Tempo noch mal an.

Blicke niemals zurück. Lauf, Jasmin! Richte die Augen immer auf die Ziellinie. Ihre Mutter war Sportlehrerin. Vor jedem Wettkampf auf der Hundertmeterbahn hatte sie ihr mit strengem Unterton diesen Rat gegeben – damals, als sie noch ein Kind gewesen war.

»Ich laufe, ich gucke nicht zurück«, flüsterte Jasmin. Sie winkelte die Arme an, sie spurtete, sog die kalte Luft ein. Schnee rieselte auf ihr Haar. Sie spürte keine Kälte an ihren nackten Füßen, nur das Pochen in ihren Oberschenkeln, die brennenden Schnittwunden. Doch sie sah nur geradeaus auf den verschneiten Weg.

Noch zweihundert Meter. Das Stapfen hinter ihr klang wie der Widerhall ihrer eigenen Laufgeräusche. Schneller. Sie musste noch schneller sein.

Die Allee kam näher. Nördlich von Jasmin, verborgen hinter den Apfelbäumen auf der Wiese, blitzten die Scheinwerfer eines Autos auf. Der Wagen fuhr die Straße in ihre Richtung hinunter. »Das kann ich schaffen. Ich schaff das.« Die Muskeln in ihren Waden verkrampften sich. *Lauf Jasmin.* Sie konnte den Motor des Wagens schon hören. Nur noch einhundert Meter.

Jasmin erreichte den Parkplatz. Ihr schwarzer Golf stand mit schneebedecktem Dach neben einem Pferdetransporter. Sie ignorierte das falsche Versprechen von Zuflucht und hetzte weiter.

Jasmin schnappte nach Luft. Sie konnte den Wagen auf der Straße stoppen. Wer immer hinter dem Lenkrad saß, er würde sie retten. Das Auto, sie musste nur das Auto erreichen, und alles war gut.

Zwei Krähen saßen auf dem Rand eines Mülleimers und pickten in Abfällen herum. Der Wind strich über Jasmins nackte Haut. Die Vögel schreckten auf und schlugen mit den Flügeln. Die Scheinwerfer waren noch fünfzig Meter entfernt. Das Brummen des Motors wurde durch die Luft getragen, war nun ganz nahe.

Jasmin spannte ihre Muskeln. Gleich, nur noch einen Moment, und sie war in Sicherheit.

Sie stolperte über einen vereisten Pfosten, fing sich, und erreichte endlich die Straße. Die Strahler des Wagens erfassten sie, das Licht blendete. Jasmin wankte in die Fahrbahn, sie riss ihre Arme hoch. »Hilfe!« Sie schrie ins Licht. »Hilfe!« Dicke Schneeflocken tanzten vor den Scheinwerfern. Die Bremsen des Wagens ratterten. Schnee knirschte. Scheibenwischer surrten. Für einen Moment stellte sie sich vor, was der Fahrer sehen musste: eine fast nackte Frau mit einem blutigen Messer in der ausgestreckten Hand. *Lauf, Jasmin!* Sie starrte in die Windschutzscheibe, direkt in ein bleiches Gesicht. Der Wagen rutschte auf sie zu, war direkt vor ihr, prallte mit der Stoßstange gegen ihre Unterschenkel und riss sie von den Beinen. Sie kippt, fällt. Das Gesicht hinter dem Lenkrad schreit etwas. Ihr Oberkörper schlägt auf die Motorhaube. Kaltes Metall, blendend weißer Schmerz, die Frontscheibe splittert, sie rutscht durch Eis, rutscht und fällt. Der Wagen stoppt. Sie liegt im Dunkeln. Spürt Asphalt unterm Schnee.

Die Krähen flogen davon. Ihr Krächzen hallte durch den Nachthimmel, bis es leiser wurde und schließlich ganz erstarb. Eine Böe trieb ein paar Zweige über die Fahrbahn.

Das Hufmesser lag in Jasmins ausgestreckter Hand. Blut lief in einem Rinnsal von der Klinge und verfärbte den Schnee.

2. KAPITEL

Das Eis spritzte unter Alberts Kufen davon. Er jagte mit Höchstgeschwindigkeit über den zugefrorenen See und beugte dabei den Oberkörper weit vor, als folgte er einer geheimnisvollen und nur für ihn sichtbaren Fährte. Christine konnte seine pfeilschnellen Bewegungen kaum mitverfolgen.

Kinder auf wackligen Beinen und ihre besorgten Eltern trotteten in der Nachmittagssonne über die Eisfläche im Park. Bunte Schals flatterten im Wind. Albert zog seine Bahnen, drehte sich um die eigene Achse und winkte Christine zu.

Sie saß am Rand des Ufers auf den Wurzeln einer Eiche. Mit den Fingerspitzen strich sie über die scharfen Kufen ihrer Schlittschuhe. Schon merkwürdig, wie Menschen so viel Vergnügen daran finden konnten, über einen zugefrorenen See zu schliddern und sich dabei regelmäßig Arme und Knie aufzuschlagen.

»Komm schon, Christine! Macht richtig Spaß«, rief ihr Albert zu. Er sprang über einen Ast, der aus dem Eis ragte.

Christine winkte ab und zog eine Packung Gauloises aus ihrer Tasche. Sie legte sich auf den Rücken, entflammte eine Zigarette und blickte den Rauchkringeln nach, die zwischen den schneebedeckten Zweigen der Eiche in die Höhe stiegen und im Wind zerfächerten.

Im Herbst starb alles, aber der Winter war die wirkliche Jahreszeit des Todes. Christine hasste die quälend langen Monate, bis sich die Sonnenstrahlen durch die grauen Wolkendecken bohrten und das Leben wieder begann. Sie sehnte sich nach den langen, lauen Tagen und den Sonnenuntergängen, die sie so gerne vom Dach ihres Hauses aus beobachtete. Noch vier Monate, dann würde sie wieder für ihre Reportagen durch die Hitze Nigerias wandern, Sanddünen überqueren und auf den Golf von Guinea blicken. Die Welt voller Kriege, Armut und Korruption erschien ihr an diesem kalten Sonnabend im Park so weit entfernt wie ein Planet am anderen Ende der Milchstraße.

Journalisten sind ruhelose Wanderer. Christine hatte ihren alten braunen Lederkoffer schon durch alle Kontinente dieser Erde geschleppt. Sie hatte Intrigen im europäischen Parlament aufgedeckt, Schleuserringe enttarnt, sich mit Drogenkartellen angelegt und Serienmörder gestellt. Das Leben einer Getriebenen kannte keine Endhaltestellen, aber vielleicht war sie nun an einer Ziellinie angekommen. Sie zog den goldenen Ring aus ihrer Hosentasche und drehte ihn zwischen Zeigefinger und Daumen. Nur ein Stück Metall, und doch änderte es alles. Sie hob den Ring über ihren Kopf und schaute durch den Kreis in den Himmel. Da war ein neues Leben. Sie würde Alberts Frau werden, schon bald, noch bevor sie ihren einunddreißigsten Geburtstag feierte. Sie hatte ihm das Versprechen gegeben, und mehr noch: Sie hatte es sich selbst versprochen.

»Hammer! Ich fahr noch drei Runden, dann machst du mit.« Albert rauschte auf seinen Kufen in geduckter Haltung über den See davon. »Bis gleich.«

»Bis gleich, und dann für immer«, flüsterte ihm Christine hinterher. Doch zuvor musste sie für Klarheit sorgen.

Wo ein Geheimnis ist, da ist etwas nicht in Ordnung, hatte ihr Vater immer gesagt. Die ganze Welt wurde von Unklarheiten und Mysterien vernebelt, aber wenn zwei Menschen für immer zusammenbleiben wollten, mussten sie besser sein als der Rest. Ehrlicher. Albert war ein Teil von ihr. Er musste wissen, wer sie wirklich war. Keine Ausreden mehr, keine Geheimnisse.

Etwas kratzte über die Eisfläche ganz in ihrer Nähe. Ein Knarren folgte, dann ein Poltern. Jemand atmete schwer.

Christine richtete sich auf.

Vor ihr lag ein höchstens zwölfjähriges Mädchen auf dem Eis. Es schlang die Arme um seinen Körper und krümmte sich. Aus dem geöffneten Mund des Kindes drang kein Laut, als würde es den Schmerzensschrei noch im Hals mit aller Gewalt ersticken.

»Na, nun stell dich mal nicht so an. Das kannst du doch viel besser.« Die Frau am Ufer richtete den Pelzkragen ihres Mantels. »Na los, steh auf. Komm, Paulina. Mach schon. Stell dich nicht so an.«

Das Mädchen blieb liegen und verbarg das Gesicht zwischen seinen wollenen Fäustlingen.

Christine schob sich die Zigarette in den Mundwinkel. Sie beugte sich vor und streckte ihr die Hand hin. »Pack zu. Ich helfe dir.« Wenigstens gab es am See einen Menschen, der ebenso wenig mit Schnee und Eis anfangen konnte wie sie.

»Nein, das muss sie alleine schaffen. Sie braucht Ihre Hilfe nicht. Das muss sie lernen. In der Schule hinkt sie auch allen anderen hinterher.« Die Frau hatte ihr blondes Haar am Hinterkopf hochgesteckt. Sie trug ein modisches Pelzmäntelchen und Stiefel mit für dieses Wetter viel zu hohen Absätzen. Über ihrer Schulter hing eine Hermès-Tasche, die Christine einen halben Monatslohn gekostet hätte. Die gesamte Erscheinung der Frau erzählte von einem Leben, in dem Status und Neid eine nicht zu unterschätzende Rolle spielten. Sie ignorierte Christine und reckte ihr Kinn vor: »Paulina! Komm!«

Drei Meter hinter ihr stand ein hagerer Mann.

Schneeflocken schwebten vom Ast eines Baumes auf sein sorgfältig gescheiteltes, dünnes Haar. Er hatte beide Hände in den Taschen seines Mantels versteckt und wich allen Blicken aus, wie es nur jemand tat, der sich der besonderen Peinlichkeit einer Situation bewusst war. Der Mann hätte ein Beamter sein können, der ganze Wochen damit verbrachte, die Brückentage in seinem Urlaubsplan optimal zu platzieren. Die beiden waren offensichtlich ein Paar.

Christine stieß noch einmal zwei dunkle Rauchringe aus, die in die Luft aufstiegen. Sie setzte ihre Kufen aufs Eis und hielt mit Mühe die Balance. »Schmerz ist immer ein mieser Lehrmeister.« Sie zog das Mädchen an den Armen in die Höhe. »Nur weil jemand darauf pocht, erwachsen zu sein, musst du ihm nicht jeden Unsinn glauben.«

Die Blonde verschränkte die Arme vor ihrer Brust. Sie schnaufte lautstark. Wahrscheinlich fehlten ihr die richtigen Worte, und doch wollte sie ihre Empörung zum Ausdruck bringen.

Das Mädchen lächelte Christine aus dunklen Augen an. Die Haut an seinem Kinn war durch den Sturz aufgeschürft. Es sagte nur ein Wort: »Danke.« Die leise Stimme ging im Rauschen des Windes fast unter.

Die blonde Frau trat näher an den Uferrand. »Ratschläge zur Kindererziehung von einer Frau mit Kippe im Mund. Na, da lege ich ja ganz besonderen Wert drauf.« Sie schlug ihre Handschuhe aneinander. »Nur dass Sie das mal wissen.«

Christine entschied sich für eine Antwort aus ihrem bewährten Repertoire für verabscheuungswürdige Personen. Sie nahm die Zigarette aus dem Mund, deutete damit auf den Pelzmantel der Frau und blies eine Rauchwolke in den Himmel. »Das tote Tier da um Ihre Schultern, das benutzen Sie anscheinend als Gebrauchsanweisung für den Umgang mit allen Lebewesen.«

In der Mitte des Sees ließen Kinder Steine übers Eis hüpfen. Ein Hund zerrte an der Leine seines Herrchens und bellte die Enten an.

Die Frau spitzte die Lippen. Ihr schmaler Mund wirkte wie in die Haut geritzt. »Komm, Paulina. Los, weiter. Wir gehen. Abmarsch.« Sie hob den Kopf und verließ die kleine Arena, die Christine so kunstvoll gebaut hatte. Die hohen Absätze ihrer Stiefel schlugen bei jedem Schritt mit einem Klacken auf die gefrorene Erde.

Das Mädchen stieß sich mit den Kufen auf dem Eis ab, glitt dicht am Ufer entlang und folgte seiner Mutter. Nach ein paar Metern drehte es sich noch einmal um. Zögerlich hob es die Hand und winkte Christine zu, ganz so, als ob es sie streicheln wollte. In dieser Geste lag eine Zärtlichkeit, wie sie Christine niemals zuvor bei einem Kind erlebt hatte.

Knirschende Schritte näherten sich ihr. Der Mann im Mantel trat so behutsam auf, als würde er über Glas gehen.

»Entschuldigen Sie meine Frau, bitte.« Er sprach mit leiser Stimme. »Sie ist manchmal ein wenig ...«

»Schon gut. Ich habe sie in genau dieser Sekunde schon wieder vergessen.«

Um seine Mundwinkel zeigten sich zwei feine Grübchen. »Geht mir manchmal auch so.« Er strich über sein dünnes Haar und blickte über den See. »Unsere Tochter ist krank.« Mit der Schuhspitze scharrte er ein Häufchen Schnee zusammen. »Multiple Sklerose. Und meine Frau glaubt, dass wir die Krankheit mit aller Härte bekämpfen müssen. Unsere Tochter muss tough sein, wenn sie leben will. Ich sehe das ein bisschen anders.« Der Mann schaute Christine an. »Sie wollten ja nur helfen, darum erzähle ich es Ihnen.«

»Das wusste ich nicht.«

»Wie hätten Sie das auch wissen können?« Er trat den Schnee vor sich platt. »Wenn wir immer alles über fremde Menschen wüssten, dann wäre das hier eine andere Welt.«

Schneekristalle hatten sich auf dem Ärmel seines Wollmantels festgesetzt. Mit einer knappen Bewegung wischte er sie fort. »Aber vielleicht keine bessere.«

Bevor Christine etwas entgegnen konnte, hob er zum Abschied kurz die Hand und folgte seiner Frau auf dem schmalen Uferweg.

Drei Menschen. Eine Familie, die ein unsichtbares Leid verband. Die Wahrheit blieb für alle anderen im Verborgenen. Nichts war, wie es schien. Christine nahm einen tiefen Zug an ihrer Zigarette.

Alberts Kufen kratzten über das Eis. Er machte eine scharfe Kehre und kam direkt vor ihr zum Stehen. »Ach, meine dunkle Eisprinzessin lässt ihre grimmigen Blicke in der Landschaft kreisen.« Er packte sie an den Händen und stieß sich mit den Zacken der Kufen ab. Sie glitten gemeinsam übers Eis.

Ein Kind weinte am Ufer, weil es die Schnürsenkel seiner Schlittschuhe zerrissen hatte. Ein Hund winselte, ihm fehlte der Mut, seinem Frauchen aufs Eis zu folgen.

»Was ist los? Was hast du?« Über Alberts Nasenbein zeigten sich zwei sichelförmige Falten, die Ausdruck seiner ernsthaften Besorgnis waren. Wenn Christine jetzt nicht schnell genug antwortete, folgte ein minutenlanges Verhör.

Mit Mühe hielt sie sich auf den Schlittschuhen, verlagerte ihr Gewicht aufs rechte Bein und bremste. Sie lehnte ihren Kopf an Alberts Brust, fühlte das kalte Leder seiner Jacke an ihrer Wange. »Ich komme aus Cancale. Solche Temperaturen sind einfach nichts für mich.«

»Das weiß ich doch. Aber im Ernst? Komm, sag schon.« Er legte die Arme um sie, sein warmer Atem strich über ihr Gesicht.

Das Problem an Beziehungen war, dass alle erprobten Verschleierungstechniken irgendwann ihre Wirkung verloren, wenn sich zwei Menschen lange kannten. Christine nahm zwei kurze Züge von ihrer Zigarette. »Ich habe darüber nachgedacht, wie weh Wahrheiten manchmal tun können. Aber vielleicht sind sie trotzdem besser als Lügen. Oder Ungesagtes.«

»Alles, was du sagst, sollte wahr sein. Aber nicht alles, was wahr ist, solltest du auch sagen.«

»Ist das von dir?« So ein pragmatischer Spruch wollte nicht zu Alberts gefestigtem Charakter passen.

Er räusperte sich. »Nein, also, das ist von meiner Mutter. Das hat sie immer gesagt, wenn sie in ihrer Apotheke überteuerte Kräutermischungen an die Rentner verscherbelt hat.«

»Reizend, deine Mutter. Ganz entzückend.« Sie strich über Alberts kurze Locken. »Aber ich meine uns und das, was wir voneinander wissen.«

Albert warf seinen Schal nach hinten. »Gestatten, Albert Heidrich. Sohn einer alten Apothekerfamilie aus Bayern. Zoff mit der erzkonservativen Mutter. Geflohen nach Berlin. Mathematikstudium. Kurze Karriere als Hacker in Kreuzberg, kriminell, aber nie erwischt worden. Dann Wirtschaftsjournalist, womöglich eine gute Partie für heiratswillige junge Dinger.« Albert küsste ihr Haar. »Du weißt echt alles über mich, Christine. Du hast alles aus mir rausgekitzelt, jede Ex-Freundin, jedes Missgeschick. Einfach alles. Ich stehe nackt vor dir.« Er fuhr mit den Lippen leicht über ihren Mund. »Und wenn *du* Geheimnisse hast, dann schaffe ich es einfach nicht, sie zu knacken.«

Albert war nie der Typ gewesen, der kleinen Kindern am Strand die Sandburgen zertritt. Manchmal, wenn Christine nachts im Bett lag und nicht einschlafen konnte, las er ihr Geschichten aus einem vergilbten Märchenbuch vor. So lange, bis er heiser war, ihre Gedanken langsamer kreisten und ihre Lider schwerer wurden. Seit dem Tod ihres Vaters nahm Christine Schlaftabletten, und Albert hatte auf seine Weise den Kampf gegen ihre Sucht aufgenommen. Er verdiente alles an Wahrheit, was sie ihm geben konnte. »Ich möchte dir was zeigen. Etwas von mir. Heute noch.«

Er blinzelte. »Jetzt sofort, auf der Stelle?«

»Klar, warum nicht?«

In diesem Moment brummte es in Christines rechter Jackentasche. Ihr Handy. Sie warf die Zigarette aufs Eis, wo sie langsam verglühte. Christine zog das Handy aus der Tasche. Auf dem Display flimmerte der Name *Mike Schneider*. »Ist ein alter Kontaktmann von mir. Ein Polizeireporter.«

Albert zuckte mit den Schultern. »Noch nie gehört.«

Mike war ein Bekannter aus den Zeiten vor Albert. Er gehörte zu den Reportern, die nachts in ihrem SUV schliefen und den Polizeifunk belauschten. Er war ein Mann, der ohne Freunde, Frauen und ohne echtes Leben auskam – er kannte keinen Kummer, den er nicht mit einem ordentlichen Glas Gin runterkippen konnte. Wenn er sie anrief, musste es um eine gute Geschichte gehen. Sie drückte die Sprechtaste auf dem Display. »Christine Lenève.«

»Hey, ich bin's, Mike. Hör mal, ich hab vielleicht was für dich.« Er sprach leise und verschluckte die Satzenden. Typisch für ihn, wenn er nervös war. »Bin grad in der Charité in der Klinik und ...«

»Lass mich raten: Deine Leber?«

Mike lachte heiser. »Bist 'n kluges Mädchen, Christine. Hübsch und schlau. Warste schon immer. Jetzt pass auf. Die haben hier 'ne Frau eingeliefert. Aber weißte, was komisch is?«

»Na?«

»Da kommste nicht drauf«

»Nein, Mike. Wahrscheinlich nicht.« Den genervten Unterton in ihrer Stimme konnte sie nicht verbergen. Christine hasste es, wenn jemand Informationen künstlich hinauszögerte. Mit den Kufen ihres Schlittschuhs zerteilte sie die erkaltete Kippe auf dem Eis. Ein dicklicher Mann schoss mit Gleitschritten ganz nah an ihr vorbei und zwinkerte ihr zu.

Albert blickte ihm mit zusammengekniffenen Lippen nach.

»Na los, Mike, raus damit. Ich höre.«

»Die haben die Frau in 'nen gesperrten Bereich in der Klinik gesteckt. Hier stehen überall Bullen rum, sieht aus wie in 'nem Hochsicherheitstrakt, und da hab ich mal guckigucki gemacht und 'ne Schwester angehauen.«

»Und?«

»Riecht nach Vergewaltigung oder Überfall. Dachte ich. Aber

so 'nen Aufwand machen die normalerweise nicht. Da steckt was Größeres dahinter. Und jetzt wird's spannend. Das ist die Frau von 'nem Kriminalkommissar. Die heißt Jasmin Dom.«

Christine presste das Handy ans Ohr, bis es wehtat. »Dom?« Sie hatte den Namen bereits beim ersten Mal verstanden und sprach ihn nur laut aus, damit er ihr glaubhafter erschien.

»Jasmin Dom. Genau.«

»Die Frau von Tobias Dom.«

»Du kennst den?« Es rauschte im Handy.

»Ja.« Christine schlug ihre rechte Kufe ins Eis. »Leider.«

»Tobias Dom.« Albert flüsterte den Namen. Er hob beide Augenbrauen.

»Danke, Mike. Du hast einen gut.« Christine beendete das Gespräch und schob ihr Handy in die Jackentasche. »Sieht aus, als ob unser alter Freund ein Riesenproblem hat.«

Albert schüttelte den Kopf. »Kleine Welt.«

»Aber diesmal zieht er uns nicht mit rein.« Sie zog den Reißverschluss ihrer Jacke bis zum Anschlag hoch. »Diesmal nicht.«

3. KAPITEL

Ihr dunkles Haar quoll unter der Kopfhaube hervor. Ihre Augen zuckten unter geschlossenen Lidern. In ihrem künstlichen Schlaf schien es keine Erlösung zu geben, nur schlechte Träume. Weiße Laken umhüllten ihren Körper, der starr im Bett lag.

Dom hielt Jasmins Hand. Wie kalt sie war. Er wartete auf eine Regung, wenigstens ein leichtes Zittern ihrer Finger. Vergeblich. Jasmin lebte am Rand des Todes.

Über dem Krankenzimmer hing der vanillige Geruch von Phenol. Fingerdicke Infusionsschläuche kamen aus ihrem Körper und endeten in brummenden Maschinen. Die Ventrikelkatheter einer Hirndrucksonde klemmten über dem Bettgestell. Das Beatmungsgerät surrte. Auf einem Monitor flimmerten rote und gelbe Kurven.

Dom verabscheute Krankenhauszimmer. Der quadratische Raum mit seinem Handwaschbecken und dem Desinfektionsmittel, die blauen Plastikmäntel, Hauben und Fußüberzieher, die in einem Regal gestapelt waren und im Falle einer Infektionskrankheit für Besucher griffbereit lagen – das ganze Zimmer erzeugte in ihm einen Fluchtimpuls.

Vor dem Fenster lag die Parkanlage mit ihren akkurat geschnittenen Hecken. Eine Eisschicht überzog den kleinen Bach daneben. Schnee fiel vom Himmel. Vom Dach hingen kristalline Zapfen. Dom hatte seine Kindheit viel zu oft in den sterilen Gängen von Kliniken verbracht, weil ihm das Asthma die Luft raubte und er fast an Hustenattacken erstickt wäre. Tag für Tag hatte er gekämpft und die Krankheit niedergerungen, bis er ein normales Kind sein konnte. Nie wieder seither hatte sich Dom so hilflos gefühlt wie in den vergangenen Minuten auf der Intensivstation.

Er fuhr über Jasmins Bauch, erfühlte die Kühldecke und die eckigen Eispackungen unter der Decke. Die Ärzte hatten ihren Körper auf zweiunddreißig Grad heruntergekühlt. Das künstliche Koma war die medizinische Maßnahme auf ihr Schädel-Hirn-Trauma.

Er berührte ihren Mund mit dem Zeigefinger, strich über ihre rissigen Lippen. So oft hatte er ihre Sommersprossen gezählt und auf die klugen Worte gehört, die aus ihrem Mund gekommen waren. Dann hatten die sinnlosen Streitereien begonnen. Jasmins Eltern waren zwei alte Hippies, die nie verstanden hatten, warum sich ihre Tochter ausgerechnet einen Polizisten angeln musste. Jasmins Vater bezeichnete ihn gerne als »Handlanger eines reaktionären Polizeistaates«, während er sich einen Joint drehte oder seinen grauen Zopf in Form zupfte. Dabei besaß er vier Eigentumswohnungen in Berlins bester Lage, mit denen er seine Mieter bis auf den letzten Cent ausplünderte. Jasmins Mutter stimmte gerne in den Chor der Verachtung ein, wobei sie ihrem Mann durch die Schwaden ihrer dampfenden veganen Klößchen zunickte. Die beiden hatten Doms Ehe vergiftet, Jahr für Jahr, und am Ende gewannen sie auch noch. Seit acht Monaten lebten er und Jasmin getrennt. Ihre Ehe war am Ende.

Er ging zum Fußende des Bettes und legte die Hände auf das kalte Gestell. Was gewesen war, spielte keine Rolle mehr. Nur die Gegenwart zählte. Wer immer Jasmin das angetan hatte, er würde dafür bezahlen. Dom umklammerte das Bettgestell, bis seine Handknöchel spitz hervortraten.

Ein Klopfen ertönte an der Tür.

»Ja?«, rief Dom. Das Pochen klang leise und doch hektisch, wie es für eine herrische Natur üblich sein mochte.

Die Tür wurde aufgeschoben. Das hagere, gebräunte Gesicht des Ersten Kriminalhauptkommissars Alexander Finkel zeigte sich. Seine Brille war von der plötzlichen Wärme beschlagen, doch das Blau seiner Augen verlor dadurch kaum an Intensität.

»Hallo Tobias. Wie ich sehe, Sie sind vor uns hier eingetroffen.«

Hinter seiner Schulter tauchte der Kopf von Nicole Siewers auf. Natürlich, ohne seine Kriminaloberkommissarin wäre Finkel niemals hier erschienen. Die beiden bildeten eine Einheit, und manchmal hatte Dom das Gefühl, dass sie dem kompletten Landeskriminalamt ihr professionelles Arbeitsverhältnis nur vorspielten.

Nicole Siewers strich einen Fussel von Finkels Mantel und trat ans Krankenbett. Ihr Blick wanderte über Jasmins Körper. Sie schob ihr Brillengestell hoch und seufzte: »Das tut mir wirklich sehr leid, Tobias. Muss schrecklich sein, einen geliebten Menschen in einem solchen Zustand sehen zu müssen.« Sie berührte ihn an der Schulter. Ihr süßes Parfum stieg in seine Nase. »Einfach nur schrecklich.«

Dom zeigte zur Tür. »Was machen die ganzen Polizisten in dem Schleusengang? Wer hat die hierherbeordert?«

Siewers warf Finkel einen Seitenblick zu, wie Dom ihn sonst nur von Geheimnisträgern kannte, die ungern ihre Informationen offenlegten. Sie drehte eine Haarsträhne zwischen ihren Fingern und schaute zu Boden.

Finkel lief zielstrebig um das Bett herum. Er zog Handschuhe und Mantel aus und legte sie mit Sorgfalt über eine Stuhllehne. »*Ich* habe die Beamten geschickt. Sie bewachen Ihre Frau, Tobias.«

»Ex-Frau«, flüsterte Dom so leise, dass die beiden es nicht hören konnten.

Finkel trat ans Fenster und legte beide Hände aufs Glas, während er nach draußen schaute. »Sie haben nicht nach dem *Warum* gefragt. Ich habe mir auf der Fahrt hierher überlegt, wie ich es Ihnen sagen soll.« Mit den Fingerspitzen fuhr er über die Scheibe, so hart, dass es quietschte.

Dom trat neben ihn. »*Was* wollen Sie mir sagen?«

Siewers spielte an ihrer Halskette herum. Sie schob die aufgereihten Perlen hin und her. »Tobias, es ist ...« Finkel hob die Hand, und sie verstummte.

Vor dem Krankenhaus startete ein Wagen mit durchdrehenden Rädern. Geschirr klapperte auf dem Gang vor der Tür.

»Warum sagen Sie mir nicht, was hier los ist?« Dom sprach mit gedämpfter Stimme, doch am liebsten hätte er seine Frage in die erstarrten Gesichter gebrüllt.

Finkel studierte ihn durch die rechteckigen Gläser seiner Designerbrille. Seine blauen Augen wanderten über Doms Gesicht. Es fühlte sich an, als zerlegte er es in kleine Teile, als würde er einen Frosch im Biologieunterricht sezieren.

Seit fünf Monaten leitete Alexander Finkel als Erster Kriminalhauptkommissar seine Abteilung im Landeskriminalamt. Er war der sprichwörtliche neue Besen, ein Aufwühler und Antreiber, der seine Untergebenen in loyal und illoyal einteilte. Dom wusste noch nicht, wie Finkel ihn einschätzte, als brauchbar oder unbrauchbar.

Über Finkels sonnengegerbte Stirn zogen sich zwei tiefe Falten. »Ihre Frau ist in der Scheune des Reitgestüts in Bernau überfallen worden. Sie ist entkleidet worden. An ihrem Körper fanden sich Spuren einer Fesselung und diverse Prellungen. Keine Anzeichen von Vergewaltigung. Sie konnte fliehen und wurde dabei von einem Auto erfasst.«

Dom nickte. »Das deckt sich mit allen Informationen, die ich auch habe.«

Finkels Kiefer spannten sich. »Der Täter ist männlich. Wir haben Fußabdrücke im Schnee gefunden, und ... Er ist Ihnen nicht unbekannt.«

Dom stutzte. Sie kannten den Täter. Jemand, der wusste, dass Jasmin in Bernau ausritt. Er ging in Gedanken Namen und Gesichter von gemeinsamen Freunden durch. Doch da war niemand, dem er eine solche Tat zutraute.

»Sie wissen, wer der Täter ist?«

Nicole Siewers atmete hörbar aus. Die Heizung gluckerte.

Finkel nahm seine Brille ab und massierte seinen Nasenrücken. »Ja und nein.«

Siewers senkte den Kopf. »Tobias, es ist ...« Sie sprach sehr leise, als ob sie Angst davor hätte, Jasmin aus ihrer künstlichen Traumwelt zu reißen. »Es ist der Kratzer. Der Irre ist zurückgekehrt.«

Das Beatmungsgerät im Zimmer flirrte. Dom nahm sein eigenes Keuchen wie ein Rauschen wahr, das er beherrschen musste, wenn er die Kontrolle über sich behalten wollte. *Langsam die Luft einziehen, keine Aufregung. Du bist nicht mehr der kleine Junge mit dem Asthma.* Er beugte den Oberkörper vor und stützte sich auf das Bettgestell. »Das heißt ... der Angriff auf Jasmin war kein Zufall.«

Polen. Das zerschlagene Gesicht des Kratzers blitzte vor ihm auf – die dürre Gestalt, die wie eine zerschmetterte Marionette vor ihm im Sand gelegen hatte. *Es ist erst vorbei, wenn ich tot bin,* das hatte der Wahnsinnige damals gesagt. Jetzt, sieben Jahre später, erfüllte sich seine Drohung. Er war wieder da.

Die Adern an Jasmins Stirn schimmerten bläulich durch die Haut. Wie schneeweiße Täler und Hügel erhoben sich die Falten in der Bettdecke, unter der ihr Körper verborgen lag.

Dom richtete sich auf. »Woher wissen Sie, dass *er* es ist? Warum sind Sie so sicher?«

Finkel deutete auf Jasmin. »Weil wir seine Handschrift entdeckt haben.«

Die Perlen an Siewers' Halskette klirrten, als sie wie zur Bestätigung nickte.

»Sie meinen ...?«

Dom ging zum Kopfende des Bettes. *Verzeih mir*, formte er stumm seine Entschuldigung und strich über Jasmins kalte Wange. Er zog die Bettdecke zur Seite, schob die Kühlpacks an den Rand der Matratze und trat einen Schritt zurück.

Jasmins Arme und Beine ragten aus dem kurzen Krankenhemd hervor. Die Hämatome hatten Spuren auf ihrer Haut hinterlassen. Purpur- und braunrote Flecken zogen sich über Arme und Unterschenkel. Die geplatzten Blutgefäße, all die farblichen Abstufungen, sie wirkten wie Landkarten auf ihrem Körper. Dom erahnte den Schmerz, den sie erlitten hatte. Er blinzelte die Tränen fort, die in ihm aufstiegen.

»Der rechte Oberschenkel.« Finkel räusperte sich. »An der Innenseite.«

Dom hob Jasmins Krankenhemd über dem Bein an. Noch verhüllten die paar Gramm Stoff in seiner Hand eine Wahrheit, die er nicht glauben wollte. Er schlug den Saum des weißen Stoffs zurück.

Inmitten der dunklen Hautverfärbungen erhoben sich rote Striche, Kratzer, gefüllt mit geronnenem Blut.

Wahrscheinlich vier Buchstaben. Sie wurden verdeckt von Jasmins dicht aneinanderliegenden Beinen. Er wollte ihre Schenkel vor Finkel und Siewers nicht spreizen, ein Gefühl von Scham hielt ihn zurück. Darum legte er behutsam eine Hand auf ihre Haut und fuhr über die Innenseite ihres Beins. Ganz vorsichtig. Die Geste kam ihm vertraut vor, wie eine alte Gewohnheit, die er sich nicht abgewöhnen konnte. Kurz sah er die tote Lehrerin am See vor sich, dann das aufgeschlitzte Mädchen aus Köslin. Er verdrängte die Bilder und konzentrierte sich auf seinen Tastsinn. Der erste Buchstabe bestand aus vier Balken. Ein *E*. Daneben zwei gleiche Buchstaben: *M*. Dann erfühlten seine Fingerspitzen die eckigen und scharfen Schnittwunden eines *A*. Das Wort lag vor ihm.

Aus dem Zimmer nebenan ertönte ein Lachen. Auf dem Gang quietschten die Räder des Geschirrwagens. Die Sirene eines Krankenwagens schallte über das Klinikgelände.

Emma.

Niemals. Unmöglich. Nein.

Er musste sich getäuscht haben. Dom schob Jasmins Oberschenkel zur Seite.

Emma.

Er wollte sich selbst misstrauen, doch die blutverkrusteten Spuren ließen keinen Zweifel zu. Der kleine Querbalken am Fuß des letzten Buchstabens fiel ihm ins Auge. Das unverwechselbare Zeichen an jedem A, das der Kratzer auf seinen Opfern hinterlassen hatte.

Die Vergangenheit sprach zu Dom, und sie drohte ihm.

Er wandte sich dem Fenster zu, verbarg seine zitternden Hände in den Hosentaschen. Im Glas der Scheiben spiegelten sich Siewers und Finkel wie zwei gespenstische Erscheinungen. Wolken zogen über die verblassende Nachmittagssonne.

Dom nickte sich selbst in der Scheibe zu. »Er will es zu Ende bringen. Gut. Den Gefallen werde ich ihm tun.«

4. KAPITEL

Der leere Blick der Frau verlor sich im Himmel. Bäume mit Früchten umgaben sie. Wie sie da in ihrem Garten stand, bekleidet wie eine Bäuerin mit einem braunen Rock und einer derben Stoffbluse, war sie längst selbst zu einem Teil der Natur geworden. Erst bei näherem Hinsehen ließ sich im Gesicht der jungen Frau, in ihren blauen Augen, eine schwer greifbare Besessenheit entdecken.

»Gefällt es dir, Albert?« Christine zeichnete den Rahmen des zweieinhalb Meter hohen Ölgemäldes mit den Händen nach.

Zwei Rentner liefen mit gebeugtem Rücken durchs Museum. Trotz ihrer gewaltigen Brillen berührten sie die naturalistischen Bilder fast mit ihrer Nasenspitze. Neben dem Eingang stand ein schlaksiger Typ in einer viel zu großen Museumsuniform. Er kontrollierte die Karten und wies den Besuchern den Weg in die weitläufige Glashalle.

Albert schob sich einen Erdbeerkaugummi in den Mund. »Je länger ich auf das Gemälde starre, desto düsterer wird es. Richtig gruselig.«

Die feinen Grübchen um Christines Mund vertieften sich.

»Es ist wunderschön.«

Albert konnte sich nicht für die bedrückende Schwere des Gemäldes begeistern, doch er liebte diesen Moment und seine Stille. Wie ein normales Paar saßen er und Christine auf einem schwarzen Chipperfield-Sofa im Museum. Solche Augenblicke gab es in ihrem Leben nur selten.

»Das ist die Jeanne d'Arc von Lepage. Das Gemälde war eine seiner letzten Arbeiten. Er ist mit siebenunddreißig Jahren gestorben.« Sie lehnte sich an seine Schulter. »Mein Vater hat mir eine kleine Reproduktion von dem Bild geschenkt, in einem silbernen Rahmen. Da war ich noch ein Kind.« Christine legte ihre Hand auf seinen Oberschenkel, er spürte die Wärme ihrer Haut durch den Stoff seiner Jeans. »Die Jeanne ist mein Lieblingsbild, schon seit ich acht bin«, raunte sie ihm ins Ohr.

»Das hast du mir noch nie erzählt.«

»Wenn ich es dir früher schon erzählt hätte, wäre es ja kein Geheimnis mehr.« Ihr warmer Atem fuhr über seinen Hals. »Und dann könnte ich es jetzt nicht mit dir teilen.«

Ihrer eigenwilligen Logik hatte Albert nichts entgegenzusetzen.

Christine war im Haus eines Polizisten aufgewachsen. Mit siebzehn musste sie den Tod ihres Vaters verkraften. Remy Lenève war Inspektor in der französischen Eliteeinheit *Brigade de recherche et d'intervention* gewesen, bevor er umgebracht wurde. Christine sprach nur selten über die letzten Tage, die sie mit ihrem Vater in Frankreich verbracht hatte. Albert ahnte, dass mit dem Tod Remy Lenèves die Christine geboren worden war, die heute neben ihm saß: eine Frau, die viele Jahre einsam durch die Welt gereist war und sich im Lauf ihrer journalistischen Karriere ein Heer von Feinden geschaffen hatte. Der Gedanke daran ließ ihn manchmal nicht schlafen.

Zwischen zwei Pfeilern saß eine Frau mit Rastalocken auf dem Boden. Die Ärmel ihrer knallbunten Bluse waren hochgekrempelt. Sie legte den Kopf schräg und arbeitete mit Bleistift und Papier an einem Abbild des Gemäldes. Ihr Stift schrammte über die weiße Fläche, Bäume und Blätter gewannen mit jedem Strich an Kontur. Zwei Kinder blickten ihr über die Schulter.

Albert deutete mit dem Kinn auf das Gemälde. »Warum hat dein Vater dir ausgerechnet dieses Bild da ausgesucht?« Die Sonne warf ihr letztes Licht durch die großen Scheiben der Galerie. Der Sonnabendnachmittag ging in den Abend über. Ein Schatten legte sich über Jeanne d'Arcs Gesicht.

»Mein Vater wollte mich warnen.« Christine erhob sich. Sie trat neben einen der Pfeiler. Auf der anderen Seite der Säule ließ die Frau am Boden ihren Stift in einem weiten Bogen über das Papier kreisen. »Siehst du die drei Figuren, die sich hier hinter Jeanne verbergen?« Christine zeigte auf die linke Seite des Gemäldes. »Die sind nur angedeutet, aber sie sind da.«

Erst jetzt bemerkte Albert die drei Silhouetten in dem Bild. Ein schwebender Mann in einer Rüstung fiel ihm als Erstes auf, dann die Körper zweier Frauen, die sich wie sphärische Wesen unter dem Blattwerk eines Baumes verbargen. »Die habe ich vorher alle gar nicht gesehen.«

Die junge Frau am Boden stutzte und blickte von ihrer Zeichnung auf. Sie warf ihre Rastalocken über die Schulter und betrachtete das Gemälde, als sähe auch sie die Gestalten zum ersten Mal.

Christine zuckte mit den Schultern. »Dachte ich mir schon. Geht den meisten so.«

Die Frau klemmte sich den Bleistift zwischen die Lippen und fuhr mit einem Radiergummi über die linke Seite ihres Papiers.

»Das sind drei Heilige. Sie haben Jeanne auf ihre Bestimmung vorbereitet und ihr den Weg gewiesen.«

»Aber die ist doch am Ende auf dem Scheiterhaufen verbrannt worden.« Wenigstens kannte Albert das Ende der Geschichte. Mehr gab sein dürftiges Wissen über die französische Historie nicht her.

»Ganz genau. Die drei da sind die Vorboten für das, was Jeanne d'Arc später widerfahren wird. Die Anzeichen für die spätere Katastrophe verbergen sich in dem Gemälde.« Christine steckte beide Hände in die Taschen ihrer Jeans und ließ nur die Daumen herausschauen. »Nichts passiert einfach so. Genau darum geht es. Mein Vater war fest davon überzeugt, dass es für alle Verbrechen schon lange zuvor Indikatoren gibt. Die müssen wir nur frühzeitig erkennen. Alles ist miteinander verbunden.«

Albert seufzte. Remy Lenève hatte Christine schon als Kind auf das Böse in der Welt vorbereitet. Manchmal erzählte sie davon, wie die Fotos Krimineller ausgebreitet in seinem Arbeitszimmer auf einem alten Holztisch lagen. Mörder, Attentäter, Vergewaltiger – während andere Mädchen über die passenden Kleider für ihre Puppen grübelten, war Christine tief in der Welt des Verbrechens abgetaucht. Sicher wollte ihr Vater sie vor den Kriminellen bewahren, die ihm jeden Tag beruflich begegneten. Er hatte seine Tochter mehr geliebt als sein Leben. Daran zweifelte Albert nicht den Bruchteil einer Sekunde.

»Verstehst du? Wenn sich ein Verbrechen im kleinsten und verborgensten Detail andeutet, müssen wir das Ganze im Kleinsten erkennen.« Christine setzte sich wieder neben ihn aufs Sofa. »Das gilt auch umgekehrt, wenn die Tat bereits geschehen ist. Besonders dann.« Sie legte ihre Hand in seine. »Diese Jeanne d'Arc war für mich immer viel mehr als ein bisschen Farbe, die ein Künstler auf seiner Leinwand verteilt hat. Sie hat mich mein ganzes Leben lang begleitet, und irgendwie ist sie bis heute die Grundlage für meine journalistische Arbeit geblieben. Die kleinsten Details verraten uns immer die ganze Geschichte.« Christine blickte ihn aus großen dunklen Augen an. »Jeanne ist eine der wichtigsten Lektionen, die mir mein Vater mitgegeben hat, bevor er ... starb. Auch wenn ich nie so gut sein werde wie er.« Man musste Christine sehr gut kennen, um den verletzlichen Zug um ihre Mundwinkel wahrzunehmen, der sich für die Dauer eines Lidschlags zeigte. »Du begreifst, was ich meine?«

Albert legte einen Arm um ihre Schulter. »Jawohl, ich habe der Tochter des Inspektors aufmerksam zugehört und alles verstanden.«

Die junge Frau mit den Rastalocken drehte ihren Kopf über die Schulter. »Ich auch.« Sie lächelte ihnen zu, und an ihrem Schneidezahn blitzte ein Zahnpiercing auf. »Alles kapiert«, murmelte sie und ließ ihren Bleistift wieder über das Papier gleiten.

Draußen, vor den großen Fenstern des Museums, fielen dicke Flocken im Licht der Scheinwerfer auf den Asphalt. Zwei Kinder bewarfen sich mit Schneebällen. Das graue Berlin lag unter Schnee verborgen.

»Ich möchte, dass wir nach Frankreich fahren, nach Cancale, bevor wir heiraten. Wird Zeit, dass du endlich mal siehst, wo ich herkomme. Wenn du mich dann überhaupt noch willst.« Christine strich über sein unrasiertes Kinn. »Magst du?«

»Im Ernst?«

»Natürlich. Keine Geheimnisse mehr.« Sie küsste ihn leicht auf die Lippen.

Albert erwiderte ihren Kuss, presste seinen Mund auf ihre Lippen und strich über Christines Hals. Vor anderthalb Jahren hatte er um ihre Hand angehalten, doch erst in diesem Moment war er sich ihrer wirklich sicher. Nigeria, Ruanda, Pakistan, hier noch eine Story und dort noch eine – Christine war durch die Tage gehetzt, während er in Berlin auf sie gewartet hatte. Manchmal glaubte er, sie würde seinen Ring auf ewig in ihrer Hosentasche mit sich herumtragen. Sie war eine Frau, die ihr Herz wie ein dressiertes Hündchen an der Leine hinter sich herzerrte. Er kannte sie als knallharte Jägerin, die niemals aufgab, wenn sie sich in eine ihrer Geschichten verbiss. Christine hatte mit ihm an der Seite Mörder gestellt und Korruptionsfälle aufgedeckt. Sie waren zusammen durch menschliche Abgründe gewandert, hatten sich zerstritten, getrennt und wieder zusammengefunden. Das hier durften sie nicht vermasseln.

Albert strich über ihre Wange und küsste sie noch einmal.

Da hielt er inne. Ein Kribbeln setzte in seinem Nacken ein, als ob ihn fremde Augen abtasteten. Er drehte sich um und checkte die Umgebung.

Die Frau mit den Rastalocken nickte ihm zu. »'tschuldigung«, flüsterte sie. Sie stützte ihr Kinn auf die Kante ihres Zeichenblocks. »Das war zu schön, um wegzugucken.« Die Röte in ihrem Gesicht ergoss sich von der Stirn bis zum Kinn. »Tut mir leid. Noch mal sorry.«

»Hast du keinen Freund?« Ein amüsierter Zug legte sich um Christines Mundwinkel.

»Nö. Hab keinen.« Sie wandte ihren Kopf dem Eingang zu. »Aber den Typen da hinten finde ich ganz gut.«

Albert folgte ihrem Blick, doch ihm fiel nur der dürre junge Mann in seiner schlackernden Museumsuniform auf. »Den da am Eingang?« In dem Kerl mit den abstehenden Ohren und der artigen Frisur hätte er nicht unbedingt den Traumtypen einer hippen Künstlerin vermutet. »Also, du meinst den in der Uniform?« Sicher ist sicher.

Sie nickte. »Süß, oder?« Ihre Nase kräuselte sich.

Christine musterte den Typen am Eingang. »Verstehe. Niedlich.«

Der junge Museumswärter verschränkte die Hände ineinander, was ihn besonders unschuldig wirken ließ. Albert stieß hörbar die Luft aus.

»Ich habe hier schon alle Bilder nachgezeichnet, weil ich dachte, dass ich ihm dann auffalle.« Sie legte Block und Stift aus der Hand. »Manchmal schaut er zu mir rüber, aber wenn ich zurückgucke, dreht er ganz schnell den Kopf weg. Ich glaube, der ist schüchtern.« Sie nickte sich selbst zu. »Ich mag das. Echt.«

»Na, das kriegen wir hin.« In Christines Stimme klang eine unterschwellige Begeisterung mit, die Albert regelrecht in Panik versetzte.

Christine beugte sich vor: »Du setzt dich jetzt mal in seine unmittelbare Nähe und malst ihn. Dabei kippst du den Block so weit an, dass er es bemerken muss.«

»Echt jetzt?« Verschüchtert betrachtete sie ihre Zeichnung.

Christine verdrehte die Augen. »Ja, echt jetzt. Und wenn er

dann immer noch nicht reagiert, schenkst du ihm das Bild. Das verpasst ihm einen ordentlichen Schub Aufmerksamkeit, und davon will er dann mehr.« Sie deutete mit der Schuhspitze zum Eingang. »Beim nächsten Mal, wenn du wieder hier bist, ist dann alles ganz anders zwischen euch, vertrauter, verstehst du?«

»So was klappt?«

»Natürlich. Du kannst dir hier aber auch weiter die Finger wund malen, ohne brauchbares Ergebnis.«

Die Frau warf ihre Rastalocken über die Schulter. »Gebongt.« In ihren grünen Augen lag ein Glanz, wie man ihn bei Abenteurern findet, die zu einer Expedition in unerforschtes Terrain aufbrechen. »Ich geh mal rüber.« Sie erhob sich mit einer geschmeidigen Bewegung, lief mit schwingenden Hüften zwischen den Pfeilern entlang und näherte sich dem Eingang. Aufrecht setzte sie sich auf den Boden – nicht zu nah und nicht zu weit entfernt von dem dürren Typen. Er bemerkte sie sofort und wippte auf den Absätzen. Sie setzte ihren Stift auf dem Papier an und zwinkerte Christine und Albert noch einmal zu. Ihr heimlicher Plan begann.

»Perfekt«, sagte Christine. »Das wird was. Wetten?«

Albert wollte sich gerade eine kritische Bemerkung erlauben, schließlich ließ sich eine Beziehung zwischen zwei Menschen nicht auf Knopfdruck erzwingen, da vibrierte Christines Handy. Sie zog es aus der Hosentasche. Ein Name flackerte auf dem Display.

Christine hob beide Augenbrauen. »Mike Schneider.«

»Schon wieder? Vielleicht hat der was Neues über Kommissar Dom rausgekriegt.« Albert konnte seine Neugierde kaum beherrschen.

Christine starrte das Handy an. Das Brummen hörte nicht auf.

»Willst du nicht mit ihm reden? Vielleicht geht's ja doch um eine gute Geschichte.«

Auf Christines geheimer Liste verhasster Personen nahm Kommissar Dom einen der vorderen Plätze ein. Sie ging ihm aus dem Weg. Wenn sie einmal beschlossen hatte, einen Menschen zu verabscheuen, war ihre Abneigung unumkehrbar. Albert hatte sie nie anders erlebt. Allerdings genügte der Hauch einer guten Story, um ihre Jagdinstinkte anzukitzeln.

Christine wandte sich um und betrachtete das Gemälde der Jeanne d'Arc so intensiv, als würde sie mit der in Öl gemalten Frau ein Gespräch führen. Ohne den Blick vom Bild abzuwenden, drückte sie den Anrufer weg. »Ich bin nicht interessiert.«

5. KAPITEL

Dom stellte den Kragen seines Mantels auf und blickte seinem Atem nach, der in der klirrenden Kälte aufstieg. *Der Kratzer.* Wie sehr er die Bezeichnung für diesen Irren hasste, als müsste der Wahnsinn auch noch mystifiziert werden. Zu viel Ehre für ein narzisstisches und asoziales Stück Dreck.

Das Bernauer Gestüt lag an diesem Sonntagnachmittag tief eingeschneit vor ihm. Die rot-weißen Banderolen mit dem Aufdruck *Polizeiabsperrung* raschelten im Wind, Krähen liefen über das Dach der Reitscheune. Männer in weißen Ganzkörperanzügen riefen sich Kommandos zu. Von weit her klangen die Glocken einer Kirche.

Er war oft hier draußen gewesen, um Jasmin nach ihren Ausritten abzuholen. Nun war das Gestüt ein Tatort. Ermittler mit Latexhandschuhen, Pinseln und Rußpulver liefen auf der Jagd nach Fingerabdrücken durchs Areal. Sie würden nichts finden. Der Kratzer besaß keine Fingerabdrücke. Er hatte sich die Haut weggeätzt, um seine wahre Identität zu verbergen. Die hellen Flecken an seinen Fingerkuppen waren Dom damals vor sieben Jahren bei seiner Konfrontation in Stettin nicht entgangen.

Vielleicht würden die Ermittler in der Scheune Speichel und Blut des Kratzers finden. Doch Dom empfand die tiefe Gewissheit, dass auch diese Spuren nach einer kriminaltechnischen Analyse ins Nichts führen würden. So war es bisher immer gewesen.

Ein dunkelblauer BMW hielt auf dem Parkplatz am Ende des Weges, der zur Scheune führte. Kriminalhauptkommissar Finkel stieg aus, zog sich seine Wollmütze über die Ohren und hob als Zeichen des Grußes kurz den Arm. Dom erwiderte die Geste. Er war nicht überrascht, als nun auch noch Kriminaloberkommissarin Nicole Siewers aus dem Wagen stieg. Mit ihren roten Lederstiefeln und ihrem hellen Mantel erinnerte sie an die Hauptdarstellerin in einem tschechischen Märchenfilm. Am liebsten hätte Dom seiner Missbilligung mit einem Kopfschütteln Ausdruck verliehen, doch er beherrschte sich.

Er stapfte den beiden durch den Schnee entgegen. Weiße, feuchte Ränder hatten sich auf seinen Lammfellschuhen gebildet. Er passierte einen Pferdetransporter, der neben der Scheune stand. Die Besitzer brachten ihre Tiere fort. Ein Schimmel im Innern des Anhängers blickte Dom über die Ladeklappe an. Schneekristalle hingen an den Wimpern des Pferdes. Über seinen Augen lag ein trüber Schleier, der etwas Trauriges hatte.

Dom blieb stehen. Das Tier hielt seinem Blick stand. Diese Augen hatten die Tat in der Scheune beobachtet. Er strich dem Schimmel übers Maul. Irgendwo in der Gehirnrinde dieses Schädels waren Bilder gespeichert, mit denen er den Kratzer vielleicht stoppen konnte. So nah und doch unerreichbar. Fast hätte er gelacht.

Finkel und Siewers erreichten das Ende des Weges. Ganz entspannt, wie ein Ehepaar, das zu einem gemütlichen Sonntagsspaziergang aufgebrochen war, kamen sie ihm entgegen. Fehlte nur noch, dass sie sich einhakten.

»Tobias.« Finkel nickte ihm zu und zog die rechte Hand aus seinem Lederhandschuh. Dom griff zu. Finkels Händedruck war fest, aber nicht fordernd. Er war ein leiser Mann, der sich niemals zu einem Glas Bier einladen ließ, der unbestechlich war, aber die Schwächen seines Gegenübers analysierte und in einer Auseinandersetzung von seinen Erkenntnissen Gebrauch machte – kompromisslos und zerstörerisch.

Nicole Siewers strich über die Mähne des Schimmels. »Hallo, Tobias. Ist richtig schön hier draußen.« Sie verschluckte die letzte Silbe. »Ich meine, wenn nur nicht ...«

Wenn nur nicht Jasmin fast getötet worden wäre und mir ein Serienmörder den Krieg erklärt hätte. Dom schwieg.

Finkel legte ihm eine Hand auf die Schulter, als hätte er seine Gedanken Wort für Wort mitgelesen. »Nicole, können Sie uns schon mal eine Übersicht über die Ergebnisse der Spurensuche verschaffen? Aber vorsichtig, bitte. Sie wissen ja, die Brandenburger Kollegen sind manchmal sehr eigen.«

»Natürlich.« Sie strich noch einmal über die dichte Pferdemähne. »Mach ich.« Mit ihren roten Stiefeln bahnte sie sich einen Weg durch die Schneemassen und verschwand mit wehendem Haar hinter den Absperrbändern.

Nicole Siewers war Mitte dreißig und hatte drei Erste Kriminalhauptkommissare überlebt. Die Männer kamen und gingen, doch sie blieb. Neben ihrem Organisationstalent verfügte sie über außergewöhnliche analytische Fähigkeiten, die sich dem Betrachter allerdings erst auf den zweiten Blick offenbarten. Oder auf den dritten. Bei Beförderungen wurde sie mit regelmäßiger Selbstverständlichkeit übergangen. Vielleicht, weil ihr die Lautstärke und der Selbstdarstellungstrieb ihrer männlichen Kollegen fehlten.

»Lassen Sie uns ein paar Schritte gehen.« Finkel schob Dom neben sich her, fort von der Scheune und der Spurensicherung. »Die frische Luft macht den Kopf klar und vertreibt die Sorgen.« Er sog die eiskalte Luft ein. »Wenn auch nur für ein paar Minuten. Aber auch dafür muss man dankbar sein.« Sein solariumgebräuntes Gesicht stach in der winterlichen Natur wie eine Anomalie hervor.

Die Apfelbäume auf dem Feld lagen unter einer dichten Schicht Weiß. Ihre Äste wurden von der Last des Schnees nach unten gedrückt. Die Koppel mit ihren Kiefernpfosten rahmte die Landschaft ein wie ein Bild.

Finkel griff in seine Tasche. Ein silbernes Stäbchen lag in seiner Hand. Er drückte einen Knopf am Ende und steckte sich die Röhre in den Mund. Wasserdämpfe stiegen auf. »E-Zigarette. Meine Frau hat drauf bestanden.« Er paffte ein paar Züge und verzog das Gesicht. »Widerlich.« Das Stäbchen baumelte schief in seinem Mundwinkel. »Ich habe mich seit zwei Tagen in den Fall Kratzer eingelesen. Wissen Sie, was ich mich gefragt habe?«

Dom zuckte nur mit den Schultern. Frage-Antwort-Spiele hatte er schon als Kind verabscheut.

»Der Kratzer. Wer hat den Typen eigentlich so getauft?« Finkel sog am Mundstück seiner E-Zigarette wie an einem Strohhalm. »Die Archive schweigen zu diesem Thema, leider.«

»Der Mann hat das erste Mal vor acht Jahren in Kiel zugeschlagen – eine junge Frau. Er hat sie ausbluten lassen.« Dom ahmte eine stichartige Bewegung nach. »Und dann hat er ihr das Wort EINS in den Oberschenkel geritzt.« Die Bilder der Frau, ihre verdrehten, weit gespreizten Beine hatten ihm nächtelang den Schlaf geraubt. Der Mordfall war einer seiner ersten gewesen, als er in Kiel seine Karriere als Kriminalkommissar begann. »Die nach unten lang gezogenen Buchstaben, diese feinen Schnitte haben die Ermittler an Spinnenbeine erinnert. So dürr, als ob die Buchstaben auf Stelzen laufen würden. Ganz feine Kratzspuren.«

»Verstehe.« Finkel blieb stehen. Als er mit seiner E-Zigarette durch die Luft fuhr, ähnelte er einem Lehrer mit Zeigestock. »Sie haben den Kerl mithilfe der polnischen Behörden anderthalb Jahre und sechs Morde später in Stettin gestellt. Gute Arbeit. Aber kurz nach Ihrer Konfrontation an diesem See ist der Typ geflohen. Ich habe zusätzliche Daten bei den Polen angefordert, aber das dauert. Kennen wir ja.« Finkel schob sein spitzes Kinn vor. Die Dämpfe seiner E-Zigarette vernebelten die Konturen seines Gesichts. Der Geruch von warmem Popcorn hing in der Luft.

Dom verschränkte die Arme auf dem Rücken. »Der Kratzer ist zwei Stunden nach dem Transport ins Spital Wojskowy aus dem Gebäude geflohen. Er hat einen Pfleger mit einem Infusionsschlauch erdrosselt. Der Polizist vor der Tür wurde von ihm mit einer Spritze erledigt.«

»Verzeihung. Ich habe *Spritze* verstanden.«

»Ins Auge. Der Kratzer hat die Nadel ins Auge des Beamten gerammt, und dabei ist ...«

Finkel winkte ab. »Verstehe. Verstehe.« Er schob ein Häufchen Schnee von einem Kiefernpflock und ließ es hinunterrieseln. »Der Kratzer war bei der Festnahme unbewaffnet. Sie aber haben doch Ihre Dienstwaffe bei sich getragen. Außerdem hat Sie Kriminalhauptmeisterin Karen Weiss begleitet. Erklären Sie mir mal, warum es überhaupt zu einer körperlichen Auseinandersetzung gekommen ist.«

Finkel wusste Bescheid. Wahrheit oder Lüge. Dom musste sich entscheiden. »Er hat mich vor dem Wohnwagen überrascht. Ich hatte keine Zeit mehr gehabt, die Waffe zu ziehen.« Genau so stand es auch in seinem Bericht.

»Da bin ich aber beruhigt.« Ein schmales Lächeln legte sich auf Finkels Lippen. »Stellen Sie sich nur mal vor, der Kerl hätte Sie mit Absicht provoziert, damit Sie ausrasten und er mit seinen Verletzungen ins Krankenhaus kommt.« Er paffte eine besonders dichte Wolke in die Luft. »Ich hätte es genau so gemacht. Die Flucht wäre um ein Vielfaches einfacher gewesen.« Noch immer lächelte er.

Sie gingen weiter durch den knirschenden Schnee. Zwei Krähen zogen mit ihrem metallisch glänzenden Gefieder am Himmel entlang. Finkel hatte ihn durchschaut, und natürlich war seine Analyse zutreffend. Der Plan des Kratzers war offensichtlich gewesen, und doch war ihm Dom wie ein Amateur in die Falle gegangen. Aber er war nicht in der Stimmung für Selbstvorwürfe.

»Haben Sie eine Ahnung, warum der Irre ausgerechnet jetzt nach so vielen Jahren wieder zugeschlagen hat? Der steht doch nicht auf und beschließt beim Morgenkaffee, Ihr Leben zu zerstören.« Finkel schüttelte den Kopf. »Also, was war der Auslöser?«

»Keine Ahnung.« Die ganze Nacht hatte Dom mit einer Tasse Pfefferminztee in der Hand auf seinem eiskalten Balkon gesessen und bis zum Sonnenaufgang nachgedacht. Statt einer Antwort hatten sich nur Dutzende neue Fragen aufgetan. Doch provisorische Antworten brauchte keiner. »Der Kratzer wusste schon damals in Kiel, dass ich der ermittelnde Kommissar bin. Die Zeitungen haben ja täglich über den ersten Mord berichtet. Haben Sie in den Akten auch die persönlichen Nachrichten gesehen, die er mir geschickt hat?«

Finkel nickte. »Natürlich. Eindeutig eine narzisstische Störung.«

»Und jetzt will der Kratzer weiterspielen. Der Überfall in dem Gestüt ist nur der Anfang. Ich spüre das.«

»Klingt fast nach einer Beziehung zwischen Ihnen beiden.«

»Ja, nur gelten diesmal andere Regeln. Er hat es auf mich und mein Umfeld abgesehen.« Der blutige Schriftzug auf Jasmins Oberschenkel war eine Kriegserklärung. Anders konnte es Dom nicht sehen.

»Wir müssen das System dieses Mannes knacken. Nur so kommen wir weiter.« Finkel legte ihm eine Hand auf den Unterarm. »Nur so, Tobias.«

Hinter ihnen ertönte das Geräusch durchdrehender Räder. Ein alter Ford zog den Pferdetransporter über die zugeschneite Wiese. Dom blickte dem Schimmel nach, dessen Kopf in der Ferne immer kleiner wurde. Das Pferd schien ihm noch einmal zuzunicken, dann verschwand der Transporter hinter den Apfelbäumen.

»Damals in Kiel wurde Ihre Mordkommission durch Professor Helmut Bauer vom Institut für Psychologie unterstützt. Der Mann war gut. Seine profiltechnischen Analysen über den Kratzer, über seine Gewohnheiten und Strategien, waren ausgezeichnet.«

»Ja, ich erinnere mich an seine Gutachten. Sie waren damals die einzige wirkliche Hilfe.« Bis in die Nacht hatte Dom den quälend langen, detailreichen Ausführungen der Forensiker im Landeskriminalamt zugehört. Traumatologen, Entomologen, Linguisten – ein Heer hoch bezahlter Wissenschaftler sollte die Psyche einer Bestie ergründen und lieferte doch nur Studien des Scheiterns. Professor Bauer mit seiner hemdsärmligen Art und seiner messerscharfen Analyse war ein Lichtblick in diesem Reigen von Männern gewesen, die an ihrer wissenschaftlichen Selbstgefälligkeit fast erstickt wären.

Dom nickte. »Wir müssen Bauer anrufen.«

»Habe ich gestern Abend schon veranlasst. Bauer ist tot. Vor drei Jahren an Lungenkrebs gestorben.« Finkel betrachtete die E-Zigarette in seiner ausgestreckten Hand. »Bedauerlich.«

Wolken zogen am Himmel entlang. Zwei Krähen krächzten laut.

Dom ließ die Schultern sacken. »Dann war's das.«

»Nicht unbedingt. Bauer hatte damals Unterstützung von zwei Psychiatern. Dr. Andreas Escher, aber der ist für ein Jahr auf Exkursion in Mexiko. Und somit bleibt nur noch einer übrig.« Finkel kniff die Lippen zusammen. »Dr. Viktor Lindfeld. Sie dürften ihn kennen.«

Schnee fiel vom Himmel. Die Flocken berührten Doms Gesicht, liefen kalt und wässrig seine Wangen hinab.

»Um Himmels willen, nein.« Er trat einen Schritt näher an Finkel heran. »Auf keinen Fall dürfen wir Lindfeld kontaktieren.«

Der Fall war noch nicht sehr lange her, knapp zweieinhalb Jahre. Viktor Lindfeld war wegen seines Mitwirkens in einem Entführungsfall verhaftet worden. Er wollte sein Opfer töten, nachdem er es tagelang in einer Zelle eingesperrt und vergewaltigt hatte. Irre. Krank. Die Richter hatten ihn als schuldunfähig eingestuft. Eine nachgewiesene Bewusstseinsstörung, die Lindfeld eine Einweisung in die forensische Psychiatrie einbrachte. Dort war er auch heute noch bestens aufgehoben.

Ohne die Journalistin Christine Lenève wäre Lindfeld nicht aufgeflogen. Sie hatte alles riskiert, um den Mann zu Fall zu bringen. Kurz blitzte ihr schwarzer Pagenkopf vor Dom auf, ihr hübsches Gesicht, ihre zierliche Gestalt, die ihn immer ein wenig an eine Balletttänzerin erinnerte. Noch immer spürte er ihr Gewicht, als er ihren zerschundenen Körper in seinen Armen aus Lindfelds Haus getragen hatte.

»Nein. Viktor Lindfeld ist krank. Wir können doch nicht auf einen Irren setzen, um einen anderen Wahnsinnigen zu schnappen.« Dom erschrak selbst über den harschen Ton, den er Finkel gegenüber anschlug. Er war immerhin sein Vorgesetzter.

»Denken Sie an Emma.«

»Ich tue nichts anderes.«

Finkel streckte eine Hand aus. Schnee rieselte zwischen seinen Fingern hinab. Ein paar Flocken landeten auf seiner Handfläche. »Sehen Sie mal. Wir bezeichnen Schnee nur als Schnee. Dabei gibt es über achtzig unterschiedliche Flockentypen.« Nur zwei Sekunden lagen die weißen Partikel in seiner Hand, bevor sie schmolzen. »Säulenförmig oder sternförmig, Flocken unterscheiden sich. Der Aufbau hängt von Hunderten von Faktoren ab. Wärme, Feuchtigkeit, und und und. Aber eines ist immer gleich: Jedes Eiskristall besteht aus einem sechsförmigen Prisma. Verstehen Sie, worauf ich hinauswill?«

Nein. Dom verstand rein gar nichts. Immer mehr Flocken landeten in Finkels Hand und verwandelten sich in eine wässrige Lache. Vielleicht wollte er ihm einen Vortrag über die Vergänglichkeit halten. Ein schlechter Zeitpunkt.

»Sehen Sie mal, trotz aller Abweichungen bleibt die Grundlage immer dieselbe. Ausnahmslos. So ist es auch beim Menschen. Wir machen es uns zu einfach, jede Abart als krank zu bezeichnen. Wir müssen die Gemeinsamkeiten finden und damit arbeiten.« Finkel schüttelte das Wasser von seiner Hand. »Krank oder nicht krank.

Appellieren Sie an Lindfelds Eitelkeit, dann bekommen Sie verwertbare Ergebnisse. Das funktioniert bei jedem Menschen.« Finkel hatte in seiner Laufbahn schon ganze Existenzen zerstört, um dort zu sein, wo er sich jetzt befand. Niemand wurde Erster Kriminalhauptkommissar, weil er sich durch besonderen Sanftmut auszeichnete.

»Eitelkeit reicht auch über den Wahnsinn hinaus. Sie ist der kleinste Nenner im Empfinden eines Menschen. Davon können wir profitieren, Tobias.«

Besser Finkel stand auf seiner Seite, als dass er gegen ihn war. Doms Nicken war dieser Erkenntnis geschuldet. Auch wenn es seinem Vorgesetzten nur darum ging, den Kopf des Kratzers als karrieretechnischen Schub zu benutzen. Schließlich war der Leiter des Landeskriminalamtes angeschlagen, und die heimliche Suche nach einem Nachfolger lief schon seit Monaten. Finkel hatte Ambitionen, und er machte Dom zu seinem Instrument.

»Ich habe bereits heute Morgen Kontakt zu Lindfeld aufnehmen lassen. Er ist bereit zu helfen. Er hat nur eine Bedingung gestellt.«

»Welche?« Unfassbar, dass ein Mensch in Lindfelds Position auch noch Vorgaben machte.

»Er wird nicht mit uns sprechen. Er hat nach der Journalistin verlangt. Dieser Christine Lenève.«

Unter Doms Schuh knackte ein Ast. Der Wind strich über die Koppel und trieb den Schnee in einer Böe vor sich her. Die klirrende Kälte kam ihm um ein Vielfaches stärker vor als noch vor einer Sekunde. »Aber, das geht nicht. Ich meine … Das ist unmöglich, weil …« Zweimal hatten sich Doms Wege mit denen von Christine Lenève gekreuzt. Ihre verqueren Ansichten von Gerechtigkeit ließen sich nicht mit seiner Polizeiarbeit in Einklang bringen. Zwischen ihnen war es zum Bruch gekommen, als er einen ihrer Partner verhaften ließ. Der Mann hatte den

Tod eines Menschen verschuldet, und Dom tat, was ein Polizist tun musste. Christine hatte es ihm nicht verziehen. »Das wird nichts werden. Christine Lenève und ich ... Wir sind nicht unbedingt Freunde.«

»Ach, was.« Finkel zog die Mundwinkel nach oben, bis die Ränder seiner Augen Dutzende Falten warfen. »Wenn Sie meine ehrliche Meinung hören wollen: Journalisten sind Schmeißfliegen. Nichts anderes. Sie suhlen sich in den Tragödien anderer. Sehen Sie nur mal.« Er deutete auf einen kleinen Punkt in der weißen Landschaft. Ein Mann mit Fotoapparat und Glencheck-Kappe lief im Schatten der Apfelbäume über das weite Feld. »Der Kerl da draußen ist auch nur ein Parasit. Journalisten brauchen uns für ihre Geschichten, sonst können sie nicht überleben.«

Mike Schneider. Der Mann, der in gebückter Haltung durch den Schnee schlich, war Mike Schneider. Seine Mütze war unverkennbar. Ein Boulevardgeier, der überall war, wo Blut floss.

»Für Journalisten sind wir nur Wirtstiere. Und diese Christine Lenève weiß das ganz genau.« Finkel ballte seine Faust und schwenkte sie vor Doms Nase hin und her. »Diese Frau müssen Sie bestimmt nicht überzeugen. Und denken Sie dran: Es geht hier nicht nur um einen Fall, sondern um Menschen. Menschen, die Ihnen nahestehen.«

Und um deine Karriere, du Drecksack, doch Dom schluckte seine Antwort wieder einmal hinunter. Mit beiden Händen umklammerte er das rissige Holz eines Kiefernpflocks.

Im Schnee vor ihm zeichneten sich die dreizackigen Abdrücke von Krähenfüßen ab wie in einem chaotischen Muster.

Der Kratzer, Christine Lenève, Dr. Viktor Lindfeld. Doms Leben befand sich in einem irren Kreislauf, und jemand anders bestimmte im Verborgenen die Dramaturgie. Er musste diesen Zirkel durchbrechen, egal, wie.

»Also gut, ich werde Christine Lenève um Hilfe bitten.«

Am Himmel zogen Wolken in dunklen Formationen von Norden herauf. Schnee fiel auf die Wiese und verdeckte die Spuren der Krähen, als hätten sie nie existiert.

6. KAPITEL

»Schließ deine Augen.«
»Ja.«
»Was siehst du?«
»Ich sehe Tobias Dom, sein Blut an meinen Händen.«
»Was noch?«
»Ich sehe seinen starren Blick.«
»Wie fühlst du dich?«
»Gut. Sehr gut. Erfüllt und ruhig. Alles wird wieder ins Gleichgewicht kommen.«
»Du bringst es zu Ende.«
»Ja. Ich werde ihn bestrafen, und dann wird alles gut sein.«
»Du bestrafst nur ihn?«
»Ihn und alle, die mir im Weg stehen.«

Die Stimme schwieg, doch in seinem Kopf sprach sie weiter, schmeichelte ihm, schenkte ihm Verständnis. Er war nicht allein. Die Stimme war sein Freund.

Wasser tröpfelte von den Betonmauern. Das ewig wiederkehrende Trippeln hallte durch den langen Gang. Der Geruch von Moder kroch durch die Luft. Er fuhr über das kalte graue Gemäuer, ertastete die Fugen. Diese Wände bildeten sein Refugium. Die Welt aus alten Ölfässern, rostigen Rohren und zerfetzten Kabeln kam ihm viel wirklicher vor als die Zivilisation zwanzig Meter über ihm. Bröckelnde Betonsplitter bohrten sich in seine nackten Fußsohlen. Eine Wasserlache aus geschmolzenem Schnee umgab seine Zehen. Die Kälte hier unten in der Tiefe hätte jedem Menschen Schmerzen zugefügt. Aber er war kein normaler Mensch. Er begrüßte die Schmerzen, ließ sie auf seinen nackten Körper prallen und machte sie zu einem Teil von sich.

Er öffnete die Augen und richtete sich auf. Im flackernden Licht der Öllampen breitete sich sein Schatten an den rissigen Wänden so übermächtig aus wie ein Riese. Er war eine Naturgewalt.

Die Beamten in ihren warmen Amtsstuben hatten ihn auf den Namen *der Kratzer* getauft: Weil sie nicht begreifen konnten, dass einer wie er der Gattung Mensch angehörte. Weil sie sich mit ihrem Wortspielchen das Unfassbare verständlich machen wollten. Weil sie ihn fürchteten, diese selbstgefälligen Idioten, die gefangen waren in einem Kosmos aus Nichtigkeiten. Sie begriffen sein Wesen nicht. Sie würden an ihm scheitern, so wie alle anderen zuvor.

Von weit her drang das Rauschen der Bäume durch einen Lüftungsschacht. Der katzenähnliche Ruf eines Steinkauzes vermischte sich mit dem Knarren einer Eisentür am Ende des Ganges.

Er fuhr über die Wundmale auf seiner nackten Brust, wie Furchen zogen sie sich durch seine Haut. Sieben tiefe, vertikale Schnitte, die er sich selbst zugefügt hatte. Für jedes getötete Opfer eine dunkelrot glänzende Kerbe. Er erinnerte sich an diesen einen Tag im Juni, an dem das dumpfe Pochen zum ersten Mal durch seinen Körper pulsiert war, damals, als er seine Haut mit einer Klinge aufgebrochen hatte.

Seine Beute war hübsch gewesen, vielleicht sogar die hübscheste von allen. Anne war dreiundzwanzig, die Tochter einer Anwältin und selbst Jurastudentin. Als sie in ihrem bunten Sommerkleid an ihm vorbeilief und er ihrem wippenden Gang folgte, konnte er nicht anders, er musste lächeln. Sie registrierte seine Miene mit erhobenen Augenbrauen. Ein Zeichen. Nur für ihn. An diesem sonnigen Tag hatte er ihr lange nachgeschaut, bis sie die Straße an der Kieler Förde hinuntergegangen war. Was für ein wunderschöner Anblick.

Erst als er allein in seinem Auto saß und das Lenkrad fest umklammerte, da hörte er das Brummen. Ein lang gezogener Ton, der ihm sagte, dass er Annes Körper öffnen musste.

Er stellte sich vor, wie das Blut aus ihr floss, sich warm über ihn ergoss. Wie sie ihn an ihrem Innersten teilhaben ließ. Wie sie beide eins wurden.

Viele Stunden beobachtete er sie, bis er ihren Rhythmus verinnerlicht hatte und ihre Schritte vorausahnte. Ihre Eltern waren verreist, als er in die kleine Garage hinter ihrem Haus einbrach. Er wartete in der Dunkelheit, versteckt hinter einem Stapel Winterreifen, auf den satten Klang ihres Daimlers. Und wie groß seine Freude war, als endlich das Klappen der Autotür durch die Garage hallte. Anne war gekommen.

Die unkoordinierten Schläge ihrer Fäuste, ihre erstickten Schreie, die Tritte ihrer schlanken Beine – diese Momente waren ein Hochgenuss.

Sie winselte nach ihrer Mutter, bis er ihr einen verölten Lappen in den Mund stopfte. Er zerriss den Saum ihrer Bluse, zerfetzte ihre Strumpfhose und benutzte sie als Handfesseln. Die Schulterriemen ihres BHs schlang er um ihren Hals und fesselte sie damit an die eiserne Werkzeughalterung in der Garage. Dann begann der schwierigste Teil des Unterfangens.

Hammer, Feilen und Schraubenzieher funkelten metallisch im Licht einer Neonröhre. Sauber aufgehängte Werkzeuge, nach ihrer Größe angeordnet, hingen einsatzbereit vor ihm. Annes Vater musste ein ordentlicher Mann sein, ein Perfektionist. Das würde seiner Tochter nun zugutekommen.

Handsägen, Rohrzangen, Kabelschneider – er konnte sich nicht entscheiden. Erst die Gartenschere, die etwas abseits, verborgen zwischen Harken und Besen hing, schien ihm das richtige Instrument für seinen Eingriff zu sein. Der ergonomische Griff schmiegte sich in seine Hand, der Getriebemechanismus sorgte für eine optimale Kraftübertragung. Die geölten Klingen fuhren auf und zu. Mit dem Gerät ließen sich problemlos dicke Äste durchtrennen. Es war eine gute Gartenschere. Eine sehr gute sogar. Und er hatte sich nicht getäuscht, im warmen Juni vor acht Jahren. Damals, als alles begonnen hatte.

Eine Ratte huschte durch den Betongang, so schnell, dass er gerade noch ihren nackten Schwanz im Licht der Öllampen wahrnahm. Tropfen geschmolzenen Schnees fielen auf seine Schulter und benetzten seine Haut.

»Anne«, stöhnte er. Mit der Fingerspitze strich er über die tiefe Kerbe neben seiner rechten Brustwarze. »Das bist du. Du bist es. Für immer. Dein Innerstes hat mich umgeben. Wir sind Teil des göttlichen Plans geworden.«

Sie würde immer etwas Besonderes in seinem Leben sein – wie eine erste Liebe, die in unvergleichlicher Süße den Beginn der Reife markiert.

Er griff nach dem Bügel einer Öllampe und lief in ihrem flackernden Schein den vierzig Meter langen Gang hinab. Ein BETRETEN VERBOTEN-Schild lag auf dem Boden. Verbogene Nägel ragten aus dem Holz. Er machte einen großen Schritt über das Schild und trat in eine Öllache. Eine Schraube bohrte sich in seine Fußsohle. Vorsichtig setzte er seinen Weg fort.

Dem verwinkelten unterirdischen Labyrinth hatte er längst alle Geheimnisse entrissen. Zwei Tage war er mit der Erforschung der Anlage beschäftigt gewesen, bevor er mit einem Gefühl des Vertrauten durch die Gänge glitt.

Er bog nach rechts ab, berührte mit der Schulter eine moosüberwucherte Wand und durchquerte einen Raum mit verstaubten Messgeräten. Strom war hier vor Jahrzehnten durch die Kontrollpulte pulsiert, bevor sich die Macht des Vergessens über die Anlage gesenkt und sie endgültig zum Verstummen gebracht hatte.

Fledermäuse hingen in den Spalten des Gemäuers. Mit Messing verkleidete Sicherungskästen, ein verrosteter Boiler und klappernde Luftschutzklappen zogen an ihm vorüber.

KEIN ZUTRITT stand in abgeblätterten schwarzen Buchstaben an der Eisentür zum nächsten Raum. Auf Brusthöhe befand sich eine runde, fünf Zentimeter breite Öffnung im Metall. Mit dem Fuß schob er ein zersplittertes Holzbrett beiseite, das an einer Wand lehnte. Ein Hebel aus Gusseisen lag auf dem Betonboden. Er stellte die Öllampe ab. Mit beiden Händen setzte er das breite Ende des Hebels in dem kreisförmigen Loch an und drückte, bis es einrastete. Er zog den Hebel nach unten und riss die Tür auf. Die Öllampe warf ihr warmes Licht in den großen Raum. Abgestandene Luft und Staub schlugen ihm entgegen. Spinnennetze glänzten feucht in den Ecken.

Er nahm die Öllampe und hielt sie über seinen Kopf.

Alles war vorbereitet: Wasserflaschen, Schwarzbrot, Margarine und Fertiggerichte lagen gestapelt in einem wackligen Holzregal. Er hatte seine Einkäufe auf mehrere Supermärkte verteilt, um nicht aufzufallen. Nur ein Dilettant erlaubte sich in dieser Phase des Plans einen Fehler.

Er schwenkte die Öllampe. Das hier war ein Niemandsland, in dem ein Mensch unauffindbar verschwinden konnte: keine Überwachungskameras, keine Nachbarn, keine Handyortung. Es war ein Ort, der gemieden wurde, der nur als ein unwohles Gefühl im Bewusstsein all jener existierte, die einmal von ihm gehört hatten. Perfekt.

Er strich über die vertikal angeordneten Narben auf seiner Brust, als würde er über die Tasten eines Klaviers fahren. In seiner Haut war ein Platz für Doms Frau reserviert gewesen. Er wusste nicht, ob sie den Unfall überlebt hatte, ob sie Details über seinen Angriff verraten hatte. Es spielte keine Rolle. Dom hatte seine Nachricht längst erhalten. Nur das zählte.

Wie eine unaufhaltsame Maschine, bei der ein Zahnrad in das

nächste griff, liefen nun die Prozesse ab. Die Balance musste wiederhergestellt werden.

Seine Kleidung lag auf der Matratze des Metallbetts. Er zog Hose und Pullover an und band sich die Schnürsenkel mit einer Doppelschlaufe. Der Stoff auf seiner Haut fühlte sich unnatürlich und fremdartig an, aber er durfte da oben nicht auffallen.

Er verließ den Raum, zog die Tür zu und verbarg den Hebel an seinem ursprünglichen Platz. Mit langsamen Schritten durchquerte er die Anlage. Schon bald, in weniger als drei Tagen, hatte er sein Ziel erreicht, und die Welt über ihm würde endlich wieder im Gleichgewicht sein.

7. KAPITEL

»Also, echt jetzt mal. Da bleibt mir ja die Luft weg.« Die Brünette vor Christine schwenkte ihre Tasse Kräutertee vor der Bedienung hin und her. »Sie müssen doch wissen, ob da Pyrrolizidinalkaloide drin sind oder nicht.« Sie tippte mit dem Finger auf den Rand der Tasse. Und gleich noch einmal. Dabei schaukelten ihre Muschel-Ohrringe im Takt. »Das Anbaugebiet will ich auch wissen.«

Birgit, die studentische Aushilfe hinter der Kasse, stammelte etwas Unverständliches und verschwand im hinteren Bereich der Küche. Nur fünf Sekunden später blickte der Koch hervor und zuckte die Schultern mit einer wohl jahrelang erprobten Gleichgültigkeit im Umgang mit nervenden Gästen. Ein ganz normaler Tag in Prenzlauer Berg.

Christine war unruhig. Sicher wollte die Frau auch noch den Namen des Teepflückers ermitteln und seinen Stammbaum auf Absonderlichkeiten überprüfen.

Immerhin ging es ja um eine Tasse Kräutertee. Das konnte dauern, und sie hasste langes Warten, zumal auf ihrem Schreibtisch eine Reportage über den illegalen Waffenhandel kongolesischer Regierungstruppen lag.

Für eine freie Journalistin zählte jede Minute.

Draußen bauten drei Mädchen einen Schneemann. Anstelle von Augen hatten sie ihm zwei Bierkorken ins Gesicht gepresst. Ein Mann mit dunkler Wollmütze schob Schnee von der eingelassenen Bank unter dem Fenster des Cafés und setzte sich. Bis auf einen Rentner, der eine Karottensuppe löffelte, und einer Mutter, die Zeitung las und mit einer Hand ihren Kinderwagen schaukelte, war das Café *La Tour* leer. Leise tönte ein Kate-Bush-Song aus den Lautsprechern unter der Decke. Der bittere Geruch frisch gemahlener Kaffeebohnen zog durch den Raum.

»Was ist denn nun?«, rief die Brünette mit angespannter Stimme in Richtung Küche.

Erst jetzt fiel Christine Mario auf, der an dem kleinen Tisch in der Ecke saß. Durch seine dicke Brille starrte er auf das Display seines Laptops, wie er es jeden Tag um Viertel vor elf tat. Die Neurodermitis hatte sein Gesicht wieder einmal in eine blutrote Fläche verwandelt. Die Haut hing schuppig und in kleinen Fetzen von seiner Wange. Sehr gut. Damit ließ sich arbeiten.

»Langsam reicht's mir.« Diesmal betonte die Frau die S-Laute so deutlich, dass ein Zischeln entstand.

Christine beugte sich vor. »So eine Tasse Tee ist eine ganz gefährliche Sache. Können richtige Giftgemische drin sein«, flüsterte sie ihr zu.

Die Brünette blickte über ihre Schulter. »Ganz genau. Die denken, dass sie hier ihre Pestizide verscherbeln können, ohne dass ich das merke.« Wieder tippte sie auf den Rand der Tasse. Kleine Kreise zogen sich durch den bräunlich gelben Tee. »Aber *so* nicht.«

»Der Typ da drüben«, raunte Christine und deutete mit dem Kinn auf Mario, »der hat eine knallharte Glutamatallergie. Und obwohl die das hier wissen, verkaufen die ihm immer wieder ihren verseuchten Kuchen. Ich glaube, die machen das mit Absicht.« Christine bemühte sich um einen betroffenen Gesichtsausdruck. »Die finden das lustig.«

Mario kratzte über seine Wange und betrachtete die Hautreste unter seinen Nägeln. Er schnippte sie mit den Fingern fort.

»Wusst ich's doch. Ich spür so was.« Die Brünette zog eine regenbogenfarbene Wollmütze aus ihrer Manteltasche und stülpte sie sich über den Kopf, bis ihre Ohren völlig verdeckt waren. Wahrscheinlich wollte sie sich so vor weiteren bitteren Wahrheiten schützen. »Ich bin sensitiv für so was. In diesem Café sind schlechte Schwingungen. Ganz schlechte Schwingungen.« Sie holte passend zum Muster ihrer Mütze zwei Wollhandschuhe aus der Manteltasche und ging zum Ausgang. An Marios Tisch hielt sie inne. »Das sollten Sie sich nicht gefallen lassen. Warum sitzen Sie hier immer noch? Das ist doch gefährlich.« Sie strich über seinen Handrücken. »Passen Sie auf sich auf.«

Mario schob seine Brille hoch und fuhr sich mit der Zunge über die rissigen Lippen. Er warf Christine einen Blick mit gehobenen Augenbrauen zu.

Ein eisiger Hauch zog durch den Raum, als die Frau die Klinke aus Messing heruntendrückte und durch die geöffnete Tür des Cafés in die schneeweiße Berliner Straßenlandschaft entschwand.

Na bitte. Geht doch, formte Christine stumm die Worte.

Birgit kehrte aus der Küche zurück. Sie betrachtete die davongehende Frau durch die holzgerahmte Glasfront des Cafés. »Zwei Stunden an 'ner Tasse Tee nippen und dann noch Stunk machen. Endlich ist die abgedampft.«

»Einen heißen Kakao zum Mitnehmen, bitte. Aber sehr heiß.«

»Kriegst du. Wie immer.«

Mario schaute sich nach allen Seiten um. »Hey, Christine, sag mal, was … Was ist denn hier so gefährlich?« Über seine Stirn zog sich eine tiefe Sorgenfalte.

»Keine Ahnung.« Mit dem Pappbecher in der Hand ging sie nach draußen und winkte Mario noch einmal durch die Fensterfront zu. Der suchte noch immer mit gerecktem Hals nach einer tödlichen Bedrohung, mittlerweile unter seinem Tisch.

Die drei Mädchen auf der Straße hatten ihren Schneemann fast vollendet. Durch die unförmigen drei Kugeln, die Kopf, Bauch und Rumpf darstellten, zogen sich schwarze Flecken, die von Streugranulat stammten. Eines der Kinder trug eine gewaltige Fellkappe, die Christine an die Palastwachen des Buckingham Palace erinnerte. Das Mädchen daneben hatte sich giftgrüne Ohrwärmer übergestülpt und klopfte den Schnee mit den flachen Händen immer wieder zusammen, als ob es töpfern würde. Der Körper des Schneemanns war schon beinahe spiegelglatt.

»Wir haben noch keine Nase.« Das größte der drei Kinder trug einen knallroten Schal. Es blickte sich um, da sah es Christine und lächelte. »Hallo.« Die dunklen Augen, die wollenen Fäustlinge – es war das an Multiple Sklerose erkrankte Mädchen aus dem Park, Paulina.

»Hallo.« Christine nahm einen Schluck von ihrem Kakao. Die heiße Milch verbrannte ihr fast den Gaumen, und doch tat ihr die Hitze gut, als sie in ihrem Magen ankam. »Warum nehmt ihr nicht das da als Nase?« Sie deutete auf den abgeschlagenen Hals einer Bierflasche, der neben einem Baum im Schnee lag.

Das Mädchen mit der Fellkappe lächelte Christine an. »Echt?«

»Klar. Wenn ihr dem Schneemann eine Karotte ins Gesicht schiebt, wird die sowieso gleich geklaut. Wir sind hier doch in Berlin.«

Das kleine Gesicht unter der Fellmütze strahlte. Das Mädchen neigte sich zu Paulina und flüsterte ihr etwas ins Ohr. *Von woher kennst du die Frau denn?* Ihren Lippenbewegungen entnahm Christine jedes einzelne Wort.

Paulina hob eine Ohrklappe der Mütze an und raunte ihr die Antwort zu. Dann ging das Mädchen mit der Fellkappe in die Knie, hob das braune Glas auf und bohrte das zersplitterte Ende in das Gesicht des Schneemanns. Und fertig war das fleckig graue Schneemonstrum, wie es typischer für Berlin nicht hätte sein können.

»Sehr schön.« Christine hob noch einmal zum Abschied ihren Pappbecher in die Höhe, da sagte hinter ihr eine leise Männerstimme. »Hallo Christine.«

Der Mann, der auf der Holzbank vor dem Café gesessen hatte,

kam durch den knirschenden Schnee direkt auf sie zu. Drei Schritte neben ihr blieb er stehen.

Der Anlasser eines VWs stotterte von der anderen Seite der Straße. Ein uneinsichtiger Fahrradfahrer kämpfte sich mit quietschenden Felgen durch die Schneemassen.

Es war Kriminalkommissar Dom. Sein halblanges braunes Haar ragte unter dem Rand seiner Wollmütze hervor. Seine Augen waren rot geädert. Wie aufgemalte schwarze Punkte sprossen die Bartstoppeln aus seiner Haut. So hatte sie ihn noch nie gesehen. »Was machen Sie hier? Haben Sie mir aufgelauert? Das ist doch kein Zufall.«

Er senkte den Kopf, verbarg seine Hände in den Taschen seiner Daunenjacke.

»Sie haben mir also aufgelauert.« Christine trat an ihn heran. Seine Lider flatterten. Deutlicher hätte er ihren Verdacht nicht bestätigen können. »Als wir uns das letzte Mal begegnet sind, habe ich Sie gewarnt, meinen Weg noch einmal zu kreuzen.« Er verhielt sich so defensiv. Das musste einen Grund haben. »Und nun tun Sie es doch wieder.« Christine beugte sich vor. Nur zwanzig Zentimeter trennten sie voneinander. »Was, zur Hölle, wollen Sie von mir?« Schlechte Schwingungen. Da waren sie wieder.

»Hilfe. Ich brauche Ihre Hilfe, Christine. Wenn es nicht so dringend wäre, würde ich nicht vor Ihnen stehen.« Er kaute auf seiner Unterlippe herum. »Für mich geht es um alles.« Von der ursprünglichen Souveränität eines Kriminalkommissars war an ihm nichts mehr zu spüren.

Christine schüttelte den Kopf. »Vor anderthalb Jahren haben Sie bei dem Fall mit den Hospitalmorden einen meiner Partner in den Knast gebracht. Sie haben einen guten Mann bestraft. Und wofür? Für Ihre beschissene Karriere.« Noch immer saß ihr Freund im Gefängnis. Sieben Jahre Haft ohne Bewährung. Dom hatte stoisch seine verdammte Dienstpflicht erfüllt und ein Leben zerstört. Nie zuvor hatte sie einen solchen Verrat empfunden.

»Er war schuld am Tod eines Menschen. Ich konnte mich nicht anders verhalten, selbst wenn ich gewollt hätte.«

»Oh, doch. Sie konnten, aber Sie wollten nicht.« Christine kickte einen kleinen Stein fort. »*Merde*. Wir haben Ihren Fall gelöst, und das war Ihr gottverdammter Dank. Und nun verlangen Sie meine Hilfe?«

Die drei Mädchen vor dem Schneemann schauten zu Christine hinüber. Von einem Balkon fielen Eiszapfen auf die Straße und versackten unter der weichen Schneedecke.

Dom zog die Hände aus den Taschen und breitete sie vor Christine aus. »Ich habe gar nicht genug Worte, um Ihnen zu sagen ...«

»Diese zehn Worte reichen mir schon. Lassen Sie es einfach.«

Doms Nasenflügel zitterten. Er berührte Christine am Unterarm. »Hören Sie mir zu, bitte.«

Wut gegen Neugierde. Sie hatte sich noch nicht für eines der Gefühle entschieden, als Dom fortfuhr.

»Vor sieben Jahren habe ich einen Serienmörder gestellt. Aber der Mann ist entkommen. Und nun will er sich an mir rächen. Das Morden geht weiter.« Warmer Atem entstieg seinem Mund. Schwer lag seine Hand auf ihrem Unterarm. »Alle Menschen, die mir nahestehen, sind in Gefahr. Er will mich erledigen, er arbeitet sich durch mein Umfeld ganz langsam an mich heran.« Dom senkte die Schultern. »So sieht es aus.« Er starrte auf den Boden. »Wissen Sie, ich hätte damals nur abdrücken müssen. Ein gekrümmter Finger, eine einzige Kugel, und ich würde heute nicht vor Ihnen stehen und um Ihre Hilfe betteln.« Ein feuchter Schimmer legte sich über seine Augen, er blinzelte ihn fort. »Aber ich habe das nicht fertiggebracht, und nun müssen andere Menschen dafür bezahlen.«

Christine schob Doms Hand vorsichtig von ihrem Unterarm. Im selben Moment ärgerte sie sich über diese Geste, in der viel zu viel Verständnis lag. »Der Überfall auf Ihre Frau, damit fing es an. Richtig?«

»Meine Ex-Frau, aber woher wissen Sie das? Wer hat Ihnen das gesagt?« Seine Stimme nahm den verschwörerischen Tonfall eines Menschen an, der befürchtet, insgeheim belauscht zu werden.

»Ich bin Journalistin. Solche Informationen landen sofort in meinen Netzwerken. So funktioniert diese Branche nun mal.«

»Ja, wahrscheinlich. Logisch. Hoffentlich halten Sie mich jetzt nicht für einen Idioten.«

»Wenn das eine Frage sein soll, dann möchten Sie darauf sicher keine Antwort von mir haben.« Christine nahm einen Schluck von ihrem heißen Kakao. Sie hatte genug von dem sinnlosen Schlagabtausch in der klirrenden Kälte. »Also, was wollen Sie von mir, Dom?«

Er stieß den Atem aus. »Dieser Mörder, die Mordkommission hat ihn nur *der Kratzer* genannt. Niemand kennt ihn. Ich bin ihm einmal persönlich begegnet, aber mehr als ein unbrauchbares Foto gibt es nicht. Keine DNA-Matches mit den Datenbanken. Nichts. Nur Aktenberge über seine Taten.«

Der Kratzer. Da hatten gelangweilte Beamten an einem verregneten Tag in ihren Büros gesessen und sich einen besonders schaurigen Namen für den Täter ausgedacht. Schade nur, dass sich diese Kreativität selten bei den Ermittlungen zeigte.

»Damals hat ein Psychologen-Team an Motivanalysen und forensisch-psychiatrischen Profilen gearbeitet, um den Täterkreis einzugrenzen und dem Kratzer ein Gesicht zu geben.« Dom sprach so schnell, als rechnete er damit, dass Christine ihn einfach auf der Straße stehen ließ. Er hob drei Finger. »Drei Wissenschaftler, aber bloß einer ist verfügbar und will helfen.« Nur noch sein Zeigefinger schwebte in der Luft. »Ausschließlich dieser eine.«

Von der Straße schallten die aufgeregten Rufe der drei Mädchen. Das Kind mit der Fellkappe rollte eine Schneekugel zusammen, wobei es besonders ernst aussah. »Jetzt kriegt der Schneemann eine Frau, damit er nicht so alleine ist«, rief es über seine Schulter. Die beiden anderen Mädchen suchten unter geparkten Autos nach leeren Bierflaschen.

»Klären Sie mich auf: Was habe ich mit diesem Wissenschaftler zu tun? Darum geht es doch, oder?«

Christine konnte keinen Sinn in Doms Äußerungen erkennen. »Nun reden Sie schon.«

»Er will *nur* mit Ihnen sprechen, Christine. Das war seine Bedingung.« Doms Gesicht erblasste, als würde seinem Kopf alles Blut entzogen werden. »Es ist Dr. Lindfeld.«

Eine Brise fuhr durch die Straße, bewegte die Äste der Platanen und trieb den Schnee von ihren Zweigen.

»Nein. Das mache ich nicht.« Christine knallte ihren Pappbecher auf die Sitzbank vor dem Café. Kakao schwappte durch die Öffnung des Deckels und hinterließ braune Flecken im Schnee. »Wie können Sie so etwas von mir verlangen?« Sie erschrak selbst über ihre laute Stimme. Die drei Mädchen verstummten.

»Nein. Niemals«, flüsterte sie.

Nur knapp war Christine Lindfeld entkommen, als sie die Fährte einer vermissten Frau aufgenommen hatte. Alles war für die Tötung seines Opfers vorbereitet gewesen, als Christine seinen Plan durchkreuzt hatte. »Ich lasse nicht zu, dass dieser Irre seine dreckigen Psychospielchen mit mir fortsetzt. Er stellt *Ihnen* eine Bedingung, und *ich* soll sie erfüllen? Nein. Da mache ich nicht mit.«

»Christine, ich … Wenn es eine andere Lösung gäbe …«

»Dann würden Sie sie nicht erkennen. Ich kann Ihnen nicht helfen, Dom. Ich kann nicht.«

Die drei Mädchen beobachteten sie. Paulina beugte sich vor und flüsterte dem Kind mit der Fellmütze etwas ins Ohr. Die Kleine nickte.

Dom zog die Brauen zusammen. »Tut mir leid. Ich hätte Sie das nicht fragen dürfen. Aber mir ist nichts anderes übrig geblieben. Ich musste es wenigstens versuchen.«

»Das haben Sie. Ich muss jetzt gehen.« Christine wandte sich um, da kam ihr das Mädchen mit der Fellkappe mit kleinen Schritten entgegen. Es zog sich die Mütze vom Kopf und presste das Stück Fell an seine Brust. Sein langes braunes Haar fiel auf den Mantel. »Aber du hilfst doch auch anderen. Warum willst du uns denn nicht helfen?«

Dieser kleine Mensch war Christine ein Rätsel. Sie blickte hinab zu dem Mädchen. Seine zusammengezogenen Brauen und die aufeinandergepressten Lippen verliehen ihm einen nachdenklichen, viel zu erwachsenen Gesichtsausdruck.

»Wer bist du?«

»Das ist …«, sagte Dom leise, »… Emma. Meine Tochter.«

Christine senkte den Kopf. Ein zerfetztes Stück Zeitungspapier flatterte vom Wind getrieben an ihren Schuhspitzen vorbei. »Verdammt, Dom. Verdammt.«

8. KAPITEL

Zweiundfünfzig Schritte von der Tiefgarage bis zum Fahrstuhl. Sie brauchte für diese Strecke dreiundvierzig Sekunden, egal, ob sie hohe oder flache Schuhe trug. Das stakkatoartige Klappern ihrer Absätze konnte er ihr ebenso zuordnen wie das Quietschen ihrer Gummisohlen. Der schnelle Rhythmus ihrer Schritte blieb stets der gleiche. So kannte er die kleine Sau.

Ihr silberner Audi TT stand immer auf dem mit Linien markierten Parkplatz für Mitarbeiter der Freien Universität Berlin. Der Zugang von der Tiefgarage zum Fahrstuhl im Untergeschoss der Uni ließ sich nur mit einem speziellen Schlüssel öffnen. Dozenten und Reinigungskräfte waren damit ausgestattet. Er hatte sofort die Schwachstelle im System lokalisiert – zwei tratschsüchtige Weiber mit verstaubten Kitteln und Wischmopp. Und er hatte gehandelt. Nur ein unbeobachteter Griff im Vorbeigehen war dafür notwendig gewesen.

Er ertastete die Zacken des Schlüssels in seiner Hosentasche. Das kalte Metall war wie ein Versprechen, das er sich mit seiner Tat erfüllen würde.

Zweiundfünfzig Schritte von der Garage bis zum Fahrstuhl, eine überschaubare Strecke, die er beherrschbar machen musste, um sein Vorhaben umzusetzen. Dreiundvierzig Sekunden, in denen er ein fremdes Leben betrat und es seinem System unterwarf. Er war vorbereitet, doch ein Gladiator machte seinen finalen Plan erst in der Arena – und bis zum Beginn der Spiele vergingen noch zwei Tage.

Er sog die eisige Luft ein. Schnee rieselte auf den verglasten Bau herab, bedeckte den Bücherturm und die klaren Linien des Gebäudes aus der Nachkriegsmoderne. Der grobe Stoff seines Mantelkragens rieb an seinem verletzten Hals. Er strich den Schnee vom Schirm seiner Kappe. Die Kälte mochte andere zum Schlottern bringen, er aber fühlte sich von der Natur umarmt. Alles war, wie es sein musste. Er war ein Instrument, mit dem die Balance wiederhergestellt wurde.

Jurastudenten mit teuren Ledertaschen schritten durch die Türen des Fünfzigerjahrebaus. Die monumentale Eingangshalle gaukelte ihnen schon jetzt eine Welt vor, in der Paragrafen zu Gelddruckmaschinen wurden. Sie suhlten sich in ihrer Überlegenheit, während er unbemerkt in ihre Festung eingedrungen war.

Einmal, vor zwei Wochen, da hatte er an einer Lesung teilgenommen – an *ihrer* Lesung. Wie sie sich in ihrem Kostümchen über das Mikrofon gebeugt und selbstgefällig ihren braunen Zopf über die Schulter geworfen hatte. Ihre Stimme war fest gewesen, voller Selbstvertrauen, als sie ihre kriminologischen Theorien den wohlfrisierten Beinahe-Juristen vortrug.

Er hatte einen Sitzplatz in der letzten Reihe des großen Auditoriums eingenommen und sich selbst dabei beobachtet, wie die Anspannung durch seinen Körper zog: einem feinen Knistern gleich, das lauter und dann wieder leiser wurde. Manchmal schaute er von der Tischplatte auf und suchte den Blickkontakt mit ihr. Dann schloss er die Augen und wartete auf ihren Schrei des Wiedererkennens.

Doch nichts geschah.

Keine Panik. Kein Tumult. Absolut nichts.

Er war nur eines von zweihundert Gesichtern im Vorlesungssaal. Wahrscheinlich hatte sie ihn vergessen oder in irgendeiner Schublade ihres Gehirns vergraben, wo er ihr nicht mehr gefährlich werden konnte.

Ihre Ausführungen über Täter-Opfer-Verhältnisse lösten bei ihren Zuhörern ein überraschtes und doch zustimmendes Raunen aus. Da vorne, da sprach eine Frau aus der Praxis, eine, die mit der Waffe in der Hand gegen das Böse ausgezogen war. Lächerlich. Die Studenten ahnten nicht, dass ihre Dozentin nach der letzten Vorlesung dieses Wintersemesters selbst zum Opfer werden würde.

Seinem Opfer.

Er klopfte den Schnee vom Kragen seines Mantels und wandte sich ab von dem gläsernen Bau. Mit langen Schritten ging er über den Campus. »Nein, Karen. Deine Studenten haben nicht die leiseste Ahnung.«

9. KAPITEL

»Ich kapier nicht, warum du das tun willst, Christine.« Albert fuhr sich durch sein kurzes, lockiges Haar. »Niemand kann dich dazu zwingen.« Sein linkes Knie wippte im Fußraum des Autos auf und ab. Wieder einmal hatte er die Kontrolle über seinen alten Tick verloren. Er spielte mit dem schneckenförmigen Türgriff aus Chrom auf der Beifahrerseite herum.

Christine tippte das Gaspedal an. Schnee fiel vom Dach ihres Wagens und rutschte über die Windschutzscheibe. Schippen kam nun mal nicht infrage. Verdammte Bequemlichkeit. Sie konnte dem Winter in Berlin einfach nichts abgewinnen. *Der Winter ist keine Jahreszeit, sondern eine Aufgabe,* hatte ihr Vater immer gesagt, wenn er in Cancale unter einer Korkeiche stand und in den Dezemberhimmel blickte.

Die Scheibenwischer des vierzig Jahre alten Citroën DS surrten. Der Schnee wurde über die Windschutzscheibe geschoben, der Fahrtwind ließ ihn zerfleddern.

Albert folgte den monotonen Bewegungen der Wischer. Über seine Stirn zogen sich tiefe Falten. »Also, erstens: Dieser Dr. Lindfeld ist ein Monster. Wir haben ihn damals gestoppt und sind dabei fast draufgegangen. Was, wenn er nur seine kranke Psychonummer mit dir abziehen will? Zweitens: Kommissar Dom spielt nicht fair. Mit so einem Mann kann man nicht zusammenarbeiten. Erinnere dich, wie er damals unseren Freund verhaftet hat. Und drittens ...« Er atmete tief durch. »Ach, ich glaube, ich brauche kein Drittens mehr nach erstens und zweitens.«

Christine spürte seinen ausgestreckten Unterarm, der nun auf ihrem Oberschenkel ruhte. Die Wärme seiner Haut drang durch den Stoff ihrer schwarzen Schlaghose.

»Habe ich recht? Jetzt sag doch auch mal was.« Alberts leise Stimme wurde vom Brummen des Motors fast verschluckt. Christine zog den Zigarettenanzünder aus der Mittelkonsole und steckte damit eine Gauloise an. Der Tabak knisterte, als sie einen tiefen Zug nahm. »Lindfeld ist ein Psychopath, und Tobias Dom können wir nicht mehr vertrauen. Du hast recht, stimmt alles. Aber du hast Doms Tochter nicht gesehen. Ich schon. Sie ist ein Kind. Sie weiß nicht, dass ihre Mutter überfallen wurde und um ihr Leben kämpft. Die haben ihr wohl irgendeine andere Geschichte erzählt.« Christine stieß den Rauch gegen die Decke des Wagens. »Und natürlich hat Dom der Kleinen auch nicht erzählt, dass ein Serienmörder sie ins Visier genommen hat. Er ist am Ende. Dom schafft das nicht allein.«

»Dann geht es dir um das Kind?« Albert nickte, kaum hatte er die Frage gestellt. Die Antwort hatte er sich gleich selbst gegeben.

Christine ließ die Zigarette in ihrem Mundwinkel baumeln und packte das rissige Lederlenkrad mit beiden Händen. Der Wagen ging in eine Rechtskurve und glitt wie ein Schlitten über den Schnee auf der Kreuzung.

Dom war ins Trudeln gekommen. Gestern noch hatte er ihr die Hintergründe des Falls erklärt und vor ihr die Techniken und Muster des Kratzers in einer Fallanalyse ausgebreitet. Nur mit Widerwillen war Christine seiner Einladung ins Landeskriminalamt gefolgt. Die Angst vor einem finalen Schlag des Serienmörders ließ Dom nicht mehr schlafen. Er musste einen Gegner stellen, der sich hinter einer Nebelwand verbarg. Seit Tagen ließ er seine Tochter nicht aus den Augen. Der Kratzer konnte heute zuschlagen oder erst in fünf Jahren. Eine ausgesprochene Drohung musste sich nicht einmal erfüllen, um ihre katastrophale Wirkung im Leben eines Menschen zu entfalten. Doms ganze Familie befand sich im Würgegriff des Killers.

»Ich konnte den Blick dieses Mädchens … Emmas Blick, nicht

ertragen. Es ging einfach nicht. Glaub mir, trotz all dieser Lügen ahnt sie etwas von der Gefahr.«

Emma war die Tochter eines Kriminalkommissars, so wie Christine die Tochter eines Inspektors war. Sie konnte sich diesem Mädchen nicht verschließen, da war ein Gefühl von Vertrautheit, das sie körperlich spüren konnte.

»Du hast dich längst auf den Fall eingelassen.« Albert blickte aus dem vereisten Seitenfenster, wo Häuser aus der Gründerzeit mit ihren reich dekorierten Fassaden vorbeizogen. Kinder formten Schneebälle mit ihren Fäustlingen und warfen sie auf vorbeifahrende Autos. Am Heck des Citroën ertönte das dumpfe Geräusch eines Einschlags.

»Ich bin ein großes Mädchen, und ich treffe nun mal Große-Mädchen-Entscheidungen.« Der Mord an ihrem Vater hatte Christines glücklicher Kindheit das Genick gebrochen. Manchmal stellte sie sich vor, wie ihr Leben weiter verlaufen wäre, wenn der Mörder an diesem Tag im August gescheitert wäre. Die Getriebene, die jetzt hinter dem Lenkrad saß, würde nicht existieren. Aber vielleicht wäre sie dann Albert nie begegnet. Und ganz sicher wäre sie jetzt auch nicht bereit gewesen, ein Kind wie Emma zu schützen.

»Wir sind also wieder in einer dieser Geschichten drin, obwohl du dich mit Händen und Füßen dagegen gewehrt hast.« Albert strich eine Haarsträhne aus ihrem Gesicht. »Richtig?«

Warme Luft drang aus den knatternden Belüftungsschlitzen des Citroën. Christine schlug den Blinker ein, das laute Tacken schallte durchs Wageninnere. »Ja, aber ein Wir gibt es nur, wenn du dabei sein möchtest.«

Seine Hand auf ihrem Oberschenkel wurde schwerer. »Ich lasse dich nicht mehr allein. Niemals. Das weißt du doch.« Er deutete im Sitzen eine Verbeugung an. »Gütige Herrin. Ich bin Ihr treuer Begleiter bis in alle Ewigkeit.«

Christine stoppte den Wagen an einer roten Ampel und strich über Alberts stoppeliges Kinn. Sie liebte dieses Piksen unter ihren Fingernägeln. In seinen Augen lag der sorgenvolle Zug eines Zweiflers, der hinter jeder Häuserecke eine Gefahr vermutete. Christine zog ihn zu sich, presste ihre Lippen auf seinen Mund und fühlte seine Zungenspitze. Für einen Moment ließ sie die Stille zu, nur ein paar Sekunden der Ruhe, bevor sie Lindfeld gegenübertreten musste – einem geschlagenen Feind, der auf sie wartete.

Aufrecht setzte sie sich hinter dem Lenkrad auf und trat das Gaspedal durch. Die Tachonadel schnellte in die Höhe. Der Motor heulte auf. »Es ist Zeit für einen Besuch beim freundlichen Psychopathen von nebenan.«

10. KAPITEL

Über die Fassade des spätklassizistischen Baus rankte sich Efeu. Die Verästelungen zogen sich grünen Adern gleich über das Mauerwerk. Rotbraune Ziegel blitzten vereinzelt auf dem mit Schnee beladenen Dach auf. Mit seiner Backsteinarchitektur, den Eichen und dem weitläufigen Garten ähnelte die Anlage einem Schloss. Halbrunde Erker, vertiefte Fenster mit Giebeln, nirgendwo Gitter. Kein Detail verriet, dass es sich bei dem Gebäude um eine Sicherungs- und Heilungsstätte für psychisch kranke Verbrecher handelte.

Christine hielt inne vor einer Eichentür mit geschnitzten lilienartigen Ornamenten. Sie nahm einen Zug an ihrer Zigarette und ließ den Rauch im Mund kreisen.

Merkwürdig. Ihr ganzes Leben lang war sie Menschen in weißen Kitteln aus dem Weg gegangen, die gegen horrende Honorare die Hirnwindungen ihrer Patienten durchwühlten. Sechzigtausend Gedanken hat ein Mensch am Tag, und jeder einzelne ist das Eigentum seines Schöpfers. Ein geraubter Gedanke gehörte nicht in fremde Hände. Und nun stand sie vor einem Haus, in dem sich ein Heer aus Shrinks auf das Plündern von Erinnerungen, Einfällen und Vorstellungen spezialisiert hatte.

Ihre Hand ruhte auf dem messingfarbenen Knauf der Tür. Aus einem geöffneten Fenster drang das helle Lachen einer Frau.

Christine warf ihre Zigarette in den Schnee, wo der rote Punkt an der Spitze verglühte. Mit ihrem Stiefel stieß sie die Tür auf. Albert folgte ihr.

Das Tageslicht durchflutete einen Gang mit klassischem Fischgrätparkett, Topfpflanzen am Boden und Gemälden an den Wänden. Die Ölbilder waren keinem einheitlichen Kunststil zuzuordnen: gelbe Kleckse, fette Striche, verstreute Punkte, die an ausgelaufene Flüssigkeiten erinnerten. Wirre Malereien. Offenbar hatten die Patienten hier selbst den Pinsel geschwungen.

»Ich krieg Kopfweh von diesem Zeugs an der Wand«, stieß Albert aus und legte beide Hände an die Stirn.

Ein Mann im weißen Kittel kam ihnen entgegen. *Dr. Matuschek* stand auf einem Schildchen an seiner Brust. »Dann schlucken Sie doch Aspirin«, sagte er im Vorbeigehen. Seine Crocs quietschten bei jedem Schritt, während er am anderen Ende des Ganges verschwand.

»Du Banause. Das hast du davon.« Christine deutete auf ein besonders grelles Bild. »Wenn da ein Preisschild über fünfzigtausend Euro dranhängen würde, wärst du bestimmt begeistert.«

Sie wusste aus Alberts Erzählungen, dass im Haus seiner Eltern Dutzende moderner, teurer Gemälde an den Wänden hingen. Die typische Masche einer ehrwürdigen Apothekerdynastie, um Besuchern zu imponieren. Albert war erzogen worden in dem Glauben, dass gute Kunst immer mehr wert sein musste als das Geld für die Farbe. Das zeigte sich auch heute noch an seiner gekräuselten Nase, als er den Gang hinabschritt. Hoffnungslos.

Ein Messingschild mit dem Aufdruck *Zentrale Aufnahme* hing an der Wand neben einem großen ovalen Raum. Aus einem verborgenen Lautsprecher drang Harfenmusik. An der Rezeption saß eine grauhaarige Frau, die auf das Display ihres Computermonitors blinzelte. Ein farbig schraffierter Dienstplan lag neben ihrer Tastatur, daneben eine aufgerissene Tafel Schokolade. Auf der Außenhülle war eine grüne Wiese mit zwei Kühen und der Aufdruck *Diät Vollmilch* zu sehen.

Die Grauhaarige hatte Christine und Albert längst aus den Augenwinkeln wahrgenommen, und doch vergingen drei Minuten, bis sie aufschaute. Ihre hängenden Mundwinkel erinnerten Christine an den Klappkiefer einer Marionette. In ihrem Gesicht drückte sich die bleierne Schwere einer vom Leben enttäuschten Frau aus. Christine war solchen Menschen oft genug begegnet.

»Lassen Sie mich raten. Sie sind Frau Lenève?« Die Grauhaarige setzte ein Lächeln auf, das zugleich überheblich und genervt wirkte.

»Sieht so aus.«

»Also, Sie sind Frau Lenève, ja?« Mit halben Antworten gab sie sich absolut nicht zufrieden.

»Ja, die bin ich.« Christine biss die Zähne aufeinander.

»Und ich bin Herr Heidrich.« Albert trat einen Schritt vor.

Die Frau antwortete nicht, dafür atmete sie hörbar aus, was Christine als ein Zeichen gelebter Renitenz wertete.

Albert verschränkte die Arme vor der Brust. Sein linkes Knie und seine Ferse wippten auf und ab.

»Frau Dr. Herzog erwartet Sie. Folgen Sie mir.« Die Grauhaarige schritt voran.

Sie verließen den ovalen Raum. Das Eichenparkett knackte unter ihren Schritten, als sie den Gang im Erdgeschoss durchquerten. Ein Mann mit akkurat gescheitelter Frisur lehnte an der Wand. Er krempelte die Ärmel seines weißen Hemdes hoch und klopfte mit den Fingerspitzen gegen die Mauer.

»Ich bin auch Arzt«, raunte er Christine zu.

»Wie schön«, antwortete sie.

Der Mann nickte, »ja, ist schön. Schön«, und dabei betrachtete er die Decke. »Wunderschön ist das.«

Sie erreichten die zweiflügelige Tür am Ende der Galerie. Mit ihren ins Holz geschnittenen Rosetten strahlte sie das Flair altherrschaftlicher Häuser aus. Grünes Buntglas war in die oberen Kassetten eingelassen. *Klinikleitung Dr. Bettina Herzog* prangte auf einem polierten Messingschild neben der Tür.

Die Grauhaarige zog ihre Magnetkarte über ein elektronisches Feld in der Wand und drückte die Klinke herunter. Die Tür gab den Blick frei auf einen Raum mit getäfelter Decke und hohen Fenstern. Christine und Albert traten ein. Hinter ihnen fiel die Tür mit einem leisen Klicken ins Schloss.

Vor den Fenstern lag der Park schneeweiß und still. Der Geruch von Veilchen stach Christine in die Nase. Schwer beladene Bücherregale erstreckten sich drei Meter in die Höhe. Anatomische Bildbände mit skelettierten Menschen, Abhandlungen über Angststörungen und Verhaltenstherapien – Buchrücken an Buchrücken, Meter um Meter, reihte sich die Literatur für geplagte Seelen aneinander.

Die blonde Frau, die mit überschlagenen Beinen in einem Lederstuhl saß, schob ihre Brille hoch. Die ausladenden Armlehnen ihres Bürostuhls und der massive Schreibtisch aus Palisander ließen sie zierlich wie ein Kind wirken.

Im Freischwinger vor ihrem Tisch kauerte Tobias Dom mit hängenden Schultern. Sein gesenkter Kopf, die verkrampfte Haltung – die vergangenen Tage hatten deutliche Spuren hinterlassen. Er erhob sich, als Christine und Albert den Schreibtisch ansteuerten.

»Das sind Frau Lenève und Herr Heidrich.« In Doms Stimme schwang Erleichterung mit. Zweifelsohne hatte er bis zur letzten Sekunde an ihrem Erscheinen gezweifelt. Er wies in Richtung Tisch. »Frau Dr. Herzog leitet den Maßregelvollzug. Sie hat der Befragung von Herrn Lindfeld zugestimmt. Dafür bin ich sehr dankbar.«

Bettina Herzog schwang sich aus ihrem Bürostuhl. Unter dem Stoff ihres dunkelblauen Kostüms zeichnete sich nicht ein Gramm überschüssiges Körperfett ab. Sie mochte Ende dreißig sein. Ihr karminrot geschminkter Mund war perfekt abgestimmt auf ihre lackierten Fingernägel. Mit ihrem makellosen Teint, dem langen blonden Haar und ihren grünen Augen hätte sie es ohne Probleme auf das Werbeplakat einer Schönheitsklinik geschafft. Stattdessen war sie die Leiterin einer Institution für verrückte Verbrecher.

Herzog stolzierte auf hohen Absätzen um den Schreibtisch herum. Nur ihr Laptop lag aufgeklappt auf der hölzernen Oberfläche – keine Papiere, keine Bilder von Familienangehörigen, keine Details, die etwas über ihre Persönlichkeit verrieten. Sie schüttelte Christine die Hand. Die feinen Grübchen um ihre Mundwinkel verliehen ihrem Lächeln etwas Mädchenhaftes, der vollendete Kontrast zu ihrer verkrampften Empfangsdame. Bettina Herzog war eine schöne Frau, und mit Sicherheit wusste sie das auch.

»Eine Journalistin riskiert ihr Leben, um einen Verbrecher zu stellen. Dann besucht sie ihn als späteren Patienten in der Psychiatrie. Das habe ich kaum mal erlebt. Das ist wirklich außergewöhnlich.« Sie sprach langsam und schien dabei jedes Wort auf seinen Gehalt zu prüfen. Ihre Augen hinter der schwarzen Brille musterten Christine – fixierten ihr Gesicht, als suchte sie nach Spuren, mit denen sich ihre Meinung bestätigen ließ. »So eine Situation erlebe ich das erste Mal, um ganz ehrlich zu sein.« Herzog hob beide Augenbrauen.

»Und für mich ist es eigentlich das dritte Mal; das erste Mal, einmal zu viel und hoffentlich das letzte Mal.« Provokation und Reaktion. Es war ein Spiel, das Christine in ihrem journalistischen Alltag perfektioniert hatte. Eine ihrer erprobten Sonderbehandlungen für schwer einschätzbare Menschen – und genau das war Bettina Herzog für sie.

Draußen hangelte sich ein Eichhörnchen über die Rinde einer Eiche. Alberts Sneaker quietschten, als er auf dem Parkett hin und her wippte. Dom warf sein halblanges Haar nach hinten und presste die Lippen zusammen.

Herzog nahm ihre Brille ab. Das Grün ihrer Augen erschien nun noch leuchtender, ihr Gesicht jugendlicher. Sie tippte mit dem Ende eines Bügels auf ihre Unterlippe. »Interessant. Sie haben Humor. Ich habe mich die ganze Zeit gefragt, wie wohl die Frau sein könnte, über die Dr. Lindfeld gestolpert ist.«

»Ich hoffe, Sie sind nicht enttäuscht.«

»Keineswegs, Frau Lenève. Aber glauben Sie mir: Ich schütze mich mit niedrigen Erwartungen vor Enttäuschungen. Das nimmt meinem Alltag die Schwere.«

»Bei mir ist es umgekehrt. Ich fordere von mir selbst sehr viel und erwarte es auch von anderen. Ich stelle mich meinen täglichen Enttäuschungen.«

»Klingt fair.«

»Ist es auch.«

Herzog lachte ein leises, vornehmes Lachen, dabei zeigte sie ihre makellosen Zähne. Sie legte die Hände ineinander und erforschte erneut Christines Gesicht. Sicher eine Berufskrankheit, die ihr den normalen Umgang mit Nichtpatienten erschwerte, wenn nicht sogar unmöglich machte. Wie beiläufig reichte sie Albert die Hand und nickte ihm zu.

»Also, ich bin für das Treffen bereit.« Christine hatte genug davon, sich der Psychiaterin auf einem Silbertablett zu präsentieren und sich einer Analyse unterziehen zu lassen.

»Ja, natürlich.« Herzogs Lider zuckten. Sie schien wie aus einer Trance zu erwachen. »Wir können gleich los. Dr. Lindfeld hat gestern die Akten zum Fall erhalten. Er hat sich vorbereitet.«

»Doktor? Selbst hier drinnen ist er noch der Herr Doktor?« Albert schüttelte den Kopf. »Ich fass es nicht.«

»Noch ist er Doktor. Ganz recht. Die Universität hat zwar die Aberkennung seines Titels aufgrund unwürdigen Verhaltens beantragt. Doch Lindfeld hat Widerspruch eingelegt. Und nun beginnt ein Verfahren.« Sie setzte die Brille auf, sofort nahm ihr Gesicht wieder den Zug der seriösen Wissenschaftlerin an. »Für seine Mitarbeit an diesem Fall ist ihm ein deutliches Wohlwollen beim Entscheidungsprozess um seinen Titel zugesagt worden.«

Albert stöhnte auf. »Also, wirklich jetzt mal …«

Über Herzogs Stirn zog sich eine feine Falte. »Viktor Lindfeld ist mein Patient. Ich wünsche, dass Sie ihn mit Respekt behandeln.« Ihr Blick wanderte von Albert zu Christine und wieder zurück. »Er ist krank. Wir haben eine histrionische Persönlichkeitsstörung diagnostiziert.«

»Und wer krank ist, der ist nicht schuld.« Christine konnte den ironischen Unterton in ihrer Stimme nicht verbergen. »Womöglich ein Kindheitstrauma?«

»Ganz genau.«

Natürlich. Wie erwartet. Sexualstraftäter, Pädophile, Gewaltverbrecher – Schuld waren immer die Eltern. Christine sah die Frau vor sich, die Lindfeld in einem Kellergefängnis wie ein Tier gehalten hatte. Die schweren Gitter aus Metall, der Schweiß des Opfers, der sich beißend wie Ammoniak über dem Kerker ausgebreitet hatte. Lindfeld hatte ein Leben zerstört, doch das alles war natürlich nicht seine Schuld.

Ein Mensch trifft am Tag zwanzigtausend Entscheidungen, jede davon eigenverantwortlich. Lindfeld hatte seinen Weg gewählt. Er war in einen Baumarkt gefahren, um sich dort Gitterstäbe für seinen Kerker auszusuchen. Jede seiner Entscheidungen war mit kalter Logik getroffen worden. Aber das alles spielte in den Mauern dieser Klinik keine Rolle. Lindfeld war das Opfer eines Kindheitstraumas. Andere waren verantwortlich. Schuld waren immer andere.

Aus einem Regal ragte die Büste Friedrich Nietzsches zwischen zwei eingerissenen Buchrücken hervor. Die starren Augen und der überdimensionierte Schnauzer des Mannes verliehen ihm ein grimmiges Aussehen. Christine riss sich von dem steinernen Antlitz los. »Auf Gitter vor den Fenstern haben Sie auch verzichtet?« Sie kannte die Antwort, seit sie die Anstalt zum ersten Mal gesehen hatte.

Herzog deutete auf die Scheiben. »Das ist eine Spezialverglasung. Absolut bruchsicher. Unsere Patienten sollen sich nicht eingesperrt fühlen.« Dabei streckte sie beide Arme weit von sich und lächelte, was Christine an die werbewirksame Geste einer Immobilienmaklerin erinnerte, die ihren Kunden gerade das perfekte Haus präsentiert. »Wir haben hier Wohngruppen, in denen gekocht wird, Freizeitaktivitäten und Beschäftigungstherapien. Der gesamte Klinikkomplex soll sich wie die normale Welt anfühlen. Nur so wird aus einem Gefängnis eine Heilanstalt.«

Eine Wellnessoase mit viel Freizeitspaß, bei der sich die Inhaftierten bunte Gummibälle zuwarfen – so hörten sich Herzogs Schilderungen an. Doch Christine schwieg. Sie war die Tochter eines Inspektors. Ihr Vater hätte den Raum längst mit einem verzweifelten Lachen verlassen. Sie entkrampfte ihre Hände, die sich instinktiv zu Fäusten geballt hatten.

Albert warf ihr einen Seitenblick zu. Dom zuckte mit den Schultern.

Sicher ahnten die beiden, dass Christine vor Zorn innerlich bebte.

Sie wandte sich zur Tür. »Gut. Dann lassen Sie uns den Besuch bei Lindfeld hinter uns bringen. Besser jetzt als später.«

Aus der Ferne klang das Läuten einer Kirchturmglocke, die Herzog mit ihrer Armbanduhr abglich. »Ach, schon so spät. Sie haben recht. Wir sollten gehen. Herr Dr. Lindfeld ist in der Sporthalle.«

Albert legte eine Hand an sein Ohr. »Verzeihung. Ich habe Sporthalle verstanden? Der Herr Doktor macht Turnübungen?«

Bettina Herzog richtete ihre Brille und nickte ihm zu. »Boxen. Herr Dr. Lindfeld boxt.« Sie stakste zur Tür. Ihre Stöckelschuhe klackerten auf dem Parkett wie ein geheimnisvoller Morsecode. »Er hat eine regelrechte Leidenschaft für Faustkämpfe entwickelt.«

11. KAPITEL

Dumpfes Hämmern drang durch die geschlossene Tür der Turnhalle. Links – rechts – links. Eine schnelle Schlagkombination. Rechte Gerade. Linker Haken. Fäuste bearbeiteten einen Boxsack aus Leder, der an einer Kette hin und her pendelte. Die Schläge nahmen an Wucht zu. Der Mann in der dunkelblauen Trainingshose und dem weißen Unterhemd beugte seinen Oberkörper vor, duckte sich ab. Ein schneller linker Aufwärtshaken ließ den Sandsack zurückschwingen.

Im Backsteingemäuer neben dem Eingang zur Halle war ein Fenster eingelassen. Christine beobachtete den Mann am Sandsack – Lindfeld. Er wandte ihr den Rücken zu, doch seinen schmalen Nacken, seinen sehnigen Körper und seine geschmeidigen Gesten würde sie immer und überall erkennen.

Ein Haken mit der Führhand. Die Deckung öffnete sich. Eine Gerade folgte. Auf einer Holzbank an der Wand, fünf Meter von ihm entfernt, hockte ein glatzköpfiger Mann mit offenem weißem Kittel. Darunter trug er ein rotes Hawaiihemd, das über seinem gewaltigen Bauch spannte. Mit einem Kugelschreiber kritzelte er in einer Zeitung herum. Eine Sicherungsverwahrung für Verbrecher hatte sich Christine anders vorgestellt.

»Also gut, dann gehe ich jetzt rein.«

Dom und Albert wollten sich in Bewegung setzen, doch Christine hob die Hand. »Allein. Das ist eine Angelegenheit zwischen mir und Lindfeld.«

Dom machte einen Schritt auf sie zu und umfasste ihre Oberarme. »Das müssen Sie nicht, Christine. Das würde ich niemals von Ihnen verlangen. Ich komm mit.«

Da war er wieder: Dieser zweifelnde Ausdruck in Doms Gesicht, der immer noch nicht begriffen hatte, wie Christine tickte. In ihrer zierlichen Gestalt sah er offenbar einen Widerspruch zu ihrem Handeln. Sein Beschützerinstinkt erschien ihr liebenswert und lächerlich zugleich.

»Wir sind hier, weil wir Informationen brauchen. Lindfeld will mit *mir* sprechen. Allein bekomme ich mit Sicherheit mehr aus ihm heraus. Spielen wir sein Spiel doch einfach mit.« Mit Dom und Albert an ihrer Seite würde sie wie ein verängstigtes Kind wirken. Niemals würde Christine ein solches Bild von Schwäche zulassen.

Dom ließ sie los. »Ich dachte nur ...«

»Und ich handle nur.«

Albert war erstarrt. Über seine Wangen breitete sich eine blutleere Blässe aus, die sich bis über die Stirn erstreckte. »Der Typ ist eine Bestie. Was ist, wenn er mal kurz ausrastet?«

»Dann wird ihn der engagierte Pfleger auf der Bank stoppen.« Sie zuckte mit den Schultern. »Vorausgesetzt, er ist dann mit seinem Kreuzworträtsel fertig.«

»Gar nicht lustig.« Albert deutete mit dem Kinn zum Fenster.

Rechts. Links. Lindfelds Boxhandschuhe krachten in den Sandsack. »Keine Alleingänge mehr. Wir hatten einen Deal.«

»Bitte, Albert, ich bin in Sichtweite. Und mit seinen albernen Fäustlingen könnte mich Lindfeld nicht mal erwürgen, wenn er wollte.«

Albert stieß die Luft aus und schüttelte den Kopf.

»Ich bin mir sicher, dass Frau Lenève ihre Entscheidungen allein treffen kann.« Bettina Herzog wedelte mit ihrer Magnetkarte. »Und glauben Sie mir: Dr. Lindfeld stellt keine Gefahr dar. Ich spreche hier als seine Therapeutin.« Sie zog die Karte über das rechteckige Feld neben der Tür und zwinkerte Christine zu, als ob sie sich ihr mit diesem wortlosen Zeichen als Verschwörerin zu erkennen geben wollte. Ein grünes Licht blinkte, darauf ertönte ein Surren.

Es gab in Christines Leben Momente, in denen sie das Falsche getan hatte, um Dinge in Ordnung zu bringen. Womöglich war das ein solcher Augenblick. Sie klopfte auf ihre rechte Jackentasche, spürte das rechteckige Plastikgehäuse darin. Sie war vorbereitet. Mit beiden Händen stieß sie die zweiflügelige Tür auf.

Durch die rundbogigen Fenster fiel das Sonnenlicht in die Halle und ließ das alte Eichenparkett glänzen. In den gusseisernen Heizkörpern gurgelte das Wasser. Die hohe Decke mit den Stahlträgern, die dunkelbraunen Sprossenwände und Barren, verliehen der Sporthalle den Charme einer Zeit, in der Männer noch Schnauzbärte hatten und schwarze Trikots beim Turnen trugen.

Die Tür fiel mit einem leisen Surren hinter Christine ins Schloss. Das Hämmern der Fäuste nahm an Intensität zu. Das Leder des Sandsacks ächzte.

Fünfzig Schritte, mehr waren nicht nötig, um die Distanz zu Lindfeld zu überwinden. Der Schwingboden vibrierte unter ihren Füßen, als sie sich ihm näherte.

Sie vergrub die Fäuste in den Taschen ihrer Lederjacke, wie so oft in angespannten Situationen. Nach dem Tod ihres Vaters hatte sie sich die rissige schwarze Jacke auf dem Flohmarkt in Cancale gekauft und danach ihre Geburtsstadt für immer verlassen. Seitdem umgab das Leder ihren Körper wie ein Panzer, der sie viele Jahre bei ihren Einsätzen begleitet hatte. *Achtzehn, neunzehn.* Sie zählte die Schritte im Geiste mit. Eine alte Angewohnheit, die immer auftrat, wenn sie nach einem Gefühl von Sicherheit suchte.

Die Deckenhalterung knarrte, das Leder knirschte. Lindfeld tänzelte um den Sandsack herum. Seine Sportschuhe quietschten.

In der Halle roch es nach Gummi, nach Schweiß und Putzmittel. Sicher ahnte Lindfeld, dass sie den Turnsaal betreten hatte. Wie er dort mit aller Gewalt auf den Sandsack eindrosch – er wollte den Moment ihres Wiedersehens inszenieren, ihr seine Stärke demonstrieren. Nur darum hatte er diesen Raum für ihr Treffen gewählt. Kein Zweifel.

Zweiunddreißig, dreiundreißig. Noch immer wandte er ihr den Rücken zu. Zeitungspapier raschelte. Der Pfleger im Kittel blickte auf.

Christine pochte das Herz bis zum Hals. Heute ging es nicht um sie oder um eine Story: Sie wollte die Unschuld eines Kindes bewahren, sie wollte Doms Tochter vor einem Killer schützen.

Dafür musste sie den Mann am Sandsack bezwingen.

Lindfeld feuerte seine Schlagkombinationen wie ein Besessener ab. Er stöhnte leise. Die Kette an der Decke klirrte.

Einundvierzig. Zweiundvierzig. Sie blieb in einem Abstand von drei Metern hinter Lindfeld stehen. Er schlug locker in die Luft. Auf dem Sandsack zeigten sich dunkle Flecken von Schweiß. Der Pfleger erhob sich, er nickte Christine zu.

Lindfeld hielt inne und fixierte den Boxsack.

Vor den großen Fenstern der Halle fiel Schnee. Ein kleiner zugefrorener Teich lag fast verborgen hinter den kahlen Zweigen der Eichen.

Lindfeld legte den Kopf in den Nacken und starrte zur Decke. »Guten Tag, Christine.« Langsam drehte er sich um. »Ich hatte keinen Zweifel, dass Sie kommen würden.« Sein Ton war herzlich, als ob er eine alte Freundin nach langer Zeit begrüßte.

»Vielleicht verschwinde ich auch genauso schnell wieder von hier. Das haben Sie sicher mit eingeplant.« An seiner Selbstgefälligkeit hatte sich nichts geändert. Er war der Insasse einer Klinik, ein Häftling, und doch vermittelte er den Eindruck, als hielte er hier die Fäden in den Händen.

»Selbstverständlich rechne ich damit. So gut kenne ich Sie.« Er riss mit den Zähnen den Klettverschluss seines rechten Boxhandschuhs auf. *Benlee* war dort in gelber Schrift aufgedruckt, und für einen Moment schien es, als würde er die Buchstaben verschlucken. Lindfeld klemmte den Handschuh unter seinen Arm und zog mit einem Ruck seine Finger aus dem Leder, ließ es zu Boden fallen. Er streckte Christine die bandagierte Hand entgegen.

»Wir sollten es mit den Höflichkeiten nicht übertreiben.« Sie ließ die Hände in den Taschen. »Wir sind keine Freunde, nicht mal alte Bekannte.«

Ein enttäuschter Zug spielte um seine Mundwinkel. »Ich weiß, dass Ihre Hände kalt sind.«

»Dann müssen Sie sie auch nicht berühren.«

»Das erscheint mir ... fast logisch.«

Lindfelds Haare hingen wirr und schweißnass in sein Gesicht, doch Christine konnte die feine Narbe an seiner Stirn ausmachen. Sie hatte ihm dieses Wundmal zugefügt, ihn bei ihrer Auseinandersetzung vor über zwei Jahren wie ein wildes Tier gebrandmarkt. Dieser Gedanke beruhigte sie.

Lindfelds Körper wirkte durchtrainiert, sehnige Arme, deutlich erkennbare Muskeln unter seinem Unterhemd. Seine Brusthaare waren nur noch als feine Stoppeln erkennbar. Abrasiert. Dazu manikürte Fingernägel. Selbst hier drinnen achtete er auf sein Äußeres. Für einen Mann, der auf die fünfzig zuging, war er eine Ausnahmeerscheinung.

Der Pfleger im Hawaiihemd näherte sich. Noch einmal nickte er Christine zu. Die Zeitung raschelte unter seinem Arm. »Brauchen Sie meine Hilfe? Soll ich hier bei Ihnen bleiben?«

»Nein. Vielen Dank.« Keine Schwäche. Kein Zugeständnis. »Würden Sie uns bitte allein lassen?« Sie sprach mit fester Stimme, laut und klar.

»Also, ich setze mich dann wieder auf die Bank, ja?«

»Das meinte ich nicht mit *allein lassen*.«

»Ich soll rausgehen?«

»Ja, bitte.«

»Aber ... also ... Das darf ich eigentlich nicht.« Er schielte aus den Augenwinkeln zur Tür und strich über seine Glatze.

»Frau Dr. Herzog wird nichts dagegen haben.«

»Na gut ... aber ...«

»Glauben Sie mir einfach.«

Er zuckte mit den Schultern und entfernte sich mit schweren Schritten. Ein Surren ertönte, dann das Klappen der Tür. Albert tobte sicher vor der Halle, doch darauf konnte Christine keine Rücksicht nehmen. Sie vermied den Blick zum Türbereich und der Glasscheibe, hinter der sie ihn vermutete.

Lindfeld lachte leise. »Christine, Christine ... Sie sind wirklich eine außergewöhnliche Frau. Er zog den zweiten Handschuh aus und ließ ihn auf das Eichenparkett fallen. »Vertrauen Sie mir etwa?«

Sie zerrte den Elektroschocker aus der rechten Jackentasche und drückte einen Knopf. Stromstoßlinien zuckten durch die Luft. »Das beantwortet Ihre Frage, oder?«

Lindfelds Augen folgten den knisternden blauen Linien. Er umklammerte mit einem Arm den Boxsack. »Was wäre, wenn ich wirklich nur helfen wollte? Das mag sich für Sie merkwürdig anhören, aber wenn ich es nun tatsächlich ernst meine? Rein theoretisch.« Er strich sein Haar zurück. »Ich habe Ihre Reportagen in den Zeitungen gelesen und Ihre Abenteuer da draußen verfolgt. Sie riskieren noch immer viel. Sehr viel sogar. Und wir beide wissen ja, warum.« Lindfeld hob beide Brauen, er erwartete eine Reaktion von ihr.

Christine verweigerte sie. Keine persönlichen Details.

»Sie haben mit diesem Kommissar, mit diesem Dom, in einigen Fällen zusammengearbeitet. Ich war mir sicher, dass der Kratzer in Ihr journalistisches Muster passt.«

Lindfeld spielte sich wie ein alter Buddy auf, rang um ihr Vertrauen, wollte sie in Sicherheit wiegen. Aussichtslos.

»Sie interpretieren mich falsch. Für mich gibt es keinen Fall. Ich reiche die Informationen an das Landeskriminalamt weiter, und das war's dann.« Eine Lüge, doch die Wahrheit würde Lindfeld in seiner Selbstherrlichkeit nur bestätigen. »Sie wissen, dass es um ein Kind geht. Nur deswegen bin ich hier. Und ich habe keine Ahnung, warum Sie ausgerechnet mit mir über diese Angelegenheit sprechen wollen.«

Lindfeld verpasste dem Boxsack einen Stoß. »Vielleicht möchte ich Sie mit meiner Unterstützung nur davor bewahren, dass Sie ein irrer Killer umbringt.« Er stoppte den Sack in der Bewegung. »Wo Ihre Tötung doch eigentlich mein Privileg sein sollte.«

Lindfeld analysierte sie mit seinen Psychotricks. Er rasterte sie mit der Methodik der provokativen Therapie. Ihr Vater hatte diese Technik bei seinen Verhören eingesetzt.

Christine umklammerte den Elektroschocker noch fester.

»Natürlich, auf einmal ergibt Ihre Forderung nach einem Treffen mit mir einen Sinn. Sicher haben Sie hier drinnen kein Gotteserlebnis gehabt, das Sie urplötzlich zu einem besseren Menschen macht.« Christine vergrub ihre freie Hand in der Hosentasche. Sie ertastete Alberts Ring, strich mit der Fingerspitze über die Rundung.

»Wenn es jemals einen Gott gab, dann ist er ohnehin tot. Das Gotteserlebnis können wir also tatsächlich ausschließen.« Lindfelds Lächeln wirkte gequält.

»Schön, also, was ist der Grund? Warum stehen wir uns hier gegenüber? Weshalb reden Sie nicht mit Kommissar Dom?«

Christine konnte die Farbe seiner Augen nicht bestimmen. Sie mochten blau sein, doch mit jeder Bewegung seines Kopfes schien sich ein anderer Ton zu zeigen, mal braun, dann wieder ein grünlicher Schimmer.

Lindfeld schloss kurz die Lider, als wollte er seine Augen vor Christine verbergen. Er wandte sich ab. Seine Trainingsjacke lag auf dem Parkett neben dem Boxsack. Er hob sie auf. Ein dunkelgrüner Papphefter zeigte sich. Darauf befand sich eine kleine Plastikschiene mit drei Fächern und dem Aufdruck *Morgens, Mittags, Abends*. Kleine bunte Pillen lagen darin. Sie klapperten, als Lindfeld den Hefter packte und ihn sich unter den Arm klemmte.

»Der Kratzer war für mich eine ganz besondere Herausforderung, damals. Ich habe Tag und Nacht an seinem Profil gearbeitet. Aber natürlich hat Professor Helmut Bauer die Lorbeeren geerntet. Stolz wie ein Gockel ist er von Interview zu Interview gerannt, der alte Narr.« Lindfeld schüttelte seine Jacke, bevor er sie fallen ließ. »Er war mein Doktorvater am Institut für Psychologie. Später, viel später, als ich schon meine psychiatrische Praxis in Berlin hatte, kam sein Anruf. Mir war nicht klar, wie groß diese Geschichte werden könnte.« Er rollte den Papphefter in seinen Händen zusammen. »Ich war schon als Student außergewöhnlich. Wenigstens das hat der Alte früh erkannt. Als er mich um meine Hilfe gebeten hat, dachte ich, wir wären gleichberechtigt. Natürlich, ein Fehler. Für die Medien und die Ermittler war ich nur der hilfreiche Geist in der zweiten Reihe.« Lindfeld holte aus und schlug den Hefter in seine flache Hand. »Dann hat er auch noch diesen Dr. Escher dazugeholt. Ein mediokres Männchen, das schon morgens mit einer Whiskyfahne zu seinen Vorlesungen gewankt ist. Ein Mann, der das Mittelmaß als Optimum gefeiert hat. Erbärmlich.« Lindfeld rammte seine bandagierte linke Hand in den Sandsack. Er starrte auf den Abdruck im Leder. Nach einer Sekunde löste sich die Delle auf.

»Meine Güte, ein eifersüchtiger Sohn klagt an. Gefallen Sie sich in dieser Rolle?«

Lindfelds Blinzelfrequenz hatte sich erhöht. Die Adern an seinem Hals traten hervor. Er wirkte ernsthaft angespannt, doch Christine blieb vorsichtig. Wenn es darum ging, sein Gegenüber mit gezielt eingesetzten Körpergesten zu täuschen, dann war Lindfeld ein Meister auf dem Gebiet der Mikromimik.

»Lassen Sie das, Christine. Bei der Bewertung der Vaterrolle für unser psychisches Wohl sollten gerade *Sie* keine Scherze treiben. Wir blühen doch alle aus dem Blut unserer Väter.« Er deutete mit dem Finger auf ihre Brust, dort, wo sich ihr Herz befand. »Nicht wahr?«

Christine zog heimlich Alberts Ring aus der Tasche und rieb ihn in der Innenfläche ihrer Hand. »Sie wollen den Kratzer, und ich soll Ihr Instrument dazu sein.« Sie deutete auf die Tabletten am Boden. »Sie haben zu viele von den bunten Pillen geschluckt. Ganz sicher.«

»Falsch, Christine. *Sie* wollen ein Kind schützen. *Ich* dagegen werde beweisen, dass ich selbst in den Mauern dieser gottverdammten Klinik besser bin als Bauer und Escher zusammen. Wir haben unterschiedliche Interessen, jedoch dasselbe Ziel.«

Du willst nur deinen elenden Doktortitel retten. Christine behielt den Gedanken für sich.

Lindfeld fuchtelte mit dem Zeigefinger in Richtung Tür in der Luft herum. »Glauben Sie im Ernst, dass dieser Kommissar mit seiner weibischen Frisur und seinem larmoyanten Gehabe auch nur im Ansatz eine Chance gegen den Kratzer hat?« Er ließ eine Sekunde verstreichen, die Christine fast mit einem Kopfschütteln gefüllt hätte. Sie beherrschte sich.

»Hat er nicht. Nie gehabt. Er hat sich in Polen austricksen lassen und den Kerl in ein Krankenhaus verfrachtet, aus dem er geflohen ist. Kommissar Dom hat versagt.« Lindfeld trat einen Schritt näher an Christine heran. Blau, seine Augen hatten eindeutig einen blauen Schimmer. »Christine, Sie sind verantwortlich dafür, dass ich hier bin.« Er deutete mit dem Papphefter auf sie. »Niemand sonst wäre das gelungen. Also, was sagen Sie?«

Vor den Fenstern der Turnhalle wiegten sich die Zweige der

Eichen im Wind. Zwei Feldsperlinge hüpften durch den Schnee auf der Suche nach Futter. Zwei Pfleger schleppten ein Vogelhaus mit Gestänge und einen Spaten über die eingeschneite Wiese. Ihre weißen Kittel flatterten bei jedem Schritt. Einer der Männer war hager und hochgeschossen, der andere untersetzt mit einer Mittelscheitelfrisur, die an einen Schlagersänger der Siebzigerjahre erinnerte. Vor einer im Halbkreis angeordneten Steinformation am Boden blieben sie stehen.

Christine spielte mit Alberts Ring in ihrer Hand. Lindfelds Eitelkeit war sein beherrschender Charakterzug, als würde in seinem Innersten ein hochgetakteter Motor der Eigenliebe arbeiten. Daran würden Tabletten, Therapie und Haft nichts ändern. Zumindest diesem Wesenszug an ihm konnte sie vertrauen. »Zeigen Sie, was Sie haben.«

12. KAPITEL

Achtunddreißig Fotos lagen in sechs Reihen auf dem Eichenparkett der Turnhalle. Hochglanzbilder von Frauen, die ihren Platz im Leben gefunden hatten: nachdenklich, lachend, ernst; bekleidet mit T-Shirt, Bluse oder Kleid. Daneben dieselben Frauen, die Opfer des Kratzers: blutverschmierte Körper, aufgeschlitzte Kehlen, zerrissene Kleidung. Die Tatortfotos zeigten jedes Detail der Morde in hochauflösenden Farben. Eine Friseurin, eine Lehrerin, eine Bäuerin, eine Bankerin, eine Arzthelferin, eine Schülerin und eine Studentin. In allen Fällen hatte der Kratzer sein Opfer mit weit gespreizten Beinen, fixiert mit Klebeband, Gürtel, Drahtschlinge oder zerschlissener Kleidung, hinterlassen.

Christine umrundete die Fotos, veränderte ihren Blickwinkel und ließ die vielen Details auf sich wirken. Abgespreizte Zehen, aufgerissene Münder, leblose Augen. Das Parkett unter ihren Füßen erbebte. »Keine Verbindung zwischen den Opfern. Ausschließlich Frauen, keine Präferenz für eine bestimmte Altersgruppe. Das jüngste Opfer war fünfzehn, das älteste einundsechzig.«

Lindfeld kniete neben den Fotos und machte eine ausfächernde Bewegung mit der Hand. »Kein bestimmter Opfertypus, unterschiedliche Haarfarben, divergierender Körperbau. Keine Spuren von Sperma am Tatort. Eine sexuelle Motivation ist beim Kratzer faktisch nicht nachweisbar. Eine ödipale Veranlagung schließe ich trotzdem nicht aus.«

»Würde ich auch annehmen. Warum sonst die weit gespreizten Beine der Frauen? Er hat die Morde so inszeniert, dass die Geschlechtsorgane seiner Opfer offenliegen.«

Lindfeld nahm eines der Fotos und richtete sich auf. Er hielt das Bild ganz nah vor Christines Gesicht. Mit der Fingerspitze tippte er auf die Vagina einer getöteten jungen Frau mit langen roten Haaren.

»Die Mutter. Der Kratzer besetzt die getöteten Frauen als Mütter. Mit jedem Mord versetzt er sich zurück in den Mutterleib.« Wieder tippte er auf die Abbildung. »Der Kratzer ist erneut ein Embryo. Er kehrt zurück in die Wärme, in die Sicherheit. Da das physiologisch nicht möglich ist, wendet er das Innere nach außen. Er lässt Blut fließen. Einige seiner Nachrichten hat er auf der Innenseite der Oberschenkel hinterlassen, nah am Gebärorgan der Toten.« Lindfeld legte das Foto zurück auf den Boden. »Es hat alles seinen guten Grund.«

Heimweh. Warm. Innen. Sau. Rot. Eins. Aus. Die Signatur des Kratzers: spinnenartige, lang gezogene Buchstaben, eingeritzt in die Haut seiner Opfer. Niemals post mortem. Immer bei lebendigem Leib. Bei seinen Erläuterungen im LKA hatte Dom dies besonders betroffen gemacht. Vielleicht, weil er an seine Ex-Frau gedacht hatte. Christine betrachtete das Foto der Toten aus dem Campingwagen. »Die Frauen sollten den Schmerz spüren. Der Kratzer wollte sie bestrafen.«

»Ganz genau. Ich gehe davon aus, dass der Mörder seine Mutter früh verloren hat. Warum auch immer. Seine primäre Bezugsperson war nicht mehr existent.« Lindfeld ging mit langen Schritten zum Fenster. Sein Blick wanderte über den winterlichen Garten. »Ein Kind sieht sich als wertlos an, wenn es seine Mutter verliert. Es war nicht in der Lage, den wichtigsten Menschen in seinem Leben zu halten. Der empfundene Schmerz ist unerträglich und nicht ohne Weiteres zu dezimieren. Er staut sich an. Daher ist jeder Mord des Kratzers ein psychischer Stabilisierungsversuch.« Sein Gesicht spiegelte sich in der Scheibe. Er nickte sich selbst zu. »Der Bruder des Bösen ist der Schmerz.«

Christine schob den Elektroschocker in die Jackentasche und

fingerte eine Packung Gauloises hervor. Sie zog die letzte Zigarette heraus und ließ den Deckel ihres Zippo klicken. Ein Ratschen. Die Flamme züngelte über die Spitze.

»Sie wissen schon, dass Sie hier drinnen nicht ...«, raunte ihr Lindfeld zu.

»Ach, ausgerechnet Sie sind jetzt in dieser Anstalt der eiserne Hüter gesellschaftlicher Regeln?« Sie erinnerte sich an Lindfelds wahnsinnige Schreie, als er sie mit blutverschmiertem Gesicht gejagt hatte. Sie zog an der Zigarette und blies den Rauch zur Decke hinauf. »Ich brauch das. Hilft mir beim Nachdenken.«

»Na dann, bitte.« Mit einem Seufzen presste er seine Stirn gegen das Fenster und blickte in die Ferne, hinaus in eine Welt, deren Zugang ihm als Insasse der Klinik verwehrt blieb.

Die Pfleger im Garten hoben ein Loch für das Vogelhaus aus. Der Hagere schwang den Spaten durch die Luft. Schnee und Erde wurden aufgewirbelt und vermengten sich zu einer weißbraunen Masse.

Das Nikotin zog mit einem würzigen Geschmack durch Christines Mund. Mit jedem Zug erschienen ihr die Dinge klarer. »Ich habe wirklich einiges gesehen, aber der Modus Operandi des Kratzers ist außergewöhnlich. Er tötet und fixiert seine Opfer ausschließlich mit Gegenständen, die er am Tatort findet.« Sie schritt vor den Fotos auf und ab. »Im Campingwagen hat der Kratzer für sein Tötungsritual einen Angelhaken und eine Nagelschere benutzt. In der Garage der Jurastudentin waren es Kabel und eine Gartenschere. Bei Doms Ex-Frau hat er die Nachricht mit der Scherbe einer zersplitterten Scheibe in die Haut geritzt.« Christine nahm einen weiteren tiefen Zug an ihrer Zigarette. »Der Kratzer hat niemals eine Tatwaffe zweimal benutzt. Jeder Mord war improvisiert. Riskant. Untypisch für einen Serienmörder, der eigentlich jeden Schritt plant.«

»Allmacht und Vorbestimmung.« Mit zwei Fingern hob Lindfeld sein verschwitztes Unterhemd an und wedelte mit dem Stoff hin und her. »Die Instrumente für seine Taten findet er vor Ort, als hätte eine höhere Macht sie dort platziert. Der Kratzer hat seinen Platz in einem übergeordneten System gefunden. Alles passiert, weil es passieren muss. Rechnen Sie nicht mit so etwas wie Schuldbewusstsein. Da ist nichts. Absolut gar nichts.«

»Absurd.«

»Und doch plausibel. Unser Geist entscheidet, welche Glaubensmuster wir akzeptieren. In Malaysia gab es mal eine Sekte, die einer riesigen Teekanne und einem Regenschirm als Gottheiten huldigte. Seltsam? Vielleicht. Aber tatsächlich ist es passiert.«

Betende Menschen vor einer monströsen Teekanne – Christine musste das Bild aus ihrer Gedankenwelt vertreiben. »Mag sein. Aber mich interessieren eher die Abweichungen vom tradierten Muster des Kratzers.« Sie stieß die Zigarettenspitze gegen die Kante ihrer leeren Packung Gauloises. Graue Asche rieselte in die Hülle. »Weshalb plant ein Serienmörder eine Racheaktion an einem Kommissar, dem er knapp entkommen ist?« Sie zuckte mit den Schultern. »Sieben Jahre später.« Christine stellte nicht nur Fragen, sondern stellte im selben Moment die Antworten infrage.

Draußen im Garten rammte der hagere Pfleger das Vogelhäuschen mit seinem angespitzten Gestänge in den Boden. Der Typ mit dem Mittelscheitel schippte Erde ins Loch und trat sie mit dem Fuß fest.

Lindfeld legte eine Hand an die Fensterscheibe. »Der Kratzer lebt mit jedem Mord seine Allmachtsfantasien aus. Kommissar Dom hätte ihn fast erledigt. Aber eben nur fast, weil er töricht gehandelt hat.« Er trommelte mit den Fingerspitzen auf dem Glas herum. »Ein Mensch wie der Kratzer kann einen solchen Angriff auf sein System nicht verzeihen. Er hat sich Jahre daran abgearbeitet, die Szene der finalen Konfrontation mit Dom immer und immer wieder in seinem Kopf durchgespielt.« Lindfeld betonte die S-Laute überdeutlich, seine Worte gewannen an Schärfe. »Er braucht die Sicherheit seines Regelsystems – ohne kann er nicht existieren. Jeder Zweifel daran muss getilgt werden. Also bleibt ihm nur eine Lösung ...« Er wandte sich von dem Fester ab. »Kommissar Dom muss beseitigt werden.«

»Das heißt, wir erleben den Kratzer hier in einer völlig neuen Situation.«

»Exakt.«

Plausibel. Wahrscheinlich empfand Lindfeld in Christines Gegenwart ähnliche Zweifel, auch wenn er seine wirklichen Gefühle mit der Routine des Psychiaters verbarg. »Hört sich gut an. Ist aber reine Spekulation. Nicht mehr.« Eine kleine Provokation sollte ausreichen, um Lindfelds Rage anzufeuern. Sie gönnte sich das Vergnügen.

Erwartungsgemäß knirschte er mit den Zähnen. »Wirkung und Reaktion. Das Ergebnis Hunderter ausgewerteter psychologischer Stenogramme von Serienmördern.« Er näherte sich dem Boxsack und strich fast zärtlich über das fleckige Leder. »Natürlich müssen wir in der Theorie berücksichtigen, dass auch der Kratzer über einen Zeitraum von sieben Jahren soziale Bindungen zu anderen Menschen eingegangen ist. So etwas stabilisiert die Psyche. Oder es bewirkt genau das Gegenteil. Jedenfalls kann der Faktor Beziehung die altbekannten Muster eines Serienmörders komplett verändern. Das würde das vorübergehende Ende der Tötungsserie erklären.«

»Akzeptiert. Aber eine konkrete Spur ist das nicht.«

Lindfeld rümpfte die Nase. »Ich erweitere nur aus psychologischer Sicht das Spektrum der Möglichkeiten.«

»Und ich sammle die Fakten.«

Er verschränkte die Arme vor seiner Brust. »Also bitte, welche unumstößlichen Wahrheiten bieten *Sie* denn?« Er begab sich zurück zum Fenster, so lautlos, als würde er über den Boden schweben. »Überraschen Sie mich, Christine.«

Sie holte tief Luft. »Der Kratzer weicht beim aktuellen Fall in mehreren Punkten von seiner Routine ab. Erstens: Er hat eine eindeutige Drohung an Dom hinterlassen. Zweitens: Er hat sein Opfer nicht getötet. Und drittens …« Christine brach ab. Jasmin Dom. Ihre Gefangennahme. Die Stallung. Tobias Dom hatte ihr alle Details des Überfalls auf seine Ex-Frau erläutert – nur ein Aspekt des Angriffs war vollends in den Hintergrund geraten. »Drittens …«, sagte sie noch einmal.

»Was? Was meinen Sie?« Lindfelds Augen spiegelten sich in der Fensterscheibe.

»Moment … nur einen Moment.« Christine presste Alberts Ring fest in ihre Handfläche. In kleinen Schritten folgte sie den Linien im Parkett, bis sie einen Barren erreichte, auf den sie ihre Ellbogen stützte. Sie nahm einen tiefen Zug an ihrer Zigarette und blickte den Rauchkringeln nach. Obwohl es draußen hell war, gaben die Deckenstrahler ihr kaltes Licht in der Halle ab. Da war eine Unstimmigkeit, die ihr schon in Doms Erklärungen aufgefallen war. Unbewusst nur, doch sie war die ganze Zeit vorhanden gewesen.

Vor den Fenstern der Turnhalle rüttelte der hochgeschossene Pfleger am Dach des Vogelhäuschens, um dessen Standhaftigkeit zu überprüfen. Sein Kollege streckte ihm einen ausgestreckten Daumen entgegen. Die beiden traten ein paar Schritte zurück. Der Wind ließ ihre weißen Kittel tanzen. Feierlich nickten sie einander zu. Christine sah, wie das Vogelhäuschen im selben Moment auf seinem viel zu dünnen Gestänge zur Seite kippte und auf die Steinformation am Boden schlug. Das Holzhaus zerbrach in drei Einzelteile.

»Ja, definitiv … ein Fehler.«

»Was meinen Sie?« Lindfeld wandte sich ihr zu. »Was für ein Fehler?«

»Der Kratzer hat einen Fehler gemacht.«

»Er hat sein Opfer diesmal nicht getötet, aber ...«

»Jasmin Doms Pferd.«

»Es ist tot.«

»Das auch.« Christine trat neben Lindfeld ans Fenster. »Aber das allein meine ich nicht.«

»Der Kratzer wollte mit der Tötung des Pferdes zusätzlichen psychischen Schmerz bei seinem Opfer auslösen.«

»Auch.«

»Was noch?« Lindfeld schüttelte ungeduldig den Kopf. »Nun reden Sie schon.«

»Das Pferd wurde von ihm mit einer Glasscherbe getötet, mit nur einem einzigen Schnitt durch die Ader. Das setzt eine besondere Fachkenntnis voraus. Das Ganze auch noch in einer halbdunklen Scheune während einer Stresssituation. Nein, ohne handwerkliches Können und anatomisch-physiologisches Wissen ist das nicht möglich.«

»Sie meinen ...«

»Ich habe mich die ganze Zeit gefragt, wo so ein Typ das Morden geübt hat, bevor er mit den Frauen anfing. Er hat es uns längst verraten. Seine Handschrift sagt es uns.«

»Natürlich ... ein Pferderipper.« Lindfeld senkte den Kopf. »Die Tiere hat er als Projektionsfläche für seine späteren Morde genutzt.« Er blickte hinauf zur dunkel gebeizten Decke, als würden dort Formeln stehen, die er auf ihre Plausibilität prüfte. »Der Täter tötet ein gänzlich perfektes Geschöpf und übernimmt damit seine Eigenschaften. So beseitigt er seine eigenen Makel. Sein Selbstwertgefühl muss fast explodieren, wenn er vor einem sterbenden Pferd steht.« Lindfeld trat einen Schritt näher an Christine heran. »Ja ... Sie haben recht. Das könnte passen. Eine Optimalfantasie. Pferde sind dem Menschen sehr nahe. Stellen Sie sich vor, wie Sie das Fell des Pferdes streicheln, das warme Maul, und wie Sie dann auf ihm reiten. Die Vereinigung zwischen Reiter und Pferd, zwischen Mensch und Tier, ist in dieser Form nahezu einmalig. Darum ist das Töten eines Pferdes auch die perfekte Probehandlung.« Er ging zügig vor den Fenstern auf und ab. »Der Kratzer ist nie mit den Rippern in Verbindung gebracht worden. Ich würde mich an entsprechende Verweise in den Polizeiprotokollen erinnern.«

»Ein Fehler.«

»Vielleicht.«

»Definitiv. Mein Vater hat einmal an einem solchen Fall gearbeitet und ...« Christine biss sich auf die Unterlippe. *Verdammt. Eine Unachtsamkeit. Keine privaten Informationen an Lindfeld. Keine Andeutungen über ihr Leben.*

»Ihr Vater war Polizist?« Er schaute zur Decke, tat dabei gelangweilt. Doch Christine konnte erahnen, wie er die neue Information einem Räderwerk gleich durch sein Gehirn gleiten ließ, wie er seine Gedanken sortierte und langsam verarbeitete. Gedanken über sie.

»Selbstverständlich ...« Er lächelte. »Jetzt ergibt alles einen Sinn.«

Christine drückte ihre Zigarette in der leeren Packung aus. Der glühende Tabak bohrte sich in ihre Fingerspitze, der Schmerz machte sie hellwach. »Die Spur führt nach Schleswig-Holstein, zurück in die Vergangenheit des Kratzers. Von dort aus müssen wir das Puzzle zusammensetzen.«

Die Pfleger sammelten die Einzelteile des zerstörten Vogelhauses auf und staksten mit gesenktem Kopf durch den hohen Schnee. Der Hagere zuckte mit den Schultern. Der Typ mit Mittelscheitel stierte starr nach vorn. Die beiden sprachen kein Wort miteinander und verschwanden in der Klinik.

Lindfeld ging in die Hocke und hob den Papphefter auf. Er kam rasch auf Christine zu. Einen Meter vor ihr blieb er stehen, durchbrach ihre persönliche Distanzzone. »Bitte, alle meine Gutachten zum Fall.« Er reichte ihr den Hefter und berührte dabei wie nebensächlich ihre Hand. Kein Zufall, eine bewusste Handlung. »Kalt ...«, flüsterte er so leise, dass ihn Christine kaum hörte.

Sie nahm den Hefter. »Ich muss los.« Fort von hier. Raus aus der Turnhalle, die durch Lindfelds Präsenz mit einem Mal beengend wie ein Gefängnis auf sie wirkte.

Er trat einen Schritt zurück. »Darf ich Sie etwas fragen, Christine? Zum Abschied? Bevor Sie für immer verschwinden?«

Nein. Du sollst verdammt noch mal die Klappe halten. Am besten für immer. Am liebsten hätte sie ihm die Worte mit bedrohlichem Unterton zugebrüllt. Doch sie hielt sich zurück. »Sie fragen doch schon«, sagte sie nur.

Er nickte. »Als wir uns das erste Mal begegnet sind, da haben Sie angedeutet, dass Ihr Vater gestorben ist. Es war Mord, nicht wahr?«

Lindfeld fiel nicht auf eine Lüge herein, aber bejahen wollte sie seine Frage dennoch nicht. Ihr Schweigen war Antwort genug.

»Ich habe lange gerätselt, was sie motiviert, weshalb Sie derart hohe Risiken bei Ihren Einsätzen eingehen. Und dabei lag die Antwort die ganze Zeit vor mir.« Er hob eine Augenbraue. »Interessant.«

Hitze stieg in Christine auf. Alberts Ring lag schweißnass in ihrer Hand.

»Sie rächen sich für den Tod ihres Vaters. Deshalb hassen sie alle Mörder. Sie rächen seinen Tod immer und immer wieder. Das erklärt auch, warum Sie ständig in diese Mordfälle hineinschlittern. Ihr Journalismus ist nur eine Fassade für Ihren Rachefeldzug. Habe ich recht, Christine?«

Sie presste Alberts Ring so hart in ihre Handfläche, dass es schmerzte.

»Sie wirken niedergeschlagen.« Er spielte den Psychiater, wollte sie in die Rolle seiner Patientin drängen. Ein viel zu offensichtlicher Plan.

»Sie verwechseln Langeweile mit Verzweiflung.«

»Ich will Ihnen nur helfen.«

»Ein Grund mehr, jetzt zu gehen.«

»Natürlich. Aber wollen Sie Ihre Last ewig mit sich herumschleppen?« Seine Stimme war ganz klar. »Sie stehen zwar auf der Seite der Engel, aber sie sind keiner. Würden Sie mir zustimmen?«

Eine vergiftete Frage. Christine glitt der Ring aus der Hand. Mit einem Klirren fiel er auf das Parkett, trudelte um seine Achse und blieb vor Lindfelds Füßen liegen.

Er bückte sich und hob ihn auf, wog ihn in der Hand, als könnte er ihm so seine Geheimnisse entreißen. »Ich sehe, Sie haben Pläne, Christine. Unerwartet zwar, aber nicht weniger schwerwiegend.« Er lächelte und blickte zur Tür. »Ich würde auf Ihren ... Partner tippen, der da hinten so vehement seine Nase gegen die Scheibe drückt. Ist er ... *Ihre* Rettung?«

»Genug.« Christine entriss ihm den Ring. »Besprechen Sie Ihre Obsessionen doch mit den anderen Psychopathen, Borderlinern und Depressiven, die hier in Motivationsgruppen und Töpferkursen herumlungern.« Die Wut färbte ihre Stimme. Sie verlor die Kontrolle.

Wieder lächelte Lindfeld. »Auf Wiedersehen, Christine.« Er wandte sich dem schneeweißen Garten vor den Fenstern zu. »Eines Tages wird das, was ich brauche, wieder ersetzt werden durch das, was ich möchte. Es wird ein guter Tag sein. Ein sehr guter sogar.« Er sprach mit sich selbst, betrachtete sich in der Reflexion des Fensters und schloss kurz darauf die Augen. Das Gespräch war beendet.

Christine klemmte sich den grünen Papphefter unter den Arm. Auf dem Weg zur Tür passierte sie die achtunddreißig Fotos der Opfer. Die getöteten Frauen schauten ihr mit leeren Augen nach.

Hinter Christine setzte ein Donnern ein. Eine kraftvolle Abfolge von Schlägen prasselte auf das Leder des Sandsacks. Dumpf. Hämmernd. Lindfeld.

Ein Rhythmus, so schnell, wie ein wütendes Trommeln.

Die Schlacht hatte begonnen.

Zweiter Teil

KORALLEN

13. KAPITEL

Er nahm sie hart. Seine Stöße trieben ihren Körper vor sich her, schoben sie Zentimeter um Zentimeter über den Fußboden. Sie lag unter ihm, verkrallte ihre Fingernägel in seine Oberarme und riss den Mund auf. Kein Schrei entrang sich ihrer Kehle. Da war eine Stille in ihrem blassroten Mund, eine Atemlosigkeit. Er drang noch härter in sie ein. Der Boden knarrte. Ein Schluchzen ertönte, das ihn an ein Lachen erinnerte. Leiser zwar, ohne Kraft, doch genauso freudvoll.

Sie war eine Maschine, deren Knöpfe er drückte. Hebel, die nur auf und ab bewegt werden mussten, um ein lustvolles Stöhnen auszuwerfen. Sie strich über seine Wangen, bewegte ihren Unterleib rhythmisch auf und ab.

Auf dem Klavier seiner Eltern hatte ein fein justierter Taktmesser gestanden, der ihm eine Kindheit lang sein Tempo aufgezwungen hatte. *Tack. Tack.* Immer wieder dieses klackende Auf und Ab des Metallpendels, während er die Tasten des Klaviers behämmerte. *Tack. Tack.* Hin und her. Immer und immer wieder.

Gewaltsam drang er in sie ein. Endlich entrang sich ein Schrei ihrem Mund, er klang wie ein lang gezogenes Knarren, einer verrosteten Tür nicht unähnlich. Sie bohrte die Schneidezähne in ihre Unterlippe. Lippenstift bröckelte, Wimperntusche verschmierte. Sie war eine angemalte Porzellanpuppe, die nun Risse bekam. Nichts an ihr erschien ihm echt. Halb verschloss sie die Augen. *Nur* halb. Ihre Pupillen wanderten unter den langen Wimpern wie kleine Kugeln umher, beobachteten ihn, prüften, was sie mit ihrem Fleisch in ihm auszulösen glaubte.

Ein kalter Windstoß fuhr durch das geöffnete Fenster und strich über seinen Nacken. Etwas Dunkles flog mit hektischen

Flügelschlägen am Haus vorbei. Eine Fledermaus – *Vespertilionidae*. Je kleiner ihr Hirn, desto größer ihre Hoden. Wissenschaftler in weißen Kitteln hatten ihre Bleistifte angeleckt und sich euphorisch zugenickt, bevor sie ihre Studie aufs Papier brachten. Hoden oder Hirn. Immer nur eines von beiden. Für das, was die Natur uns schenkt, bestiehlt sie uns hinter unserem Rücken auch wieder. Das ganze Leben funktionierte so, und niemand, der diese Welt noch ernst nahm, konnte mit ihr einverstanden sein. Andere mochten die Augen vor dieser Wahrheit verschließen, doch ihn hatten Wut und Zweifel nur stärker gemacht.

Härter. Sie schlang ihre Oberschenkel um seinen Brustkorb, als ob sie ihm die Rippen brechen wollte. Er reagierte, stemmte sich dagegen und erhöhte den Druck. Sie zitterte, schlug die Hand auf den Boden, ihr Nagel am Zeigefinger splitterte. Eine feine Spur Speichel lief über ihr Kinn, wie die feucht glänzende Spur einer Schnecke.

Tack. Tack. Schneller.

Ihr zurückgeworfener Hals – und endlich der tiefe, unterdrückte Schrei, der ein Ende markierte, bevor in einer anderen Nacht alles wieder von vorne begann.

Sie rollte sich zur Seite, ihr verschwitzter Rücken löste sich vom Boden, ein feiner wässriger Film blieb zurück. Ihr ausgestoßener Atem erinnerte ihn an die entweichende Luft aus einem Schlauchboot. Da lag sie ausgebrannt vor ihm. Ein Stückchen Mensch, dem man Wille, Leidenschaft und eine Seele zusprach. Pathetischer Unsinn.

Er erhob sich, zog sich die Hose über die Hüften und riss den Reißverschluss am Schlitz hoch. Um ihn herum lagen in einem chaotischen Muster angeordnet ihre Schuhe, eine zerknüllte Strumpfhose, ihr Slip und ihr cremefarbener BH. Ihr nackter Körper reihte sich nahtlos in dieses Sammelsurium künstlicher und benutzter Gegenstände ein.

Er trat ans Fenster und atmete die kalte Luft der Nacht ein, ließ sie in seine Lunge strömen, während sich seine Rippen und sein Zwerchfell dehnten. Wolken zogen wie Qualm am Himmel entlang. Immer wieder blitzten die Sterne zwischen den Schwaden auf. Sie waren alle an ihrem Platz. Es war gut, die Gewissheit von der Unverrückbarkeit der Gestirne über sich zu empfinden, während sich sein Plan unausweichlich dem Finale näherte. Eine perfekte Idee war immer sehr einfach.

In der ihn umgebenden Welt kleingeistiger Ameisen löste diese Erkenntnis den größten Unglauben aus. Er hatte es oft genug erlebt.

»Woran denkst du?«

An meine Erfüllung. An meinen Rausch. »An dich«, antwortete er mit opportunistischer Emotionalität.

Sie ging in die Hocke, richtete sich mit knackenden Knien auf. »Ich muss jetzt gehen.«

Und er blieb. Die Welt in seinem Kopf nahm eine blutrote Färbung an. Sie wurde dunkler und dunkler, von Sekunde zu Sekunde.

Tack. Tack.

14. KAPITEL

Das laute Ticken der Uhr nervte Albert. Er war ein Mann des digitalen Zeitalters, ein Hightech-Nerd, der in binären Codes Muster erkannte, wo andere nur ein Wirrwarr aus sinnlos aneinandergereihten Ziffern sahen. Zahlen sprachen, ohne laut zu sein. So hatte er sie am liebsten. Die riesige, runde Uhr klebte wie das Relikt eines Fünfzigerjahrefilms an der Wand vor ihm. Seit einer Dreiviertelstunde verfolgte er die Zeiger, die analog tickend über das Ziffernblatt schlichen.

Albert kippelte auf seinem Stuhl hin und her. Selbst ein Grundschüler hätte das zusammengehämmerte Ding aus Holz mit Empörung verweigert. Der muffige Geruch von Keller und eingestaubten Teppichen hing in der Luft. Eine Kaffeemaschine blubberte vor sich hin. Gelblich verwitterte Wände umgaben ihn, die sicher Dutzende Male mit Farbe überpinselt worden waren. An vielen Stellen blätterte das Gelb ab wie Schuppen. Ein Landeskriminalamt hatte sich Albert jedenfalls ganz anders vorgestellt.

Neben der Uhr hing aufgespießt mit zwei Pinnnadeln das Foto eines Mannes. Die verschwommene, nahezu unidentifizierbare Aufnahme hatte ein Arzt in Polen gemacht. Der Typ auf dem Bild mochte zwischen fünfundzwanzig und fünfunddreißig Jahre alt sein. Sein wahres Alter verbarg sich unter seiner Haut, einer verquollenen Masse mit lila-grünlichen Blutergüssen. Seine geschwollenen Lider, die blutverkrusteten Lippen und die geplatzten Adern in den Augäpfeln – alles zeugte von der Gewalt, die über ihn hereingebrochen war.

Der wuchernde Vollbart und die langen Haare verschluckten einen Großteil seiner Physiognomie, und doch ahnte Albert, dass der Mann ein schmales Gesicht mit scharfer Nase besaß. Obwohl er bei seiner Auseinandersetzung eindeutig den Kürzeren gezogen hatte, lag etwas Hochmütiges in seinen Augen. Es war nicht wirklich greifbar, aber dennoch vorhanden.

Je länger Albert das Foto betrachtete, desto bohrender empfand er den Blick des Mannes, der da von oben auf ihn herabschaute. Es waren die Augen des Kratzers, die ihn fixierten. Albert wandte sich ab.

Tobias Dom krempelte sein Hemd über die Ellbogen. Seine Beine ruhten auf einem Schreibtisch aus heller Eiche. Neben ihm rauschte ein mindestens fünfzehn Jahre alter Computer. Ausgebreitet auf der Tischplatte lag eine durchnummerierte Fotosammlung: Der Campingwagen in Polen. Das an Angelschnüren aufgeknüpfte Opfer. Eine Staffelei, Girlanden am Rückspiegel, eine Schneekugel auf einem Sitz – alle Details des Tatorts waren von den polnischen Ermittlern festgehalten worden. In einem aufgeschlagenen Hefter befanden sich Aufnahmen der Ritzereien, die der Kratzer in der Haut seiner Opfer hinterlassen hatte. *Rot. Warm. Innen. Sau. Eins. Aus. Heimweh. Emma.* Und immer wieder ein kleiner Querstrich am rechten Fuß eines jeden A, wie die unverkennbare Signatur eines Künstlers.

In Doms Schuhsohlen hatte sich Streugranulat von den vereisten Straßen Berlins festgesetzt. Immer wieder, wenn er seinen Kopf in Unglauben und Widerspruch schüttelte und dabei den Oberkörper in seinem zerschlissenen Drehstuhl aufrichtete, löste sich ein Körnchen aus seiner Sohle und fiel zu Boden. Zwölf solcher Körnchen hatte Albert auf dem Linoleum gezählt. Insgeheim setzte er sich zwanzig als Zielmarke. Er griff nach seinem Energy-Drink, der neben einem Stuhlbein stand. Die auf Hochtouren wummernde Heizung hatte das Getränk in eine warme Brühe verwandelt. Er nahm einen Schluck. Ja, zwanzig. Das war machbar. Christine würde schon dafür sorgen.

Sie rammte weiße Pinnnadeln in eine Landkarte, die mit Klebestreifen schief neben einem Doppelfenster befestigt war. *Schleswig-Holstein* prangte in fetten Buchstaben über der Darstellung.

Wieder bohrte sie eine Nadel in die Karte und drosch mit ihrem Zippo auf den Kugelkopf ein. Diesmal hatte sie die Stadt Rendsburg erwischt. Die Wucht in Christines Schlägen hätte ausgereicht, um Holzpflöcke in die Erde zu treiben. Feiner Mörtel rieselte aus der Wand. Dom folgte ihren Bewegungen und schüttelte dabei erneut den Kopf.

Noch einmal knallte Christine eine Nadel in die Landkarte und prüfte den Halt mit der Fingerspitze.

Ihre gesamte Denkweise lief im Verfolgermodus. Sie wollte den Kratzer zu Fall bringen. Mit aller Gewalt. Am besten sofort. Albert erahnte die vielen Gedanken in ihrem Kopf, die sie immer wieder auf ihre Plausibilität prüfte, sie nach verborgenen Mustern abklopfte oder einfach nur verwarf.

Manchmal fühlte er mitten in der Nacht die kalte Stelle im Bett neben sich. Christines Schlafstörungen ließen sie nicht zur Ruhe kommen. Sie kämpfte gegen die kleinen weißen Tabletten, mit denen sie sich im Ernstfall betäubte. Doch meist verlor sie. Die Pillen waren ihr roter Button, mit dem sich ihr Gehirn einfach ausschalten ließ, und sie drückte ihn. Regelmäßig. Weil sie nicht anders konnte.

Die Spitze der letzten Pinnnadel versank in der Wand. Christine trat einen Schritt von der Landkarte zurück und nickte Albert über die Schulter zu. Er erwiderte die Geste.

Christine war in seinem Leben der Ausnahmefall: offensiver, leidenschaftlicher und unberechenbarer als alle seine Ex-Freundinnen zuvor.

Beim Küssen hielt sie die Nase immer links, obwohl die meisten Menschen die andere Seite bevorzugten. Sie wusste, dass Krokodile Steine fraßen, um tiefer tauchen zu können, und dass das

Krümelmonster mit richtigem Namen *Sid* hieß. Das war die andere Christine, die warmherzig und mit Freude an den kleinsten Details durch ihren gemeinsamen Alltag raste. In den überhitzten Räumen des Landeskriminalamtes spürte Albert davon nichts mehr. Da war nur noch Remy Lenèves Tochter, die jeden verhöhnte, der sie an die Grenzen ihres Handelns erinnerte. Der Gedanke beunruhigte ihn.

Christine kontrollierte den Stapel Faxpapiere in ihrer Hand und glich sie mit der Landkarte ab. »Fertig.« Sie nickte der Wand zu. »Das ist es. Die Geschichte des Kratzers beginnt irgendwo zwischen diesen markierten Punkten.«

Dom schüttelte den Kopf. Er rappelte sich in seinem Stuhl auf. Drei Granulatkörnchen fielen zu Boden. *Fünfzehn.*

»Die Karte sagt noch gar nichts aus. Das sind über ein Dutzend ungeklärte Pferderipper-Fälle. Wollen Sie die alle dem Kratzer in die Schuhe schieben?«

Vierzehn Städte und Gemeinden, aufgespießt von Pinnnadeln. Daneben, ungleichmäßig verteilt, fünf rote Punkte: die Fundorte der getöteten Frauen in Schleswig-Holstein.

Christine verzog das Gesicht. Ihr bewährter Du-nervst-mich-aber-so-richtig-Ausdruck, wenn sie im Berliner Berufsverkehr ihren Wagen abrupt abbremsen musste, weil ein Schleicher vor ihr nicht in die Gänge kam. »Denken Sie doch mal logisch: Die Ripper-Fälle sind heute *cold cases*. Ich beschränke mich auch nur auf Taten, die zwei Jahre vor dem ersten Mord des Kratzers in den Datenbanken festgehalten wurden.« Sie tippte auf die Landkarte. »Und jetzt erinnern Sie sich an die spezifischen Muster Ihres alten Freundes.«

»Ach, natürlich.« Dom schlug sich mit der flachen Hand an die Stirn. »Ist es so recht? Ja?« Er ließ den Arm sacken. »Sagen Sie mir doch einfach, worauf Sie hinauswollen. Das erspart uns Zeit.« Müde. Gereizt. Am Ende. In seinen geröteten Augen fehlte der jungenhafte Charme, den er sonst für Alberts Geschmack viel zu oft bei Christine zum Einsatz brachte.

Sie wedelte mit den Papieren herum. »Der Kratzer ist ein *indoor attacker*. Nicht ein einziges Mal hat er unter freiem Himmel zugeschlagen, nur in Gebäuden. Das grenzt den Kreis ein.« Sie zog sechs der Pinnnadeln aus der Karte. »Jetzt bleiben nur noch die Ripper übrig, die ausschließlich in Stallungen aktiv waren. Und ich muss Ihnen ja wohl nicht sagen, dass bei dieser Tätergruppe ...«

Dom nahm die Beine vom Tisch. Wieder rieselten drei Körnchen auf den Boden. »Dass bei dieser Tätergruppe das exakte Positionieren von Opfern in sexuellen Körperhaltungen wahrscheinlicher ist als bei einem *outdoor attacker*.«

»Ganz genau. Und jetzt der nächste Schritt.«

Albert hob die Hand. »Die Tatwaffen. Der Kratzer benutzt nur Waffen, die er in seinem Umfeld findet. Das grenzt das Feld noch weiter ein.« Ein wenig fühlte er sich wie ein Klugscheißer, der um die Gunst seiner Lehrerin buhlt. Irgendwie schmierig. Aber diese Strategie hatte ihn schon in der Schule ganz weit nach vorne gebracht.

»Exakt.« Christine ließ ihr Zippo auf- und zuschnappen.

»Üblicherweise bringen Ripper ihre Waffen zur Tat mit: Küchen- oder Teppichmesser, präparierte Besenstile mit Klingen. Oder sogar Gewehre.« Sie zog fünf weitere Nadeln aus der Karte. »In den hier verbliebenen drei Fällen aber wurden die Pferde mit einem Hufeisenmesser, einer Axt und einer Heugabel getötet – alles Werkzeuge, die zur Ausstattung der Stallung gehörten. Das Pferd Ihrer Frau ... ich meine, Ihrer Ex-Frau, das wurde mit einer Glasscherbe erledigt. Die Einstichstelle liegt genau dort, wo sich Hauptvene und Schlagader kreuzen. Keine Experimente. Kein mehrmaliges Ansetzen. Genau wie bei den Ripper-Attacken in diesen drei Gemeinden hier. Vorausgesetzt natürlich, die Protokolle Ihrer Kollegen und die Gutachten des Tierarztes sind zutreffend.« Sie steckte sich eine Zigarette an und betrachtete die glühende Spitze. »Nun ist das Bild auf einmal viel klarer, oder?«

Die drei Nadeln bildeten eine Zickzacklinie im Kreis Rendsburg-Eckernförde. Christine prüfte erneut die Papiere. »Brekendorf. Das ist die Gemeinde mit dem ersten Ripper-Fall, der in unser Muster passt. Dann Bünsdorf und Flintbek. Zwei Monate nach dem Vorfall in Flintbek hat der Kratzer sein erstes Opfer getötet, die Jurastudentin in Kiel. Zwischen beiden Orten liegen gerade mal dreizehn Kilometer.« Sie nahm einen tiefen Zug an ihrer Zigarette. Der Rauch hing über ihrem Kopf. »Wenn wir davon ausgehen, dass ein Täter am Anfang seiner Serie relativ nahe an seinem Zuhause zuschlägt, weil er möglichst schnell wieder in Sicherheit sein will, dann ...«

Dom hob die Augenbrauen. »Moment mal.« Er hievte sich aus seinem quietschenden Drehstuhl und blinzelte die Landkarte an. Das Granulat knirschte unter seinen Schuhen, als er um seinen Tisch ging und sich der Karte näherte.

Draußen hupte ein Auto. Auf den Gängen schlug eine Tür zu. Stimmen hallten. Christine stieß den Rauch ihrer Zigarette gleichzeitig aus Mund und Nase aus.

Mit dem Zeigefinger folgte Dom dem Verlauf der Pinnnadeln. »Brekendorf ...« Er schloss die Augen. Hinter seinen Lidern lief irgendein Film ab. Eine Privatvorstellung, von der sie ausgeschlossen waren. Albert schaute zu Christine. Sie zuckte nur mit den Schultern und gab ihm ein Zeichen zu warten.

Dom öffnete die Augen und hastete zurück zu seinem Schreibtisch. Er drehte die Tastatur seines Rechners um. Kekskrümel, Haare und Staub rieselten zwischen den Tasten hervor. Er pustete sie von der Tischplatte und legte das Keyboard auf seinen Platz zurück. Beidhändig behämmerte er die Tastatur, drückte die Leertaste und klickte die Maus. »Brekendorf ... es ist Brekendorf.

Korrekt.« Er drehte ihnen das Display zu. Albert entzifferte ein gerastertes Formular mit dem doppelt unterstrichenen Namen *Manuela Weigert*. Dom klopfte auf den Rahmen des Monitors. »Das ist die Tote aus dem Campingwagen in Polen. Eine Gymnasiallehrerin aus Deutschland. Manuela Weigert hat viele Jahre in Schwerin unterrichtet. Davor war sie in Hamburg und davor …« Er holte tief Luft.

»In Brekendorf«, sagte Christine.

»Richtig.« Dom rieb sich mit einer Hand über die Stirn, bis sich tiefe Falten zwischen seinen Brauen bildeten. »Sie könnten recht haben, Christine. Das ist mit Sicherheit kein Zufall.«

»Das LKA in Kiel hat doch wohl die Vergangenheit von Manuela Weigert Tag für Tag auseinandergenommen.« Christine ging auf Dom zu und stützte beide Hände auf seinen Schreibtisch.

»Nicht wirklich.« Er wich ihrem Blick aus. »Wir wissen auch ehrlich gesagt nichts über das prä- und postdeliktische Täterverhalten in diesem Fall.«

»Auf den Grund bin ich sehr gespannt.« In ihrer Stimme schwang ein harter Unterton mit, den sie immer anschlug, wenn sie mit einer ungeheuren Dummheit konfrontiert war. Albert hatte sie in solchen Situationen nie anders erlebt.

»Manuela Weigert wurde in Polen ermordet.« Dom schüttelte den Kopf. »Meinen Sie im Ernst, das Landeskriminalamt hat begeistert die Arme hochgerissen und gejubelt: *Na, immer nur her damit. Das Ding übernehmen wir, aber mal ganz schnell?* Es gab genügend andere Fälle in Schleswig-Holstein.«

»Aber *Sie* waren doch in Polen, nachdem der Kratzer bei dem Mädchen in Köslin zugeschlagen hatte.«

»Ja, ich und meine Partnerin. Weil wir es unbedingt wollten. Die Zusammenarbeit mit den polnischen Behörden und ihren Ermittlern lief gut. Keine Frage. Aber mein LKA war dagegen, dass seine Kriminalkommissare nun auch noch Serienmörder im

Ausland jagen.« Dom blickte aus dem Fenster. »Zumal ich vorher ja schon fünfmal nicht besonders erfolgreich gewesen war.«

»Trotzdem waren Sie vor Ort.«

»Mein damaliger Hauptkommissar ... Mein Mentor, hat mich im LKA unterstützt. Aber nach der Geschichte in Stettin stand ich da wie ein kompletter Idiot. Danach habe ich mich nach Berlin versetzen lassen.« Mit einem Seufzer legte er den Kopf in den Nacken. »War 'ne schwierige Nummer.«

Christine klopfte zweimal auf den Schreibtisch. »Klar, da haben Sie ja ganz schnell ein neues warmes Plätzchen gefunden, wo Sie nicht auffallen.« Sie peitschte Dom verbal aus. Menschen, die in einem Tränenmeer aus Selbstmitleid ertranken, waren so gar nicht ihr Ding. Albert deutete ein Kopfschütteln an, Christine ignorierte ihn. Dom stand durch die Drohung des Kratzers ohnehin schon unter gewaltigem Druck. Albert wollte ihn nicht daran zerbrechen sehen.

»Was wissen Sie schon?« Dom trat gegen seinen Tisch. Die hölzernen Beine schrammten über den Boden. Graues Granulat rieselte aufs Linoleum.

Zwanzig, geschafft!

Der Lüfter des Computers sprang an, ein Surren zog durchs Büro. Im Raum nebenan ratterte ein Drucker.

Dom schob die Tastatur zur Seite und starrte auf die blanke Tischplatte. »Verzeihen Sie mir bitte, Christine. Sie auch, Albert.« Er knirschte mit den Zähnen. »Sie haben ja keine Ahnung, was dieser Fall mit mir macht.« Dom stand auf und stützte sich aufs Fensterbrett. Dicke Schneeflocken flogen gegen die Scheiben, vom Wind hin und her getrieben. Sie torkelten wie lebendige Wesen durch die Luft, die sich nicht für einen Weg entscheiden konnten. »Sie haben absolut keine Ahnung.«

»Doch. Habe ich.« Christine ging zu dem Foto an der Wand. Das zerschundene Gesicht des Mannes, an dem sich Dom vor über sieben Jahren ausgetobt hatte, blickte auf sie herab. »Dieser Typ hier ...« Sie stach mit ihrem Zeigefinger zwischen die Augen des Kratzers. »Der ist in Polen geflohen. Aber Sie, Dom, Sie sind danach vor dem Fall geflüchtet. Es ist immer einfach, vor seinem eigenen Scheitern zu fliehen. Der Kratzer konnte nur zurückkehren, weil Sie aufgegeben haben.« Sie wandte sich ihm zu. »Sie können jede Schlacht verlieren, aber nicht die letzte. Und jetzt geht es um Ihre Tochter.«

Dom warf ihr einen Seitenblick zu. »Christine, ich ...«

»Nein, *wir*. Sie, Albert und ich. Wir drei bringen das hier zu Ende. Sie schützen Ihre Tochter, ich bekomme am Ende eine Story. Und danach will ich Sie nie wiedersehen. Das klingt doch nach einem verdammt guten Deal für uns alle, oder?«

Dom schob einen Finger zwischen Hals und Hemdkragen. »Was haben Sie vor?«

»Na, was wohl? Wir fahren nach Brekendorf.«

»Ich kann hier nicht weg.«

»Aber Albert und ich können weg.«

Eigentlich konnte er nicht fort. Auf Alberts Tisch lag die Analyse für den bevorstehenden Wirtschaftsgipfel in Helsinki. Sein Chefredakteur klopfte schon seit zwei Tagen anklagend auf das Saphirglas seiner Uhr, um Albert an seine Deadline zu erinnern. Als freier Redakteur für ein Wirtschaftsblatt musste er immer verfügbar sein. Manchmal sehnte er sich zurück nach den stillen Stunden in seinem Kreuzberger Keller, wo er als Hacker die Welt verändern wollte. Der romantisch verklärte Unsinn eines Mathematikstudenten, natürlich. Heute war er dreißig. Ein richtiger Mann. In den vergangenen sechs Jahren hatte er sich vom Idealisten zum Pragmatiker gewandelt. Wahrscheinlich würde er schon längst mit getönter Pilotenbrille in einem BMW-Cabrio sitzen und einen Scheiß auf die Welt geben, wenn ihn Christine nicht immer wieder an sein altes Ich erinnerte. Vielleicht, nur vielleicht, nickte er ihr deswegen so entschlossen zu. Der Wirtschaftsgipfel musste eben warten.

Jemand pochte lautstark an Doms Bürotür. Mit einem Knarren in der Angel öffnete sie sich. Ein Mann mit gebräunter Haut streckte den Kopf ins Zimmer. Seine Designerbrille verlieh seinem Gesicht einen geschliffenen Zug. In seinem Mundwinkel hing eine dampfende E-Zigarette. Er checkte kurz den Raum und trat mit der Selbstverständlichkeit eines gutgelaunten Alphatiers ein.

»Guten Abend. Alexander Finkel, Erster Kriminalhauptkommissar.« Er nickte in die Runde. »Frau Lenève und Herr Heidrich, nehme ich an?« Er reichte zuerst Christine, dann Albert eine seiner scharf geschnittenen Visitenkarten. Es waren keine dieser amtlichen Kärtchen. Das champagnerfarbene Papier mit dem goldenen Reliefdruck erinnerte Albert eher an eine Einladung zur Dinnerparty.

Da blieb Finkels Blick an Christines Zigarette hängen. Er rückte seine Brille gerade und starrte auf den glühenden Tabak.

»Soll ich …?« Sie deutete mit der Zigarette in Richtung Aschenbecher.

Finkel nahm seine E-Zigarette aus dem Mund und wog sie in der ausgestreckten Hand. »Auf keinen Fall.« Er drückte dreimal den Feuerknopf über dem Mundstück, und ein blaues Lämpchen erlosch. »Wenn Sie nur wüssten, wie sehr ich dieses Ding hasse. Alles nur für meine Frau.« Er inhalierte mit bebenden Nasenflügeln die Rauchschwaden von Christines Zigarette. »Herrlich.«

»Wollen Sie eine?« Sie hielt ihm ihre Schachtel Gauloises hin. Eine Freundlichkeit, geboren aus purem Sadismus. Daran zweifelte Albert nicht eine Sekunde.

»Natürlich will ich.« Finkel riss sich vom Anblick des qualmenden Tabaks los. »Aber das könnte ich mir niemals verzeihen.« Vor Doms Tisch zog er ein durchsichtiges Plastikbeutelchen aus der

Innenseite seines Sakkos und hielt es in die Höhe. »Sehen Sie genau hin, Tobias. Das hier kommt frisch aus dem Labor.« Ein Aufkleber mit der Bezeichnung FA – 011 klebte auf der Außenhülle.

Albert kniff die Augen zusammen. Das Beutelchen war leer. Nichts zu sehen. Pure Luft.

Finkel schwenkte das Plastiksäckchen hin und her. »Unsere Brandenburger Kollegen haben die Scheune in Bernau auseinandergenommen und eine Brille am Tatort gefunden. Sie gehört dem Kratzer. Die Gläser haben um die –8 Dioptrien. Deckt sich mit den Angaben der Polen von damals. Halbblind, der Kerl. Aber darum geht es nicht.« Er ließ eine Kunstpause verstreichen. »Wissen Sie, was wir eingeklemmt am Scharnier des Brillenbügels gefunden haben?«

Dom klopfte mit den Fingern auf dem Fensterbrett herum. Christine zuckte genervt mit den Schultern. Womöglich befanden sich in dem Beutelchen Mikropartikel, die Albert unmöglich identifizieren konnte.

»Ein Haar, ein einziges Haar. Wir haben einen DNA-Match. Das Haar gehört nicht dem Kratzer, aber ...« Finkel verschränkte die Arme über der Brust. »Das Ergebnis hat mich überrascht. Es hat mich regelrecht verblüfft.« Zwei Grübchen bildeten sich um seine schmalen Lippen. »Jetzt müssen wir nur noch die Schlinge um den Hals dieses Schweins zuziehen.«

15. KAPITEL

Hochklappende Schreibpulte hallten durch das Auditorium. Stimmengemurmel setzte ein. Jacken raschelten. Die Türen des großen Seminarraums wurden aufgerissen. Das Wintersemester war vorüber. Wieder einmal.

Innere Schwermut ergriff Karen, während sie die Studenten von ihrem Pult aus beobachtete. Sie verließen den Hörsaal, und die doppelflügelige Holztür klappte auf und zu, bis die Stimmen leiser wurden und schließlich ganz verebbten. Einige von ihnen würden ihr Jurastudium wegen Geldmangels nicht beenden oder intellektuell an der Herausforderung des Examens scheitern. Andere gaben dem Druck ihrer Väter nach, die mit fürsorglicher Gewalt ihre Kanzleien auch noch eine Generation länger am Leben erhalten wollten. Nur eine Handvoll Studenten glaubte wirklich an die Kraft der Paragrafen, glaubte, dass sich mit ihnen die Welt verbessern ließe. Karen hatte es ihnen angesehen, manchmal, wenn sich ein Blick plötzlich nachdenklich in der Luft verfing oder jemandem ein Lächeln um den Mund spielte. Sie bedauerte diese Studenten. Wenn Theorien von der Realität eingeholt werden, bleibt der Schmerz nie aus. Sie hatte es oft genug erlebt. Idealisten leiden stärker als Karrieregeier.

Draußen auf dem Uni-Parkplatz flammten die Scheinwerfer der Autos auf. Das gleißende Licht fiel durch die mattierten Scheiben des Hörsaals, Türen schlugen, Motoren brummten. Nur die Studenten wohlhabender Familien parkten ihre Autos direkt vor den Fenstern des Seminarraums. Die klapprigen Golfs und verrosteten Japaner der anderen wurden in den Nebenstraßen abgestellt, versteckt wie hässliche Schwestern, die gerne verschwiegen werden.

Karen nahm ihren Mont-Blanc-Kugelschreiber vom Pult und wog ihn in der Hand. Ein Abschiedsgeschenk ihrer Kollegen vom Landeskriminalamt in Kiel. *Einmal Polizistin, immer Polizistin. Das gehört zu deiner Chemie. Das wirst du nicht mehr los.* Der Leiter des Landeskriminalamtes hatte ihr auf die Schultern geklopft wie einem kleinen Kind, das sich anschickte, einen törichten Unfug zu begehen.

Meine Chemie. Als ob irgendwelche Nanopartikel durch ihr Blut rasten, die ihr Leben diktierten. Unsinn. Sechs Jahre waren seitdem vergangen. Gute Jahre.

Sie steckte den Kugelschreiber in das kleine Lederetui, zog den Reißverschluss zu und ließ es in ihrer großen Umhängetasche verschwinden. Sie knipste den Beamer aus. Das Rauschen verstummte, ihr Schatten an der Wand fiel in sich zusammen. Karen schlüpfte in ihren Wollmantel, schloss die Hakenverschlüsse und stellte den Kragen auf. Als sie die leeren Stuhlreihen passierte, spürte sie bei jedem Schritt das sanfte Schlagen ihres Zopfes gegen den Rücken. Im Vorbeigehen strich sie über die hochgeklappten Schreibpulte. *Auf Wiedersehen, bis zum nächsten Semester.*

Karen hatte ihre Kommissarlaufbahn geschmissen, weil sie nicht nur Regeln befolgen wollte, die ihr in einem handlichen Strafgesetzbuch auf den Tisch gelegt worden waren. Gesetze auslegen und ihre Anwendbarkeit im Alltag prüfen – das klang um einiges besser. Doch manchmal vermisste sie die Waffe in ihren Händen und die Klarheit in ihrem Handeln: das Adrenalin, das Unvorhersehbare und die sofortigen Ergebnisse jeder Entscheidung. Nun war sie Juristin, und in zwei Jahren würde sie einen Doktortitel vor ihrem Namen tragen. So lange würde sie weiter als Dozentin Kriminologie und Strafrecht unterrichten. Alles war gut.

Sie öffnete die Doppeltür und betrat die Weite des Foyers. Die meerblauen Glasbausteine an der Oberdecke tauchten die Halle in ihr wässriges Licht. Der grauhaarige Pförtner mit seiner viel zu großen Uniform saß hinter der Glasscheibe seiner Loge. Er erinnerte Karen an einen Fisch im Aquarium. Seine überdimensionierten Schulterpolster hingen herab wie zwei erschlaffte Flossen. Zwei selbst gemachte Stullen lagen vor ihm auf dem Brotpapier. Mit einem Taschenmesser zerteilte er eine Gurke in drei Teile. Er lächelte, als Karen auf seine Loge zuging.

»'nen schönen Abend noch!«, rief er ihr zu und deutete mit dem Messer auf seine Brote. »Selbst gemacht schmeckt immer besser als gekauft. Thunfisch. Lecker.«

Fisch. Natürlich. »Guten Appetit. Machen Sie nicht mehr so lange.«

»Nee, Sie sind heute fast die Letzte hier. In 'ner Stunde schließe ich den Laden. Dann ist Schicht.« Er schwenkte zum Abschied noch einmal sein Messer, setzte dann die Klinge mit chirurgischer Präzision an seiner Gurke an, um sie in noch kleinere Stücke zu zerteilen.

Karen umrundete das geschwungene Geländer und blieb vor dem Fahrstuhl stehen. Sie drückte den rot leuchtenden Knopf. Ein Mann mit Wollmütze trat neben sie. Ein Schal lag dreifach gewickelt um seinen Hals, die gesamte Mundpartie wurde vom Stoff verdeckt. Vielleicht einer der Wirtschaftsjuristen aus dem benachbarten Gebäudetrakt. Er nickte in ihre Richtung.

Schiebetür auf. Schiebetür zu. Der Aufzug fuhr abwärts zur Tiefgarage in den Untergeschossen. Der Mann blieb neben ihr stehen und lehnte sich an den Fahrstuhlspiegel. Er klimperte mit ein paar Münzen in seiner Manteltasche.

Im dämmrigen Licht der Fahrstuhlbeleuchtung suchte Karen nach ihrem Autoschlüssel. In ihrer Umhängetasche herrschte das Chaos: Taschentücher, Kreditkarten, Handy, Lipgloss, zwei Duplo, alte Kinokarten, Handschuhe, Kaugummis, ein Deoroller.

Und das war erst der Anfang. Ihre Freunde behaupteten immer, nach einem Schiffbruch könnte sie problemlos drei Monate auf einer Insel nur mit dem Inhalt dieser Tasche überleben. Sie übertrieben. Aber ein paar Tage waren schon drin.

Die Fahrstuhlkabine rastete mit sanftem Ruck ein. Sie waren im ersten Untergeschoss angekommen. Als sich die Türen öffneten, schob sich der Mann umständlich an ihr vorbei und verließ den Aufzug. Kein Wort des Abschieds war ihm über die Lippen gekommen. Die guten Manieren unter Akademikern waren ohnehin nur ein Mythos.

Karen fuhr weiter ins zweite Untergeschoss. Sie parkte ihren Wagen immer dort, weil sich kaum jemand in diese Ebene verirrte. Umständliche Einparkmanöver nervten sie nur.

Der Fahrstuhl kam zum Stillstand. Die Türen schoben sich auf. Karen erkannte die Konturen einer Person.

Ein Typ mit drei übereinandergestapelten Pappkartons stand vor dem Lift. Sein Gesicht lag im Verborgenen. Nur der Schirm seiner Baseballkappe war über dem Rand der Kisten erkennbar. Er betrat den Fahrstuhl und stieß mit dem obersten Karton gegen ihre Schulter. »Oh, 'tschuldigung. Hab nicht gesehen, dass hier jemand ist«. Seine Stimme klang warm und sympathisch.

»Macht doch nichts.« Sie trat einen Schritt zur Seite in Richtung Ausgang. Da entglitt dem Mann die unterste Kiste, die polternd zu Boden fiel. Karen schob ihre Schultertasche nach hinten und bückte sich. »Warten Sie, ich helfe Ihnen ...«

Der Stoß seines Knies traf sie mitten ins Gesicht. In ihrer Nase knackte es. Karen torkelte nach hinten, schlug mit dem Kopf gegen den Spiegel der Fahrstuhlkabine und sackte zusammen.

Wie auf ein Signal hin ließ der Mann alle Kisten fallen. Sein weißer Sportschuh schwebte über ihr, der Tritt traf sie in der Magengrube, direkt unter dem Rippenbogen. Luft, sie wollte Luft holen, doch die Muskeln ihres Zwerchfells verkrampften sich. Sofort setzte der Mann nach. Der Turnschuh schoss auf Karens Gesicht zu. Sie riss die Arme hoch. Mit beiden Händen blockierte sie den Tritt, umfasste Ferse und Schuhspitze und drehte seinen Fuß um die eigene Achse. Ein Stöhnen, ein unterdrückter Schrei. Noch einmal. Mehr Druck. Knochen knirschten. Der Mann ruderte mit den Armen durch die Luft, suchte nach Halt. Er klammerte sich an die Fahrstuhlschlitze und versuchte, sein Bein zu befreien, so ruckartig, dass Karen der Fuß entglitt. Rücklings stolperte er gegen die Aufzugtür. Mit seinem Turnschuh trat er in einen der Kartons. Die Pappe sackte mit einem dumpfen Geräusch in sich zusammen.

Karen rollte sich zur Seite. Sie musste auf die Beine kommen. Helle Funken tanzten vor ihren Augen. Blut tropfte auf den Boden. Mit dem Handrücken fuhr sie sich über ihre Oberlippe. Rote Schlieren blieben auf ihrer Haut zurück. Sie griff nach dem metallischen Handlauf unter dem Spiegel und fixierte ihren Angreifer.

Der Mann trug eine braune Lederjacke. Auf seiner Baseballkappe prangte der wuchtige Schriftzug der Chicago Bulls mit dem wütend dreinblickenden Stier. Der Schirm lag tief über seinem Gesicht, doch Karen konnte hinter seinen Ohren die schmalen Bügel einer Brille ausmachen.

Langsam zog sie sich in die Höhe. Keine hastige Bewegung, keine Provokation.

Die Fahrstuhltüren ruckelten, schoben sich ein Stück vor und wieder zurück. Ein Karton blockierte den Sensor. Ihr Angreifer stand nur da, angespannt, mit gesenktem Kopf. Doch das konnte sich schon in der nächsten Sekunde ändern. Ein Messer oder eine andere Waffe, urplötzlich aus der Jacke hervorgezogen, und das Spiel war ein anderes.

Er war kleiner als sie, vielleicht einen Meter siebzig groß und sehr dünn. Die enge Jeans und seine langen Arme verrieten seinen ektomorphen Körperbau. Vielleicht war er ein Vergewaltiger. Oder irgendein Kerl, den sie in den Knast gebracht hatte. Sein Angriff wirkte gezielt, wie eine einstudierte Choreografie, der ein Plan zugrunde lag.

Karen hob beide Hände zur frontalen Verteidigungshaltung. Aus dieser Position konnte sie einen Konter mit einem geraden Fauststoß ausführen. Aber noch befand sich der Mann nicht in ihrer Reichweite. Warten. Den Moment abpassen. Hier unten gab es keine Alternativen, keine Überwachungskameras, keine Menschen. Der Lift war geschätzte zwei Meter fünfzig lang. Früher, bevor die Tiefgarage gebaut wurde, hatten ihn die Hausmeister als Lastenaufzug benutzt. Der Notrufknopf war direkt neben der Tür eingelassen, doch der Mann blockierte den Ausgang. Unerreichbar für sie.

Der Pförtner in seiner Loge über ihr konnte sie nicht hören. Sie musste raus aus dem Fahrstuhl und ihr Auto erreichen, nur so konnte sie sich in Sicherheit bringen. Zwischen dem Lift und der Garage lag ein langer Gang, den sie überwinden musste. So oder so: Ihr Weg führte hinaus aus der Fahrstuhlkabine, die sie wie ein Käfig umgab.

»Ist die kleine Sau weich geworden?« Die Worte glitten wie eine Melodie über seine Lippen, vorgetragen mit der Sanftmut eines Mannes, der mit einem kleinen Kind sprach. Das Auf und Ab in seiner Betonung der einzelnen Silben – etwas Bekanntes lag darin. »Komm schon, Karen.« Er klopfte sich gegen die Stirn. »Du hast mich doch nicht vergessen. Das kann ich gar nicht glauben.«

Für die Verarbeitung eines Wortes benötigt ein Mensch einhundertvierzig Millisekunden. So hatte es Karen einmal gelernt. Doch selbst nach drei Sekunden verweigerte ihr Gehirn seine analytischen Fähigkeiten. Der Mann kannte sie. Dieser Überfall war kein Zufall. Sie suchte in ihrer Erinnerung nach einem Gesicht, doch ein Bild wollte sich nicht fassen lassen.

»Na gut, dann helfe ich dir eben.« Er riss sich die Baseballkappe vom Kopf. »Besser?«

Seine Haare waren kurz geschoren, er hatte ein schmales Gesicht mit hellen Bartstoppeln am Kinn. Über seine Wange zog sich ein Striemen getrockneten Blutes. Am Hals des Mannes klebte eine Bandage. Er wirkte, als käme er direkt von einer Schlägerei. Seine Augen lagen dunkel hinter dem Brillenglas. Seine Kiefer spannten sich. Er lächelte, doch nur seine obere Zahnreihe war sichtbar. Eine schiefe, weiße Kante. Er hob seine linke Hand und ließ die Finger vor seinem Gesicht tanzen. Auf und ab. Und noch einmal.

Seine Finger ... Die Haut wirkte an den Kuppen heller, unnatürlich glatt, und das obere Glied des kleinen Fingers fehlte.

Die Umhängetasche glitt von Karens Schulter und fiel polternd zu Boden. Die Fahrstuhltür ruckelte. Von weit her kreischte ein Heizkörper.

Der Campingwagen am See. Polen. Stettin. »Der Kratzer ...« Er war es. Nach all den Jahren. Sie trat einen Schritt zurück.

»Na endlich.« Er setzte die Kappe wieder auf. Seine Ferse hob sich vom Boden. Angriff. Karen spannte die Arme. Frontale Verteidigungshaltung. Sechs Jahre ohne Training, doch sie würde das Schwein erledigen. Der weiße Turnschuh wippte, der Stier kam mit einem Satz auf sie zu. Der Kratzer war direkt vor ihr.

Karen schlug zu, ihre Faust erwischte seine Wange. Dreck. Kein Volltreffer. Sie holte noch einmal aus, da spürte sie einen Ruck am Hinterkopf. Er hatte ihren Zopf gepackt, riss an ihm. Ihr Oberkörper folgte der Bewegung. Schnell, immer schneller, wie ein hochgetaktetes Pendel wurde sie hin und her geschleudert. Sie streckte die Arme von sich, stützte sich ab. Aussichtslos. Ihr Gesicht schlug gegen den Spiegel. Zerbröckelte Krümel roten Lippenstifts blieben an dem Glas zurück. Er zerrte an ihrem Haar, rammte ihren Kopf noch einmal in den Spiegel. Immer wieder.

Ihr Gesicht nahm in der Reflexion fremde Züge an. Blut lief aus ihrer Nase. Ein Schneidezahn brach. Das scharfkantige Ende berührte ihre Zunge. Die Ziffern der Fahrstuhltastatur verschwammen vor ihren Augen zu einem grauen Strudel. Karen klammerte sich an den Handlauf, sackte auf die Knie.

Der Kratzer hielt inne und ging mit einer geschmeidigen Bewegung in die Hocke. Er hob ihre Umhängetasche auf, zog ihr den Riemen über den Kopf, legte ihn um ihren Hals. Der Ledergurt schnitt in ihre Haut ein, würgte sie. Gefangen wie ein Tier an der Leine.

»Schwach, Karen. Wirklich schwach.« Sein Atem drang an ihr Ohr, kroch in ihre Gehörgänge. »Ist immer einfacher, wenn man 'ne Knarre in der Hand hat, was? Das gefällt dir besser, ich weiß.«

Schwindel. Keine Luft. Mehr als ein Gurgeln brachte sie nicht zustande.

»Ach, sei still.« Er wischte mit einem Ärmel über den Spiegel, dort, wo die Spuren ihres Lippenstifts am Glas zurückgeblieben waren, und verrieb die Blutspur am Boden. Am Riemen zerrte er sie aus dem Fahrstuhl und schob mit der Hacke seines Sportschuhs den Karton aus der Kabine. Der Sensor lag frei, mit einem Surren schloss sich die Fahrstuhltür hinter ihnen.

»Keine Angst, Karen. Wir sind gleich da.« Er schob sie in dem schmalen Gang vor sich her, riss abwechselnd am Gurt und an ihrem Zopf. Seine Faust presste sich in ihren Rücken, selbst durch ihren Wollmantel hindurch spürte sie seine spitzen Fingerknöchel und die Kraft seines Arms. Sie torkelte, das unrhythmische Klackern ihrer Schritte hallte durch den Gang.

Die grauen Wände mit ihren eingestaubten Fugen, ein schief aufgehängter Feuerlöscher, der vergilbte Rettungsplan an der Wand – sie zogen mit verschwommenen Konturen an Karen vorbei. Vor der Tür zum Heizungskeller presste er sie an eine Wand.

»Schon da, Karen. Schon da …«

Hier also wollte er sie töten. Was ihr in den langen Jahren des Polizeidienstes nicht widerfahren war, holte sie nun im staubigen Untergeschoss der Universität ein. Ein irrer Mörder war zurückgekehrt. Ein Mann ohne Namen, der seine Rache geplant hatte. Sie musste entkommen, Tobias warnen, ihre alten Kollegen informieren. Sie musste fort von hier. Raus aus dem Untergeschoss.

Vor zwölf Stunden war ihre Welt noch in Ordnung gewesen. Heute Morgen hatte sie am Frühstückstisch mit einer Tasse Earl Grey gesessen und eine dünne Schicht Butter auf ihr Brötchen gestrichen. Vor zwölf Stunden, die sich hier unten auf einmal wie Tage anfühlten.

Sein Atem pfiff. Ihre Schritte hallten. Der sterile Gang lag still im Licht verstaubter Neonröhren. Eine seltsame Ruhe ergriff Karen. Ein Angriff brachte jetzt nichts. Sie war zu schwach. Später vielleicht, doch wie viel Zeit war *später*? Viele Minuten blieben ihr sicher nicht mehr, bevor er ihr den Hals aufschlitzte. Hinter der eisernen Tür des Heizungskellers war sie verloren. Die Stille in ihr bekam eine immer stärkere Stimme. *Jetzt* war genauso gut wie *später*. *Jetzt*.

Karen rammte ihren Stiefelabsatz in seinen Fuß. Er stöhnte hinter ihr auf. Der Druck an ihrem Hals ließ nach. Sie stieß sich von der Wand ab. Blut schoss in ihren Kopf. Ihr Mund war trocken, ihre Knochen brannten. Sie zog den Riemen der Tasche über den Kopf. Luft.

Da stand er, einen Meter von ihr entfernt, und schüttelte seinen Fuß. Mit den Fingern krallte er sich in die Fugen der Wand. »Die kleine Sau will spielen, ja?« Zwischen seinem gespitzten Mund blitzte die Zunge auf.

Ja, sie wollte spielen. Sie wollte ihn erledigen. Das Blatt wenden. Karen scannte den Gang. Fünfundzwanzig Meter bis zur Tiefgarage. Die Tür war verschlossen. Nur Mitarbeiter der Uni besaßen einen Schlüssel, doch ehe sie ihn aus ihrer Tasche gekramt hatte, würde sie der Kratzer überwältigt haben. Fünf Meter rechts neben ihr war der Notrufmelder der Feuerwehr ins Gemäuer eingelassen. Ein kleiner roter Kasten, dessen Plastikscheibe sie einschlagen musste. Nur ein Knopfdruck. Der Hausalarm würde sie retten. So simpel.

Sie lief los.

Ein Schritt. Noch einer. Schneller. Ihr Absatz knickte weg, ihr Oberkörper schwankte. Sie schlug mit der Schulter gegen die Wand. Noch zwei Meter. Flach atmen. Sie streckte die Hand aus, ballte sie zur Faust. Sie konnte es schaffen.

Der Schlag zwischen ihre Schulterblätter ließ sie taumeln. Karen knickte ein, fiel bäuchlings zu Boden. Der Tritt in ihre Kniebeuge schoss wie ein elektrischer Schlag durch ihr Bein. Ein schnappendes Geräusch kam aus ihrem Knie. Ihr Meniskus war gerissen. Sie atmete stoßweise.

Seine Sportschuhe knirschten, kamen näher und blieben neben ihrem Kopf stehen. Mit dem Zeigefinger klopfte er auf die viereckige Scheibe des Notrufmelders. »War 'ne schöne Idee, Karen. Aber die Ausführung war total mies.« Er stieß ihre Wange mit der Schuhspitze an. »Ist nun mal so im Leben. Manchmal gibt es keine zweite Chance. Irgendwie schade.« Er riss an ihrem Zopf, schleifte sie hinter sich her. »Wenn du nicht artig bist, muss ich dir wehtun. Das weißt du doch. Obwohl …« Der Druck an ihrem Kopf nahm zu. »Ach, ich tue dir auf jeden Fall weh.«

Sie erreichten den Heizungskeller. Er drückte die Klinke herunter. Nicht verschlossen. Das hatte er gewusst. Er musste einen Schlüssel besitzen. Die Tür öffnete sich geräuschlos. Karen wurde über die Schwelle gezerrt. Dunkelheit. Ein Lichtschalter klickte. Drei flackernde Neonröhren warfen ihr kaltes Licht in den Keller.

Weiß lackierte Rohre, keine Fenster, metallische Gasthermen.

An den Wänden zogen sich Ruß- und Rauchgasablagerungen wie dunkle Gewitterwolken entlang. Wasser rauschte durch Leitungen, Wärmepumpen ratterten. Ein kleines Kraftwerk arbeitete im Untergrund der Universität.

Am Ende des Raumes standen ein Müllcontainer und ein schiefes Regal aus Metall. Blaue Müllsäcke, Reinigungsmittel, Schippen und aufgerollte Elektrokabel waren dort gelagert. Daneben ruhte ein alter Fotokopierer mit Aktenordnern, übereinandergestapelten Packen von DIN-A4-Papier und einem Schneider.

Er versetzte ihr einen Stoß in den Rücken und deutete in die Ecke. »Da hinten. Na, los.«

Karen richtete sich auf. Sie humpelte. Ein Pochen zog durch ihr verletztes Knie. Der stechende Schmerz brachte die Nervenenden in ihrem Bein zum Brennen. Sie musste sich auf jeden einzelnen Schritt konzentrieren, um nicht zusammenzubrechen.

»Halt.« Seine Hand lag schwer auf ihrem Nacken. Neben dem Regal verliefen senkrecht zwei Heizrohre. Rostige Flecken hatten sich durch die weiße Farbe gefressen. Er riss zwei Müllbeutel aus dem Regal und breitete sie auf dem Boden aus. Die Schlauchboothülle. Das Blut im Campingwagen. Die Bilder des Tatorts in Polen begleiteten Karen noch nach Jahren.

»Hock dich da hin.«

Sie zögerte. »Warum?« Natürlich kannte sie die Antwort, und doch kämpfte sie um jede Sekunde Aufschub.

Er schüttelte den Kopf. Wie er vor ihr stand, so schmal und klein gewachsen, die Hände in die Hüften gestemmt, sah er viel jünger aus als in Karens Erinnerung. Ein verklemmter Physikstudent, der mit eingezogenen Schultern über den Campus schleicht – in dieser Rolle hätte sie ihn als glaubhaft empfunden. Doch vor ihr stand ein Serienmörder, der langsam die Geduld verlor.

»Nun mach schon.« Er packte sie am Hals und presste sie zu Boden. »Runter mit dir. Du weißt doch, was jetzt kommt.«

Widerstand brachte nichts. Karen hatte den Raum nach Waffen gecheckt, nach irgendetwas, mit dem sie die Situation für sich entscheiden konnte. Doch da war nichts.

Die Mülltüte raschelte, als sie ihre Füße daraufsetzte. Sie lehnte sich mit dem Rücken an die warmen Rohre und ließ sich herabsinken, bis sie vor ihm kniet.

»Na endlich. Ich hab heute noch was vor. *Als wäre ein Rad im anderen ...* Verstehst du? Die Räder, Karen, die Räder greifen ineinander und dürfen nicht zum Stillstand kommen.« Er ließ die Kabel aus dem Regal durch seine Finger gleiten. »Du hast dich dich hier an der Uni bestimmt immer wohlgefühlt, in deinem Tempel hochgeistiger Wissenschaften.« Er entrollte das rote Kabel, band es um ihre Handgelenke und verknüpfte die Enden an den Rohren hinter ihrem Rücken.

»Dabei ist das nur ein Friedhof der Irrtümer, während ich die Wahrheit bin.« Ein Ruck ging durch die Kabel. Er schien zufrieden, kniete zwischen ihren Beinen nieder und spreizte ihre Oberschenkel. Haken für Haken öffnete er ihren Mantel, von oben nach unten. Er schlug ihren Rock hoch, strich über ihre Strumpfhose. Ein Knistern, durch seine Berührung entlud sich die Elektrostatik des Stoffs. Ihre Beine zitterten. Seine obere Zahnreihe zeigte sich. Er riss die Strumpfhose an ihren Oberschenkeln auf, zerfetzte das Nylon in zwei lange Streifen und fesselte damit jedes ihrer Fußgelenke an einem Rohr gegenüber.

»Du kannst jetzt schreien, aber ich würde es dir nicht raten.« Er ging zur Tür und drückte die Klinke herunter. »Nur damit das zwischen uns klar ist.« Die Eisentür klappte hinter ihm zu.

Karen riss an den Kabeln, stemmte sich mit den Füßen gegen ihre Fesseln aus Nylon. Sie war, wie erwartet, optimal fixiert. Jahrelang hatte er sich mit seinen Opfern eine Spielfläche für Experimente geschaffen und sein Morden perfektioniert. Die wievielte Frau war sie? Die achte? Vielleicht die zehnte, mit der er nun ein rundes Jubiläum feiern wollte. Fast hätte Karen laut gelacht.

Einen Kampf aufzugeben war für sie niemals eine Option. Selbst als Kind hatte sie auf dem Fußballplatz noch das harte Leder getreten, wenn das Spiel schon längst verloren war. Ihr Vater war Maurer, ihre Mutter Schneiderin. Sie hatte die Polizeischule mit Auszeichnung bestanden, sich zur Dozentin an der Uni hochgearbeitet und eine Krebserkrankung niedergerungen. Wenn wirklich ein Wesenszug zu ihrer Persönlichkeit gehörte, dann war es ihr Kampfgeist: angreifen statt abwehren. Doch in diesem Keller gab es nichts, womit sie sich zur Wehr hätte setzen können. Die vor ihr ausgebreiteten Fakten ließen auf eine unausweichliche Niederlage schließen.

Die Tür öffnete sich, er war zurückgekehrt. In seinen Armen trug er die Pappkartons und ihre Umhängetasche. »Keine Spuren. Wir wollen doch bei unserem Date nicht gestört werden.« Er stellte die Kisten neben der Tür ab, schob Kante auf Kante exakt aufeinander. Sein Schlüssel glitt ins Schloss. Zwei Umdrehungen. Der Heizungskeller war abgesperrt.

Im Gehen durchwühlte er Karens Tasche. Er näherte sich ihr in kleinen Schritten. »Da ist 'ne ziemliche Unordnung drin. Hätte ich nicht gedacht, wo du doch immer so geschniegelt bist.« Ihr Handy lag in seiner geballten Faust. Er entnahm Akku und SIM-Karte und ließ es fallen. Das Gerät zerbrach in vier Teile. »Nur zur Sicherheit.« Sein Blick wanderte nachdenklich über die Trümmer am Boden. »Ich hab auch eins.« Er zog ein rotes Smartphone aus der Lederjacke. »Wir sollten diese besonderen Momente für Tobias festhalten. Oder? Meinst du nicht? Doch, ich denke, du möchtest das auch. Das wird ihm gefallen.«

Er stellte sein Handy ins Regal, richtete die Kamera auf Karen und justierte die Linse. Der blinkende Aufnahmeknopf im Display spiegelte sich in der Oberfläche einer Therme. Ein rotes Licht. An, aus, an, aus. Immer wieder, wie ein rasender Puls.

»Ich begreife das nicht ... Warum kommst du jetzt nach all den Jahren zurück?« Karen schüttelte den Kopf. »Ich kapier es einfach nicht.« Zeit schinden. Sie brauchte einen Plan.

»Ich wurde gerufen, und manchmal muss man einer Stimme folgen.« Er schob seine Brille über den Nasenrücken. »Alles ist untrennbar miteinander verbunden. Alles. Hättest du deinen kleinen Kommissar damals in Stettin nicht aufgehalten, dann wäre ich jetzt vielleicht tot. Aber nun bin *ich* am Leben, und *du* wirst sterben. Alles gleicht sich aus. Immer wieder. Das ist die gottgewollte Ordnung des Lebens, und ich bin ihr Instrument.«

Rede. Rede nur weiter. Karen bohrte einen Zeigefinger in die Handfesseln. Mit ihrem Fingernagel hebelte sie zwei Kabelstränge hoch, lockerte sie Millimeter für Millimeter. »Du bist nur ein kleiner, dreckiger Mörder. Mehr nicht. Es gibt keine Rechtfertigung für deine Taten.« Sie legte Verachtung in ihre Stimme. »Niemals. Hörst du?«

Seine Augen wanderten über den Müllcontainer, die Kanister am Boden, das Regal. »Nach deinem juristischen System gibt es keine Rechtfertigung für Mord, Karen. Nach meinem schon. Vielleicht sollte *ich* mal deine Studenten in Tatmotivation unterrichten. Hätt ich Spaß dran.«

Ihre Fingerspitzen lagen zwischen zwei Kabelsträngen. Höchstens fünf, vielleicht auch nur drei Minuten, dann würde sie ihre Hände frei bekommen.

Er trat an den Fotokopierer, schob verstaubte Aktenordner zur Seite und strich über die Klinge des Papierschneiders. Über die Schulter nickte er ihr zu. »Langweilige Theorie. Zeit für die Praxis.« Seine obere Zahnreihe glänzte im Licht der Neonröhren wie eine scharf geschnittene weiße Stanze. »Komm, lass uns anfangen.«

Der Papierschneider.

Alle Kraft entwich Karens Fingern. Sie unterdrückte das Zittern ihres Unterkiefers. Obwohl die Rohre an ihrem Rücken Wärme verströmten, war ihr eiskalt.

Er löste zwei Schrauben am Schneidebrett und hob die Klinge an ihrem schwarzen Plastikgriff aus der Verankerung. »Die Dinge passieren, weil sie passieren müssen. Ich bin der Überbringer dieser Nachricht, und du ... du bist Teil der Nachricht.« Er holte tief Luft, als er auf sie zuging.

Die Müllbeutel unter Karen raschelten. Wasser rauschte durch die Rohre. Eine Gastherme blubberte.

Worte konnten sie nicht mehr retten. Der Kratzer hielt seinen Wahn für Wirklichkeit. Logik und Menschenverstand scheiterten an ihm. Sie senkte den Kopf. Alles, was sie in ihrem Leben erreicht hatte, ihre Karriere, ihr Kampf gegen den Krebs, alles, was sie war – es endete heute.

»Du siehst nachdenklich aus. Und so ernst.«

Er ging vor ihr in die Hocke. Der Geruch von Moder hing in seiner Kleidung. Sein Brustkorb hob und senkte sich. »Sicher erkennst du jetzt, wie sich jedes Teil an seinen ihm zugedachten Platz fügt.« Sein stoppeliges Kinn spiegelte sich in der Schneide. »Und dabei ist das doch erst der Anfang. Ich bedauere, dass du das Ende nicht miterleben wirst. Es wird großartig. Ein Spektakel. Wirklich.«

»Noch lebe ich.« Niemals würde sie ihre Niederlage vor diesem Stück Dreck eingestehen.

»Das wird sich gleich ändern.«

»Haben dir das deine verdammten Stimmen gesagt?«

»Die Stimmen? Nein, Dummerchen ...« Sein pfeifender Atem fuhr ihr ins Gesicht. »Nur *eine* Stimme ... Und sie irrt sich nie.«

Langsam drang die Schneide in Karens Oberschenkel.

16. KAPITEL

Der Wind pfiff durch den Park. Laternen warfen ihr weiches Licht auf Bäume und Sträucher. Wiesen, Bänke, Mülleimer – die dichte Schneedecke verhüllte alle Flächen. Der Winter hatte den Februar voll im Griff.

Christine schritt durch das gusseiserne Tor und erklomm die sechzehn Stufen neben dem neobarocken Märchenbrunnen. Statuen von wasserspeienden Fröschen und Schildkröten blickten ihr nach. Auf dem schneebeladenen Kopf von Schneewittchen hockte eine übellaunige Krähe auf Futtersuche.

Wie still die Kaskaden vor ihr lagen. In ein paar Monaten, wenn wieder Sommer war, würden im Wasser wie immer leere Cola-Dosen und Kippen schwimmen. Manchmal trafen sich im Gebüsch rund um den Brunnen schwule Männer, doch die winterlichen Temperaturen vertrieben auch ihnen den Spaß am schnellen Sex. Der Volkspark Friedrichshain ruhte sich von den Menschen aus. Noch drei Monate, dann war sein Dornröschenschlaf vorüber.

Durch die Zweige der Ahornbäume schimmerten die Lichter des Kinos auf der anderen Seite der Straße. Männer und Frauen diskutierten vor den Schaukästen und lachten laut. Jahrelang war Christine alleine in dieses Kino gegangen, wenn sie sich von ihrer Arbeit entspannen wollte. Junge Typen, alte Frauen, Intellektuelle und nervende Kids – so viele unterschiedliche Menschen hatten Arm an Arm neben ihr gesessen, ganz so, als gehörten sie zu Christine. Doch nach zwei Stunden war alles vorüber gewesen, die Illusion zerstört, und sie war allein hinaus in die Nacht gegangen. Manchmal trank sie noch ein Glas Wein bei ihrem Lieblingsitaliener, im *Casa Molino*. Der Tisch neben dem Fenster zur Straße war ihrer gewesen. Von dort aus hatte sie das Leben der anderen beobachtet. So lange war das schon her – in einer Zeit, in der sie ihre Schlachten ohne Freunde gekämpft hatte.

Keine Welle ist alleine im Meer. Auf dem Platz neben ihr saß nun ihr Lieblingsmensch Albert. Christine liebte alle seine Macken, von denen er selbst am wenigsten mitbekam. Albert vermied, wann immer es ging, ungerade Zahlen. Deswegen stellte er sein Radio nur auf gerade Frequenzen ein. Er konnte kein Buch lesen, ohne den Text mitzuflüstern, und oft nahm er dabei sogar die Mimik der handelnden Person an. Bevor er eine öffentliche Toilette betrat, krempelte er grundsätzlich seine Hose hoch, aus Angst, durch Urin waten zu müssen. Er hasste das Geräusch quietschender Luftballons und brauchte Stunden, um sich in einem Restaurant für ein Gericht zu entscheiden. Und wenn er sich endlich entschieden hatte, bereute er seine Wahl sofort. Seine Ticks machten ihn lebendig. Die Liebe fühlte sich jeden Tag anders an, neu und unverbraucht.

»Papa, noch mal!« Eine Kinderstimme riss Christine aus ihren Gedanken. »Einmal noch!«

Sie stieg die letzten Stufen neben dem Brunnen empor. Ein Mädchen raste bäuchlings auf seinem Schlitten einen kleinen Hügel hinab. Die Kufen zischten durch den Schnee. Sie verschwand zwischen zwei Eichen aus Christines Sichtweite. Ein Mann im dunkelblauen Mantel verfolgte ihre Abfahrt. Er warf sein Haar nach hinten und rieb sich die Hände. Als hätte er Christines Blicke in seinem Nacken gespürt, wandte er ihr den Kopf zu. Es war Tobias Dom. Selbst auf die Entfernung von zwanzig Metern meinte Christine, einen gehetzten Ausdruck in seinem Gesicht wahrzunehmen. Sein zusammengepresster Mund verriet seine Nervosität. Erst als sie sich ihm im Licht der Laternen näherte, erkannte er sie und entspannte sich.

»Christine!« Er schwenkte beide Arme. »Da sind Sie ja!«

Sie hob die Hand und erklomm auf wackligen Beinen die Anhöhe. Der Schnee hatte sich durch die vielen Abfahrten in eine eisige Schicht verwandelt. Sie rammte die Absätze ihrer Stiefel in den Boden und stolperte den Hang hinauf.

Dom ergriff ihre Hände und zog sie das letzte Stück zu sich heran. »Schön, dass Sie gekommen sind.« Der Geruch seines Menthol-Rasierwassers drang in ihre Nase.

»Hallo Christine!«, rief Emma vom Fuße des Hügels. Sie schob sich die Pelzmütze tief ins Gesicht und zog den Schlitten an einer ausgefransten Kordel hinter sich her.

Christine nickte ihr zu. »Sie gehen mit Ihrer Tochter um halb neun im Dunkeln rodeln. Sie haben Ihre Gründe, hoffe ich.«

»Ich hab es Emma versprochen. Im Moment meide ich Menschenansammlungen. Es ist sicherer, solange ...«

»... der Kratzer irgendwo da draußen lauert. Akzeptiert. Sicher haben Sie auch einen Grund für unser Treffen in dieser gottverdammten Kälte.«

»Habe ich. Natürlich.«

»Na dann, hier rein damit.« Christine tippte auf ihr rechtes Ohr. »Ich höre.«

»Die Ermittler im LKA haben ein einziges Haar zum Sprechen gebracht. Das ist die beste Spur, die wir je hatten.« Dom bohrte seine Schuhspitze in den Schnee und hob ein kleines Loch aus. »Finkel wollte seine Ermittlungsergebnisse vor Ihnen nicht ausplaudern. Noch mal sorry.« Er schob den Schnee zu einem kleinen Häufchen zusammen.

»Vertrauen verlangt Mut. Das sagt viel über Ihren Vorgesetzten aus.« Christine mochte Alexander Finkel nicht. Er strahlte den Habitus eines autoritären Klugscheißers aus, der Menschen bis auf den letzten Blutstropfen aussaugte, wenn sie ihm nutzten. Mit gespielter Herzensgüte hatte er sie und Albert aus dem Landeskriminalamt verabschiedet und sich für ihren Einsatz bedankt. Nun folgte Finkel einer glühend heißen Spur und benötigte ihre Hilfe nicht mehr.

»Finkel hasst Journalisten. Schmeißfliegen, Parasiten, Aasgeier. Er hat ein Sammelsurium an Beleidigungen für Menschen wie Sie, Christine. Und es werden jeden Tag mehr.« Dom zog den Rollkragen seines Pullovers bis übers Kinn. »Er würde Ihnen niemals ermittlungstaktische Details verraten. Er ist ein …«

»Eitler Drecksack.« Sie machte eine wegwerfende Bewegung.

»Ja, das ist er wirklich. Wahrscheinlich war er nie anders. Aber er ist eben auch Profi.« Dom steckte beide Hände in die Taschen seines Mantels und zog die Schultern zusammen.

Der Wind trieb ein paar vertrocknete Blätter über den Boden. Die Uhr eines Kirchturms schlug einmal zur halben Stunde.

»Das Haar gehört einer niederländischen Prostituierten. Lieke Jongmann. Einunddreißig Jahre alt. Sie lebt seit vier Jahren in Berlin. Drei Strafen wegen illegalen Drogenbesitzes. Koks, Meth, Heroin. Die Frau knallt sich alles rein, was der Markt hergibt. Sie arbeitet in einem Puff in Friedrichshain. Wir gehen davon aus, dass der Kratzer ein Kunde von ihr ist.«

Ein Serienmörder, der sich Sex kaufte. Christine überprüfte die Fakten mit dem psychologischen Profil des Kratzers, das Dr. Lindfeld entworfen hatte. »Der Typ nimmt sich, was er will. Er tötet und übt damit Macht aus. Er bestätigt damit seine gesamte Existenz. Warum sollte er plötzlich für den Sex mit einer Frau bezahlen?«

Dom zuckte mit den Schultern. »Mag ja sein. Jedenfalls nehme ich mir noch heute das Bordell vor. Warum auch immer: Lieke Jongmann muss Kontakt zum Kratzer gehabt haben.«

Je weniger Wissen, desto mehr Verdacht – Vermutungen werden zu Fakten. Das alte Spiel. »Ich bin skeptisch. Albert und ich fahren morgen nach Brekendorf. Mal sehen, welcher Ansatz das bessere Ergebnis liefert: Ihrer oder meiner.«

»Sind wir jetzt im Wettkampf?«

»Aber natürlich.« Emmas Keuchen drang an Christines Ohren. Sie zerrte den Schlitten hinter sich her und sackte inmitten der weißen Massen immer wieder auf die Knie. »Ihre Tochter wird von unserem kleinen Konkurrenzkampf profitieren.«

Dom schob das Häufchen Schnee vor seinem Schuh zurück in die Kuhle. Er schüttelte den Kopf. »Sie sind die merkwürdigste Frau, die mir je begegnet ist.«

»Vielleicht kennen Sie ja nur die falschen Frauen. Glauben Sie mir, der Vergleich macht tolerant.«

Emma erreichte die Anhöhe. Sie japste nach Luft und baute sich vor Christine auf. »Willst du auch mal?« Die Kordel in ihrem Fäustling schaukelte hin und her. »Ist richtig geil.«

»Emma!« Dom stubste ihre Pelzkappe an. »Du sollst nicht so sprechen.« Er warf Christine einen entschuldigenden Seitenblick zu.

Sie unterdrückte ein Lachen. »Danke, Emma. Aber wenn ich runterrodle, muss ich auch wieder hinauflaufen. Klingt nach einem schlechten Deal.«

Emma zog die Bändchen ihrer Pelzmütze nach unten wie ein Pilot vor seinem entscheidenden Einsatz im Kriegsgebiet. »Jetzt mit voller Kraft.« Mit zwei Schritten Anlauf sprang sie auf den Schlitten. Schnee spritzte an den Kufen empor. Emma glitt den Hügel hinunter und johlte wie eine Betrunkene. Ihre Stimme wurde leiser, klang langsam aus.

Dom blickte ihr nach. »Alles wirkt so normal. Die Nacht. Der Schnee. Emma.« Er senkte den Kopf. »Sie ist erst zehn, aber manchmal klingt sie wie eine reife Frau. Sie weiß, dass was nicht stimmt. Mit ihrer Mutter. Mit mir. Mit allem. Ich kann das alles schlecht vor ihr verbergen.«

Vaterschaft machte verwundbar. Der Kratzer hatte Dom verletzt, noch bevor er seinen angekündigten Schlag ausgeführt hatte. »Wir werden ihn stoppen«, flüsterte Christine. »Egal, wie.«

Dom seufzte. »Ich muss Sie warnen. Der Kratzer hat immer den persönlichen Kontakt zu seinen Verfolgern gesucht. Provokationen, verschlüsselte Andeutungen der nächsten Tat. Sie und Albert geraten mit Ihren Recherchen in das Zielfernrohr eines Irren.«

»Wäre nicht das erste Mal.«

»Unterschätzen Sie ihn nicht. Er ist wie eine Maschine in vollem Lauf.«

»Jede Maschine hat einen Aus-Knopf.«

»Theoretisch, ja.« Ein schmerzvoller Zug legte sich auf Doms Lippen. »Damals in Kiel, da hat sich das Schwein im LKA zu mir durchstellen lassen. Er hat mir am Telefon ein Lied vorgesungen und danach aufgelegt.«

»War sicher ein musikalischer Hochgenuss.«

»*Der Mond ist aufgegangen.* Klingt lustig, oder?«

Christine legte den Kopf in den Nacken. Am Himmel zogen dichte Wolken entlang.

»Einen Tag später hat er eine Frau bei Vollmond getötet, sie ausbluten lassen. Sie ahnen, mit was für einer Kreatur wir es hier zu tun haben.« Dom zog einen USB-Stick aus seiner Manteltasche. »Ich habe Ihnen alle Dateien aus dem LKA kopiert. Dazu den Bericht der Polen mit den Fotos aus Stettin, die Tatortanalyse im Campingwagen und zwei handschriftliche Briefe, die mir der Kratzer geschrieben hat.« Er legte den Stick in ihre Hand, ganz vorsichtig, als erwartete er eine chemische Reaktion. »Vertrauen erfordert Mut«, sagte er.

Das Licht der Laternen spiegelte sich in der vereisten Flanke des Hangs. Emma winkte ihnen vom Fuße des Hügels zu. Christine nahm den Stick. Wenn das hier an die Öffentlichkeit drang, war Doms Karriere zerstört. Sie schob den Stick in die Manteltasche.

»Papa, kommst du runter?« Emma schwenkte die Enden ihres

Schals durch die Luft. »Du auch, Christine.« Sie erinnerte an einen Lotsen, der gelandeten Flugzeugen den Weg wies.

»Gleich, Emma«, rief Dom. »Wir kommen gleich.« Er nickte Christine zu. »Sie hat die ganzen Tage bei mir im LKA verbracht.« Seine Stimme wurde leiser. »War ein Heidenspaß für sie bei den Hundeführern. Emma liebt Tiere.« Er schob vor seinem Schuh einen Zweig fort, der den Abhang hinabschlidderte. »Ich muss sie von hier wegschaffen. Raus aus der Stadt. Ich kann kein Risiko eingehen. Solange noch Winterferien sind, fühlt sich das alles für sie halbwegs normal an. Meine Ex-Schwiegereltern sind morgen wieder in Kiel. Sie nehmen Emma mit ins Ausland. Und ich dachte, wenn Sie ohnehin nach Brekendorf fahren, könnten Sie sie ...«

Dom vertraute ihr seine Tochter an. Der Gedanke berührte und ängstige Christine zugleich. »Ein Beamter als Begleitung erscheint mir sinnvoller.«

»Sie würde sofort riechen, dass was nicht stimmt. Ich will sie nicht verängstigen.«

Emma saß auf ihrem Schlitten und klopfte den Schnee von ihrer Pelzmütze.

»Aber ... ich habe keine Ahnung von Kindern. Heiße Milch vor dem Schlafengehen, Gutenachtgeschichten und Brote schmieren – das ist alles nicht mein Ding.«

»Sie wären sicher eine außergewöhnliche Mutter.«

»Billige Schmeichelei.«

»Trotzdem wirkungsvoll?«

»Vielleicht.«

»Also, ja? Sie nehmen Emma mit?«

Die Fahrt nach Brekendorf würde nur viereinhalb Stunden dauern. Doch die Verantwortung für ein Kind hatte Christine noch nie übernommen. Sie beobachtete sich selbst dabei, wie sie das Für und Wider abwog und ihre Zweifel niederrang.

Ein Hund bellte auf der Straße. Zwei Skilangläufer glitten mit synchron anmutenden Bewegungen durch den knirschenden Schnee des Parks.

»Ja, gut. Ich nehme sie mit.«

Dom klatschte in die Hände. »Emma hat ihren Rucksack schon gepackt.« Er wippte auf den Absätzen. »Christine ... Ich möchte mich bei Ihnen bedanken. Ich meine, dafür, dass Sie das alles auf sich nehmen, obwohl Sie mich ja eigentlich ...« Mit der Hand fuhr er sich über den Hinterkopf. »Nicht heute oder morgen, aber wenn das alles vorbei ist, dann trinken wir vielleicht mal zusammen ein Glas Wein und lachen über diesen schrecklichen Winter. Das würde mir gefallen.«

Sie schwieg. Kein Ja. Kein Nein. Dom war nicht nur dankbar, er wollte ihre Freundschaft. Das konnte sie spüren. Doch in ihrem Leben kamen und gingen die Menschen. Nur Albert blieb, und neben ihm gab es keinen Platz.

Dom betrachtete sie, ließ seinen Blick über ihr Gesicht wandern, zerlegte es in seine Bestandteile. »Verstehe, die Gesellschaft anderer bedeutet Ihnen nicht so viel. Ich habe mich oft gefragt, ob Sie als Heranwachsende schon so gewesen sind.«

»Das möchten Sie nicht wissen, Tobias.«

Ein vorsichtiges Lächeln umspielte seinen Mund. »So oder so, ich bin für Sie da, wann immer Sie mich brauchen. Das bin ich Ihnen schuldig.« Seine Zähne blitzten im Schein der Laternen auf. »Außerdem haben Sie mich eben zum ersten Mal bei meinem Vornamen genannt. Ist ja echt ein kleines Wunder in so einer eiskalten Winternacht.«

Christine wandte sich ab. Die Wolken rasten am Nachthimmel entlang. In den Altbauten hinter dem Park leuchteten die Lichter in den Wohnungen. Die Heizungen wurden aufgedreht, Menschen tranken Tee und warteten auf den Frühling, den auch sie so herbeisehnte.

»Ich glaube nicht an Wunder. Nur schwache Persönlichkeiten

beten Dinge herbei, für die ihnen die eigene Kraft fehlt. Wir entscheiden, was geschieht. Wir kämpfen. Wir machen Fehler. Wir sind verantwortlich. Immer nur wir.«

Der Wind strich über die Gipfel der Eichen. Emma saß auf ihrem Schlitten und winkte ihnen zu. Immer wieder deutete sie auf das Tor am Ausgang. Die Zeit war gekommen, den Park seiner Stille zu überlassen.

Schnee rieselte herab, berührte Christine an der Stirn und löste sich auf ihrer Haut auf. »Der Kratzer ist nur eine vorübergehende Erscheinung. Wir stoßen ihn vom Schachbrett. Das verspreche ich Ihnen.«

17. KAPITEL

Er verabscheute Spiele und akzeptierte keine Zufälle. Ein Instrument der Fügung, das war er. Und endlich, endlich verbanden sich all die mikroskopisch kleinen Partikel zu einem großen Bild, das er mit seinen eigenen Händen gemalt hatte.

Die kalte Luft strich über seinen nackten Körper. Das Moor lag still vor ihm. Nebel waberte über den schneebedeckten Holzbohlensteg, über vereiste Sumpfgräser und abgestorbene Bäume. Die Schwaden verschluckten die Welt, die ihn umgab. Alles endete im Nichts.

Die Narben auf seiner Brust pulsierten, trieben ihn an. Mit dem Zeigefinger ertastete er die feinen Fugen in seiner Brust, strich über die Vertiefungen, erst seitlich, dann von oben nach unten. Immer wieder. *Alles wird gut,* raunte ihm der Wind zu. Und er glaubte ihm.

Er nahm seine Brille ab und hauchte sie an. Sein Atem legte sich wie ein Schleier auf die Gläser.

Er sah alles ganz klar.

Sich selbst. Seine Verfolger. Die Geopferten.

Karen hatte nicht geschrien. Nicht wie all die anderen. Sie war eine ebenbürtige Gegnerin. Er respektierte ihren Widerstand, hatte ihn sogar herbeigesehnt. Als Gleicher unter Gleichen war er ihr gegenübergetreten, ohne Waffen, ohne Vorteil. Nur er und sie. Sein Sieg war umso reiner.

Er rieb seinen Daumen über die Brillengläser, so fest, dass es quietschte. Dann setzte er die Brille auf und klemmte sich die Bügel hinter die Ohren.

Gott hatte sich keinen anderen Ausgang der Geschehnisse gewünscht. Daran hatte er keinen Zweifel. Alles passierte, weil es passieren musste. Die Welt brachte sich immer wieder selbst in die Balance. Es gab kein Gut oder Böse. Es gab nur das Gleichgewicht aller Dinge.

Wie ein chirurgisches Besteck vor einer Operation breiteten sich die Waffen an jedem Ort vor ihm aus. Eine göttliche Fügung lud ihn ein, und er folgte ihr. Tobias Dom hatte ihn gejagt und gestoppt, damals in Polen. Nun jagte er Dom mit dem gleichen Ziel. Niemand konnte den Gesetzen der Balance entkommen.

»Du gibst, ich nehme. Ich gebe, du nimmst.« Die feinen Härchen auf seinem Unterarm stellten sich auf. Wie ein kalter Schauer berührte ihn die Folgerichtigkeit seiner Gedanken. »Und alles gleicht sich aus.«

Er streckte beide Arme weit von sich und ließ sich rücklings in den Schnee fallen. Der weiße Harsch drückte sich gegen seine Haut. Die vereisten Wasserflächen und Torfhügel lagen schweigend neben ihm.

Du musst Dom aus dem Weg räumen und jeden, der dich daran hindert. Dann wirst du in Einklang mit der Welt sein. Das hatte ihm die Stimme versprochen. Sie war sein Freund und log nie.

Wolken hetzten über den Nachthimmel. Immer wieder gaben sie den Blick auf das Firmament frei. Zwei Sterne blinkten ihm zu. Ein Vogel landete neben seinem Fuß, eine dunkle Färbung zeichnete sich unter seinem Schnabel ab – ein Rotkehlchen. Es blickte umher, hüpfte durch den Schnee und setzte sich auf seine geöffnete Hand. Dort verharrte es.

Er weinte. Die Tränen liefen ihm über die Wangen.

Alles wird gut.

18. KAPITEL

Rotes Neonlicht flutete den Gang. Zwei flackernde Röhren zogen sich unter der stuckbeladenen Decke entlang. Sie wiesen Dom den Weg, vorbei an zwölf verschlossenen Zimmern. Vor den Türen standen hölzerne Barhocker, von denen die Farbe durch viele Jahre der Nutzung längst abgeblättert war. Er zählte acht Frauen, die sich wie Schlangen auf den Stühlen räkelten. Sie fixierten ihn, lockten ihn mit Fingern, spreizten die Schenkel.

Er mochte Laufhäuser nicht. Fleischfabriken für Indoor-Freier, so nannten die Beamten im LKA die Bordelle.

Das Laufhaus war im zweiten Hinterhof eines Altbaus untergebracht. Knarrende Treppengeländer und abgetretene Stufen hatten ihn hinaufgeführt. Sein Assistent wartete im Wagen auf der Straße. Emma war bei Christine in Sicherheit. Jasmin stand in der Klinik unter Polizeischutz. Sein Rücken war frei. In dieser Nacht konnte er den Vorsprung des Kratzers aufholen. Es war ein Endspurt, in den er alle seine verbliebenen Kräfte legte.

Ein einziges Haar, ein paar verhornte abgestorbene Zellen, hatten ihm eine Spur zu seinem alten Feind gelegt. Er zwang sich, daran zu glauben. Zweifel würden nur alles zunichtemachen. Dom musste Lieke Jongmann im schummrigen Licht des Bordells identifizieren, so schnell wie möglich.

Er zog sich die Wollmütze vom Kopf und spielte den Freier. Dabei trat er so höflich und zurückhaltend auf wie jemand, der als Gast ein Zimmer mit fremden Menschen betrat. Nur so ließen sich Informationen sammeln. Eine gezückte Dienstmarke zerstörte die gute Stimmung und ließ mögliche Zeugen verstummen. Das hatte er oft genug erlebt.

Aus einem kugelförmigen Lautsprecher unter der Decke drang

eine Klaviersonate von Bach, doch die Gerüche von Schweiß und scharfem Scheuerpulver, die in der Luft hingen, ließen sich nicht vertreiben. Kultur gegen Rotlicht – ein sinnloser Kampf.

Dom lief über schwarze und rote Bodenkacheln. Sie waren zu einem Schachbrettmuster angeordnet. Er schritt die Reihen der Frauen ab, dichte Wolken süßlichen Parfums kitzelten in seiner Nase.

Überschminkte Gesichter mit zerbröckelten roten Krümeln auf den Lippen musterten ihn. Künstliche Fingernägel, meist blutrot lackiert, manche mit Strass beklebt, ruhten auf weit geöffneten Oberschenkeln. Die Nägel erinnerten Dom an Krallen von Raubkatzen wie im afrikanischen Busch. Die Frauen waren rothaarig, blond, brünett. Mal schlank, mal drall oder mittleren Körperbaus. Ein Sortiment für jeden Geschmack, ein gut gefülltes Regal im Supermarkt der Triebe.

Ein glatzköpfiger Mann im Mantel unterhielt sich mit einer Zwanzigjährigen, die gekünstelt lachte und sich ihre Zöpfe über die Schulter warf. Sie trug einen Karorock, dazu eine helle Bluse, Kniestrümpfe und flache Riemchenschuhe. Das Ensemble wäre als Uniform für ein britisches Schulmädchen durchgegangen. Der Kindchentypus für pädophil veranlagte Kunden, die nur vom Strafgesetzbuch im Zaum gehalten wurden. Das Methadon der Perversen.

Der Glatzkopf legte die Hand auf das nackte Knie der Frau. Es knisterte, als würde sich in dieser Geste all die Spannung entladen, die sich im Innern des Mannes aufgestaut hatte. Aber das bildete sich Dom vielleicht auch nur ein.

Wie er all das hasste. Er wandte sich ab und ging den Gang hinab. Fokussiert bleiben. Keine Ablenkungen.

Lieke Jongmann nannte sich in der Szene Viola. Sie war einunddreißig Jahre alt. Blondes Haar, ein Meter vierundsiebzig groß, vierundfünfzig Kilo. Gertenschlank. Keine der Frauen entsprach dieser Beschreibung. Womöglich bediente Jongmann hinter einer der geschlossenen Türen gerade einen Freier.

Eine Rothaarige mit Kurzhaarfrisur berührte Dom an der Hand, als er an ihr vorbeischritt. Unter ihrem bauchnabelfreien Shirt klapperte ein Piercing. »Na, trau dich, komm.« Der Aufschlag ihrer schwarz zugekleisterten Wimpern ähnelte dem in Zeitlupe ausgeführten Flügelschlag eines Insekts. Sie trug rote High Heels mit klobigen Absätzen.

»Ich schau mich ... noch um.«

Sie warf den Kopf in den Nacken und kicherte, ein bröckelndes Lachen, das in einer Welle von Teer erstickte. »Entscheid dich mal. Willste nur labern und *Mutti* zu den Mädels sagen, oder läuft noch was?« Sie brachte ihre pralle und wahrscheinlich neue Oberweite vor ihm in Position. Blonde Haaransätze zeigten sich an ihrem Scheitel. »Tiefe Kehle, anal, Doggystyle – is' alles drin bei mir.« Ihre Brüste berührten seinen Oberarm. »Da geht auch noch mehr«, flüsterte sie ihm zu. Das Verführen von Freiern hatte sie perfektioniert. Raffiniert. Sie mochte Ende zwanzig sein. Eine grüne Echse wand sich über ihren Hals. Sicher nicht das einzige Tattoo auf ihrem Körper.

Am Ende des Ganges baute sich ein bulliger Typ mit einem AC/DC-Shirt auf und knetete seine Handknöchel. Ein Wirtschafter, so nannten sich hier die Aufpasser. Der Kerl war eine lächerliche Klischeefigur, ein zweidimensionales Abziehbild von einem Schläger. Er fixierte Dom mit zusammengekniffenen Lippen.

Der Glatzköpfige zwinkerte Dom zu und verschwand mit seinem Schulmädchen in einem der Zimmer.

Die Rothaarige schnippte mit den Fingern und deutete auf die Tür neben sich. »Was is' nun?«

Er durfte nicht auffallen. Prostituierte besaßen einen untrüglichen Sinn für den wahren Charakter ihrer Kunden. Der Gang aufs Zimmer blieb ihm ohnehin nicht erspart. Die Rothaarige konnte Informationen über Jongmann haben. Einen Versuch war es wert. »Wie lange arbeitest du hier schon?«

Sie blinzelte ihn an. »Zwei Jahre. Mach dir keine Sorgen, bin 'n Profi.«

Perfekt. Sie war lange genug hier, um Jongmann zu kennen. Eine Quelle, die er anzapfen konnte. »Also gut. Ich bin dabei.«

Sie strich ihm mit den Fingernägeln über die Hand. »Bist 'n richtig Hübscher. Ich geb mir auch Mühe.«

Dom warf sein halblanges Haar nach hinten. Den Polizisten in ihm hatte sie nicht erkannt, und einem Kompliment war er ohnehin nicht abgeneigt. Lief gut.

Ihr enger Lederrock knirschte, als sie von ihrem Hocker glitt. Sie drückte die Klinke der Tür nach unten. »Ach so, ich bin Samira.«

Dom nickte. Ein weiterer Fantasiename aus dem Reich des Orients, hinter dem sich die Tanjas, Claudias und Susannes in dem Bordell versteckten. »Ich bin Jens.« Sein Automechaniker hieß so. Ein Typ mit Schnauzer und Sternzeichenkette.

»Echt? Siehst gar nicht wie ein Jens aus.«

Dom zuckte mit den Schultern. »Ich hab mir den Namen nicht ausgesucht.« Er trat ins Zimmer.

Samira zog die Tür hinter ihnen zu.

Im schummrigen Licht erkannte er ein großes Bett mit Metallgestell. Darauf lag ein Kissen mit dem Schriftzug *KISS*. Spiegel hingen an der Decke. Samtvorhänge verdeckten die Fenster. Ein Kühlschrank brummte. Eine gedimmte Kugelleuchte baumelte von der Wand. Auf einem Nachttischchen lagen mehrere Packen Feuchttücher. Das stilisierte Bild eines Fünfzigerjahre-Strapsmodels lächelte von der Wand. *Kondompflicht* prangte über dem Kopf der Frau, dahinter standen drei fette Ausrufezeichen.

»Also, die Viertelstunde macht vierzig Euro. Aber wenn du 'ne ganze Stunde willst, kriegst du die für hundertvierzig.«

Sie ließ ihren Blick über die Decke wandern. »Ich hab noch 'n paar Specials, die dir vielleicht gefallen. Kosten aber extra: Natursekt dreißig Euro, Umschnalldildo fünfzig Euro und …« Sie klang wie ein gehetzter Makler.

»Ich nehme die Stunde. Die Stunde ist völlig in Ordnung. Wirklich.« Er ärgerte sich über die Unsicherheit, die seine Stimme zittern ließ. »Eine Stunde reicht mir.«

Samira lachte. Sie trat nah an ihn heran und strich über sein Kinn. Ihre Nägel kratzten über seinen Dreitagebart. Der Geruch von Orangenblüten drang aus ihrem Dekolleté. Sommersprossen zogen sich über ihre Wangen. »Zahlen musst du aber jetzt schon.«

Er griff in die Tasche seines Mantels und zog ein paar Geldscheine hervor. Dom besaß kein Portemonnaie. Ständig klapperte sein Kleingeld in den Hosentaschen. Jasmin hatte ihn in ihren gemeinsamen Jahren immer ausgelacht, weil sie in seinem Verzicht auf Geldbörsen einen Feng-Shui-Tick vermutete. Aber in Wirklichkeit hasste er die Beulen am Hintern, die ihm seine Kollegen im LKA mit ihren Kunstlederbörsen vorführten. Damit wollte er nichts zu tun haben.

Als er sich umblickte, fielen ihm in der untersten Ablage des Nachttischchens ein paar Briefumschläge mit blauem Stempel auf. Es waren amtliche Schreiben. Dom ließ einen Schein fallen und ging in die Hocke. Er fing ihn auf, bevor er den Boden berührte. Durch ein Brieffenster konnte er den Namen Cornelia Wels entziffern. Egal. Er blieb bei Samiras Kunstnamen und reichte ihr drei Fünfzigeuronoten. »Hier, bitte. Stimmt so.«

Sie fuhr sich mit der Zunge über ihre Unterlippe. »Ach, süß. Bist wohl das erste Mal in so 'nem Haus.« Sie ließ das Geld in der Gesäßtasche ihres Rockes verschwinden.

Auf diese Frage hatte er gewartet. »Nein. Nicht wirklich. Ich war schon öfter hier. Ist aber eine ganze Weile her.«

»Echt? Hab dich noch nie gesehen. Hast 'n hübsches Gesicht. Hätte ich mir gemerkt.«

»Ich war immer bei Viola.«

»Ach ...« Samira senkte den Blick. »Deswegen warst du so unsicher vorhin, als du die Mädchen gecheckt hast. Hast sie wohl gesucht.« Sie ging zu dem kleinen Kühlschrank und öffnete die Tür. Das Licht fiel ins abgedunkelte Zimmer. Eisige Schwaden stiegen auf. Zwei Flaschen Champagner, mehrere Pullen Bier, Wodka, Whiskey, ein Glas Gurken, Margarine, drei Joghurts und abgepackte Wurst lagen in den Fächern.

»Kommst aber zu spät. Viola arbeitet hier nicht mehr.« Sie zog eine Champagnerflasche aus dem Kühlschrank. »Ein Cocktail kostet zwölf Euro, ein Longdrink sieben, Champagner achtzehn. Willst du was?«

»Danke, nein. Aber ich lade dich gerne ein.«

Samira vollführte einen Knicks, die Absätze ihrer High Heels bogen sich nach außen. »Wow, 'n echter Gentleman.« Sie holte ein Kristallglas aus einem Regal und füllte es bis zum Rand mit Champagner. »Cheers.« Samira nahm einen tiefen Schluck. »Entspann dich mal. Ich mach's dir bestimmt noch besser als Viola.«

»Sie hat ganz aufgehört, nehme ich an.«

»Drogen. Zu viel Meth. Die ist jetzt Street Meat. Schafft irgendwo da draußen an. War 'n erbärmlicher Abstieg. Sie hat nicht mal mehr die hundertvierzig Tacken gehabt, die wir jeden Tag für die Zimmer blechen müssen.«

»Dann ist sie jetzt wahrscheinlich abgetaucht.« In einem halben Jahr konnte alles Mögliche mit Lieke Jongmann passiert sein. Vielleicht war sie längst unter einer Brücke verreckt. Diese Spur verlief im Nichts.

»Guck mal nich' so traurig. Wolltest wohl ihren Retter spielen. Ich mag so Typen wie dich. Aber bei 'nem Junkie haste nicht viel

Glück. Ist 'ne Zeitverschwendung.« Sie leerte das Glas in einem Zug.

»Ich mochte Viola wirklich ... sehr.«

Samira strich über die Rundung ihres Bauchnabelpiercings. Der kleine Ring wippte zwischen ihren Fingern auf und ab.

Sie betrachtete Dom mit den Augen einer Frau, die eine Unstimmigkeit vor sich sah und sie ergründen wollte. »Das Letzte, was ich gehört hab, ist, dass sie obdachlos ist und in der alten Eisfabrik untergekommen ist. Echt übel. Da laufen fiese Typen rum. Bleib da bloß weg.«

Die ehemalige Eisfabrik. Ein halb zerstörtes Ziegelgebäude, in dem im Winter Obdachlose, heimatlose Rumänen, Bulgaren und andere Gestrandete Unterschlupf suchten. Nun auch noch Lieke Jongmann.

Dom steckte die Hände in die Taschen und drückte den Rücken durch. Im Raum nebenan war ein dumpfes, rhythmisches Poltern zu hören. Dann wurde es still. Ein Zischen setzte ein. Das Rumpeln ging weiter. Auf dem Gang klapperten spitze Absätze.

Samira atmete laut aus. »Du bist kein Jens.«

Er lächelte. »Du bist keine Samira.«

Sie ging zu einem der Vorhänge, schlug den Stoff zur Seite und blickte in den Nachthimmel. »Hat aufgehört zu schneien.«

»Nur kurz. Morgen früh geht es weiter.«

»Die Kälte macht mich echt fertig.«

»Mich auch.« Dom drehte sich um. Er zog einen weiteren Fünfzigeuroschein aus seiner Tasche und legte ihn auf den Kühlschrank. »Ich muss jetzt gehen.«

»Logo. Dacht ich mir schon.« Samira schloss den Vorhang und näherte sich ihm. Erst jetzt fielen ihm ihre grünen Augen auf, in denen eine schwer greifbare Verletzlichkeit lag. Doch sie war da, verbarg sich unter ihren langen Wimpern und blitzte nur für den Bruchteil einer Sekunde auf.

»Mach keinen Scheiß, hörst du?« Noch einmal kratzte sie über sein stoppeliges Kinn. »Auch wenn du versucht hast, mich zu verarschen. Du bist 'n guter Typ. Ich check so was, und das kommt nicht so oft vor.«

»Danke. Für deine Hilfe.« Er drückte die Klinke nach unten.

»Hey, du. Noch was.«

»Ja?«

»Ich mach auch Girlfriendsex mit Kuscheln.« Sie formte ein Herz aus Zeigefingern und Daumen. »Wollt ich nur sagen.« Zwei Grübchen erschienen um ihre Mundwinkel.

»Merke ich mir.«

Dom verließ das Zimmer. Als er den langen Gang des Laufhauses hinabging, vorbei an all den Frauen, da dachte er über Samira nach. Womöglich kam sie aus einer zerrütteten Familie, wie so viele in dieser Szene. Oder sie hatte sich in einen Typen verliebt, der sich ihr erst später als Zuhälter offenbarte. Womöglich war sie auch eine Mutter mit Kind, die keinen anderen Ausweg sah, als hier anschaffen zu gehen.

Durch ein Fenster sah er in den Innenhof des Altbaus. Wolken zogen am Himmel vorbei. Er vermisste Emma. Es fiel ihr schwer, ohne ihn einzuschlafen. Aber Christine war ja bei ihr. Christine … Sie war an Emmas und seiner Seite.

Im Hof stand eine Kastanie. Der Wind rüttelte an ihren Ästen, trieb den Schnee von ihren Zweigen, doch der Baum gab den Böen nicht nach.

Stein für Stein würde Dom die alte Eisfabrik auseinandernehmen, bis er Lieke Jongmann gefunden hatte.

Die Nacht hatte erst begonnen.

19. KAPITEL

»Wenn du jetzt nicht ins Bett springst, wird die Sonne bald aufgehen. Es ist fast Mitternacht. Dann bist du morgen auf der Fahrt todmüde.«

Emma hockte auf dem Dielenboden und drehte den Trichter des Grammofons nach allen Seiten. »Gleich, Christine.« Die Nadel kratzte und knackte über die Schellackplatte.

Hektische Trompeten und röhrende Posaunen knisterten durch das Zimmer. »Das klingt ja total kaputt.« Sie beugte den Kopf vor, ihr Haar fiel auf den Plattenteller. Fast berührte sie den Nadelkopf mit der Nase. »Ich kann die Musik ja gar nicht hören, so knistert das.«

»Vor hundert Jahren war das völlig normal.« Christine setzte sich neben Emma und überkreuzte die Beine. »Das Grammofon hat mal meinem Urgroßvater in Frankreich gehört. Immer vor dem Einschlafen hat er eine Platte aufgelegt. Meistens ist er dann in seinem Sessel eingenickt.« Bis er eines Tages nicht mehr aufgewacht ist. Ein entspannter Tod. Aber das musste Emma ja nicht wissen.

»Mich macht das aber wach.« Sie klatschte in die Hände.

Wie erwartet, kam Christine in Sachen Kinderbetreuung nicht über den Status einer Novizin hinaus. Selbst die schlaffördernde Teemischung aus Baldrian, Hopfen und Honig prallte an der Energie des Kindes ab.

Emma hatte auf den Tasten des schwarzen Schellackklaviers herumgehämmert, sich in die Ledersessel gelümmelt, den Staub von den vielen Bücherstapeln gepustet und mit den in Kunstharz eingegossenen Insekten gespielt, die aus Christines elterlichem Haus in Cancale stammten.

»Das ist ja wie ein Museum hier«, sagte Emma immer wieder. Zweifellos eine treffende Analyse.

Antiquarische Medizinbälle aus Leder lagen auf dem Boden. Christines Vater hatte sich damit vor über fünfzehn Jahren fit gehalten. In hölzernen Regalen standen Statuen aus Messing, die einmal ihrer Mutter gehört hatten. Bücher von Baudelaire, Hemingway und Steinbeck, kaputt gelesen und mit losen Einbänden, verteilten sich überall im Zimmer.

Christine streckte das Bein aus und stieß einen Medizinball an. Vielleicht war sie nicht für die Welt da draußen geschaffen, doch es gab nur diese eine, und oft spürte sie die Vergangenheit in ihrem Kopf intensiver als die Gegenwart.

»Wir gehen jetzt schlafen, Emma.« Christine richtete sich auf und klopfte mit der flachen Hand gegen den Türrahmen. »Hopp, hopp. Es ist Zeit.«

Emma hob die Nadel vom Plattenteller. »Schade.« Die Schellackscheibe drehte sich weiter, bis das Federwerk erlahmte und ganz zum Stillstand kam. »Na gut.« Sie stand auf, packte ihren Rucksack und folgte Christine durch den langen Flur der Altbauwohnung. Der Kokosläufer machte kratzende Geräusche unter ihren Füßen.

»Verdammt. So ein Dreck. Scheiß Helsinki.« Durch den Spalt einer Tür drang Alberts Gefluche. Er saß im abgedunkelten Arbeitszimmer. Nur das blaue Licht des Laptops bestrahlte sein Gesicht von unten. Balken und Diagramme zeichneten sich auf dem Display ab. »So ein Kack.« Er fuhr sich durch sein lockiges Haar, das wie statisch aufgeladen nach oben stand. Ein Stapel leerer Energy-Dosen war vor ihm auf dem Tisch zu einer Pyramide aufgebaut. Das Gebilde aus Blech wankte, als er die Hände auf die Tischplatte fallen ließ. »*Shit. Shit. Shit.*«

»Schimpft der immer so?«, flüsterte Emma.

»Nur wenn er gestresst ist. Dann aber richtig«, antwortete Christine genauso leise.

Nie im Leben würde Albert sie allein nach Brekendorf fahren lassen. Nun blieb ihm für seinen Artikel über den anstehenden Wirtschaftsgipfel noch weniger Zeit. Die Deadline seiner Redaktion erdrückte ihn.

Christine legte einen Zeigefinger auf ihre Lippen und nickte Emma zu. Auf Zehenspitzen schlich sie sich an Albert heran und mied dabei die knarrenden Dielen hinter seinem Stuhl. Sie hauchte einen Kuss auf seinen Nacken.

Er riss den Kopf hoch und fuhr herum. Die Blechdosen-Pyramide auf dem Tisch fiel mit lautem Scheppern in sich zusammen.

»Na warte.« Albert umfasste Christines Kinn, küsste sie auf den Mund, erst langsam, dann immer fordernder. Mit beiden Händen fuhr er durch ihr Haar, über ihre Brüste.

Christine trat einen Schritt zurück und riss die Arme in einer theatralisch anmutenden Geste in die Höhe. »Albert, bitte! Doch nicht vor dem Kind.«

Erst jetzt bemerkte er Emma im Türrahmen. »Also, äh, Emma ... Ich ...« Selbst in der Dunkelheit des Zimmers erkannte Christine eine rötliche Färbung auf seinen Wangen.

»Ist schon okay.« Emma winkte ab. »Auf unserem Schulhof ist mehr los. Das könnt ihr mir glauben.«

»Wir haben ja noch gar nicht richtig angefangen.« Christine verwuschelte Alberts Haar.

»Du, ich muss jetzt an dem Artikel weiterarbeiten. Der fliegt mir sonst um die Ohren. Und dieses dämliche Programm zerlegt mir ständig meine Eingaben.«

»Kein Problem. Ich bringe Emma ins Bett.«

»Jawohl, meine Fast-Frau.« Albert winkte in Richtung Tür. »Nacht, Emma.«

Christine küsste ihn und ging mit Emma zurück in den Gang. Albert brauchte seine Ruhe. Er hasste Zeitdruck. Wenn er sich mit ihr verabredete, tauchte er meist eine Viertelstunde früher auf und lief dann so lange um den Block, bis er exakt auf die Minute pünktlich war.

Christine drückte die schwere Jugendstilklinke des Gästezimmers herunter. Der Raum erstrahlte im Licht einer Messinglampe mit grünem Glasschirm, die auf dem Nachttisch stand. Sie hatte die Kerze angezündet, die nun den Duft von Bergamotte verströmte. Zwischen den Falten der schneeweißen Bettdecke hatte sie ein paar Kissen drapiert. Vorhänge verdunkelten die Fenster.

»Hier schlafe ich, ja?« Emma trat durch den Türrahmen. »Das ist krass schön, Christine.« Sie blickte sich um, setzte sich auf die Bettkante und kramte in ihrem Rucksack herum. »Jetzt musst du dich aber mal umdrehen.« Ihre Stirn kräuselte sich, ein ernster Zug legte sich auf ihr kleines Gesicht.

Christine unterdrückte ein Lachen, als sie sich abwandte. Hinter sich vernahm sie das Rascheln von Stoff. Eben noch hatte Emma von heißen Schulhofszenen berichtet, nun verhielt sie sich wie eine Jungfrau in viktorianischer Zeit.

»Jetzt kannst du wieder gucken.«

Christine drehte sich um. Emma hatte sich ein Nachthemd mit aufgedruckten Rosenblüten angezogen. Ihr langes braunes Haar fiel ausgefächert auf ihre Schultern. Sie sprang aufs Bett und hockte sich im Schneidersitz auf die Decke. Die Federn der Matratze knarrten, als sie darauf hin und her wippte. »*Brr*, mir ist ganz schön kalt.«

»Du fährst ja mit deinen Großeltern morgen Abend nach Teneriffa. Du wirst bald richtig schwitzen.«

»Ich möchte aber lieber hierbleiben.« Sie senkte den Kopf und blickte Christine durch den Vorhang ihrer langen Haare an. »Meinst du, meiner Mama geht es bald wieder besser?«

Dom hatte verschwiegen, was wirklich mit ihrer Mutter passiert war. Er versteckte sich hinter der halben Lüge von einem Autounfall. Aber jetzt verlangte Emma eine ehrliche Antwort. »Ich bin Journalistin, keine Ärztin. Ich weiß es nicht, Emma. Wirklich nicht.«

Sie nickte. »Meine Eltern lassen sich scheiden. Ich muss immer von einer Wohnung zur anderen fahren. Immer hin und her. Und jetzt hat meine Mama auch noch diesen ... Unfall gehabt.« Mit den Fingern fuhr sie durch die Fugen ihrer Zehen, knetete sie. »Ich habe Angst, dass noch was Schlimmes passiert.«

Christine setzte sich neben Emma aufs Bett und legte ihr einen Arm um die Schulter. »Wir passen auf dich auf. Du musst dir keine Sorgen machen.«

»Ich habe Angst vor dem Mann, der hinter Papa her ist.«

Sie wusste es. Trotz aller Nebelgranaten, die Dom vor seiner Tochter abgeworfen hatte – Emmas Intuition und ihre Smartness konnte er mit seinem väterlichen Täuschungsmanöver nicht austricksen.

»Albert, ich und die ganze Polizei stehen zwischen dem Mann und deinem Vater.« *Und dir.* Sie strich eine Haarsträhne aus Emmas Gesicht. »Dieser Mann ... Wir werden ihn stoppen. Versprochen.«

»Warum weißt du das so sicher?«

»Ich bin schon vielen von solchen Männern begegnet. Am Ende sind alle gleich.« Sie strich über Emmas Hand. Wie klein ihre Finger waren. Eines Tages würden sie länger und feingliedriger sein und einer erwachsenen Frau gehören, die auf sich selbst aufpassen, sich selbst wehren musste. »Diese Männer sind feige und vor allem dumm. Sie sind nichts, vor dem du Angst haben musst. Das sind Winzlinge.« Emma deutete mit Zeigefinger und Daumen einen zentimetergroßen Abstand an. »So klein mit Hut?«

Christine presste die beiden Finger zusammen, bis sich die Spalte schloss. »*So* klein mit Hut.«

Emma betrachtete ihre Hand. »Aber du bist doch Journalistin und keine Polizistin.«

»Mein Vater war Polizist. Ein Inspektor.«

»Er lebt nicht mehr?«

»Nein. Er ist seit dreizehn Jahren tot.«

»Tut mir leid, Christine.« Emma legte beide Hände unter ihr Kinn. »Du denkst bestimmt oft an ihn.«

»Jeden Tag.« Noch heute wachte sie manchmal auf, weil das Aroma von Sandelholz in der Luft lag, das ihn immer umgeben hatte. »Er ist immer bei mir, auch wenn er schon lange fort ist. Manchmal muss man für die Vergangenheit dankbar sein.«

Emma umklammerte Christines Hand. »Du siehst aus wie die Amelie in dem Film. Die mit den Gartenzwergen.«

Diesmal verdrehte Christine nicht die Augen, wie sie es immer tat, wenn sie irgendein Typ mit dieser plumpen Tour anmachte. »Ich verrate dir ein Geheimnis.«

Emma beugte sich vor. »Na, sag.«

»Ich hasse Gartenzwerge.«

»Du siehst aber trotzdem so aus wie die Frau. Nur, dass du immer so ernst guckst. Papa hat das auch gesagt.«

»Dein Papa redet zu viel.«

»Er hat oft von dir erzählt. Aber er wusste nicht, ob du uns hilfst.«

»Wir haben uns mal gestritten.«

»Und jetzt ist alles wieder gut?«

»Ein bisschen gut. Gut genug, um euch zu helfen.«

Schritte hallten über den Hinterhof, ein Fenster wurde geschlossen.

Emma rollte sich zur Seite. Ihr Rucksack lehnte am Bett. Sie kramte darin herum und holte etwas heraus. »Mach mal deine Hand auf.« Sie hielt ihr die geschlossene Faust hin.

Christine öffnete ihre Hand, kleine rote Splitter rieselten herab. »Schenk ich dir«, flüsterte Emma.

Es waren ein paar auf Hochglanz polierte rote Ästchen, höchstens anderthalb Zentimeter lang, nur ein paar Gramm schwer.

»Korallen ...«

»Die waren bei uns im Briefkasten. Ganz viele.«

Die Oberfläche der Astkorallen war glatt und mit einer dünnen Schicht Kunstharz überzogen. Vor allem in Italien trugen Frauen solche Korallenzweige als Halsschmuck. Bei einer ihrer Recherchen in Verona hatte Christine einmal den Markt neben der Basilika San Zeno besucht. Eine geschwätzige Alte erklärte ihr, dass einer Sage nach Perseus den Kopf der Medusa mit seinem Schwert abgeschlagen und ins Meer geworfen habe. Aus den Blutstropfen seien Korallen entstanden. Kindischer Aberglaube, der zum Gebet der italienischen Schmuckverkäufer geworden war. Nicht mehr.

Christine wendete die Stücke. Wie kleine Krallen lagen die Splitter in ihrer Hand. »Die also waren in deinem Briefkasten.«

Emma zog sich die Bettdecke hoch bis zum Kinn. »Sind bestimmt von meiner Freundin Anna. Die hat schon oft was in Papas Briefkasten gesteckt. Lutscher, Puppen, Buntstifte und so.«

Aber keine Korallen. »Hast du deinem Vater davon erzählt?«

»Klar. Aber weißt du, alle meine Freundinnen schenken sich solche Sachen. Ist doch normal.« Ihre Füße guckten unter der Bettdecke hervor, sie verhakte ihre Zehen ineinander. »*Wir* sind jetzt auch Freundinnen.« Ihre Stimme klang ganz fest, als verkündete sie eine unumstößliche Wahrheit.

Christine umschloss die Korallen. »Natürlich sind wir das.« Sie zog die Decke über Emmas Füße und erhob sich vom Bett. Fast hätte sie ihr einen Kuss auf die Stirn gegeben. Doch die abendlichen Rituale ihrer eigenen Kindheit waren im Gestern besser aufgehoben. Christine tippte mit der Schuhspitze gegen den Lichtschalter am Boden. Der grüne Schein der Lampe erlosch. Nur die Kerze flackerte noch und warf zuckende Schatten gegen die Decke.

»Schlaf gut, Emma.«

Als Antwort bekam Christine ein lang gezogenes Gähnen. Müdigkeit senkte sich über Emma. Endlich.

Christine schlich zur Tür. Die Korallen schob sie in ihre Hosentasche. Sie hatte die Hand schon auf der Klinke, da flüsterte Emma: »Du passt auf meinen Papa auf. Versprochen ist versprochen.«

Christine lächelte die Tür an, sie konnte nicht anders. »Ich halte mein Wort. Immer.«

»Danke, Christine. Gute Nacht.«

Sie schloss die Tür hinter sich und ging den langen Flur entlang. Im Eckzimmer öffnete sie die Flügeltüren des Balkons, klappte sie komplett auf. Eine eisige Böe fuhr durchs Zimmer. Christine trat nach draußen.

Schnee lag auf dem Geländer. Im gefrorenen Boden des Balkons steckten schwarze Stumpen, Dutzende Zigaretten, die sie in stillen Minuten geraucht hatte und die nun im Eis erstarrt waren.

Sie zog die Gauloises aus der Gesäßtasche ihrer Jeans. Die Flamme des Feuerzeugs zuckte im Wind, leckte über ihre Hand und brachte den Tabak zum Knistern.

In der Ferne blinkten die roten und weißen Lichter des Fernsehturms am Alexanderplatz. Ein Mann führte seinen Hund auf dem Mittelstreifen aus. Hinter den Fenstern der Häuser war nichts als Schwärze. Die Stadt versank in der Dunkelheit.

Christine atmete die schneidend kalte Luft ein. Aus, ein. Sie nahm einen Zug an ihrer Zigarette und blickte dem Rauch nach.

Unten auf der Straße parkte ein schwarzer BMW. Eine LED-Anzeige flackerte an der Armatur. Selbst aus dem dritten Stock konnte sie die hellen Hände ausmachen, die auf dem Lenkrad lagen. Hinter der Frontscheibe erkannte sie ein weiteres Paar Hände.

Ein unauffälliger Mittelklassewagen, zwei wartende Personen, eine verräterische LED-Anzeige und eine Gummisteckantenne, mit der sich der Funkverkehr der Polizei empfangen ließ. Dom ging kein Risiko ein. Seine Leute bewachten ihren Hauseingang – viel zu offensichtlich für jeden, der wusste, worauf er achten musste. Hoffentlich gingen die Beamten wenigstens bei ihrer Jagd auf den Kratzer raffinierter vor.

Sie wollte schon einen Schneeball auf das Autodach werfen, da entdeckte sie auf dem verschneiten Sims am Fenster einen Teller. Eine randlose Scheibe Toast mit Teewurst lag darauf. Sie hob den Teller in die Höhe. Frisch zubereitet. Wie gut Albert ihre Gewohnheiten kannte.

Christine biss ein Stück von dem Brot ab. Der feinsäuerliche Geschmack der Wurst vermengte sich mit dem Rauch in ihrem Mund. Sie aß nicht gerne und nur, wenn sie musste. Ihr Verhalten war ein Überbleibsel der Essstörung, die zuletzt in Cancale begonnen hatte und fast in einer chronischen Magersucht geendet hätte. Heute konnte sie wenigstens etwas Begeisterung für feine Teewurst aufbringen.

Christine beugte sich über den Balkon, bis sie schräg ins Fenster des Arbeitszimmers blicken und Alberts Konturen ausmachen konnte. Mit gerauften Haaren saß er noch immer vor seinem Laptop. Durch die Scheiben erkannte sie die drei tiefen Falten, die sich über seine Stirn zogen. Wie ernst Albert aussah. Wie erwachsen.

Sie kannten sich seit sechs Jahren. Christine hatte einen Hacker für eine Story über die Verflechtungen korrupter EU-Parlamentarier mit der internationalen Wirtschaft gesucht. Albert war einer der Besten gewesen. Doch erst Christine hatte ihm gezeigt, dass es keine kompromisslosere Waffe als die Wahrheit gab.

Sie hatten Kinderhändlerringe in Bulgarien auffliegen lassen, sich mit deutschen Drogenkartellen angelegt und Serienmörder gestoppt. Sie waren Partner und Freunde geworden. Sie hatten sich gestritten und getrennt – und wieder zueinandergefunden. Sie waren gemeinsam über lange, steinige Straßen gelaufen. Und nun saß er dort, ganz nah, hinter der vereisten Fensterscheibe – der Mann, den sie heiraten würde.

Christine lehnte sich zurück und strich über den Rand ihres Tellers. Alles fühlte sich richtig an.

Sie nahm einen tiefen Zug an ihrer Zigarette. Die Glut fraß sich durch den Tabak.

Es gibt kein Schicksal. Nur Entscheidungen. Vielleicht würde sie eines Tages mit Albert ein Kind haben, eine Familie gründen. Aber zuvor musste sie mit ihm nach Cancale reisen. Zurück an den Ort, wo die Christine geboren wurde, die sie heute war.

Die Wahrheit ist eine Waffe, und manchmal konnten sich Menschen an ihr verletzen. Am Ende lag es an Albert, ob sie für ihn die Frau blieb, die er lieben wollte.

Christine ließ ihre glühende Zigarette fallen und trat sie mit der Schuhspitze aus, bis nur noch ein zerfetztes Tabakhäufchen zurückblieb.

20. KAPITEL

Die Hoffnung trieb Dom die bröckelnden Treppen hinauf. Stufe um Stufe wurden die Gerüche von Ammoniak und sauerfauligen Ausdünstungen intensiver. Urin und Kot, nichts anderes hatte er in der verfallenen Eisfabrik erwartet. Überall leere Bierpullen, Scherben und lose Kabel, die neben ihm aus den Wänden hingen. Zerfetzte Pappkartons und kaputt gelaufene Schuhe lagen auf den Treppen. Ein Mann mit einem zerfledderten Irokesenhaarschnitt schlief auf den Stufen. Um seinen Hals baumelte ein Fahrradschloss.

Dom hielt sich an dem wackligen Eisengeländer fest und kletterte über die Beine des Mannes, ohne ihn zu wecken. Er durfte nicht entdeckt werden, er musste die oberste Ebene im vierten Stock unbemerkt erreichen.

Seit dem Fall der Mauer war die Fabrik immer weiter zur Ruine verkommen. Wer vor der Kälte des Berliner Winters eine Zuflucht suchte und die Brücken der Stadt als Unterschlupf meiden wollte, der kam hierher, in die Slums der ehemaligen Eisfabrik.

Irgendwo in diesem kalten Gemäuer musste sich auch Lieke Jongmann verbergen. Dom hoffte inständig darauf. Das war die entscheidende Fährte, um den Kratzer aufzuspüren. Gedanken ans Scheitern ließ er nicht zu.

Unter seinen Schuhen knirschten die Scherben. Der Mond strahlte durch die Fenster des Aufgangs und beschien ein knallrotes Graffito an der Wand. *Love loves Freedom* stand dort in verschmierten Buchstaben. Vier Stufen lang dachte Dom darüber nach. Klang wie die Botschaft eines hippen Lebenskünstlers. Ein wirklicher Sinn wollte sich ihm nicht erschließen.

Hinter ihm keuchte Kriminalhauptmeister Stefan Küster. Weißer Staub rieselte auf seine Baseballkappe. Er hatte seine Lederjacke bis zum Hals geschlossen, als ob er so die Ausdünstungen und das Elend in seiner Umgebung aussperren könnte. »Dieser Drecksbau kommt mir vor wie 'n Hochhaus in Hongkong.«

»Nur noch ein Stockwerk, dann haben wir es geschafft.«

»Trotzdem scheiße.« Küster lehnte sich an die Wand. Bröckelnde Backsteine hinterließen helle Schlieren auf seiner Jacke. Er wischte sie fort. »Scheiße.«

Küster gehörte zu der Sorte von Assistenten, die alle Kriminalkommissare im Landeskriminalamt mieden. Er war aufbrausend, übergewichtig und machte aus seiner politischen Gesinnung als zorniger Rechtsaußenspieler kein Geheimnis. Küster entstammte dem Dienstabschnitt 53, östliches Kreuzberg, der härtesten Ecke Berlins. Jahrelang hatte er sich mit der Dealerszene angelegt. Schusswunden, geprellte Rippen, Gehirnerschütterungen – doch er kam immer wieder zurück. Bei Ermittlungen saß Küster gewöhnlich mit einer Chipstüte auf dem Beifahrersitz des Einsatzfahrzeugs und krümelte die Fußmatten voll. Abends hockte er vor seinem Computer und mimte in Online-Spielen den leichtfüßigen Elfen, der gehörnte Monster tötete. Seine Spielsucht endete auch am Arbeitsplatz nicht. Eine Abmahnung hatte er schon kassiert. Auf Alexander Finkels Abschussliste stand er ganz oben. Und nun begleitete ausgerechnet er Dom bei diesem Einsatz.

»Still. Wir dürfen die da oben nicht aufwecken.«

»Dieses Pack hier macht doch sowieso nichts anderes als rumpennen.« Küster deutete auf den schlafenden Punk.

Dom zählte zweiundzwanzig Stufen bis zur oberen Etage der Eisfabrik, dort begann das Maschinenhaus. Die meisten Obdachlosen hielten sich in diesem Geschoss auf. So stand es jedenfalls im Bericht seiner Kollegen. Erst im Dezember hatten sie die Fabrik bei einer Razzia auseinandergenommen.

Durch die Fenster des Ziegelgebäudes war der Fabrikschornstein sichtbar. Wie ein gewaltiges Kanonenrohr ragte er in den Himmel. Die Klinkerarchitektur mit ihren kantigen Steinen ließ den Bau wie eine Festung wirken. Dahinter lag die Spree mit ihrer weißen Eisschicht.

Dom stieß mit der Schuhspitze gegen eine Waschschüssel, die auf einer Stufe lag. Plastik schlug gegen Stein. Er ging in die Knie und fing die Schüssel ab, bevor sie die Treppe hinunterpolterte.

Küster kicherte leise hinter ihm. »Still ist anders.«

Dom ignorierte den Vollidioten.

Sie erreichten das letzte Stockwerk. Eine zwei Meter fünfzig breite Öffnung klaffte im Gemäuer. Nur zwei rostige Scharniere hingen im Türrahmen. Dom presste den Rücken an die Wand und blickte über seine Schulter ins Innere.

Vor ihm tat sich eine sechshundert Quadratmeter große Halle auf mit hohen rechteckigen Fenstern, teilweise zerbrochen und mit durchsichtiger Folie geflickt. Das Mondlicht wurde vom Schnee reflektiert und fiel silbrig und hell ins Maschinenhaus. Schief zusammengenagelte Regale standen chaotisch im Raum herum, sie waren wacklig und krumm. Darin lagen angeschlagene Teekannen, Tassen und Plastikgabeln verteilt. Weiter hinten brannte ein Campingkocher. Die Gasflamme züngelte bläulich unter einem Topf. Die Kontur eines Mannes im Mantel zeichnete sich vor einer Fensteröffnung ab. Er hockte mit gebeugtem Rücken auf einem Stuhl.

Überall lagen Matratzen auf dem Boden, Füße, ausgestreckte Arme, ein Menschenmeer. Ein schweres Atmen war von rechts zu hören, ein Keuchen von irgendwoher. Dom zählte etwa fünfzig Menschen, die in der Halle auf dem kalten Beton schliefen. Ohne Hilfe würde er Lieke Jongmann hier niemals finden.

Er wandte sich zu Küster. »Du sicherst den Eingang. Ich sehe mich um«, flüsterte er.

Küster brummte zustimmend.

Vorsichtig setzte Dom die Füße auf. Unter seinen Schuhen knackte und knirschte es. Der Boden war völlig verdreckt. Bierdeckel, Scherben – jeder Schritt wurde zum Risiko.

Zwischen einem Dampfkessel und einem riesigen Schwungrad aus Eisen lagen aufgerissene Nudelpackungen. Daneben wälzte sich eine Frau auf einem zerschlissenen Sofa hin und her. Sie hatte kurzes Haar, war höchstens zwanzig Jahre alt. Nein. Sie passte nicht auf das polizeiliche Profil von Jongmann. Dom wartete, bis sie sich in ihre Steppdecke eingewickelt hatte und den Oberkörper abwandte.

Er ging im Schatten eines Eisengenerators weiter und passierte einen gewaltigen Pappkarton, aus dessen Ende zwei Füße hervorlugten. So viel Elend an einem Ort hätte ihn unter normalen Umständen bedrückt, daran änderten auch seine zig Jahre als Kommissar nichts. Doch er musste fokussiert bleiben. Keine Zeit für Mitleid. Nicht jetzt.

Er hielt sich dicht an der Wand, außerhalb des Lichts, checkte Körperbau und Gesichter der Schlafenden. Die meisten Obdachlosen waren männlich. Nur drei Frauen passierte er: zu alt, zu dick, zu klein. Keine passte auf Jongmanns Beschreibung.

Dom schlich um eine Dampfturbine herum. An ihren eingerosteten Wellen hingen ein paar Plastiktüten. Er tippte eine an, der weiche Inhalt gab dem Druck seines Fingers nach. Vermutlich war Wäsche darin, eine Decke oder sonst etwas.

Er kletterte über sperriges Holz und schob sich an einem weiteren Generator vorbei. Dabei stieß er gegen eine leere Bierpulle, die ihm im Dunkeln entgangen war. Sie kippte um und trudelte über den Boden. *Mist.*

»Wer is'n da? Wanko bist du das?« Ein Schaben, wie von Stuhlbeinen, war zu hören. Schritte. Ein Mann mit Daunenjacke trat aus dem Schatten des Generators. In der Hand hielt er eine Kerze, in deren Schein er Dom musterte. »Wer bist'n du? Hab dich hier noch nie gesehen.« Er trat einen Schritt näher und schwenkte die Kerze vor Doms Gesicht auf und ab.

Er konnte die Hitze des brennenden Dochts an seiner Stirn spüren. Wenn er sich jetzt als Polizist outete, war das Spiel vorbei. »Ich suche jemanden.«

»Ach, nee.« Der Mann kratzte seinen rabenschwarzen Bart. »Suchen wir nicht alle irgendjemanden oder irgendwas?«

Ein Philosoph. In diesem Dreckloch. Das hatte ihm gerade noch gefehlt.

Der Bärtige ließ den Kerzenschein über Doms Körper gleiten. »Schickes Mäntelchen. Hatte ich auch mal. Damals, mein ich.«

Wieder kratzte er über seinen Bart. »Na, mal sehen. Wenn ich dir helfe, hilfste mir vielleicht auch 'n bisschen, nä?« Er rieb Zeigefinger und Daumen gegeneinander.

Sehr gut. Dom griff in seine Hosentasche. Genügend Scheine hatte er vorsorglich eingesteckt. Er ertastete einen Zwanziger und hielt ihn vor das Gesicht des Bärtigen. »Kein Problem. Bitte.«

Der Mann griff nach dem Schein und ließ ihn im Bruchteil einer Sekunde in seiner Hosentasche verschwinden. »Ist 'n Anfang.« Er klopfte noch einmal auf seine Tasche und lächelte. Mit seinen paar verbliebenen Zähnen reihte er sich nahtlos in das Ambiente der Ruine ein. »Wen suchste denn?«

»Eine Frau. Lieke Jongmann.«

»Noch nie gehört.« Nachdenklich tippte der Bärtige mit dem Zeigefinger gegen sein Kinn. »Nee, da fällt mir nichts zu ein.« Mit der Kerze schwenkte er nach rechts, hinter den Generator. »Aber meine Kumpels wissen vielleicht was.« Er bedeutete Dom, ihm zu folgen. »Ach so, ich bin der Manfred. Nur dass du weißt, mit wem du's zu tun hast.«

»Tobias.« Dom hatte genug von den Versteckspielchen.

Manfred nickte. »Na komm, Tobi. Einfach immer mir hinterher. Ich darf doch Tobi sagen, oder?«

»Klar.« Dom hasste es, wenn jemand seinen Vornamen verhunzte. Am Eingang der Halle sah er für einen Moment Küsters Kopf auftauchen. Hoffentlich hielt sich der Aggro zurück. Mit seinem aufbrausenden Charakter hatte er schon ganze Einsätze geschmissen.

Sie umrundeten den Kreuzkopfverdichter einer Turbine. Eine Sammlung leerer Flaschen lag verstreut auf dem Boden. Blaue Plastikplanen, alle zusammengebunden, daneben stapelweise Klopapierrollen. Dom konnte erahnen, wie die Bewohner der Fabrik ohne Wasser und Strom ihre notdürftigsten Geschäfte verrichteten. An einer Wäscheleine hingen zerfledderte Lumpen. Aus einer Kühltasche ragten die Hälse von Bierflaschen. Von der Decke hing an einer Kette ein Stahlhaken. Daran aufgeknüpft war ein tief hängender Leuchter. Mindestens zehn Kerzen warfen ihr warmes Licht auf einen Campingtisch mit drei Klappstühlen. Zwei von ihnen waren besetzt, und ein junger Typ mit Glatze sprang sofort auf, als sich Dom mit Manfred näherte.

»Wer ist das? Wer ist das?« Er fuhr sich über den kahlen Kopf. »Mach keinen Scheiß, Manfred. Wer ist der Typ?«

Drogen. Die erweiterten Pupillen des Mannes, seine ruckartigen Gesten – Dom tippte auf Crystal Meth. Seine Aussprache klang eckig, scharf, ein osteuropäischer Akzent. Der Typ war sicher polizeilich bekannt.

Manfred legte dem Kahlkopf eine Hand auf die Schulter. »*Pst*. Mach mal ruhig. Ist ja alles gut, Vassili.« Er drückte ihn auf den Campingstuhl zurück. Die Federn knirschten unter seinem Gewicht. »Alles gut.«

Vassilis Nackenmuskeln spannten sich. Er nestelte an der Kordel seiner Jogginghose herum. Mit weit aufgerissenen Augen musterte er Dom wie ein Boxer, der in seiner Ecke auf den Gong zum Kampf wartete.

Neben Vassili kauerte eine Frau in einem dicken Wollpullover mit Schneeflockenmuster. Sie wippte mit dem Oberkörper auf ihrem Campingstuhl hin und her und zerrte an ihren Pulswärmern. Sie fror, doch die Kälte ließ sich so sicher nicht vertreiben. An ihren Füßen klebten verdreckte pinkfarbene Moonboots. Dom schätzte sie auf über sechzig. Ihr dünnes Haar war zu einem Pferdeschwanz zusammengebunden. Furchen zogen sich wie ausgetrampelte Pfade durch ihr Gesicht. Unverständliche Worte drangen aus ihrem Mund in einem immer wiederkehrenden Rhythmus, der nach einer Weile wie ein Schlaflied klang.

»Also, hört mal zu. Der Tobi hier sucht eine Hieke Bongmann.«

»Lieke Jongmann.«

»Dann eben so. Kennt ihr die?« Manfred schaute in die Runde.

Vassili rieb die Hände über die Lehne seines Stuhls, immer wieder fuhr er über die metallenen Rohre. »Was willst du von der? Warum suchst du die? Wieso?« Er strich sich über seine Stirn, klopfte mit der flachen Hand auf den Hinterkopf. »Kenn ich nicht. Kenn ich nicht.«

»Sie hat blondes Haar. Sehr schlank. Etwa dreißig Jahre alt.«

Manfred kaute auf seiner Unterlippe herum. »Gut, gut. Jetzt kommen wir der Sache mal näher. Hast du noch mehr?«

»Könnte sein, dass sie sich Viola nennt.«

Ein Campingbrenner flammte in der Nähe eines Fensters auf. Vom Dach tropfte geschmolzener Schnee in die Halle, wo er kleine Pfützen neben einer Matratze bildete.

»Viola.« Manfred hob die Augenbrauen. »Jetzt wird mir was klar.« Mit beiden Händen strich er über die Innenseite seiner Oberschenkel. »Is' wohl 'ne Sache zwischen Mann und Frau, nä?«

»Viola? Du kommst hierher und willst ficken?« Vassili trommelte auf seine Stuhllehnen. »*Chertov*. Ficken will er sie. Ficken. Hier bei uns. Die Viola.« Er stieß die Frau neben sich an. »Hast du gehört? Der will zu Viola.«

Das Gemurmel der Alten verstummte. Ihr Oberkörper versteifte sich. Sie wandte sich Dom zu und blinzelte ihn an, als sei sie aus einem Tiefschlaf erwacht.

Eine Dose schepperte durch die Halle. In einem Abstand von vier Metern ertönte ein Husten. Auf einer Matratze richtete sich ein Mann auf. »Könnt ihr nich' mal das Maul halten? Geht doch raus, wenn ihr die ganze Nacht quatschen wollt. Ich will pennen.« Er ließ sich zurück auf die Matratze fallen.

»*Pst.*« Manfred hob seine Hand in Richtung Vassili. »Also, wenn der Tobi extra hier hochkommt, weil er Viola ... besuchen möchte, dann können wir ihm doch helfen.« Neben dem leeren Campingstuhl stand eine Flasche Rum mit einem bunt bekleideten, grinsenden Piraten auf dem Etikett. Er bückte sich, nahm einen tiefen Schluck aus der Pulle und wischte sich mit dem Handrücken über den Mund. »Ach, das wärmt wenigstens 'n bisschen von innen.«

Offensichtlich wollte er mit seiner plumpen Verhandlungsstrategie Zeit schinden. Ein besserer Preis für seine Informationen, nur darum ging es ihm.

»Also, Tobi, was ist es dir denn wert, wenn wir für dich die Führer spielen? Ist immerhin 'n großes Haus, nä?«

Wie erwartet. Am liebsten hätte Dom seine Polizeimarke gezückt. Verhandlungen über Geld waren ihm zuwider. Selbst Flohmärkte verabscheute er. Jasmin und Emma hatten ihn immer ausgelacht, wenn er sich von den Händlern in der Straße des 17. Juni über den Tisch ziehen ließ. Oft genug war ihm das passiert.

Er zückte einen Fünfziger und hielt ihn in die Höhe. »Das reicht ja wohl für einen kleinen Tipp.« Der Schein raschelte zwischen seinen Fingern. Manfred wollte danach greifen, doch Dom zog seine Hand zurück. »Erst Viola.«

Manfred schnaufte schwer. Ein scharfer Ethanolgeruch stieg Dom in die Nase, brachte seine Schleimhäute zum Brennen.

Vassili schoss aus seinem Stuhl hoch und flüsterte Manfred etwas ins Ohr. Dessen Augenbrauen schossen in die Höhe. »Vassili sagt, wer fünfzig zahlt, zahlt auch achtzig.« Manfred hob die Schultern. »Was soll ich da sagen? Wo er recht hat, hat er recht, nä?«

Die Logik der Verzweifelten, gepaart mit grenzenloser Gier. Natürlich würde er nachgeben müssen. Aber das passte Dom nicht. Ganz und gar nicht.

Vassili tippte mit seiner Schuhspitze auf den Boden und starrte ihn an. »Komm schon, Mann. Komm schon. Komm.« In seinem Flüstern schwang die Hetze eines Mannes mit, der mit seinem Wagen auf einen Abgrund zufuhr und dabei immer wieder auf die Bremse trat. Geld für Drogen, das war alles, was Vassili brauchte. Immer die gleiche Geschichte. Zeit für einen Schlusspunkt.

»Na gut. Ich bin dabei.« Insgesamt einhundert Euro für eine Auskunft. Dom schluckte seinen Ärger hinunter.

»Ja. Ja.« Vassili klatschte in die Hände. »Gut. Gut. Gut.«

»Prima. Geht doch.« Manfred streckte Dom die Hand entgegen.

Er schlug ein. Rau und rissig presste sich die fremde Haut in seine.

»Nur mal so: Du willst Viola aber nicht hier oben ...?« Manfred trat näher an ihn heran. »Also, wenn doch, dann kann ich dir ein stilles Plätzchen zeigen, wo du sie ...«

»Ich nehme sie mit.«

»Du willst Viola hier rausholen?« Sein Mund stand offen. »Haste dich verknallt, oder wie? Willste sie etwa retten?«

Ein Campingstuhl kippte nach hinten und schlug auf den Boden. Die Lichter der Kerzen flackerten. »Nein.« Die Alte stand breitbeinig vor dem Tisch. »Viola bleibt hier. Die bleibt hier.« Sie schlurfte mit ihren dicken Moonboots zu Dom heran und stieß mit den Händen gegen seine Brust. Ihren Knochen fehlte die

Kraft. »Das ist mein Baby. Mein Baby ...« Die schrillen Töne hallten vom Mauerwerk wider. »Hau ab, du. Verschwinde.« Ihr Blick wanderte zu einer dunklen Ecke am Ende der Halle, wo ein massiver rundgebogener Stahlträger im Mauerwerk eingelassen war. »Vassili«, zischte Manfred.

Sofort legte Vassili eine Hand auf den Mund der Alten, doch die wehrte sich. Immer wieder drangen gellende Laute zwischen den Schlitzen seiner Finger hervor. »Nein ... Baby ... bleibt ...«

In der Halle setzte ein Gemurmel und Geraschel ein. Schlurfende Schritte und hastige Tritte hallten aus den dunklen Ecken des Maschinenhauses. Die Schatten einer flackernden Öllampe fuhren über die Decke. Geschirr klapperte.

»Was'n los hier?«, brüllte ein Mann mit einem dicken Schal von einem der Fenster.

»Gibt's Ärger?« Ein Typ im Ledermantel trat hinter einem Regal hervor.

»Wer ist der Kerl?«, schrie eine Frau, doch Dom konnte sie nicht lokalisieren.

Von rechts und links, von überallher, kamen Stimmen. Die Obdachlosen waren alarmiert, als sei ein archaischer Schutzmechanismus wie auf Knopfdruck aktiviert worden. Nur so hatten sie auf den Straßen der Stadt überleben können.

Dom machte einen Schritt nach vorn und riss Vassilis Hand vom Mund der Alten. Er legte einen Arm um sie und berührte ganz sanft ihre Schulter. Ihr zerbrechlicher Körper war selbst durch den dicken Wollpullover zu spüren. Wenn er sie nicht beruhigte, würde hier das Chaos ausbrechen. »Ich will Viola doch nichts tun.«

Tränen rollten über die Wangen der Alten. Der Geruch von Moder entstieg ihrer Kleidung und vermengte sich mit den Ausdünstungen von Alkohol. »Viola ... soll ... hierbleiben.«

Dom streichelte ihre Hand. Offenbar hatte sie eine tiefere Beziehung zu Jongmann, oder der Alkohol machte sie so sentimental. Jedenfalls wusste sie, wo sich seine Zielperson verbarg.

An den Fenstern rotteten sich die Obdachlosen in kleinen Gruppen zusammen. Im Mondlicht sahen sie aus wie eine gespenstische Armee, die sich direkt auf ihn zubewegte. Die Bewohner der Fabrik waren es wohl gewohnt, ihre Probleme selbst zu lösen. Und genau das war Dom: ein Problem. Ein Fremdkörper, der in die Gemeinschaft der Gefallenen eingedrungen war und entfernt werden musste.

»Die beruhig ich schon. Krieg ich hin.« Manfred zwinkerte ihm zu und wandte sich ab, als ein Schrei am Eingang ertönte.

»Du Penner, ich bin Polizist. *Polizist,* klar?« Küster. Er schleuderte einen Mann gegen die Wand und presste ihm den Ellbogen gegen den Hals. »Du Drecksack!«

Der Punk mit dem Irokesenschnitt. Er musste aufgewacht sein. Auf seinem Weg hinauf in die Halle war er wohl von Küster abgefangen worden. Er wehrte sich, ruderte mit den Armen durch die Luft. Das Fahrradschloss um seinen Hals schaukelte hin und her. Küsters Sortiment an körperlicher Gewalt war breit gefächert. Dom drehte instinktiv die Alte in seinem Arm weg. In diesem Moment verpasste Küster dem Punk einen harten Schlag in die Magengrube, natürlich dorthin, wo er keine Spuren hinterließ.

»*Polizist*, kapierst du?«, donnerte Küster.

Was für ein erbärmlicher Idiot er war. Küster konnte sich einfach nicht an Befehle halten. Jetzt wussten alle, dass Polizisten unter ihnen waren.

Schnelle Schritte erklangen. Kommandos hallten.

»Raus hier.«

»Bullen! Haut alle ab!«

Habseligkeiten wurden zusammengekramt, Plastiktüten raschelten, Flaschen klapperten. »Bullen! Bullen!« Aus allen Ecken der Eisfabrik drangen die Schreie.

Manfred musterte Dom von oben bis unten. »Is nich' wahr, nä?« Er schüttelte den Kopf. »Kacke.« Mit einem Satz verschwand er hinter dem Generator.

»Halt!«, schrie Dom. Doch Manfred war schon weg.

Die Alte riss sich aus Doms Umarmung und schlug dieselbe Richtung ein. Er packte ihr linkes Handgelenk. Ein Ruck, eine Drehung – und nur noch ihr Pulswärmer lag zerknüllt in seiner Hand.

Da traf ihn von hinten ein Tritt in die Nieren, so hart, dass er die volle Wucht durch seinen Mantel spürte. Dom wurde nach vorne geschleudert, torkelte, er kämpfte um sein Gleichgewicht. Mit dem Kopf stieß er gegen den Leuchter. Brennende Kerzen fielen zu Boden, heißes Wachs spritzte auf seine Wange.

Aus den Augenwinkeln nahm er Vassili wahr, der zu einem erneuten Tritt ansetzte. Dom drehte sich. Er ballte die Fäuste, überkreuzte die Unterarme vor seiner Brust und leitete den Fußtritt an seinem Oberkörper vorbei.

Vassilis Angriff war grob und ohne jegliche Technik ausgeführt, typisch für einen Mann, der nur auf Kraft setzte. Jetzt taumelte er. Dom trat ihm in die Hüftbeuge seines Standbeins. Ein Frontkick.

Vassili kippte wie ein Stück Holz zu Boden und blieb auf dem Rücken liegen. Dom packte sein rechtes Bein und riss es in die Höhe. Dabei presste er seinen Schuh gegen Vassilis Hals. »Wo ist Viola?«

Speichel lief aus Vassilis Mund. Er wollte sich aufrichten. Dom erhöhte den Druck seines Fußes.

»Viola. Los!«

»Such, Bulle.« Der Speichel in seinen Mundwinkeln bildete kleine Blasen. »Such. Such. Such.« Er gluckste.

Noch mehr Druck. Vassilis Kichern erstickte in einem Gurgeln. Fehlte nur noch, dass er ihn anspuckte.

Und er tat genau das. Eine feucht glänzende Spur blieb auf Doms Hosenaufschlag zurück. Er ließ das Bein fallen. Die Zeit wurde knapp. Der Kampf mit diesem Methhead ergab keinen Sinn.

Draußen vor den Fenstern huschten die ersten Bewohner der Eisfabrik davon, verschmolzen mit der Dunkelheit. Stimmen brandeten kurz auf und verebbten wieder.

Küster stand breitbeinig vor einem Generator. Er fuchtelte mit einer leuchtenden Taschenlampe herum. Wahrscheinlich hoffte er, dass Jongmanns Gesicht in der Masse kurz aufblitzen würde. Kompletter Schwachsinn. Mit dem Lichtstrahl erzeugte er nur noch mehr Panik. Erst jetzt bemerkte Dom, wie sich die Obdachlosen durch einen weiteren Ausgang davonmachten, der neben einer Turbine im Dunkeln verborgen lag. Küsters kreisende Taschenlampe war wie ein Leuchtturm, der sie vor Gefahr warnte. Und sie rannten auf und davon.

Dom blieben vielleicht noch dreißig Sekunden, bevor die Fabrik endgültig geräumt war. Er spurtete los. Knapp vierzig Meter entfernt, rechts neben den Fenstern, ragte der rundgebogene Stahlträger aus der Mauer. Dorthin hatte die Alte immer wieder geschaut, als sie von Jongmann sprach. Irgendetwas musste dort sein. Er sprang über Kabel, Blecheimer und Klamottenberge. Ein Mann im Bademantel rempelte ihn an. Leere Konservendosen schepperten unter seinen Füßen. Dom stolperte, fing sich und hastete weiter, bis er den Träger erreichte.

Er war aus Stahl, vernietet und verschraubt, wie Dom es oft bei alten Brücken gesehen hatte. Sechs Matratzen mit zerwühlten Decken lagen davor. Sie waren leer.

Zu langsam. Zu spät. Gottverdammter Mist.

Am anderen Ende der Halle sah er Küsters Taschenlampe aufblitzen, dann wurde das Licht kleiner, weil er den Flüchtenden in den Aufgang folgte. Schließlich verlosch es ganz. Nun war Dom ganz auf sich allein gestellt.

Neben ihm hing ein schiefes Blechrohr aus der Wand. Er riss es aus der Mauer. Mörtel rieselte auf seine Hände. Dom konnte sich nicht mehr beherrschen: Voller Wut schlug er damit auf den Boden. Das Rohr entglitt seinen Fingern und fiel scheppernd auf den Beton. Er lehnte sich an die Mauer und presste seinen Hinterkopf gegen den kalten Stein. *Fehler. Zu viele Fehler. So dumm.*

Neben ihm stand eine eingeschlagene Kommode auf drei Beinen. Ein zersprungener Spiegel befand sich darauf. Dom schaute nicht hinein. Das Gesicht eines Versagers konnte er nicht ertragen. Nicht jetzt. Und vielleicht nie wieder.

Auf der rissigen Holzoberfläche der Kommode lagen eine Handtasche, daneben Lippenstifte und benutzte Abschminktücher. Er nahm die Tasche und zog den Reißverschluss auf. Strumpfhosen, Reizgas, Kondome. Ein dunkelroter Reisepass mit dem Aufdruck *Europese Unie, Koninkrijk der Nederlanden*. Natürlich.

Er klappte den Pass auf. Eine lächelnde Lieke Jongmann mit strahlend blauen Augen blickte ihm entgegen. Das Bild war sieben Jahre alt. Dom strich über das Foto und steckte dann den Ausweis in seine Manteltasche.

Um ihn herum herrschte Stille. Wasser tropfte von der Decke. Etwas raschelte auf dem Boden. Da hörte er ein Stöhnen, ganz dünn, kaum vernehmbar.

Dom hielt die Luft an. Da, noch einmal. Ein flatterndes Atmen. Er hatte sich nicht getäuscht. Die zweite Matratze. Die Laute kamen von dort, dieses unregelmäßige Atmen.

Er schlich an das Bettlager heran, beugte sich hinab. Das Atmen wurde lauter.

Eine Spritze zerbarst unter seinem Schuh. Ein Venenstauer lag neben der Matratze. Unter einer grauen Decke schaute eine Hand hervor. Die Umrisse eines schmalen Körpers zeichneten sich in den Erhöhungen und Vertiefungen des Stoffes ab. Kaum sichtbar.

Er packte die Decke an einem Zipfel und riss sie fort.

Der ausgemergelte Körper einer Frau lag vor ihm.

Sie trug ein langes, weißes T-Shirt. Ihre dürren Knochen ragten wie Besenstiele aus den Ärmeln. Blondes Haar klebte verschwitzt in ihrem Gesicht. Schaum hing an ihren Lippen.

Lieke Jongmann.

Von der Frau auf dem Bild im Reisepass waren nur menschliche Reste übrig. Höchstens vierzig Kilo mochte sie noch wiegen. Sie erinnerte Dom an ein Kind aus Äthiopien, dem nur noch wenige Tage blieben.

Er drehte ihren Kopf zur Seite. Keine Reaktion. Sie öffnete die Augen nicht. Ihr Atem an seiner ausgestreckten Hand war nur noch ein Hauch, der ihn entfernt ans Leben erinnerte.

Dom wickelte die Decke um Lieke Jongmann und hob sie empor.

Noch einmal erschrak er über ihr kaum existentes Gewicht.

Er setzte einen Schritt vor den anderen. Ganz vorsichtig, ganz ruhig. Er befürchtete, ihren Körper bei der kleinsten Erschütterung zu zerbrechen.

»Ich bin bei dir. Du darfst nicht sterben, hörst du?« Ihm war, als spräche er mit einer Leiche. Aber noch spürte er Wärme in dem Körper auf seinen Armen.

Dom passierte den Generator, die verlassenen Campingstühle, den Dampfkessel.

Lieke Jongmanns Gesicht lag wie eine schneeweiße Maske in der Decke. Reglos. Aller Kräfte beraubt. Er presste sie näher an seinen Oberkörper.

»Versprich mir, dass du nicht stirbst. Bitte.«

Doch Lieke Jongmann sagte kein Wort auf dem langen Weg durch die vereinsamte Eisfabrik.

21. KAPITEL

Torfwerke und vereinsamte Steinkirchen zogen in einem Wahnsinnstempo an dem Citroën vorüber. Die Motorhaube schob sich wie ein schwarzer Keil durch die verschneite Landschaft. Alle Orte lagen unter einer dicken weißen Schicht. Billige Fertigbauten und Gutshäuser erhoben sich zwischen einem Birkenwald. Menschen kämpften sich durch zwanzig Zentimeter hohe Schneemassen und pressten sich ihre Schals vors Gesicht. Der Wind wirbelte den Schnee in die Höhe und trieb ihn gegen die Fußgänger, als ob er mit ihnen spielen wollte.

Seit dreieinhalb Stunden waren Christine, Albert und Emma mit dem Wagen unterwegs. Leere Energy-Drink-Dosen schepperten durchs Auto. Alberts Fußraum erinnerte an eine Annahmestelle für Pfandgut. Doch trotz all des Koffeins in seinen Blutbahnen fielen ihm immer wieder die Augen zu. Auf der Rückbank zuckte Emma im Tiefschlaf. Im Rückspiegel sah Christine, wie ihr Kopf auf und ab wippte. Buntstifte und Zeichnungen rutschten neben ihr über die Ledersitze.

Sie durften keine Zeit verlieren, darum hatte sich Christine für einen Aufbruch im Morgengrauen entschieden. Emma und Albert waren ihr murrend im Halbschlaf gefolgt. Nun hatten sie endlich Rendsburg erreicht.

Drei Jahre hatte Manuela Weigert hier an einem privaten Gymnasium als Kunstlehrerin unterrichtet. Christine war sich sicher, dass sie der Schlüssel zu diesem Fall war. Weigert lebte nur siebzehn Kilometer von hier entfernt in Brekendorf, bevor sie Jahre später vom Kratzer getötet wurde. Exakt an diesem Ort wütete ein Pferderipper mit vergleichbarem Muster. – Diese Koinzidenz musste einen Grund haben. *Heimweh*, dieses Wort war in Weigerts Oberschenkel eingeritzt gewesen. Nur ein Wort, doch es hatte Christine nach Schleswig-Holstein geführt.

Sie hielt in einer ruhigen Seitenstraße, an deren Ende sich ein gewaltiger Bau aus roten Backsteinen erhob – das Löwenstein-Gymnasium. Mit seinen zwei Türmchen und den exakt ausgerichteten Kassettenfenstern vermittelte es den Eindruck von archaischer Strenge, die zig Generationen von Schülern schlechte Träume verschafft haben musste. Nur der Imbisswagen auf der anderen Seite der Straße störte das Bild. Fettspritzer und rußige Schlieren zogen sich über den weißen Lack. *Hansis Schaschlick Nordische Art* stand in schiefen Buchstaben auf einem Wellblech.

»Frühstück. Endlich.« Albert fuchtelte mit dem Zeigefinger vor der Scheibe herum. »Eine Currywurst mit Darm. Jetzt sofort. Hammer.« Er riss die Tür auf, stieg aus und lief über das Kopfsteinpflaster zu Hansis Imbissstand.

Christine sah nur noch seine Stiefel, an denen der Schnee emporspritzte. Ein Fast-Food-Junkie auf Entzug.

Alberts Essgewohnheiten waren während seiner Zeit als Hacker in seiner Kreuzberger Kellerwohnung geprägt worden. Für Billig-Pizza und glutamatverseuchte chinesische Wassersuppen vergaß er jedes Fünf-Sterne-Menü. Albert eben.

Christine und Emma schlossen die Autotüren hinter sich und folgten ihm. Gemeinsam kämpften sie sich durch den Schnee, während Albert mit einem Plastikspieß in einer roten Pampe mit Zwiebeln herumstocherte. »So, was ist denn jetzt der Plan?«, presste er mit vollem Mund hervor.

Vor dem Haupttor der Schule hielten sie inne. Zwölf steinerne Stufen führten zum Eingang des Gebäudes. Eine schmiedeeiserne Klinke in Form eines Löwenkopfes mit aufgerissenem Maul begrüßte sie.

»Wir brauchen Informationen über Manuela Weigert. Und

wenn jemand sie gut kannte, dann wohl ihre ehemaligen Kollegen.« Christine umklammerte den Löwenkopf. »Stress, Konkurrenzkampf, Eitelkeiten. Am Arbeitsplatz kann sich niemand ewig verstellen. Ich möchte wissen, was für ein Mensch sie war.«

Albert pikte ein dickes Stück Wurst mit Ketchup auf und schob es sich in den Mund. »Stimmt. Kenn ich noch aus meiner Zeit beim Fernsehsender.« Jahrelang hatte Albert die Attitüden seines Chefredakteurs ertragen. Nach dem Gießkannenprinzip hatte der seine Wutanfälle über die gesamte Redaktion ergossen.

Christine tippte Emma auf den Hinterkopf, der unter einer Fellkappe lag. »Kannst du auf Kommando gut schwindeln?«

Emma warf ihr einen empörten Blick zu. »Logo.« Sie zog an den Kordeln ihrer Mütze. »Darf ich aber eigentlich nicht. Hat mir Papa verboten, weil es am Ende immer rauskommt, sagt er.«

»Heute geht das in Ordnung.«

Emma nickte ihr zu. »Okay, aber nicht Papa erzählen.«

Albert hatte die Hälfte seiner Wurst in beiden Backen untergebracht, genug Spielraum für ein breites Grinsen blieb ihm dennoch. »Du verdirbst das Kind.«

»Unsinn. Ich verpasse der Wahrheit nur ein leichtes Make-up. Wir beugen die Realität ein klitzekleines bisschen in unserem Sinn. Wart ab.«

»Bin gespannt, was du dir ausgedacht hast.«

»Und ich bin gespannt, wie gut du schauspielern kannst.«

Christine drückte den Löwenkopf nach unten. Die Tür klappte auf.

Vor ihr lagen lange Schulgänge mit hohen Holztüren. Stimmen waren aus den Klassen zu hören. Das Brummen eines Staubsaugers drang aus einer Ecke. Der Geruch von frischem Bohnerwachs hing in der Luft. Eine große, runde Uhr neben dem Eingang zeigte elf Uhr fünfunddreißig an. Getäfelte Decken, antikweiße Wände – das Gebäude vermittelte den Charme einer Zeit, in der Kinder noch staunend vor rauschenden Bunsenbrennern saßen und ihnen mit Kreide an die Tafel geschriebene Worte unumstößliche Wahrheiten verkündeten.

Ein Mann mit einem Staubsauger auf dem Rücken bog in den Gang. »Saubande. Gören«, fluchte er leise vor sich hin, doch seine Stimme hallte in aller Deutlichkeit von den Wänden wider. Sein Schnauzer hob und senkte sich bei jedem Wort.

»Guten Tag, können Sie uns sagen, wo das Lehrerzimmer ist?« Christine hob die Schultern in einer bewusst hilflosen Geste. Mit dieser Mädchenmasche hatte sie bisher auch den mürrischsten Kerl rumgekriegt.

»Ein Stockwerk höher. Aber da ist jetzt keiner. Die sind alle im Unterricht.« Er zerrte sich den Staubsauger von den Schultern und zog die Gurte über die Arme. »Ihre Cola-Flaschen haben sie gegen die Wand geworfen, und ich darf die Splitter aufsaugen, damit sich keiner verletzt.« Er schüttelte den Kopf. »Rotzlöffel. So was gab es früher nicht.« Die Augen des Mannes lagen tief in seinem Kopf. Christine hatte den Eindruck, seine Pupillen konnten die Höhlungen nicht ausfüllen. Einfach zu wenig Auge für zu viel Raum. »Sie arbeiten schon länger hier?«

»Seit zwanzig Jahren«, schnaufte er unter seinem grauen Schnauzer hervor. »Bin hier der Hausmeister.«

Ausgezeichnet. Ein Hausmeister sieht alles, weiß alles und hat ein unbestechliches Gedächtnis.

»Wissen Sie, mein Mann und ich, wir suchen eine Schule für unsere Tochter.« Christine zog Emma an der Hand einen Schritt nach vorn. »Und unser Kind soll mitentscheiden. Es muss sich ja hier wohlfühlen.«

Der Hausmeister deutete mit dem Saugrüssel auf Christine. »Wo wohnen Sie denn?«

»In Brekendorf. Wir sind gerade umgezogen«, sagte Albert schnell. Er hatte ihren Plan kapiert.

Emma zog sich die Mütze vom Kopf. »Können Sie mir nicht ein bisschen die Schule zeigen? Dauert bestimmt nicht lange.« Als würde sie den Anweisungen eines geheimen Drehbuchs folgen, legte sie auch noch ihren Kopf schräg. Christine verkniff sich ein Lächeln.

Der Mann rollte den Saugrüssel zusammen. »Ich wollte jetzt eigentlich Mittagspause machen. Habe ordentlich Hunger.« Er deutete mit dem Ende des Schlauchs nach draußen. »Bei Hansi gibt es heute scharfe Bouletten. Die hat er nur einmal die Woche. Da freu ich mich jedes Mal drauf.«

»Och, bitte.« Emma zog eine Tüte Gummibärchen aus ihrer Manteltasche und hielt sie ihm hin mit einem Strahlen, das so werbetauglich wirkte, als käme es direkt aus einem Designkatalog für Kindermode. »Die können Sie haben. Vertreiben den Hunger.« Womöglich hatte sie sich diese Tricks von ihrem Vater abgeguckt. Durchaus raffiniert.

Der Hausmeister lachte auf. »Das ist aber nett.« Er schaute hinauf zur Uhr. Es war elf Uhr achtunddreißig.

Im Gang klappte eine Tür. Ein Mädchen lief zur Toilette und zückte dabei sein vibrierendes Handy.

Der Hausmeister fixierte die Zeiger der Uhr. Seine Augen lagen nun noch tiefer in den Höhlen, als wollten sie gleich ins Innere seines Kopfes rollen. Er fuhr sich mit der Zunge über die Lippen. »Na, in Ordnung. Ist ja für eine gute Sache.«

Christine zwinkerte Emma zu, und die blinzelte zurück. Die geheimen Zeichen der Verschwörer.

Der Hausmeister führte Christine, Emma und Albert durch die verwinkelten Gänge der Schule. Er berichtete von einem verheerenden Brand in den Fünfzigerjahren, präsentierte die Turmzimmer mit ihren Bibliotheken und zeigte ihnen den großen Saal, in dem nach dem Abitur die Abschlussbälle gefeiert wurden. Sie gingen über Wendeltreppen mit abgetretenen Stufen aus Eichenholz und bestaunten ein Gewächshaus, das von Schülern für den Biologieunterricht angelegt worden war.

Der Hausmeister wirkte wie ein lebendes Inventar der Schule, das längst selbst ein Teil vom Gestern geworden war. Im Dachgeschoss hielt er vor einer klobigen Tür aus Eiche, hinter der sich das Archiv verbarg.

»Ist eigentlich mehr eine riesige Abstellkammer, aber seit ich hier bin, habe ich alles gesammelt, was unsere Schule betrifft.« Er zog einen Schlüsselbund aus seiner Hosentasche, zählte still vor sich hin und tippte auf einen Schlüssel mit langem Bart. »Ist mein Reich. Und wenn der Direktor was über unsere Historie braucht, dann kommt er immer zu mir.« An seinem Bund hing ein Plastikschildchen mit dem Namen H. Jahn.

»Klingt gut«, sagte Christine. Es klang sogar sehr gut. Sie wollte ihre Fragen allmählich auf das Personal lenken.

Das Vertrauen des Gegenübers ist der Baustoff, mit dem ein Journalist seine Geschichten konstruiert. Hausmeister Jahn hatte sich ihr in den vergangenen zwanzig Minuten geöffnet, damit ließ sich arbeiten.

»So, das ist es.« Er schlurfte in den Raum und breitete die Arme aus. »Einhundertfünfzig Quadratmeter Geschichte.«

Emma folgte ihm als Erste und ging sofort zu einem verstaubten Skelett, das neben der Tür stand.

An den Wänden hingen alte Schiefertafeln mit Griffeln und den Spuren verwischter Kreide. Daneben waren Lehrtafeln mit mittelalterlichen Vokabeln und Querschnitte durch den menschlichen Körper angebracht. Reagenzgläser mit bunten Farben standen auf einem der vielen Holztische, die in einer Ecke der Dachkammer aufgebaut waren. Ein ausgestopfter Uhu und ein Mäusebussard beim Angriff waren auf Holzgestängen aufgespießt. Das Skelett schaukelte an seiner Eisenstange hin und her, als es Emma am Becken berührte. Die rechte Hand fehlte.

»Sieht ja aus hier wie in Hogwarts«, sagte sie mit Ehrfurcht in der Stimme.

Ein Plakat zeigte die überdimensionierte Abbildung einer Stubenfliege, ein anderes einen Urmenschen, der sich ein Stück erlegtes Wild über die Schulter geworfen hatte. Ein Teleskop war auf die Dachluken gerichtet. An seinem Holzstativ baumelte ein handgemaltes Schild mit den Spektralklassen der Fixsterne.

Hausmeister Jahn zog eine Eisenstange unter einem Tisch hervor und schob die Dachluken auf. Schnee rutschte von den Scheiben, kalte Luft fuhr durch das Dachgeschoss. Im Licht des Tages wirbelte der Staub auf.

Christine stieß eine Blechskulptur an. »Kunst scheint bei Ihnen auch eine Rolle zu spielen. Das ist uns besonders wichtig, neben Altgriechisch und Latein.« *Komm schon, beiß an.*

Jahn winkte ab. »Keine Sorge. Das meiste Geld der Schule geht für die Ausbildung künstlerischer Ausdrucksformen drauf. So nennen die das hier. Einmal im Jahr fahren die Jahrgänge nach Rom. Sixtinische Kapelle und so. Danach ist der Louvre dran. Unsere Jungs und Mädchen kommen rum.« Er ging auf einen hohen Holzschrank zu und öffnete die Doppeltür. Sauber geordnete Ringordner mit handgeschriebenen Jahreszahlen reihten sich Rücken neben Rücken. *Projekte, Klassenfahrten* und *Abschlussball* stand auf drei übereinandergestapelten Pappkisten.

Er griff nach dem Klassenfahrten-Karton und zog ein rotes Fotoalbum heraus. »Schauen Sie mal. Die haben wirklich Spaß da draußen in der Welt.« Das Album war riesig und in Samt eingebunden. Jahn legte es auf ein Pult. Die Seiten klebten aneinander, und als er sie aufschlug, lösten sie sich mit einem reißenden Geräusch.

Albert und Christine traten näher. Kurz schaute sie sich nach Emma um, die sich an einen der Tische setzte und Buntstifte und einen Zeichenblock aus ihrem Rucksack hervorkramte. Das Kuriositätenkabinett im Dachgeschoss hatte ihr offenbar nur kurz die Langeweile vertrieben.

Albert blätterte das Fotoalbum durch. 2014, 2010. Sämtliche Einträge waren nach Jahren sortiert.

Christine betrachtete das Bild einer Schülergruppe, in deren Mitte ein Erwachsener mit Vollbart stand. »Sind das immer Kunstlehrer, die die Schüler im Ausland begleiten?«

Jahn nickte. »Meistens. Manchmal ist auch ein Deutschlehrer dabei. Klar, die reißen sich darum. Ist mal was anderes als immer nur Rendsburg.«

2007. 2005. Die Fotos lachender Schüler glitten wie in einem Daumenkino an Christine vorbei. Der Brunnen an der *Place de la Concorde* in Paris. 2004. Die spanische Treppe in Rom, die *Scalinata di Trinità dei Monti*. Darauf Schüler, die sich umarmten, die es genossen, ihrem elterlichen Zuhause für ein paar Tage entflohen zu sein. Ihre Lehrer standen mit ernstem Gesichtsausdruck meist etwas abseits.

Wo bist du, verdammt? Manuela Weigert war vor über fünfzehn Jahren am Gymnasium beschäftigt gewesen. 2003. *Chez Jacques.* Ein Pariser Bistro im Sommer. Zwei Mädchen bissen in Croissants und hoben die Finger zu Victory-Zeichen. An anderen Bistrotischen saßen Schüler, die in die Kamera winkten.

Albert wollte weiterblättern, da berührte ihn Christine an der Schulter und legte einen Finger auf das Foto. Sie tippte auf eine Frau mit Stirnband und knallbunten Klamotten. Ihr bauchfreies Top und der tiefe Ausschnitt hätten eher zu einer Schülerin gepasst. Christine verglich das verwaschene Bild in Gedanken mit Doms Dateien. Gesichtskontur und Haarfarbe der Frau stimmten mit den Zügen Manuela Weigerts überein, doch zu einem Auftritt als Pädagogin wollte das Konterfei auf dem Foto nicht unbedingt passen.

»Ist das etwa auch … eine Lehrerin?«

Hausmeister Jahn blickte zu Boden. »Ja, schon.«

»Aber?«

»Na ja, das ist eine Kunstlehrerin. Das Bild hier … Das war ihre letzte Klassenreise. Sie war nur kurze Zeit bei uns. Ihre Lebensvorstellungen haben nicht so recht zur Schule gepasst.«

»Sicher verraten Sie mir, was das heißt.«

Er seufzte schwer. »Sie hat was auf der Schultoilette geraucht. Keine Zigarette, Sie wissen schon … Der Direktor ist ausgerastet. Und das war es dann.«

»Das geht natürlich nicht.« Christine meinte es ernst. Sie tolerierte keine Stoffe, die ihr die Klarheit ihrer Gedanken raubten. »Was ist mit ihr passiert?«

»Gekündigt. Ging ganz schnell. Die ist dann nach Mecklenburg-Vorpommern abgerauscht. Dort haben sie damals Lehrer gesucht.« Jahn wandte sich einem Regal zu. Er blickte dem ausgestopften Uhu in die Augen. »Die Schüler haben sie geliebt. Und sie war ja eigentlich auch 'ne Nette. Aber ihre Ansichten vom freien Leben haben die Eltern auf die Barrikaden getrieben. Da musste die Schulleitung reagieren. Es gab ja auch schon eine Weile diese Gerüchte …«

»Gerüchte?« Albert legte die Unschuld eines Siebenjährigen in seine Frage, doch ein falscher Vorstoß, und Jahn würde kippen, die Quelle der Information versiegen. »Was meinen Sie damit?«

Christine trat ihm auf die Schuhspitze. Er zuckte zusammen.

»Na, das haben Sie aber jetzt nicht von mir.« Jahn strich über die schlitzartigen Ohren der Eule. »Versprechen Sie mir das? Ich will keinen Ärger.« Mit der Fingerspitze wischte er den Staub von den Krallen des Vogels. »Ich möchte nichts Falsches sagen.«

Eine Brise zog durch den Dachstuhl, brachte die Schautafeln an den Wänden zum Wehen. Emmas Buntstifte ratschten übers Papier. Holzlatten knarrten unter Jahns Füßen.

»Natürlich behalten wir alles für uns.« Nichts davon hatte Christine in Doms Akten entdeckt. Erst jetzt bekam Manuela Weigert ein echtes Profil. »Darauf können Sie sich verlassen. Ehrenwort.«

Jahn drehte den Uhu mit dem Gesicht ins Regal. »Verstehen Sie mich recht: Ich mochte Manuela Weigert. Die war irgendwie anders. Hat eine ganze Weile in einer umgebauten Windmühle in Stormarn in einer WG gelebt.«

Jahn haderte mit sich, er bohrte beide Daumen in die wollenen Ausbuchtungen seiner Strickjacke. Der limbische Teil eines Gehirns war nicht mit dem Verstand steuerbar. »Und dann wurde gemunkelt, dass da mal was an einem Abend mit ein paar von unseren Schülern gelaufen ist«, flüsterte er. »Sie verstehen schon.«

»Mit Kindern?« Manuela Weigert lächelte Christine von dem Foto an. Sie sah aus wie eine Frau, die über Sonnenblumenfelder lief und mit Fingermalfarben experimentierte.

»Nein, nein ...« Jahn hob beide Hände. »Die meisten waren schon volljährig und in der Abi-Klasse. Die Weigert war Mitte vierzig, als sie hierhergekommen ist. War noch 'ne attraktive Frau. Sie hatte damals ein Atelier in Brekendorf, dort, wo Sie jetzt wohnen.«

Christine zuckte mit den Schultern. »Ist ein schöner Ort mit viel Natur. Vor allem ruhig.«

»Hat sie auch immer gesagt. Da draußen ist es ja auch passiert, mit drei von unseren Schülern. Die ganze Nacht lang. Bis zum Morgen.«

»Aber Beweise dafür hat es niemals gegeben. Richtig?« Christine kannte die Antwort. Der Direktor hätte in diesem Fall sofort gehandelt.

Jahn winkte ab. »Gab es nicht. Aber Jungs in diesem Alter brüsten sich ja gerne mit solchen Geschichten.«

Er fuhr mit dem Zeigefinger über das Klassenfahrtfoto und stoppte bei einem Tisch, etwas abseits vor dem Pariser Bistro. Drei Jungs saßen daran, sie trugen Baseballkappen und verspiegelte Sonnenbrillen. Schmallippig und ernst blickten sie in die Kamera, ihre jugendliche Vorstellung von Coolness hatte sich wie Blei auf ihre Gesichter gelegt.

»Richtige Rabauken waren das, damals. Aber gute Schüler.« Er strich über das Foto. »Dem Jungen hier gehört heute eine riesige Firma für Werkzeuge in Rendsburg; hat er vom Vater übernommen. Der daneben ist Chirurg in einem Krankenhaus in Kiel. Nur der hier, der hat Pech gehabt. War der Sohn von einem Tierarzt in Flintbek. Ist bei einem Autounfall vor neun Jahren gestorben. Eine Schande.« Jahn klappte das Album zu. »Manuela Weigert hat auch nicht viel Glück gehabt, danach. Sie ist …«

Ein Brummen tönte aus Jahns Hosentasche. Er kramte ein abgegriffenes Handy mit zersplittertem Display hervor. »Na, da sind sie ja endlich, die Leute vom Lieferdienst. Die bringen frische Reinigungsmittel. Ich geh mal schnell runter. Dauert nur ein paar Minuten.« Als er durch die Tür huschte, lächelte er Emma zu.

Christine schlug das Fotoalbum wieder auf. Sie zückte ihr Handy, fuhr über die Bilder von Manuela Weigert. Das Blitzlicht flackerte bei jedem Auslösen.

»Komm Albert, lass uns gehen. Wir sind hier fertig.«

Er nickte. »Hat nicht viel gebracht.«

»Trivialisier es nicht. Wir haben immerhin neue Infos über Manuela Weigert, die dem LKA nicht bekannt waren. Wir sehen die versteckte Seite einer Frau, mit der der Kratzer womöglich gespielt hat. Für mich ist das ein Erfolg.«

»Ich hatte mir trotzdem mehr erhofft, ehrlich gesagt. Aber gut.« Albert schlenderte durch die Dachkammer, vorbei an der wachsartigen Nachbildung eines Bienenstocks und einem zerschlissenen Springbock aus Leder. Bei Emmas Tisch blieb er stehen und tippte ihr vorsichtig auf die Schulter. »Wir müssen weiter. Kommst du?«

Emma blickte von ihrer Zeichnung auf. Mit beiden Händen verdeckte sie das Bild auf dem Tisch. »Ich bin aber noch nicht fertig. Das ist eine Überraschung.« Sie rollte das Papier hastig zusammen und warf Christine einen fragenden Blick zu.

»Wir müssen wirklich los.«

»Na, gut«, seufzte sie.

Albert stützte sich auf den Tisch. Er verharrte, beugte dann den Oberkörper über die Platte.

Die Rufe von Schülern drangen vom Hof. Albert legte den Kopf schräg. Emma verstaute ihren Block und die Stifte in ihrem Rucksack und betrachtete ihn verwundert von der Seite. Seine Nase berührte fast die Tischplatte. »Christine ...«

»Was? Was hast du?«

Er fuhr mit der Hand über die Oberfläche. »Komm doch mal.«

Christine machte einen großen Bogen um den wächsernen Bienenstock und blieb neben dem Tisch stehen. Er war mit einer weißen Hochglanzschicht überzogen, an vielen Stellen abgeblättert und mit schwarzem Edding bekritzelt. Jahn hatte die alten Schultische wohl aussortiert und ins Dachgeschoss ausgelagert.

Can't get you out of my head, stand auf der Platte. Christine erinnerte sich noch an den Song. *Ben loves Sandra,* ein schief gekritzelter Liebesschwur, daneben ein aufmüpfiges *Kill the System.*

Albert tippte auf eine Fläche zwischen den Schmierereien. Dort befanden sich tiefe Kerben, in denen sich der hellbraune Ton des Holzes zeigte. Es waren schmale Striche, höchstens einen Millimeter breit. Ausgeführt mit einer extrem scharfen Klinge.

Christine ging in die Hocke. Aus diesem Winkel störte die Reflexion der glänzenden Fläche weniger. Die Striche wurden schärfer. Kratzer reihte sich an Kratzer. Buchstaben bildeten sich, wurden zu Worten. *Der Mond ist aufgegangen.* Umrahmt von einer runden Fratze mit spitzen Zähnen und stilisierten Blutstropfen.

Darunter weitere Kerben, die sich zu Wörtern verbanden, Strich für Strich. *Sau. Sau. Sau.*

Im Treppenhaus hallten Schritte. Jahn kam zurück. Emmas Rucksack raschelte. Ein kalter Windstoß fuhr von der Dachluke herein. Die Knochen des Skeletts klapperten.

Sau. Sau. Sau.

Die Buchstaben waren in die Länge gezerrt wie dürre Spinnenbeine. Dazu ein kleiner Querbalken am rechten Fuß eines jeden *A*s.

Christine fuhr über die Rillen, spürte die Vertiefungen unter ihrer Haut wie feine Narben. »Jede Geschichte hat einen Anfang.« Sie blickte in Alberts erstarrtes Gesicht. »Und die vom Kratzer beginnt genau hier.«

22. KAPITEL

Delfine, Tobias. Delfine. Sie umzingeln Kugelfische und stoßen sie mit ihrer Schnauze so lange an, bis ihnen ein Nervengift entweicht. Hochtoxisch das Ganze. Dann kauen sie auf dem Fisch rum und reichen ihn wie einen Joint an ihre Artgenossen weiter.« Alexander Finkel machte saugende Mundbewegungen. »Sie berauschen sich an dem Stoff und treiben danach wie schwerelos an der Wasseroberfläche. Verstehen Sie, Tobias?«

Delfine kiffen Kugelfische. Dom kapierte nicht, was ihm Finkel damit sagen wollte. In den Gesprächen mit seinem Vorgesetzten tauchten solche Gleichnisse wie Labyrinthe auf, in denen er sich regelmäßig verlief, ohne jemals zum Ausgang zu gelangen.

»Bei vielen Lebewesen besteht der Wunsch, mit allen Mitteln dem echten Leben zu entfliehen. Egal, ob Tier oder Mensch – ohne Rücksicht auf Verluste. Und am Ende bleibt in der Realität nur noch ein Haufen Dreck übrig.« Er wedelte Dom mit einem Stapel Papiere zu. »Lieke Jongmann: Ihre Lunge ist im Eimer, die Leber nicht mehr als ein poröser Schwamm, eine Niere fehlt. Und obendrein gehen die Ärzte von einer Herzentzündung aus. Eine typische Junkie-Geschichte.«

Finkel ließ den Krankenbericht auf seinen Tisch fallen. Diagramme und Listen von Messwerten zeigten sich im kalten Licht der Schreibtischlampe. Der Verdampfer seiner E-Zigarette blubberte auf der Tischkante. »Tja, Tobias. Die Frau ist ein Wrack und in frühestens drei Tagen vernehmungsfähig.« Er nahm seine Brille am Bügel und warf sie auf den Tisch.

Dom erhob sich. Die Rollen des Bürostuhls fuhren über das Linoleum. »Wir haben keine drei Tage.« Er stützte beide Arme auf

Finkels Schreibtisch und beugte sich vor. »Wir brauchen die Aussage jetzt.« Er schlug mit der flachen Hand auf den Tisch. »Ohne Verzögerungen.«

Eines von Finkels Familienfotos kippte um. Es knallte auf die Platte. Die Dampfschwaden der E-Zigarette zogen in Doms Nasenhöhlen.

»Ruhig, Tobias. Ganz ruhig.« Finkel stellte betont langsam das Bild mit den lachenden Gesichtern seiner Kinder wieder auf. Dabei schüttelte er den Kopf. »Jongmann ist auf der Krankenstation der JVA Plötzensee unter Bewachung. Fehlt uns bloß noch, dass der Kratzer sie ausknipst.« Er rollte den Krankenbericht zusammen und klopfte damit auf seinem Knie herum. »Sobald Jongmann auch nur einen ganzen Satz zustande kriegt, schicke ich sofort einen Mann an ihr Krankenbett.«

»Einen … Mann?« Das menschliche Hirn verarbeitet in einer Sekunde etwa eine Million Bit, doch Finkels Aussage wollte sich Dom nicht erschließen. »Welcher Mann? *Ich* bin der Mann. Ich werde hinfahren.«

»Nein, das werden Sie nicht. Ich ziehe Sie vom Außendienst ab.«

»Was?«

»Spielen Sie hier nicht das störrische Kleinkind, Tobias. Sie wissen genau, warum ich das tun muss.«

Dom wusste es und hatte sich die ganze Zeit vor dieser Entwicklung gefürchtet. Er musste weiter ermitteln, niemand kannte den Kratzer so gut wie er. »Nein …«

»Ich kann Sie nicht da draußen weiter in einem Fall ermitteln lassen, der Ihre Familie unmittelbar betrifft. Wenn da was schiefgeht und das in den Medien landet – dann haben wir ein Riesenproblem.«

»Sie meinen, wegen des Vorfalls in der Eisfabrik?« Küster, dieser übermästete Choleriker. Alles seine Schuld. Und obendrauf noch Finkel, der niemals seine Karriere für einen anderen Menschen aufs Spiel setzen würde.

»Auch deswegen. Sie bleiben hier im Innendienst, bis wir den Kratzer haben.«

»Ich ...«

»Lassen Sie die Diskussionen, Tobias.«

»Moment ...'

»Sie haben mich doch verstanden.« Finkel nahm einen tiefen Zug an seiner E-Zigarette. Sein Gesicht hatte einen kalten, wie aus dunklem Stein gemeißelten Ausdruck angenommen.

Keine Insubordination. Du bist nur mein Soldat. Dom konnte die Gedanken seines Vorgesetzten direkt hören.

Mit seinem zusammengerollten Papier deutete Finkel auf den Ausgang. »Lassen Sie die Tür leise ins Schloss gleiten, wenn Sie rausgehen. Ich mag so ein hektisches Klappen nicht.«

Drei Schneeflocken reichten in der Regel aus, um den gesamten Verkehr in Berlin lahmzulegen. Die Schneeberge auf den Straßen hatten die Stadt ins vollendete Chaos gestürzt.

Dom brauchte eine halbe Stunde, um seine Wohnung in der Sybelstraße zu erreichen. Überall im Haus brannten schon die Lichter. Nur im zweiten Stock des Gründerzeithauses blickten seine eigenen Fenster wie aus toten Augen zu ihm hinab.

Im Erdgeschoss bewegte sich eine Gardine. Seine Hausmeisterin presste ihr Gesicht gegen die vereiste Scheibe und setzte dabei ihre Brille auf, die an einer goldenen Kette um ihren Hals hing. Wie er diese Bespitzelung hasste.

Seit er aus dem gemeinsamen Haus mit Jasmin ausgezogen war, quälte er sich mit seinen Nachbarn herum. Die hämmernde Musik, die klappernden Mülltonnen und das Getrappel im Hausflur raubten ihm mit regelmäßiger Zuverlässigkeit die Ruhe.

Er winkte seiner Hausmeisterin zu, doch die riss nur die Gardine vors Fenster. Ein entlarvter Spion kennt keine Freundlichkeit.

Dom schloss die Haustür auf. Er drückte den Lichtschalter. Von der Decke fiel das Licht in den Eingangsbereich, strahlte auf Deckenmalereien, Eckornamente und das wuchtige Treppengeländer mit seinen Traljen.

Er trat die Schuhe an der durchnässten Fußmatte ab und begab sich zu seinem Briefkasten. Der Schlüssel klickte im Schloss, er zog an der Klappe. Das Scharnier knarrte.

Da war ein Klackern.

Kleine rote Splitter prasselten auf die Ornamentfliesen, blieben zwischen seinen Schuhspitzen liegen. Wie Farbkleckse zeichneten sie sich auf dem Mosaikmuster ab. Korallenstücke. Schon wieder. Eine von Emmas Freundinnen hatte wohl eine besondere Leidenschaft für diese Dinger entwickelt. Oft genug lagen Freundschaftsbändchen aus Perlen in seinem Briefkasten.

Kinder eben.

Er wollte nach seiner Post schauen, da fiel ihm ein bläuliches Glühen auf.

Im Briefkasten.

Direkt vor ihm.

Aus einem Fernseher im Stockwerk über ihm tönte ein Schrei. Das Klimpern eines Klaviers drang bis ins Treppenhaus.

Ein kleiner Haufen Korallen lag in dem Briefkasten und daneben ein flimmerndes Smartphone mit einem Ohrstecker.

Er streckte die Hand aus. Seine Finger zitterten. Das Handy lag kalt auf seiner Haut.

Das Display flackerte. Ein Bild baute sich auf zu einer Skype-Schalte. Die Konturen eines Mannes zeigten sich, erst weiter weg, dann näher. Er hatte kurz geschorenes Haar, trug eine runde Brille. Ein Striemen zog sich über seine Wange. Er lächelte.

Dieses Lächeln … dieses gottverdammte Lächeln.

Die Nacht am See in Stettin. Der blutige Klumpen Fleisch unter Doms geballten Fäusten.

Der Mann deutete auf sein Ohr und nickte ihm zu. Der Kratzer war hier gewesen. In seinem Haus. Dom blickte über seine Schulter, scannte den Flurbereich. Niemand dort, nur leere Treppen und das flackernde Bild vor ihm.

Langsam schob er den Ohrstecker in seinen Gehörgang.

Emma war auf dem Weg nach Kiel zu ihren Großeltern. Sie war in Sicherheit. Christine hatte ihm vor einer Stunde eine SMS geschickt. Jasmin stand noch immer unter Polizeischutz. Und doch lächelte ihm der Kratzer von dem Display zu, als ob er eine unausgesprochene Wahrheit verkünden wollte.

»Hallo Tobias. Na endlich, wo haben Sie sich denn rumgetrieben? Ich warte schon eine ganze Weile auf Sie.« Die Stimme klang freundlich, so sympathisch. Sie bohrte sich in sein Ohr, brachte sein Trommelfell zum Schwingen.

»Was willst du?«

Das Lächeln im Gesicht des Kratzers wandelte sich in ein Grinsen. »Überraschung, Herr Kommissar. Einen kleinen Moment ... und: Achtung.«

Das Bild wurde unscharf, die Verbindung brach fast zusammen. *Nicht jetzt.* Dom umklammerte das Smartphone so fest, dass sich die Kanten des Geräts tief in seine Hand pressten. Er drehte sich, suchte eine Position für einen besseren Empfang und ging näher in Richtung Innenhof. Da drang ein Knacken in sein Ohr.

Auf dem Display ruckelten Tausende Pixel, verschoben sich und setzten sich wie auf Knopfdruck zusammen. Das Bild baute sich wieder auf.

Er erkannte einen Keller. Darin war eine Frau. Sie hockte auf dem Boden, angebunden an einem Rohr. Ihr gesenkter Kopf, das dunkle Haar, ihr Mittelscheitel – die Kamera ging näher an ihr Gesicht heran. Sie hob den Kopf. Das lange Haar verbarg ihr Gesicht, doch nun fiel es Strähne für Strähne zur Seite. Ihre dunklen Augen zeigten sich. Ihre Augen ...

Ein Korallenstein knackte unter Doms Schuh. Er streckte seinen Arm mit dem Handy weit von sich, wollte die Bilder in seinem Gehirn nicht zulassen.

»Karen ...«

Wie auf Knopfdruck flackerte das Bild und wurde für den Bruchteil einer Sekunde schwarz. Dann nickte ihm der Kratzer zu. »Bravo. Richtig getippt. Hoffentlich gefällt Ihnen mein Video. Gut, ist kein Kubrick, aber trotzdem ganz ordentlich. Irgendwie experimentell.«

»Du Schwein ...«

»Pfui, so rüde Worte, Tobias. Wie unartig.«

»Wo ist sie?«, zischte Dom.

»Nun stressen Sie sich doch nicht so. Sie können sie ja gleich sehen.« Er beugte den kantigen Schädel vor. Die Kamera verzerrte sein Gesicht in die Breite. »Aber dafür müssen Sie schon zu mir kommen. Ich habe auch Tee und Gebäck da. Sie mögen doch Tee?«

Er kannte seine Gewohnheiten. Der Kratzer hatte ihn beobachtet. Auf seinem Balkon, in einem Restaurant oder an sonst einem Ort. »Wo ... ist ... sie ...?«

»Sie haben es aber wirklich eilig.« In einer kindlich anmutenden Geste legte er eine Hand ans Ohr und schob die Muschel nach vorn. »Hören Sie jetzt gut zu. Nehmen Sie den Autoschlüssel aus dem Briefkasten.«

Dom griff in das Gehäuse und schob die Korallen zur Seite. Ein Audi-Schlüssel lag in der linken Ecke. Er hatte ihn übersehen.

»Nun nehmen Sie Batterie und SIM-Card aus Ihrem eigenen Handy, und rein damit in den Kasten. Aber so, dass ich alles sehen kann.«

Dom zog sein Handy aus der Innentasche des Mantels, deaktivierte es, entnahm die Karte und schob das Gerät mit dem Display nach oben in den Briefkasten. Dabei hielt er das Smartphone des Kratzers weit von sich, damit ihn die Kamera filmen konnte.

»Sehr gut.« Der Kratzer klopfte sich mit der flachen Hand gegen die Stirn. »Da war doch noch was ...« Der spöttische Zug um seine Mundwinkel wirkte wie eingestanzt. »Ach, ich Dummerchen. Ihre Waffe. Hätte ich fast vergessen. Auch damit ab in den Briefkasten.«

Dom zerrte seine SIG Sauer aus dem Holster, zog das Magazin heraus und packte beides auf die Korallen. Einige Teilchen prasselten gegen die Rückwand des Kastens.

Er musste mitspielen. Solange nicht alle Fakten vor ihm ausgebreitet lagen, blieb ihm keine Alternative. Niemals würde er Karen diesem Monster überlassen.

»Klappe zumachen«, schallte es in seinem Ohr.

Ein Schließgeräusch hallte durchs Haus. Eine Wohnungstür im Erdgeschoss wurde aufgerissen. Herr Gerber, ein Pensionär, trat in seinen Pelzhausschuhen in den Gang. In der Hand hielt er einen bis zum Rand gefüllten Mülleimer, aus dem Kartoffelschalen hervorquollen. Der Geruch von dampfender Linsensuppe zog durchs Treppenhaus.

Dom presste das Display des Handys gegen seine Brust.

Gerber hielt inne und betrachtete die Korallenstücke auf dem Boden. »Den Dreck machen Sie hoffentlich wieder weg.«

Dom nickte. *Geh weiter. Na, los.*

»Und wenn ich Sie schon mal hierhab, das Gepatsche von Ihren Fingern an der Glasscheibe, da an der Haustür, das können Sie auch mal sein lassen.«

»Kommt nicht mehr vor.« Kein Widerspruch. *Nun geh.*

»Will ich hoffen. Ich beobachte das.« Gerber schlurfte durch den Hausflur und öffnete die Tür zum Hof, wo er verschwand.

Dom nahm das Handy von seiner Brust. Das blaue Flimmern stach in seine Augen.

»Wenn Sie noch einmal das Display verdecken, kappe ich die Verbindung«, rauschte die Stimme in seinem Ohr, ganz sachlich und apodiktisch. Der Kratzer nahm seine Brille ab. In seinem Gesicht lagen die Muskeln ganz starr, einer Maske nicht unähnlich. »Wenn Sie meine Befehle nicht befolgen, wenn Sie auch nur einen einzigen verweigern, hat das Konsequenzen.«

»Habe ich verstanden. Aber eine Frage …«

»Was?« Ein scharfes Pfeifen drang in Doms Ohr.

»Woher weiß ich, dass Karen noch lebt?«

Zweimal tippte der Kratzer mit dem Zeigefinger gegen seine Stirn. »Ganz einfach. Hier oben drin bleibt Ihnen nur eine große Ungewissheit. Sie wissen nur eines: Wenn Sie mir nicht folgen, ist sie in jedem Fall tot. Es liegt an Ihnen. Das ist doch auch für Sie nicht so schwer zu verstehen.«

Die Situation war für Dom nicht gewinnbar, aussichtslos. Vielleicht gelang es ihm, Finkel zu kontaktieren. Oder Christine würde misstrauisch werden, wenn er sich nicht meldete. Er blickte zur Tür, die in den Innenhof führte. Gerber musste doch mit seinem Mülleimer gleich zurückkommen. Der Alte bemerkte dann sicher, dass hier etwas nicht stimmte. Doch die Tür blieb verschlossen. Die Hoffnung überschattete seine Rationalität, er verwarf all diese Gedanken. Er war auf sich allein gestellt.

Dom schloss den Briefkasten und schob die Korallen mit der Schuhspitze an den Rand der Mauer. »Was nun?«

»Brav. Guter Junge.« Der Kratzer ließ ihn wie eine Marionette tanzen. »Sie gehen jetzt raus auf die Straße und biegen rechts ab.«

An der Haustür zogen bepackte Menschen vorüber, unterwegs durch die Kälte. Sie brachten ihre Einkäufe nach Hause. So sah ein ganz normaler Winternachmittag in Berlin aus.

Dom ging zur Tür, drückte die Klinke nach unten und trat nach draußen. Sofort verwandelte sich sein Atem in eisige Schwaden. Das Streugranulat knirschte unter seinen Schuhen. Die Sonne ging bald unter.

»Links, der schwarze Audi TT, B-KB 9869. Einsteigen.«

Dom drückte die Entriegelungstaste des Funkschlüssels. Die Blinkleuchten des Autos gaben zwei Signale. Bevor er in den Wagen stieg, checkte er die Umgebung: Die Kunden in der Bäckerei vor ihm waren in ihre Einkäufe vertieft. Frierende Passanten zogen an ihm vorbei. Autofahrer im Wagen neben ihm guckten stur geradeaus. Nirgends eine verdächtige Geste. Keine Spur vom Kratzer. Doms Blick wollte sich nirgendwo verfangen.

»*Tut, Tut.* Und schon geht die Reise los. Freuen Sie sich?«

Dom riss die Tür auf und ließ sich in den Ledersitz fallen. Als er den Zündschlüssel umdrehte, bemerkte er eine Bewegung hinter der Gardine im Erdgeschoss seines Hauses. Seine Hausmeisterin. Sie blickte ihm direkt in die Augen. Und für einen Moment, nur für den Bruchteil einer Sekunde, hatte Dom das Gefühl, dass sie ihn zum letzten Mal sehen würde.

23. KAPITEL

»Ich möchte nicht, dass du da alleine reingehst.« Albert deutete auf das Haus neben der schneebedeckten Koppel. Die Lichter brannten hinter dem Rotsteinmauerwerk und tauchten die Räume in warmes Licht. Eine Gestalt erschien hinter den weißen Sprossenfenstern, wurde kleiner und verschwand in einem angrenzenden Zimmer. Der Wind blies den Schnee über die Kanten des Reetdaches. Zwei Hannoveraner liefen über die Weide. Sie reckten die Hälse, feuchtwarme Luft entstieg ihren Mäulern.

»Aber natürlich gehe ich da jetzt rein. Es ist richtig, und ich handle nicht gegen meine Einsichten.« Christine stellte sich auf den unteren Zaunriegel und fixierte das Haus in vierzig Metern Entfernung. Sie würde sich nicht von ihrem Vorhaben abbringen lassen.

Emma tat es ihr nach und kletterte auch auf das Gatter. Eines der Pferde kam näher und schob das Maul über den Koppelzaun. Emma strich ihm über die Mähne. Die Strahlen der drei Meter hohen Straßenlaternen am Rande des Weges fielen auf das Fell des Pferdes und ließen es seidig glänzen.

Albert wollte nicht seufzen. Er tat es dennoch. »Es hat nichts mit Feigheit zu tun, wenn man vernünftig ist.«

»Aber aus sicherer Entfernung mutig zu sein ist nun mal unsexy. Das ist nichts für mich.«

»Selbsterhaltungstrieb wohl auch nicht.«

»Im Ernstfall habe ich zwei sehr schnelle Beine.« Christine warf ihm einen Seitenblick zu. »Du bringst Emma zu ihren Großeltern, das habe ich Dom versprochen.« Sie beugte sich weit über den Zaun in Richtung Haus. »Und ich kümmere mich um den alten Mann, der da drinnen ganz entspannt durch sein Haus schlurft. Er ist unser Bindeglied in diesem Fall.«

»Kann auch Zufall sein.« Zufall war eine sinnlose Erklärung und nur ein Ersatz für Unwissenheit – Albert kannte Christines Ansichten und konnte ihre Reaktion vorausberechnen. Doch er liebte diesen zornigen Glanz in ihren Augen, ihre zusammengezogenen Brauen und den gespitzten Mund, wenn sie in Rage geriet. So wie jetzt. Er war süchtig danach. Ein Tag ohne ging nicht.

Christine drehte ihm den Kopf zu. Ihr Zeigefinger tanzte vor seinen Augen herum. »Fakt eins: Die Scratches auf dem Schultisch weisen eine eindeutige Übereinstimmung auf mit den Ritzereien, die der Kratzer an seinen Opfern hinterlässt.« Sie hob den Mittelfinger. »Fakt zwei: Drei der Schüler hatten ein Sex-Abenteuer mit Manuela Weigert. Einer der Jungen war der Sohn eines Tierarztes in Flintbek – der Sohn des Mannes, der da hinten gerade mit einer dampfenden Tasse durchs Haus geht. Dr. Jochen Brenner macht seinen Job schon seit über dreißig Jahren. Einen anderen Tierarzt hat es hier in der Gegend nie gegeben. Vorausgesetzt, deine Recherche im Netz stimmt.«

»Natürlich stimmt sie.« Albert klopfte auf das Tablet, das er sich unter den Arm geklemmt hatte. »Aber sein Junge ist bei einem Unfall gestorben.«

»Ganz genau. Und die zwei anderen Schüler leben. Der Doktor weiß wahrscheinlich einiges mehr über diese Geschichte mit Manuela Weigert. Gerade weil sein Sohn tot ist, muss er keine Rücksicht auf seine Familie nehmen. Fakt drei ...« Sie hob den Ringfinger.

»Ich weiß«, Albert winkte ab. »Du meinst die ersten Gutachten der Pferderipper-Fälle.«

»Die kommen auch von diesem Tierarzt. Ganz genau.« Drei Finger schwebten vor Christines Gesicht, die sie schlängelnd bewegte. »Hinter diesen *Zufällen* steckt ein System aus unbekannten Ursachen. Dieser Tierarzt da kann unser Schlüssel sein.« Sie fuhr mit der ausgestreckten Hand durch die Luft. »Ich muss und werde in dieses Haus gehen. Irgendein Gegenargument?«

»Du hast ja wohl deinen Elektroschocker dabei?«

Christine klopfte auf ihre Manteltasche. »Aber natürlich.« Wie zum Beweis zog sie das schwarze Gerät an einer Handschlaufe aus ihrer Tasche. »Darf ich jetzt spielen gehen, Dad?«

»Spinnerin.« Er küsste sie auf den Mund. Wenn es einen Moment für seinen Widerstand gegeben hatte, dann war er ohnehin längst vorüber. »Also gut. Dann fahre ich jetzt mit Emma zu ihren Großeltern nach Kiel. Dauert 'ne Stunde bei diesem Wetter, dann bin ich zurück.«

»Ich will aber nicht zu Oma und Opa.« Emma ließ von dem Pferd ab und sprang vom Koppelzaun herunter. Sie griff nach Christines Hand. »Ich will noch bei euch bleiben.«

»Das geht nicht. Du fliegst doch heute Abend. Wir haben das abgemacht.«

»Bitte, Christine …«

»Ein Deal ist ein Deal.« Ihre gespielte Härte erheiterte Albert. Er grinste Christine an, während sich Emma an sie klammerte.

Der Hannoveraner schnaubte und trat vehement mit einem Vorderhuf auf. Schnee spritzte nach allen Seiten. Die Straßenlaternen am Wegrand flackerten.

»Warte mal.« Christine schob Emma sanft von sich und griff in ihre Manteltasche. Sie zog einen kleinen Bilderrahmen hervor. Albert erkannte grüne Farben, Bäume und eine Frau, die einen Arm ausstreckte und verloren in den Himmel blickte. Es war die Miniatur der Jeanne d'Arc. »Das hat mir mal mein Vater geschenkt, als ich so alt war wie du. Ich hab es für dich eingesteckt. Und ich schenke es dir. Zum Abschied. Aber nur, wenn du dich an unsere Absprachen hältst.«

»Schön …« Emma strich über das Glas im Rahmen, als ließe sich so Jeannes Gestalt ertasten. »Danke.«

»Wenn du wieder in Berlin bist, gehen wir ins Museum und ich zeige dir das Original.« Christine legte eine Hand auf ihr Herz. »Versprochen.«

»Ich hab auch was.« Emma griff in ihre Umhängetasche und zerrte eine Papierrolle hervor. »Das ist für dich, Christine. Und für Albert. Für euch beide.«

Christine nahm das Papier und entrollte es. Es waren zwei Portraits. Albert erkannte sich in dem bunten Gekritzel sofort wieder. Sein abstehendes Haar, sein stoppeliges Kinn. Daneben Christine mit ihrem schmalen Körper und dem schwarzen Mantel mit Stehkragen. Alles war erstaunlich detailreich gezeichnet, und doch fehlte etwas ganz Entscheidendes in diesem Bild.

»Wo ist mein Mund?« Christine tippte auf die Zeichnung.

»Habe ich weggelassen, weil du immer so ernst guckst. Ich dachte, du malst den selbst rein, wenn dir mal nach einem Lächeln ist, weißt du?« Emmas Logik kam nicht von dieser Welt. Albert hatte seine eigene Kindheit zwischen den braunen Apothekengläsern seiner Familie verbracht. Es waren verstaubte Jahre ohne Fantasie gewesen. Schlichtweg öde. Emma war ganz anders. Er beneidete sie darum.

Christine betrachtete die Zeichnung. Ganz zart deuteten sich zwei Fältchen um ihre Mundwinkel an.

»Danke, Emma.« Christine strich über die Fellkappe des kleinen Menschen vor ihr und nickte Albert zu. »Los, jetzt. Die Zeit wird knapp.«

Abschiede verbinden. Ohne sie würde es kein Wiedersehen geben. Doch als Albert davonfuhr, nahm ihn eine seltsame Schwere gefangen. Im Rückspiegel sah er Christine mit einer glühenden Zigarette in der Hand – ein roter Punkt, der immer kleiner wurde, während sie sich umdrehte und auf das Haus des Tierarztes zuging.

24. KAPITEL

Je weiter Dom fuhr, desto stiller lagen die Straßen vor ihm. Einzelne Bäume wurden zu Wäldern. Die Scheinwerfer des Autos bohrten sich durch die Dunkelheit. Schneeflocken tanzten vor der Windschutzscheibe hin und her. Die Scheibenwischer kämpften dagegen an, doch die Sicht blieb getrübt. Dom war in diesem Haufen Blech gefangen – Ziel ungewiss.

»Nun gucken Sie doch nicht so ernst. Sehen ja aus wie ein Kind auf 'ner Party, mit dem keiner spielen will.«

Vor ihm, an der Mittelkonsole, hing das flimmernde Smartphone des Kratzers mit seinem geöffneten Mund, seinen Lachfalten und den vor Freude strahlenden Augen. Wie ein Scheißclown sah er aus. Der Kratzer wirkte, als ob er noch im Februar seine Weihnachtsgeschenke öffnen wollte. Er beschallte Dom mit Beleidigungen, mit Drohungen. Einmal summte er sogar ein Lied: *Der Mond ist aufgegangen.* Und tatsächlich zeigten sich oben am Nachthimmel schon die Konturen der gelben Kugel.

Dom jagte über Kopfsteinpflaster und vereiste Brücken. Immer wieder überprüfte er seine Möglichkeiten. Er musste das Spiel drehen, den Kratzer lokalisieren und den Standort an die Beamten im LKA übermitteln – ohne Karen in Gefahr zu bringen. Das Mögliche entstand meist aus dem Unmöglichen, das hatten ihn seine Jahre als Kriminalkommissar gelehrt. Doch hier und heute war er aller Optionen beraubt.

An der vorderen Stoßstange des Wagens und an der Heckscheibe waren Car-Cams befestigt. Lichthupen oder andere auffällige Signale konnte Dom nicht absetzen, ohne dass es der Kratzer mitbekam. Der GPS-Tracker im Fahrzeug war deaktiviert.

Er befand sich irgendwo nordwestlich von Berlin. Kilometer

für Kilometer war er mit Kommandos wie ein Blinder durch die Straßen dirigiert worden.

Am grauen Armaturenbrett klemmte ein Parkausweis der Freien Universität Berlin, darauf war ein Foto von Karen mit dem Kennzeichen ihres Fahrzeugs abgebildet. Der Kratzer hatte sie sicher an der Uni beobachtet, sie ausspioniert und in ihrem Auto überwältigt. Der Ausweis war ein weiteres psychisches Druckmittel. *Ein Fehler von dir, und ich bin tot.* Die Karen auf dem Foto musste nichts sagen, damit Dom sie in seinem Innersten hörte.

Er saß im Wagen seiner ehemaligen Partnerin, berührte die feinen Poren ihres Lederlenkrads, presste sich in den Sitz, so wie sie es vor ihm wohl auch Tausende Male getan hatte. Karen fuhr nur Schaltwagen. Sie hasste Automatikgetriebe, weil sie ihr zu wenig Kontrolle beim Fahren ließen.

Einmal hatte sie ihm erzählt, wie ihre Mutter in ihrer Ehe ums Überleben gekämpft hatte. Ihr Vater, ein Mann, der den Alkohol wie einen Filter über seinen Alltag ausgebreitet und sich so das Leben erträglich gemacht hatte. Schläge und Demütigungen, die alte Geschichte. Auch deswegen war sie Polizistin geworden. Sie wollte die Kontrolle haben. Karen brauchte das Gefühl der Selbstbestimmung. Doch nun war es ihr genommen worden. Vom Kratzer.

Die Straße verlief in Kurven. Dom drosselte die Geschwindigkeit. Der Schalthebel lag schwer in seiner Hand. Vierzig Stundenkilometer. Das Knirschen des Schnees unter den Reifen erinnerte ihn an die Eisschollen in der Elbe, die im Winter mit einem Ächzen aneinanderstießen.

Der Kratzer beobachtete jede von Doms Bewegungen durch das Display des Handys. Ohne seinen Bart und die langen Haare sah er vollkommen verändert aus. Er mochte Anfang dreißig sein. Sein spitzes Kinn und die Raspelfrisur ließen seinen Schädel kantig wirken. Manchmal schwieg der Kratzer mehrere Minuten lang. Dann betrachtete er Dom, als sei er ein Tier im Zoo, das hinter einer dicken Glasscheibe seine Späßchen vollführt. Diese Stille hasste Dom noch mehr als die Demütigungen.

Er schaltete einen Gang höher und gab Gas. Da tauchte vor der Motorhaube ein dunkler Schemen auf. Wie ein starrer Schatten. Ein Reh. Reglos stand es im Lichtkegel, gefangen im Tunnelblick, ohne erkennbare Fluchtmöglichkeit.

Dom trat das Bremspedal durch, riss am Lenkrad. Die Reifen schlidderten über die verschneite Fahrbahn. Bremsleuchten warfen rotes Licht. Er schlug das Lenkrad ein, geriet auf die Gegenfahrbahn und brachte den Wagen wieder in die Spur. Knapp, sehr knapp.

Er nahm den Gang heraus, stoppte den Audi und konzentrierte sich auf das gleichlaufende Brummen des Motors. Sein Atem ging viel zu schnell. Für eine Sekunde schloss er die Augen. Als er sie wieder öffnete, stand das Reh noch immer auf der Straße und blickte ihn an. Schneeflocken rieselten auf sein Fell. Seine Lauscher zuckten. Mit einem drei Meter langen Satz schoss es ins Unterholz und war verschwunden.

»Bravo, Tobias! Gute Action.« Der Kratzer schnalzte mit der Zunge. »Ich mag ja ein bisschen Dramatik. Aber unser kleiner Trip wäre eben fast zu Ende gewesen.« Er wischte sich mit dem Rücken seiner Hand über die Stirn und blies die Backen auf. »*Puh. Puh. Puh.*«

Wie gerne Dom seine Faust in diese dümmlich grinsende Visage geschlagen hätte. Er konnte das Brechen der Schneidezähne schon hören und die scharfen Kanten der Splitter auf seinen Knöcheln spüren. »Wie lange muss ich noch fahren?«, fragte er stattdessen.

»So lange ich will.«

»*Wie lange?*« Seine Finger umklammerten das Lenkrad mit einer Härte, die das Leder zum Knirschen brachte.

»Abwarten, nicht so ungeduldig. Hätten Sie meine Hinweise

richtig gedeutet, wären Sie jetzt nicht in dieser blöden Lage. Jasmin war nur ... der Aperitif.« Der Kratzer tippte mit dem Zeigefinger an seine Lippen, als hätte er diese Geste gerade für sich entdeckt. »Sie haben vor Jahren eine Tür zu meinem Leben geöffnet. Und ich ziehe Sie jetzt über die Schwelle. Nichts ist mehr sicher.« Seine Kinnmuskulatur spannte sich. »Gar nichts – nur auf die Balance aller Dinge ist Verlass.«

Das esoterisch verklärte Geschwafel eines Wahnsinnigen. Mehr war es nicht. Schon hinter der nächsten Kurve konnten alle Antworten liegen, die Dom brauchte, um den Kratzer zu Fall zu bringen. Er schob den Kupplungshebel nach oben und drückte das Gaspedal durch. »Na gut. Wohin?«

»Geradeaus. Immer nur geradeaus.«

Straßen begannen und endeten. Die Äste von Ahornbäumen, Buchen und Birken schaukelten im Wind, streckten ihre Zweige im Licht der Scheinwerfer über die Fahrbahn, als würden sie Dom zuwinken. Am Rand eines Waldstücks fiel ihm ein italienisches Restaurant auf. *Adria* flackerte in blauer Leuchtschrift über dem Eingang. Links von ihm erklang das Glockengeläut einer Kirche. Die Wischer fuhren mit ihrem monotonen Surren über die Scheibe. Dom kannte das Restaurant.

Jasmin war dort oft mit einer Freundin aus dem Reitklub für ein Glas Wein eingekehrt. Auf verschlungenen Wegen war er in Bernau gelandet.

Womöglich hielt der Kratzer Karen im Reitstall gefangen, dort, wo ihm Jasmin entkommen war. Eine Frau ersetzt die andere. Ein Leben für ein Leben. Eine Frage der Balance.

Genau das könnte er mit seinem Gerede angedeutet haben.

Vielleicht war es aber auch nur ein neuer Trick aus seinem Repertoire, ein weiteres Verwirrspiel, das Dom ablenken und in dichte Nebel führen sollte.

»Weiter, Tobias. Immer weiter«, sagte die Stimme in sein Ohr.

Karen blickte ihn vom Foto an der Armatur an. Grübchen zeigten sich um ihre Mundwinkel. In ihren offenen Augen lagen so viel Freundlichkeit und Vertrauen.

Er gab Gas.

Ein Friedhof, eine alte Schmiede und der rote Bau einer Feuerwache zogen an dem Wagen vorüber. Dom fuhr über versteckte Wege und holprige Pflaster. Der Wald wurde wieder dichter. Ein Drahtzaun neben der Fahrbahn zeigte sich an den Seitenfenstern. Schließlich ertönte das Kommando: »Wagen abbremsen. Scheinwerfer aus, nur noch Standlicht.«

Dom drosselte den Motor und kippte den Lichtschalter am Lenkrad. Die Leuchten waren dem Schneetreiben nicht mehr gewachsen. Die Sicht vor der Haube beschränkte sich auf drei Meter. Danach kam nur noch Schwärze. Wieder ein strategischer Nachteil. Der Kratzer konnte sich dem Wagen unbemerkt nähern, wann immer er wollte.

»Der Pfad rechts. Folgen Sie ihm bis zum Ende.«

Neben dem Zaun verlief ein schmaler Weg mit einer Fahrrinne in den tiefen Wald. Dom schlug das Lenkrad mit einem Ruck ein und schaltete in den zweiten Gang. Gefrorener Schnee schabte über den Unterboden. Immer wieder griffen die Räder ins Leere. Der Wagen kippelte in der Rinne. Stück für Stück kämpfte sich Dom vorwärts, während er durch die Fenster nach auffälligen Bewegungen in der Finsternis spähte. Vergeblich. Da draußen waren nur Zweige, die gegen die Scheiben peitschten.

Nach achtzig Metern rauschte es in seinem Ohrstecker. »Anhalten und aussteigen. Schlüssel abziehen.«

Dom zog das Smartphone von der Armatur. Er verließ den Wagen und begab sich zum Ende des Weges. Schneeflocken fielen auf seine Stirn, liefen ihm über die Wangen und benetzten seine Lippen.

»Rechts zwischen den Bäumen durch. Dann immer geradeaus.« Der Tonfall des Kratzers wurde schärfer.

Das Unterholz knackte unter Doms Schuhen.

»Jetzt weiter nach links.«

Dom lauschte in die Dunkelheit, horchte auf den Widerhall einer fremden Stimme oder ein Atmen in seiner Nähe. Doch nur der Wind rauschte durch den Wald und fuhr über sein Gesicht.

Er tastete sich voran, schob Äste zur Seite und erreichte eine weite Lichtung. Das fahle Licht des Mondes fiel auf die Kiefern, die im Halbkreis eine Senke umrahmten. In der Mitte erhoben sich gewaltige graue Monolithen wie die Überreste einer ausgerotteten Zivilisation.

»Sehen Sie es, Tobias?«

In der Senke lag eine Hochbunkeranlage. Versprengte Betonfundamente ragten zwischen dem Schnee hervor, von Büschen und Pflanzen überwuchert. Neben einem Pfeiler konnte er die eckigen Umrisse einer Tür ausmachen. Die Reste eingefallener Geschützstände und verrosteter Stahlträger eines Daches reckten sich aus der Betonwüste empor – hoch in den Himmel.

»Nach rechts. Zu der verschweißten Eisentür.«

Dom scannte die Umgebung. Keine Bewegung im Dunkel, nirgends war das bläuliche Flimmern eines Smartphones zu erkennen. Und doch musste sich der Kratzer außerhalb des Bunkers aufhalten. Im Innern des Baus war mit Sicherheit kein Handyempfang möglich. Vor der Eisentür hielt er an.

»Da ist ein Lüftungsrohr neben der Tür. Klettern Sie durch.«

Das Loch mochte einen Meter breit sein. Es führte in die Tiefe der Bunkeranlage. Kyrillische Zeichen prangten in roter Schrift an der Wand darüber. In der Tiefe flackerte ein Licht wie eine vom Wind hin und her getriebene Flamme.

»Lassen Sie das Handy fallen. Ziehen Sie sich aus. Bis auf die Unterhose.«

»Was?« Dom verschränkte die Arme über seinem Mantel.

»Ich will sicher sein, dass Sie unbewaffnet sind. Ich kenne Ihre Tricks aus dem Handbuch für artige Bullen.«

»Warum rufe ich dann jetzt nicht einfach das LKA an? Jetzt, wo ich dein verdammtes Versteck kenne.«

»Weil Ihnen der Mut fehlt, Schuld auf sich zu laden.« Der Kratzer beugte den Kopf vor, seine Augen nahmen das gesamte Display des Bildes ein. »Sie konnten mich nicht einmal töten, als Sie die Möglichkeit dazu hatten. Sie würden niemals riskieren, dass Karen aufgrund Ihres Handelns stirbt.« Er spitzte den Mund zu einem spöttischen Lächeln. »Die Antworten, die sie wollen, liegen in der Tiefe vor Ihnen.«

In dem Loch gab es keine Regung, keinerlei Hinweis darauf, dass Karen noch am Leben war. Dom suchte nach den Anzeichen eines Kampfes oder anderen Spuren, die auf ihren Tod hindeuteten, fand jedoch nichts.

Vor seinem mentalen Auge flimmerten Bilder von Emma vorüber, ihr lachendes Gesicht unter der Fellkappe. Dann sah er Jasmins leblosen Körper vor sich, der an Schläuchen hing, und Karen, die an ein Rohr gefesselt war. Wenn er sie alle schützen wollte, musste er das hier zu Ende bringen.

»Kommen Sie zu mir, Tobias. Kommen Sie«, flüsterte ihm die Stimme zu.

Dom zog seinen Mantel aus und ließ ihn zusammen mit dem Smartphone in den Schnee fallen. Die Schuhe folgten, Pulli und Hose. Er blickte in die Schwärze des Lüftungsrohrs, die nur vom entfernten Schein des flackernden Lichts durchbrochen wurde.

25. KAPITEL

»Warum sind Sie wirklich hierhergekommen?« Dr. Jochen Brenner umklammerte die Armlehnen seines Sessels und hievte sich daran ein Stück nach oben. Der Tierarzt wirkte fragil. Braune Altersflecken zogen sich über den Rücken seiner Hände. Die Knöchel traten hervor. »Sagen Sie es mir doch einfach.« Eine Strähne löste sich aus seinem sauber gescheitelten Haar. In seiner Stimme klangen keine aggressiven Untertöne an, er intonierte alle Silben gleichförmig. Dennoch verriet sein versteifter Nacken die Anspannung.

Neben Brenner knackten Holzscheite in einem alten Marmorkamin. Das Messingpendel einer Standuhr schwang von links nach rechts und wieder zurück.

Christine legte beide Hände auf den Kaminsims. Nippesfiguren, alte Postkarten, Schneekugeln, eine handbemalte Karaffe und gerahmte Schwarz-Weiß-Fotos mit Pferdemotiven standen darauf.

Sie atmete tief durch. Immer wieder kam sie in Situationen, in denen eine Lüge zehn andere Unwahrheiten nach sich zog. Selbst eine halbe Wahrheit blieb am Ende immer eine ganze Lüge. »Ich heiße Christine Lenève. Ich bin Journalistin.«

»So was habe ich mir schon fast gedacht.« Brenner strich sich die graue Haarsträhne aus dem Gesicht. »Wissen Sie, erst gaukeln Sie mir da draußen Interesse für meine Pferde vor. Und dann kommen Sie mir mit diesen alten Ripper-Geschichten an.«

Christine zog ihren Mantel aus und ließ ihn auf die Armlehne eines Ledersessels gleiten. »War ich so schlecht?« Sie legte ein Lächeln auf ihre Lippen. Ein wenig mädchenhafter Charme entkrampfte die Situation vielleicht.

»Es ist schon sehr unwahrscheinlich, dass hier im Dunkeln eine fremde Frau vorbeikommt und mich in ein ernstes Gespräch verwickelt, während ich gerade meine Holzscheite ins Haus schleppe.«

»Und doch ist es eben passiert.«

»Aber garantiert nicht aus Zufall. Auch wenn mir das lieber wäre.« Brenner rutschte auf den vorderen Rand des Sessels. Das Leder unter ihm knirschte. »Sie verraten mir jetzt zuerst mal, warum Sie wirklich hier sind.« Er gab sich offen und ehrlich, obwohl er Christine auch einfach rauswerfen konnte. »Und ich entscheide dann, ob ich Lust zum Antworten habe.« Brenner zog sich aus seinem Sessel und ging mit kleinen, sicheren Schritten in den hinteren Bereich seiner Küchenzeile. »Vorher mache ich uns mal einen Tee. Spricht sich besser dabei. Wahrscheinlich haben Sie schon länger da draußen rumgestanden.«

»Zehn Minuten.«

Brenner öffnete eine Schublade und winkte ab. »Bei dieser Schweinekälte sind schon zehn Sekunden zu viel.« Ein Teebeutel aus Stoff lag in seiner Hand, er war gelb-bräunlich verfärbt. Teekrümel mit Blüten rieselten in das Sieb und auf die Tischplatte. »Ich hoffe mal, Sie mögen eine ordentliche Mischung aus Löwenzahn und Blütendolden von Schafgarben.«

»Probiere ich gern.« Eigentlich trank Christine nur ihren *Bouquet des Fleurs*-Tee aus Paris. Aber das hier war ein Job. Sie wollte Informationen. Dafür mutete sie ihrer Zunge ausnahmslos jede Herausforderung zu.

Christine folgte Brenner über einen roten Läufer. Helle, abgewetzte Stellen zeigten sich überall. Schmutzige Fransen, teilweise ausgerissen, erstreckten sich wie leblose Fühler über den Natursteinboden. Die Abnutzung über Jahrzehnte hatte überall in dem Haus ihre Spuren hinterlassen.

In einem Regal stapelten sich Bildbände über Peru, den Amazonas, Kansas und Italien. Brenner war offenbar ein Mann, der die Ferne liebte. Der Zustand seines eigenen Hauses war ihm nicht wichtig. Dicke Staubschichten lagen auf Büchern, Sesseln und Holzkommoden. An der Garderobe hingen ein eingedellter Filzhut und ein Wanderstock mit dem Emblem der Insel Mainau.

Aus den Zimmerecken stieg ein süßlich muffiger Geruch auf, als hätte Brenner den Kampf um ein sauberes Zuhause vor vielen Jahren aufgegeben. Er führte seinen Geist wahrscheinlich an schöneren Orten spazieren.

Wasser prasselte in einen verbeulten Eisenkessel, eine Gasflamme wurde entzündet. Das Rauschen vermengte sich mit der klackenden Standuhr.

Christine näherte sich dem Herd. Brenner war zehn Zentimeter größer als sie. Er deutete auf die Bauernküche mit ihrer Essecke aus Eiche, den Regalen mit handbemaltem Geschirr und den Blumenkübeln, die an einem Balken an der Decke befestigt waren. Tote Pflanzen rankten aus den Töpfen und berührten ihn am Hinterkopf.

»Scheußlich, was? Hat meine Frau einbauen lassen. War mal der Hit, damals. Ich mach mir nichts aus so einem verspielten Tinnef.«

Das überraschte Christine keineswegs, er wirkte wie ein eigenbrötlerischer Single. »Ihre Frau ist nicht mehr hier, nehme ich an.«

»Nein, ist sie nicht.«

Tot oder davongegangen. Christine verzichtete auf eine Nachfrage.

Brenner legte die Fingerkuppen aneinander. »Frau Lenève, ich will ehrlich sein. Ich bin kein Freund Ihrer Zunft. Für mich ist Journalismus intellektuelle Korruption. Jeder schreibt das, was sein Chef verlangt. Und dann wird auch noch munter voneinander kopiert. Journalisten sind Totengräber der Wahrheit.«

»Ich bin freie Journalistin für Zeitungen und Magazine. Ich suche mir meine Themen und meine Chefredakteure selbst aus.«

Brenner brummte etwas Unverständliches. Er nahm den Kessel vom Herd und goss kochendes Wasser in eine Kanne mit Blumenmotiven. »Den Mondschein-Ripper, so haben Ihre Kollegen den Pferdemörder genannt. Als ob eine haarige Bestie mit Reißzähnen über unsere Felder geschlichen wäre. Horror statt Fakten.«

»Und das hat Ihnen nicht gepasst.«

»Der Ripper hat bei Mondschein zugeschlagen, weil er Licht für seine Taten brauchte. Darum ging es, nicht um irgendeinen mystischen Mumpitz. Aber genau so sah die ganze Berichterstattung aus.« Er stellte den Kessel zurück auf den Herd und wischte die Teekrümel von der Tischplatte. »Gruseliger Hokuspokus. Vor zig Jahren haben ein oder mehrere Menschen mit offensichtlicher psychischer Störung Pferde getötet. Das sind die Fakten.« Brenner betrachtete die Krümel auf den Küchenfliesen und verteilte sie mit der Schuhspitze vor sich. »Nicht mehr und nicht weniger.«

»Vielleicht doch mehr, als Sie glauben.«

Er quälte sich ein Lächeln ab. »Sie reden in Rätseln. Mit so schönen Cliffhangern peitschen Sie Ihre Leser wohl so richtig auf, nehme ich an.«

»Sie möchten Fakten statt Stimmung.«

»Unbedingt.«

»Fein. Dann hören Sie mir genau zu.«

»Einen Moment noch.« Er goss den Tee in zwei angeschlagene Tassen und kippte aus einer Flasche eine bräunliche Flüssigkeit dazu. »Der Rum hat sechsundvierzig Prozent. Ist ein Selbstgebrannter. Kleines Hobby von mir.« Er reichte Christine die Tasse und grinste sie aufmunternd an. »Die Feldarbeiter lieben dieses Gebräu im Sommer.«

Natürlich. Christine sah eine Horde Erdbeerpflücker bei 25

Grad über die Felder torkeln, die sich benebelt mit ihrem Rum zuprosteten.

Sie nahm einen tiefen Schluck. Der blumige Geschmack des Tees vermischte sich mit der knallharten Schärfe des Alkohols. Für einen Moment blieb ihr die Luft weg, doch sie ließ sich nichts anmerken. Wahrscheinlich war das eine von Brenners heimlichen Mutproben für fremde Besucher.

Er registrierte ihre Reaktion mit einem Lächeln. Prüfung bestanden.

»Also, legen Sie los, Frau Lenève.«

»In Berlin ist eine Frau in einem Reitstall beinahe getötet worden. Sie trägt die Handschrift eines Serienmörders, der blutige Wörter in die Haut seiner Opfer ritzt.«

Brenner nickte. »Wieder so eine schöne Geschichte aus Ihrem Repertoire, was?«

»Es wird noch besser. Dieser Mann hat offenbar im Affekt das Pferd der Frau mit einer Glasscherbe getötet. Ein perfekt ausgeführter Schnitt im Bereich der Kehlrinne des Tieres, wo sich die Hauptschlagader befindet.«

Brenner zeigte auf ein Küchenfenster neben der Tür, durch das ein heller Schein fiel. »Im Mondlicht?«

»Ja. Die Tat wurde allerdings *indoor* ausgeführt. Genau wie in den Fällen, für die Sie Gutachten verfasst haben.« Christine hob drei Finger. »Brekendorf. Bünsdorf. Flintbek.«

Brenner rieb seinen Nacken. »Sie vermuten, es handelt sich um denselben Ripper? Den von damals?«

»Ich habe wenige Zweifel. Und ich bin ein wirklich skeptischer Mensch. Fast schon unangenehm hyperkritisch.«

Christine stellte die Tasse auf die Tischplatte. Dampfende Schwaden von Wacholder stiegen vor ihrem Gesicht auf.

»Sie erinnern sich sicher an den Fall des Serienmörders, der vor über neun Jahren in Schleswig-Holstein gewütet hat.«

»Natürlich. Damals wollte keiner mehr das Haus verlassen.«

»Es ist mit hoher Wahrscheinlichkeit ein und derselbe Mann. Die Vorgehensweise ist in nahezu allen Einzelheiten identisch.«

»Aber ...« Brenner zupfte an dem verdorrten Zweig einer Topfpflanze, die über ihm hing. »Das ist doch absurd.« Er sprach so leise, dass Christine die Worte nur an der Bewegung seiner Lippen ablesen konnte. Mit kurzen Schritten ging er zum Kamin und hob einen Feuerhaken auf. »Ich begreife das nicht.«

»Meine Recherchen haben mich hierhergeführt. Ich habe mich vor einer Stunde am Löwenstein-Gymnasium umgesehen. Sie erinnern sich sicher an Manuela Weigert. Sie war ...«

«... die Kunstlehrerin meines Sohnes. Natürlich ist sie mir bekannt.« Er ging in die Hocke und stocherte mit dem Eisenhaken in der Glut herum. »Sie lebt nicht mehr.«

»Weigert wurde vor sieben Jahren in Polen ermordet – von demselben Mann, der hier bei Ihnen gewütet hat.«

Brenner schüttelte den Kopf, immer wieder, so gleichmäßig wie eine Maschine.

»Der Unbekannte, den ich suche, war ein ehemaliger Schüler von Frau Weigert. Ich bin mir sehr sicher. Ich habe konkrete Anhaltspunkte entdeckt. Koinzidenzen, die nur diesen einen Rückschluss zulassen.«

»Das kann ich nicht glauben.« Er wandte sich vom Kamin ab und deutete mit dem Feuerhaken auf Christine. »Tut mir leid, Frau Lenève. Nein. Sie müssen sich irren.«

Immer die gleiche Reaktion. Niemand wollte die Vorstellung von einem Mörder in seinem direkten Umfeld zulassen. Argumente gegen Abwehrreaktionen – nur das half in einer solchen Situation. »Weigert wurde eine sexuelle Beziehung mit drei Schülern nachgesagt.«

Brenner wandte sich ab. Mit seinem Eisenhaken stieß er die Holzscheite an. Rote Glut stob auf und prasselte gegen die Kaminwand. »Wieder diese alte Geschichte, für die es niemals Beweise gegeben hat.« Der Haken schepperte auf die gusseiserne Platte vor dem Kamin. »Das ist alles so lange her.« Brenner ging zu seinem Sessel und ließ sich in das Leder sacken. Er wirkte auf Christine kleiner, als ob er während des Gesprächs auf unmerkliche Weise geschrumpft sei.

»Mein Sohn hat mir schon damals gesagt, dass diese Sex-Gerüchte totaler Unsinn waren. Ein Abend mit Alkohol und ein paar Joints. Mein Gott, mehr war es doch nicht.« Er legte die Hände ineinander. »Leider können wir meinen Sohn nicht mehr befragen. Rasmus ist vor fast acht Jahren gestorben. Ein Autounfall in Italien.« Brenner machte mit der Hand eine schnelle, schlängelnde Bewegung. »Zu viel Gas und eine Kurve zu viel. Sein Wagen ist über eine Klippe geschossen und ausgebrannt.« Seine Hand fiel auf die Armlehne. »Ein bisschen jugendlicher Leichtsinn, und alles ist vorbei. So schnell geht das manchmal.« Brenners Stimme brach.

»Tut mir leid. Ich wollte keine traurigen Erinnerungen bei Ihnen wecken. Dazu habe ich kein Recht.« Sie ging zu ihm und berührte ihn an der Schulter. »Tut mir echt leid.«

Er nickte nur. »Ein Vater sollte niemals den Tod seines Sohnes erleben. Umgekehrt erscheint es mir … milder.«

Und eine Tochter sollte niemals schon als junges Mädchen am Totenbett ihres Vaters sitzen. Doch diesen Gedanken behielt Christine für sich.

Ein schmales Lächeln erschien auf Brenners Lippen. »Sie glauben also wirklich, dass ein Schüler aus dem Gymnasium zum Serienmörder geworden ist?« Wieder schüttelte er den Kopf. »Niemals.«

»Ihr Sohn war mit zwei Jungs von der Schule enger befreundet.«

»Lasse Baumann und Sören Kausch. Aber mal ganz im Ernst: Die beiden kenne ich, seit sie *so* klein waren.« Er deutete mit der flachen Hand einen ein Meter hohen Abstand in Höhe seiner Armlehne an. »Keiner von denen ist ein Mörder – falls Sie das wirklich glauben sollten.«

Brenner verbot sich ganz offensichtlich das letzte Tabu in seinem Denken. Menschliche Triebe und pathologische Störungen zeigen sich nicht im Alter oder in der Physis eines Menschen. Christine hatte es nie anders erlebt. Der Geist war der Motor des Irrsinns, verborgen unter der Schädeldecke, unsichtbar für alle anderen. Auf der ganzen Welt gab es kein besseres Versteck für Geheimnisse. »Können Sie mir was über die beiden erzählen?«

»Der eine ist Chirurg, der andere leitet eine Firma. Die Jungs stehen voll im Leben. Beide sind verheiratet.«

Christine ging langsamen Schritts vor dem Kamin auf und ab und folgte den strengen Linien im Muster des Teppichs, die sich immer wieder zu neuen, abstrakten Ornamenten verbanden. Stettin. Berlin. Flintbek. Da war ein Faden in ihrer Hand, an dessen Ende etwas ruckelte. Sie musste nur weitergehen, bis zum Ende. Ein Schritt. Noch einer. »Haben Sie Lasse und Sören jemals in der Nähe der getöteten Pferde gesehen? Sie waren ja immerhin der Experte hier draußen.«

Ein Holzscheit im Kamin brach entzwei. Mit einem Rumpeln sackte es in sich zusammen. Ein paar glühende Holzsplitter landeten vor Christine auf dem Steinboden. Sie ging in die Hocke und griff den Feuerhaken.

»Nein, Sören und Lasse haben sich nur für Mädchen interessiert. Nicht für abgeschlachtete Pferde.«

Sie schob die glühenden Splitter auf die Eisenplatte und richtete sich auf. »Erinnern Sie sich an jemanden, der ein auffälliges Interesse an den toten Tieren gezeigt hat?« Die Glut erlosch. Verkohlte Holzsplitter blieben vor ihren Schuhspitzen zurück.

Christine hängte den Haken an einen eisernen Ring unter dem Kaminsims. Er pendelte hin und her, ein gleichmäßiges Schwingen. Das Klacken der Standuhr folgte den Bewegungen mit einer unheimlichen Synchronität. *Tack. Tack.* Christine fixierte die gekrümmte Eisenstange.

»Nein, also, es gab keinen, der sich dafür interessiert hat. Nicht wirklich ... nur ...«

Brenners zögerliche Worte drangen wie aus weiter Ferne an ihr Ohr. Der pendelnde Haken verschwamm vor Christines Augen. Die Angelhaken in Manuela Weigerts Campingwagen blitzten vor ihr auf, gewannen an Schärfe, wechselten sich mit anderen Eindrücken ab. Die Polizeiakte aus Stettin. Eine Hawaii-Girlande am Rückspiegel. Eine Staffelei. Angelschnüre. Die blutverschmierte Schlauchboothülle.

Mit Gewalt riss sich Christine von dem schaukelnden Feuerhaken los. Sie hob den Kopf. Direkt vor ihr.

Auf dem Kaminsims.

Zwischen Nippesfiguren, direkt neben den Pferdebildern – die ganze Zeit war sie da gewesen – eine Unstimmigkeit, die sich nun mit voller Wucht bemerkbar machte und sie infiltrierte.

Christine trat näher an den marmornen Sims heran. Ihre Schuhe schabten über den Steinboden. Holz knisterte. Das Pendeln des Hakens stoppte. Drei Schneekugeln mit einer goldenen Handschrift auf dem Sockel standen vor ihr. *Sommer. Frühjahr. Winter.* Eine Jahreszeit fehlte.

Herbst.

Sie zog ihr Handy aus der Tasche und klickte sich durch Doms Dateien. Bild für Bild schob sie mit ihrer Fingerspitze über das Display. Sie wischte, stoppte und vergrößerte: die Schneekugel im Wohnmobil.

Herbst. Ein goldener Schriftzug auf schwarzem Sockel.

Sie hatte sich nicht getäuscht. »Die Schneekugeln hier ...«

»Hat meine Frau gemacht. War ein Spleen von ihr. Aber warum fragen Sie?«

»Ihr Sohn. Er ist in einem brennenden Fahrzeug gestorben. Verraten Sie mir, wie er identifiziert wurde.«

»Ich verstehe nicht …«

»Die Leiche war verbrannt. Aber am Unfallort wurde ein Fragment von Rasmus' kleinem Finger gefunden.« Christine wandte sich vom Kamin ab. »Von der linken Hand. Korrekt?«

Brenner erhob sich aus seinem Sessel und trat mit wackligen Schritten ganz nah an sie heran. Seine Züge waren erstarrt. »Ein Teil von seinem Finger und sein Führerschein. Woher wissen Sie das alles?«

Ein Finger. Eine falsche Leiche. Rasmus hatte sein altes Leben ausgelöscht, sich die Fingerkuppen weggeätzt, damit der Kratzer leben konnte. Durchaus genial.

»Woher?« Brenner presste die Lippen zusammen, bis sie zu Strichen verkamen. Er blinzelte hektisch.

Christine antwortete nicht. Stattdessen wischte sie noch einmal über das Display ihres Smartphones. Das zerschundene Antlitz des Kratzers zeigte sich. Es war eine unscharfe, kaum identifizierbare Aufnahme eines Gesichts, das sich unter Haaren verbarg. Für Brenner musste das reichen, ein Vater würde seinen Sohn erkennen. Sie hielt ihm ihr Handy hin.

Er nahm es mit den Fingerspitzen. Das Licht des abnehmenden Mondes strahlte durch die Fenster. Der Wind trieb den Schnee gegen die Scheiben. Ein Rauschen ging durch den Kamin.

Brenner schüttelte den Kopf. Die Haare fielen ihm in die Stirn. »Ich weiß nicht … ich bin mir nicht sicher.« Mit den Fingern ertastete er das Display, als versuche er, die Konturen des Gesichts zu erfühlen. »Nein.« Tränen stiegen in seinen Augen auf. »Rasmus …?« Seine Lippen zitterten, als er sich auf den Kaminsims stützte.

Christine legte eine Hand auf seinen Arm. »Ihr Sohn lebt.«

Und die letzten Stunden des Kratzers waren angebrochen.

26. KAPITEL

Sein Schatten wirkte im Licht der flackernden Öllampen wie ein unwirkliches Lebewesen. Die lang gezogenen Arme und der verzerrte Oberkörper erinnerten Dom an die Ungeheuer, vor denen er sich als Kind in der Nacht gefürchtet hatte. Damals, als vorbeifahrende Autos ihr Scheinwerferlicht an seine Zimmerdecke warfen und die Äste der Bäume nach ihm griffen.

Er tastete sich an der Wand entlang. Feine Risse und grobe Körnungen im Beton zeichneten sich unter seinen Fingerspitzen ab. Feuchtigkeit kroch über seinen nackten Körper.

Schritt für Schritt folgte er den Lampen, die der Kratzer in unregelmäßigen Abständen auf dem Boden des Bunkers platziert hatte. Sie dienten als Wegweiser, spendeten jedoch zu wenig Licht, um etwas über ihre Umgebung zu verraten. Die Gänge und Räume, die hinter und vor Dom lagen, blieben im Dunkeln.

Einem Impuls folgend, wollte er eine Öllampe mit sich nehmen. Er hob eines der Lichter an seinem Bügel in die Höhe, wog es in der Hand. Rußgeschwärzte Spuren zogen sich über das verzinnte Stahlblech. Der Docht war zur Hälfte heruntergebrannt. Das Feuer züngelte seit mehreren Stunden unter dem Glaszylinder. Doms Gesicht spiegelte sich im Blech der Lampe.

Nein. Mit einem Licht in der Hand würde er seine Position schon aus der Ferne verraten. Viel zu riskant. Der Kratzer konnte hinter jeder Ecke auf ihn lauern. Die Lampe blieb an ihrem Platz. Nur die Taktik des unvorhersehbaren Handelns konnte die Strategie seines Gegners zerstören.

Im Gehen suchte er den Boden nach möglichen Waffen ab: alte Eisen, spitze Scherben. Etwas Scharfes. Kantiges. Irgendetwas.

Doch da war nichts.

Nur Schrauben und die Drähte zerfetzter Kupferkabel bohrten sich in seine nackten Fußsohlen. Über eine nasse Sprossentreppe erreichte er das erste Untergeschoss und durchschritt den Eingang zur westlichen Schleuse: löchrige Seitenwände neben ihm, aufgebrochene Decken über ihm. Gerüche von altem Öl und verbrannten Reifen hingen in der Luft. Der Bunker mit seinem verzweigten Gangsystem war einem Tierversuchslabor nicht unähnlich – und Dom war die Maus, die unter den wachsamen Augen des Kratzers durch die Gänge kroch.

Er passierte eine Sanitäranlage mit zerschlagenen Fliesen und rostigen Wasserbehältern an den Wänden. In einem runden Raum mit Tischen hielt er inne. Vermutlich war das mal der Speisesaal gewesen. Auf einem Generator prangten erneut kyrillische Worte. Er verstand sie nicht. Die Anlage musste zu DDR-Zeiten vom russischen Militär betrieben worden sein. Heute war sie nur noch eine vergessene Betonruine unter der Erde, von Menschen gemieden.

Er verließ den Saal und betrat einen Gang, an dessen Ende eine Öllampe flackerte. In ihrem Schein konnte er eine Wendeltreppe ausmachen, die in die Tiefe führte.

Dom schlich voran und konzentrierte sich auf die Geräusche in der Dunkelheit. Nur ein allgegenwärtiges Tropfen durchbrach die Stille. Geschmolzener Schnee lief in den Bunker und bildete kleine Lachen auf dem Boden.

Nach dreißig Metern erreichte er die Wendeltreppe und beugte sich über das Geländer. Drei weitere Geschosse lagen unter ihm. In der Ferne leuchtete ein Licht. Sein Weg führte in die Tiefe.

Als er sich aufrichtete, bekam er einen Hustenanfall. Kalte Luft drang in seine Lunge, gebremst wie durch ein Ventil, das seine Atmung drosselte. Der Husten war nicht durch die Kälte oder Staubpartikel ausgelöst worden. Aber das Asthma konnte nicht zurück sein. Er hatte die Krankheit bezwungen. Pfeifend zog er die Luft ein und horchte dabei auf jeden Atemzug.

Dom legte den Kopf in den Nacken und sagte im Stillen Zahlen auf, wie er es als Kind praktiziert hatte. Als er die Dreiundzwanzig erreichte, ging es ihm besser. Er hielt seinen Atem in der Balance, bis er ganz ruhig ein- und ausströmte und er sich wieder selbst vertraute.

Weiter, runter. Zu Karen.

Auf der Wendeltreppe näherte er sich dem letzten Untergeschoss. Langsam tastete er sich mit den Zehen vorwärts über die eisernen Sprossen, spürte das Metall eiskalt und rissig unter seiner Haut. Eine Verstrebung bog sich unter seinem Gewicht, sie hing lose in der Halterung. Ein Fehltritt, und Dom würde in die Tiefe stürzen. Ein Knirschen drang an seine Ohren. Es erinnerte ihn an eine Hängebrücke mit Drahtseilen, die im Wind vibrierte. Er verlagerte sein Gewicht auf das Geländer und schob den Fuß voran. Die wacklige Verstrebung sparte er aus.

Dom kletterte vierundsechzig Stufen nach unten, bevor er den Boden erreichte.

Wieder lag ein langer Gang vor ihm, der am Ende einen Knick machte. Wenn sich der Kratzer hier unten aufhielt, musste er einen anderen Zugang benutzt haben als er. Niemand konnte mit einem Handy Befehle durch die dicken Betonmauern senden.

Womöglich plante der Kratzer seinen Angriff erst auf seinem Rückweg. Vielleicht wollte er ihn das aber auch nur glauben machen. Dom spannte seine Muskeln. Hier unten kam ihm jeder rationale Gedanke wie eine Illusion vor.

Neben ihm lag ein Raum mit verrosteten Metallgehäusen und Messinstrumenten. Im Halbdunkel konnte er eine Fialka ausmachen, eine russische Chiffriermaschine. Er erkannte sie an ihrem Gehäuse und den Schlüsselscheiben, die einem Fernschreiber ähnelten. Während seiner Ausbildung im Polizeidienst war er über die Spionagetechniken im Kalten Krieg unterrichtet worden. Womöglich war die unterste Ebene des Bunkers vor vielen Jahrzehnten den Nachrichtentechnikern und der Kommandantur vorbehalten gewesen. Hier konnte er vielleicht irgendetwas finden, das sich zur Waffe umfunktionieren ließ. Er trat einen Schritt vor.

Steuerhebel und eingeschlagene Monitore lagen vor ihm. Eine Schiene aus Eisen hing lose an einem Gehäusekasten. Dom strich über das Metall, rostige Krümel blieben an seinen Fingern haften. Er umfasste die Schiene mit beiden Händen und bog sie hin und her, bis sie brach. Wie ein Lineal lag sie in seiner Hand. Er ertastete die Bruchstelle am Ende – scharf wie eine Speerspitze. Damit ließ sich menschliche Haut problemlos durchbohren. Er würde dafür nur wenig Kraft benötigen.

Er verließ den Raum, da hörte er ein Schluchzen. Es war weit entfernt. Am Ende des Ganges, hinter der Ecke. Noch einmal. Diesmal ein höherer Laut. Das Wimmern einer Frau, nur ganz kurz.

Karen.

Sie musste es sein. Kein Zweifel.

Das Blut hämmerte in Doms Gehörgängen, lauter als jedes Geräusch, das eben noch an seine Ohren gedrungen war.

Er wollte lossprinten, doch seine Beine blockierten mitten in der Bewegung. Die Vernunft sitzt im vorderen Teil des Stirnlappens. Jasmin hatte es ihm oft genug erklärt, wenn er wieder einmal beim Tischtennis gegen sie verlor. *Du gewinnst nicht, weil du zu wütend bist. Du musst die Triebe und dein limbisches System austricksen. Dann hast du eine Chance.* Meist ereilte ihn daraufhin eine Folge von besonders brutalen Schmetterbällen, mit der sie ihn provozieren wollte. Jasmin ...

Dom hatte seine Lektionen gelernt.

Konzentration war das Geheimnis der Stärke. Er schlich in gebeugter Haltung, das scharfe Metall in der Hand, den Gang entlang. Die Ellbogen hielt er dicht am Körper. So konnte er mehr Kraft für Angriff oder Verteidigung einsetzen – Offensive und Schutzposition in einem. Gut.

Vor ihm lagen elektrische Steuerkästen und Generatorenräume, deren Brummen vor langer Zeit verstummt war. Da waren verbeulte Ölfässer und Belüftungsschächte, durch die das entfernte Heulen des Windes drang. Eisentüren mit roten Drehrädern, die weit offen standen, zogen an ihm vorüber. Er folgte dem Licht der Lampen, bis er den Knick des Ganges erreichte.

Unter ihm knackte ein splittriger Holzbalken. Eine Ratte huschte an seinem Fuß vorbei. Ihr haariger Schwanz berührte Doms Haut, strich über seine Zehen. Die Ratte verschwand hinter einer löchrigen Munitionskiste, die an einer Wand lehnte.

Dom presste sich mit dem Rücken gegen den Beton und streckte die Eisenschiene mit ihrem scharfen Ende von sich. Er tastete sich vorwärts, vermied jedes Geräusch und schob sich mit kleinen Schritten um die Ecke.

Wasser tröpfelte von der Decke auf seine Brust und lief in einer Bahn über seinen Bauch. Im Gemäuer knackte es. Sein Atem zog in dünnen Schwaden durch die Luft.

Eine mindestens zwei Tonnen schwere Eisentür zeichnete sich im Dämmerlicht einer weiteren Lampe ab. Decke und Boden verrieten nichts über eine mögliche Falle, alles hier hatte den Anschein von Normalität.

Die Tür war einen Spalt geöffnet. In das Metall war eine runde Öffnung eingelassen, genau an der Stelle, wo Dom einen Hebel oder ein Drehrad vermutet hätte. Darüber befand sich eine Sichtluke. Die Tür besaß wahrscheinlich keinen funktionierenden Schließmechanismus. Mit der Schwerfälligkeit eines Containerschiffes hing sie in den Scharnieren. Hinter ihr lag Dunkelheit. Von hier war Karens Stimme gekommen.

Eine offensichtlichere Falle war Dom noch nie gestellt worden. Tagelang folgte er Indizien und Spuren, dabei war ihm der Kratzer immer weit voraus gewesen. Die Attacke auf Karen hatte ihn unvorbereitet getroffen. Nun war er hier. Niemals würde er seine ehemalige Partnerin im Stich lassen und Schuld auf sich laden. Der Kratzer hatte seine Schwachstellen erkannt.

Dom ging auf die Eisentür zu, da hörte er wieder ein Wimmern vor sich.

»Nein ...« Ein ersticktes Röcheln drang aus dem Raum.

Bleib klar. Keine Wut. Jasmins Stimme war in seinem Kopf. Noch einmal blickte Dom über seine Schulter. Keine auffälligen Schatten, nirgendwo eine Bewegung im Verborgenen, kein unnatürliches Knacken – der Gang war leer. Nur das verdammte Wasser tröpfelte auf den Boden. Immer und immer wieder.

Er schlüpfte durch die offene Eisentür und betrat den dahinterliegenden Raum.

Drei Betonsäulen versperrten ihm den Blick, machten das Zimmer unübersichtlich. Dom schätzte die Fläche auf vierzig Quadratmeter. Rohre liefen unter der Decke entlang. Neben ihm standen wacklige Regale, gefüllt mit Lebensmitteln. Wasserflaschen, Konservendosen und Fertiggerichte stapelten sich in die Höhe.

Alles war vorbereitet, um einen Menschen über einen längeren Zeitraum im Untergrund gefangen zu halten.

»Du dreckiges Schwein ...« Diesmal kam Karens Stimme aus der unmittelbaren Nähe. Etwas Unechtes lag in ihr. Ein hallender Unterton, der nicht zur Akustik des Zimmers passen wollte.

In der hintersten Ecke, halb verdeckt von einer Säule, stand ein Bett mit einer Matratze und einer zerwühlten Decke. Ein Mensch schien sich darin zu befinden.

»Karen ...?« Er lief zu dem Bett und riss die Decke fort.

Nichts – es war leer.

Dom legte die Hand auf die Matratze. Er konnte keine Reste von Körperwärme spüren.

»Ich ... nein ...« Ein lang gezogener Schrei ertönte direkt unter ihm. Er ging vor dem Bett in die Knie. Erst jetzt erkannte Dom das schwache bläuliche Licht unter dem Bettgestell, ein Flackern wie von einem Projektor, das sich über den Betonboden zog.

Es war ein Laptop. Dom beugte sich weit vor und riss ihn unter dem Bettgestell hervor.

Ein Video lief auf dem Display. Karen war in einem Heizungskeller an Rohre gefesselt. Blut tropfte aus ihrem Hals. Vor ihren fixierten Beinen glänzte eine rote Pfütze. Auf ihrem rechten Oberschenkel erkannte er Kratzer, Striche, dürre Buchstaben.

Die Eisenschiene in Doms Hand zitterte. Die Luft zum Atmen wurde ihm knapp. Er fuhr mit zwei Fingern über den Monitor, als könne er so die Szene auf ihren Wahrheitsgehalt prüfen. Er wollte eine Lüge ertasten, sich selbst davon überzeugen, dass nichts Wirklichkeit war von dem, was er sah.

Vergeblich.

Zwei Worte waren in Karens weiße Haut eingeritzt, scharf geschnitten wie von einer Maschine.

Zu spät.

»Nein, verdammt. Nein, nein, nein ...« Die krakeligen Buchstaben ließen keinen Zweifel zu. Das Video zeigte eine Gesamtlänge von achtundvierzig Minuten. Der Balken stand bei Minute achtzehn.

Zu spät.

Dom legte die Eisenschiene neben einen Bettpfosten. Der Raum um ihn herum verschwamm, Tränen füllten seine Augen. »Karen, verdammt ...« Sie war nicht in dem Bunker. Im Hintergrund der Aufnahmen erkannte Dom ein paar Besen, einen Plastikeimer und die Umrisse eines Fotokopierers. Doch auch diese Details verrieten ihm zu wenig über Karens wahren Aufenthaltsort.

Er zog den Videobalken ins letzte Drittel der Aufzeichnung. Die Bilder rauschten im Zeitraffer an ihm vorbei.

Blut. So viel Blut. Karen riss den Kopf hoch, ließ ihn fallen. Ihr

Oberkörper sackte in sich zusammen. Immer mehr Blut. Rot, das ganze Video war nur noch rot.

Er stoppte die Aufnahme in der letzten Minute. Karens Körper lag in einem Müllcontainer. Sie hatte die Beine angewinkelt. Ihre geöffneten Augen blickten starr nach oben, so leer. Karen war umgeben von Plastikplanen und geschreddertem Papier. Neben ihren blutbesudelten Beinen lagen zerknüllte blaue Folien und ein Ringordner.

Dom bekam keine Luft mehr. Er presste den Laptop gegen seine nackte Brust. Das Gehäuse war kalt.

»Karen …« Noch fester drückte er den Laptop an sich, wollte ihren Körper an seinem spüren. Doch da war kein Leben. Karen war tot.

Der Husten kroch seinen Hals hinauf, raubte ihm die Luft. Schwindel setzte ein. Jeder Atemzug fiel ihm schwer. Seine Lunge verriet ihn.

Da, ein Kratzen. Ein Schaben. Es kam von der Eisentür.

Er zog sich an dem Bettgestell hoch, ließ den Laptop fallen, torkelte an der Wand entlang.

Das Kratzen gewann an Intensität. Durch die halb geöffnete Tür nahm Dom den Schein der Öllampe wahr, der immer kleiner wurde. Der Spalt im Türrahmen schloss sich. Er lief an den Säulen vorbei, stützte sich an ihnen ab und holte neuen Schwung.

Der Kratzer. Dom würde ihn töten. Er spürte schon den Druck an seinen Händen, die um den Hals seines Feindes lagen. Er würde das Leben aus diesem Schwein herauspressen. Für immer.

Er erreichte die Tür und warf sich gegen das Metall. Jemand drückte von der anderen Seite, Dom hielt mit aller Kraft dagegen. Doch ihm fehlte die Luft. Sein Körper versagte im Moment der Feindberührung. Mit der Schulter presste er sich gegen das Eisen. Der Spalt, durch den das schwache Licht fiel, wurde immer kleiner.

Ein Klacken hallte durchs Zimmer. Die Tür fiel in den Rahmen. Dom strich über eiserne Nieten. Ihm fehlte die Kraft. Er ging vor der Tür in die Knie, ließ sich auf den Beton sacken.

Ein Gewinde drehte sich. Zahnräder rasteten ein.

Vorbei. Aus. Gefangen.

Durch die geöffnete Luke hörte er Schritte. Metall scharrte über Beton.

»Ach Gott, Tobias.« Ein Seufzen ertönte. »Ich lasse Sie nun allein, damit Sie sich an Ihr neues Zuhause gewöhnen können. Wir wollen doch in unserer ersten gemeinsamen Nacht nichts überstürzen.«

Die Klappe wurde von außen zugeschlagen. Stille umarmte die Dunkelheit. Nur das bläuliche Licht des Laptops flimmerte weiter über den Boden des Bunkers.

27. KAPITEL

Schnee rutschte über die gekippten Fenster. Das rissige Leder zweier Chesterfield-Sessel glänzte im Mondlicht. Der Geruch von geräuchertem Holz und Staub lag in der Luft.

»Noch vor ein paar Minuten habe ich um meinen Sohn getrauert.« Dr. Brenner lehnte sich an einen Stützbalken. »Und nun bin ich auf einmal der Vater eines Serienmörders.«

Geplatzte Äderchen zogen sich durch das Weiß seiner Augen.

»Ich weiß nicht, welches Gefühl schlimmer ist.« Brenner presste sich an den Balken und verkrampfte sich. Wie klein und zerbrechlich er wirkte. Als ob er im ehemaligen Zimmer seines Sohnes so wenig Platz wie möglich einnehmen und einfach nicht mehr auf dieser Welt sein wollte. »Verzeihen Sie mir bitte, aber ich fühle mich entsetzlich. Das können Sie sich gar nicht vorstellen.«

Schwarz-Weiß-Fotos vom jungen Brenner und seinen Pferden waren an einen Balken genagelt. Sein stolzes Lachen und sein dunkles Haar wollten nicht zu dem alten Mann passen, der sich vor Christine zusammenkauerte.

Das Zimmer mit seinen aufgebockten Pferdesätteln und den alten Ledergerten wirkte wie eine Gedenkhalle für Brenners Leben. Überall Fotos – von ihm, von seinen Hunden, von der Weide, den Pferden und den Jahreszeiten. Christine konnte kein Bild von seinem Sohn entdecken. In diesem Raum war Rasmus nur wie ein gedankliches Konstrukt, nur ein Name, als wäre er niemals real gewesen.

Christine ergriff Brenners Hand. Er ließ es geschehen. »Menschen, die nichts wissen, müssen sich auf ihre Ahnung verlassen. Ich weiß, wie Sie sich fühlen.« Sie strich über seinen Unterarm. »Sie müssen sich für nichts schämen, und Sie dürfen sich nicht die

Schuld geben. Ihr Sohn hat seine eigenen Entscheidungen getroffen.«

»Wie kann ich denn keine Schuld haben ...« Seine Stimme stockte, sein Kinn zitterte. »... wenn Rasmus ein Mörder ist? Die ganzen Jahre hat er sich vor mir versteckt. Das liegt doch wohl an mir. Ich habe als Vater komplett versagt.« Er fuhr sich über die Augen. »Ich bin schuld. Nur ich. Niemand sonst.«

Zaghaft löste er sich von Christine. »Alles meine Schuld.« Brenner trat neben einen der Chesterfield-Sessel und schob mit der Schuhspitze einen kleinen Alukoffer darunter hervor. Er berührte ihn wie ein giftiges Insekt, vor dem er sich fürchtete. »Das ist alles, was ich nach Rasmus' Tod behalten habe. Ich meine, als ich noch dachte, dass er für immer ...«

»Schon gut, ich verstehe.« Christine winkte ab. Brenner hatte seinen Schmerz in diesem Köfferchen eingeschlossen, ihn vor sich selbst versteckt, wo er ihm nicht mehr gefährlich werden konnte.

»Andere Eltern lassen das Zimmer ihres toten Kindes noch viele Jahre unberührt, als ob es noch am Leben wäre. Habe ich auch versucht. Als wäre mein Junge nur mal kurz rausgegangen und käme gleich wieder rein.« In seinem Kopfschütteln lag ein entschlossenes Nein. »Ich konnte das nicht. So konnte ich nicht trauern. Jahrelang habe ich mich dafür geschämt.«

Christine kniete sich vor den Koffer, ein verbeultes Stück Aluminium mit dem Inhalt eines Menschenlebens. Sie stieß die Rollen an. Die abgenutzten Rädchen rotierten in der Halterung. Auf ihren fragenden Blick antwortete Brenner mit einem Nicken.

Sie presste ihre Finger auf die beiden metallischen Druckknöpfe. Der Mechanismus reagierte, die Schlösser sprangen auf. Der Deckel ließ sich problemlos öffnen.

Der süßliche Geruch von Lindenblüten entstieg dem Koffer. Brenner wandte sich ab.

Obenauf lag eine Bibel, darunter abgegriffene Bücher über Pferde und Italien. *Philosophische Abhandlung über die Balance in der Welt* stand in wuchtigen Buchstaben auf einem der Cover. Eine wissenschaftliche Arbeit von einem Mann namens Harald Steinberg. Christine legte das Buch neben den Koffer.

Ein Taschenmesser mit Perlmuttgriff wanderte durch ihre Hände, dann eine Medaille für einen Hundertmeterlauf. Sie nahm eine rostige Sichel mit Holzgriff und ein kleines ausgestopftes Rotkehlchen mit Holzsockel aus dem Koffer. Weiter unten lagen ein Rosenkranz mit schwarzen Perlen, getrocknete Lindenblüten und die DIN A4 große Fotografie einer blonden Frau. Sie hatte ein schmales Gesicht, einen zierlichen Körperbau und ausgeprägte Wangenknochen. Sicher Brenners Frau. Rasmus' Mutter.

Christine hob den Rosenkranz empor und stieß das Kreuz mit der Fingerspitze an. Die Glieder klirrten. »Rasmus ist gläubig?« Die Vorstellung von einem Serienmörder mit einer Bibel unter dem Arm erschien ihr abstrakt.

Brenner blickte über seine Schulter. »Der gehörte mal meiner Frau Marta. Eine Polin, sie entstammte einer erzkonservativen katholischen Gemeinde aus Lichen, und …«

»Dann hat sie Rasmus wahrscheinlich auch nach ihren Glaubensgrundsätzen erzogen.«

»Nein, Marta hat das nie versucht. Sie war eher genervt von dem ganzen katholischen Regelwerk und den strengen Pflichten. Fasten und Abstinenztage waren so überhaupt nicht ihr Ding, und von Weihrauch hat sie nur Kopfschmerzen bekommen. Manchmal habe ich gedacht, dass sie unsere Ehe nur benutzt hat, um ihrer alten Heimat zu entkommen.« Brenner strich sein Haar zurück. »Wir waren zehn Jahre verheiratet, dann hat sie ihre Koffer gepackt und ist verschwunden.«

»Rasmus muss darunter gelitten haben. Er war noch sehr jung, als seine Mutter ging, oder?« Christine überprüfte das psychologische Profil des Kratzers, das Viktor Lindfeld entworfen hatte. Rasmus' Verlust seiner primären Bezugsperson musste Auswirkungen auf ihn gehabt haben.

»Er war neun.«

»Ich liege also richtig.« Nicht sie, sondern Lindfeld hatte recht behalten. Christine konnte sich sein selbstgefälliges Grinsen bildhaft vorstellen.

»Ja, Sie liegen richtig.« Brenner schlurfte zu einem der Pferdesättel und strich über das Leder. »Marta und ich haben uns am Anfang wirklich geliebt. Sie war wie ich ein richtiger Pferdenarr. Aber dann gab es ständig Streitereien ums Haus. Ich sollte es verkaufen, weil sie lieber in Kiel leben wollte. Ihre Besserwisserei hat mich manchmal in den Wahnsinn getrieben. Sie konnte furchtbar sein. Und dann immer diese Streitereien ums Geld.«

»Klingt nach einer freudvollen Beziehung.«

»Es war das pure Fegefeuer.« Seine Stimme klang rau, wie mit Sand abgestrahlt. Ein schmerzvoller Zug legte sich auf seine Lippen. »Ich habe dann einen Fehler gemacht, mit so einer Landwirtin aus Voorde, war ein richtig hübsches Ding.« Er ließ eine Pause verstreichen und warf Christine einen Seitenblick zu. »Ich weiß, natürlich hätte ich das nicht tun sollen. Dann ist alles rausgekommen. Marta ist zurückgegangen nach Polen. Ist dort untergetaucht. Verschwunden. Ich habe nie wieder von ihr gehört. Sie hat Rasmus und mich einfach zurückgelassen. Ende der Geschichte.«

»Ihr Sohn hat sich danach verändert?«

»Natürlich. Er ist in eine christliche Jugendgruppe eingetreten. Dort hat er den Halt gesucht, den ihm sein Vater … den ich ihm nicht geben konnte. Er hat sich nur noch an das schwarze Buch da geklammert. Als ob er einatmen wollte, was seine Mutter mal gewesen war.« Brenner trat an den Koffer, zog die Bibel heraus und blätterte in den vergilbten Seiten herum. »Ich bin durchaus ein gläubiger Mensch. Aber dieses Buch gibt nun mal keine Antwort darauf, warum wir nicht einfach glücklich sein können.« Er ließ die Bibel fallen. Sie krachte in den geöffneten Koffer. »Und auf viele andere Fragen auch nicht.« Mit einer ausschweifenden Bewegung ging er zurück zu den Sätteln. »Manchmal saß Rasmus hier oben im Dunkeln, genau hier.« Er klopfte auf das Leder. »Dann hat er bloß die Wand angestarrt. Wenn ich ihn angesprochen habe, sagte er, dass er müde sei. Und dann ist er zu Bett gegangen. Er ist mir ausgewichen.«

»Ist es schlimmer geworden?«

Brenner strich weiter über den Sattel. »Erstaunlicherweise, nein. Rasmus hatte Freunde, als er älter wurde. Er suchte fast schon zwanghaft die Nähe zu anderen Menschen. Manchmal hat er auch stundenlang Computerspiele gespielt. Er ist ins Kino gegangen, in Diskotheken, wie ein ganz normaler Junge. Nicht auffällig. Und nun soll er ein Serienmörder sein. Ich begreife das alles nicht.«

Natürlich nicht. So fühlten die meisten Eltern von Mördern. Mit einer Lupe gingen sie über das Leben ihrer Kinder und suchten nach Ursachen für das Unaussprechliche. Niemand wollte sich eingestehen, auf die Lebenslüge seines eigenen Fleisches hereingefallen zu sein.

Christine zog einen zerfledderten Papphefter aus dem Koffer. Er hatte verborgen in der Seitenablage gelegen. Das Papier knisterte, einzelne Seiten flatterten durch ihre Hände.

Der Hefter war voller Zeitungsartikel, alle säuberlich ausgeschnitten und auf weißes Papier geklebt. *Wer ist der Pferderipper? Stute bestialisch ermordet. Gemetzel auf der Koppel. Jagd auf den Mondschein-Ripper.* Die Headlines mit ihren schwarzen, blockartigen Buchstaben wirkten wie überdimensionierte Traueranzeigen. Darunter die Fotos der Besitzer, eine Frau mit blassem Gesicht, zwei weinende Kinder. »Ihr Sohn hat Pressemeldungen über seine Taten gesammelt. Wie Trophäen.«

»Der Grund ist mir eben erst klar geworden.« Brenner schlug abrupt auf den Sattel ein. Christine schrak hoch. »Rasmus hat sich sein anatomisches Wissen über Pferde von mir angeeignet. Und dann hat er es für seine Tötungen auf den Koppeln benutzt.« Er blickte durch das gekippte Fenster in den dunklen Himmel. Vereinzelte Schneeflocken rieselten ins Zimmer. »Er wollte mich dafür bestrafen, dass ich Marta habe gehen lassen.«

»Durchaus möglich.« Und mehr noch. Der Schmerz der Pferdebesitzer machte Rasmus groß. Vor ihm breitete sich die gelebte Qual anderer Menschen aus, so wie er den Verlust seiner eigenen Mutter ertragen musste. Das Leid der anderen betäubte seinen Schmerz, hielt ihn selbst am Leben. Es war immer und immer wieder die gleiche Geschichte.

Christine behielt ihre Theorien für sich. Brenner fühlte sich von seinem Sohn verraten. Mit seinem aufkeimenden Zorn konnte sie besser arbeiten als mit seiner Niedergeschlagenheit.

»Jetzt begreife ich auch, warum sich Rasmus damals für meine Gutachten interessiert hat. Ich dachte immer, dass es ihm um meine Arbeit gegangen ist.« Brenner drückte den Rücken durch. Unter ihm knarrten die Dielen. Mit entschlossenen Schritten bewegte er sich auf Christine zu. »Dabei ging es ihm nur um *seine* Arbeit.« Seine Knie knackten, als er sich neben ihr in die Hocke sinken ließ. »Er hat mich die ganze Zeit benutzt.« Seine Wangenknochen traten plastisch hervor, die Kiefer lagen hart aufeinander. Da war ein neuer Zug an ihm. »Wir müssen meinen Sohn stoppen.« In seinen Augen war die Schwermut verschwunden. Er hatte in einem Moment der Verzweiflung eine große Entscheidung getroffen. »Rasmus darf nicht mehr morden. Das muss ein Ende haben.« Er berührte Christines Hand. »Bitte ...«

»Deswegen bin ich hier.« Sie ließ den Papphefter in den Koffer fallen. »Ihr Sohn war fast achtzehn, als diese vermeintliche Sex-Geschichte mit seiner Lehrerin öffentlich wurde. Manuela Weigert musste kurz darauf die Schule verlassen. Und Rasmus hatte schon wieder einen Menschen verloren, an dem er hing. Repetition von Traumata – das könnte der Trigger für seine Tötungsserie auf den Koppeln gewesen sein.«

»Ich kann es nicht ausschließen. Gar nichts mehr ist sicher.« Zwei tiefe Falten zogen sich über seine Stirn. »Absolut nichts.«

Christine erhob sich. »Klingt logisch. Rasmus hat erst die Pferde getötet, dann begann er mit den Frauen. Er hat sie aus dem Leben gerissen, ausgeknipst, so wie seine Mutter und Manuela Weigert plötzlich aus seinem Leben verschwunden waren. Als ob er für einen Ausgleich sorgen wollte.« Und nun sollten Dom und Emma für die gekränkte Seele eines kleinen Jungen bezahlen.

Christine deutete auf einen Bildband über die Toskana, der in dem Koffer lag. »Dann sein fingierter Tod – ausgerechnet in Italien. Das muss einen Grund gehabt haben.«

»Marta hat mit ihm den Vatikan besucht, als er noch ein Kind war. Von dieser Reise hat er noch als Erwachsener geschwärmt.« Brenner nahm das Buch, strich über das Hochglanz-Cover mit seiner Hügellandschaft, den Zypressen, Olivenhainen und Pinien. »Wissen Sie, Rasmus wollte Tiermedizin studieren. Er hatte sich schon an der Uni in Kiel eingeschrieben. Vorher wollte er noch einmal nach Italien reisen. Das war sein großer Traum, und den habe ich ihm ermöglicht.« Er presste das Buch gegen seine Brust. »Natürlich habe ich das«, flüsterte er.

Brenner erhob sich aus der Hocke und knallte das Buch gegen eine Wand. Mit aufgeschlagenen Seiten blieb es auf den Dielenbrettern liegen. »Lügen. Alles nur Lügen. Er verfolgte ganz andere Pläne.«

Rasmus hatte seine alte Identität in Italien beerdigt. An seiner Stelle war der Kratzer zurückgekehrt.

Religion, Italien, Mutterliebe, die Lehre von der Balance. In dem Koffer lagen sämtliche Zutaten, aus denen er sich seine pathologische Privatphilosophie gebraut hatte. Christine trat gegen den Koffer. Der Aluminiumdeckel fiel mit einem dumpfen, metallischen Schlag zu, als hätte sie einen bösen Geist in einer Flasche gefangen. »Danach ist Rasmus in Polen aufgetaucht.«

»Vielleicht hat er dort seine Mutter gesucht. Er war besessen von ihr.«

»Aber gefunden hat er dort Manuela Weigert, und er hat sie für ihr Weggehen bestraft. Wie auch immer.«

»Ja, sieht so aus. Leider.«

Hinter einem kleinen Fenster am Ende des Zimmers blitzten zwei Doppelscheinwerfer auf. Die Vorderfront eines Autos wurde sichtbar. Wie ein Haifischmaul durchbohrte es die verschneite Landschaft. Albert war zurück. Endlich.

»Ich muss nach Berlin. Wir können Rasmus nur dort stoppen.«

»Berlin ...« Brenner umfasste Christines Oberarme. »Berlin!«

»Ja, ich habe Ihnen doch gesagt, dass ...« Sie spürte jeden einzelnen seiner Finger.

»Ich weiß vielleicht, wo sich Rasmus aufhält. Nur eine Idee, ein Verdacht, aber womöglich hilft Ihnen das.«

Das Brummen des Autos wurde lauter. Eine Handbremse knirschte, der Motor erstarb, eine Tür klappte.

»Ich stelle eine Bedingung.« Ein Hauch von scharfem Alkohol lag in Brenners Atem. »Nur eine einzige.«

»Sie wollen mitkommen.«

»Nicht weil ich will, sondern weil ich muss.« Er wandte den Kopf ab. »Er ist mein Sohn. Ich bin verantwortlich.« Brenner ließ ihre Arme los und trat einen Schritt zurück. Dabei hielt er Christine seine ausgestreckte Hand entgegen. »Ich frage Sie, Frau Lenève, haben wir eine Vereinbarung?«

Die Altersflecken auf seiner Haut, sein graues Haar und der

milchige Glanz seiner Augen – die Jahre hatten sich unbarmherzig durch seinen Körper gefressen, und doch wollte sich Brenner den neuen Wahrheiten mit aller Kraft stellen.

Er hatte das Recht darauf, seine eigenen Antworten zu finden. Christine würde sie ihm nicht verwehren.

Sie ergriff seine Hand. »Abgemacht, Dr. Brenner.«

28. KAPITEL

Die Tunnelbeleuchtung blitzte wie ein rasend schneller Rhythmus auf, ein ständiges Gleißen, das durch die Frontscheibe des Wagens drang und Albert benommen machte. Selbst wenn er den Kopf gegen die Nackenstütze presste und die Lider schloss, sah er noch immer das grelle Licht des Tegel-Tunnels vor sich.

Christines Fuß lag seit über drei Stunden auf dem Gaspedal. Das hochtourige Brummen des Motors brachte die Armatur zum Vibrieren. Ohne Rücksicht auf Schnee und Glätte hatte sie den Citroën über den Asphalt der Autobahnen gehetzt, bis endlich die Ortsschilder Berlins vor den Scheinwerfern des Wagens auftauchten.

Dr. Brenner saß auf der Rückbank. Er schwieg. Sein Kopf ruhte in seinen Händen. Er kämpfte sichtlich darum, einen Sinn im Unbegreiflichen zu finden. Manchmal spürte Albert Brenners wippendes Knie am Rücksitz. In seiner Gehirnchemie musste das Chaos ausgebrochen sein. Von allen Gedanken, die ein Mensch am Tag hat, sind nur drei Prozent von positiver Natur. Eine erschütternde Bilanz. Unwahrscheinlich, dass Brenner heute sein Minimum an Lebensfreude erreichen würde. Das Stöhnen von der Rückbank bekräftigte Albert in seinen Überlegungen.

»Ruf Dom an. Versuch es noch mal.« Christine starrte geradeaus auf die Fahrbahn.

»Ich hab das in den vergangenen drei Stunden bereits ein Dutzend Mal versucht. Nur die Mailbox springt an.« Die Anrufliste seines Smartphones strahlte ihm weiß entgegen. »Nichts, absolut gar nichts zu machen.«

»Vielleicht bringen die im LKA gerade diese niederländische Prostituierte zum Reden.«

»Den ganzen Abend? Stundenlang?«

»Mein Vater hat Verhöre über drei Tage geführt. Ohne Unterbrechung, ohne Schlaf und ohne Essen. Nur mit einer angeschlagenen Kaffeetasse in der Hand.«

»Jetzt wird mir einiges klar.«

»Hat ja lange genug gedauert«, grummelte sie.

Christine zeigte selten Anzeichen von Müdigkeit. Immer wenn Albert nachts aufwachte, blickte er in ihre offenen Augen. Vielleicht hatte sie Angst, etwas zu verpassen. Oder der Sog ihrer Vorstellungswelt ließ sie nicht zur Ruhe kommen. Womöglich war die gesamte Familie Lenève von Geburt an mit einer Sonderration Akkus ausgestattet worden. Christine blieb ihm ein ewiges Rätsel.

»Hier müssen Sie runter.« Brenner beugte sich vor. Mit ausgestrecktem Arm deutete er auf ein Schild neben der Autobahn. *Ausfahrt Waidmannsluster Damm.*

Christine schlug das Lenkrad nach rechts ein. Die weißen Buchstaben blitzten kurz im Scheinwerferlicht auf und verschwanden sofort wieder.

»Wir sind gleich da.« Brenner umklammerte Alberts Kopfstütze. »Und dann geht es los.«

Die Häuser lagen am Ende eines Steges, inmitten von schneebedeckten Niedermoorwiesen. Das Tegeler Fließ mit seiner Sumpflandschaft und seinem Erlenwäldchen ruhte wie eingefroren vor Albert. Der Wind rauschte nicht. Die Vögel waren verstummt. Nur die Glocken einer Dorfkirche schlugen neunmal. Albert zählte vier kleine Häuschen in der Landschaft. In keinem brannte Licht.

»Das da, rechts außen, das ist es.« Brenner deutete in Richtung eines Bungalows mit Glasfront. »Als Rasmus ein kleiner Junge war, haben wir hier manchmal die Sommerferien verbracht.« Er schloss den Kinngurt seiner Pelzmütze. »Ist schon zwanzig Jahre her. Seitdem stand es die meiste Zeit leer.« Die Druckknöpfe rasteten ein. »Sind sowieso nur Wochenendhäuschen. Im Winter kommt hier keiner her.«

Christine checkte den gedämpften Strahl ihrer Taschenlampe in der Handinnenfläche. »Na gut, dann lassen Sie uns losgehen.« Sie machte zwei Schritte auf dem Holzbohlensteg, da packte Brenner sie am Unterarm.

»Nein. Nicht wir. Nur ich«, sagte er leise.

Sie betrachtete erst ihren Arm, dann Brenner. Selbst im Dunkeln erkannte Albert die zwei senkrechten Falten, die sich zwischen ihren Augenbrauen bildeten. »Alleine sind Sie kein Gegner für Rasmus.«

»Das muss ich auch nicht sein. Ich bin sein Vater.« Brenner ließ ihren Arm los. »Wenn wir da zusammen reingehen, kommt es zur Eskalation. Aber mir allein wird Rasmus nichts tun.« Er zurrte die Riemen seiner Lederhandschuhe fest. »Ich allein kann ihn zum Aufgeben überreden. Nur ich. Sie glauben doch an die Vernunft, Frau Lenève. Das ist die logische Vorgehensweise.«

»Mag sein. Aber sie ist nicht unbedingt richtig.«

»Das werden wir gleich wissen.«

Christine nickte. »Einverstanden. Ihr Sohn, Ihre Regeln.« Sie knipste die Lampe aus und reichte sie Brenner. »Geben Sie uns ein Signal, wenn wir Ihnen folgen sollen. Ich warte drei Minuten. Keine Sekunde länger.«

Brenner nahm die Lampe und brummelte etwas Unverständliches. Er hielt sich am Geländer des Stegs fest, als er wie ein Seemann bei hohem Wellengang Schritt für Schritt über die knarrenden Bohlen ging.

Dreißig Meter später stand er vor dem Bungalow. Sein Schlüssel klickte im Schloss, die Tür knarrte. Das Innere des Hauses verschluckte ihn.

Albert sog tief die Luft ein. Er stellte sich auf den Steg. Das Holz unter ihm knirschte, als er sein Gewicht auf das andere Bein verlagerte. Von weit her hörte er das Knistern des Grases. Der Schnee reflektierte das Mondlicht.

Christine stand breitbeinig und mit verschränkten Armen neben ihm. »Ich bewundere Brenner. Er weiß nicht, ob er seinen Sohn oder eine Bestie finden wird. Und trotzdem will er die Antwort. Mit aller Gewalt.«

»Deswegen hast du ihn alleine gehen lassen?«

»Ich habe nicht das Recht, ihn zu stoppen. Niemand hat das.« Sie umfasste seine Hand. »Das hier hat nichts mit Verbrechen oder Gesetzen zu tun. Nur mit Schmerz.« Sie presste seine Finger zusammen. »Noch anderthalb Minuten.«

Der aufgestellte Kragen ihres schwarzen Mantels und der harte Zug um ihre Lippen erinnerten Albert an einen Kapitän auf der Brücke, der unbeirrbar auf sein Ziel zusteuerte. Aber er wusste, dass dieser Eindruck täuschte.

Brenner berührte sie. Christine dachte an ihren eigenen Vater. Obwohl Remy Lenève seit über dreizehn Jahren tot war, ließ sich die Verbindung zwischen ihm und seiner Tochter nicht trennen. Christine hatte ihren Vater nie wirklich gehen lassen. Er flüsterte ihr aufmunternde Worte zu, wenn sie verzweifelt war, und führte sie durch eine Welt der Gefahren, für die sie sich selbst entschieden hatte. Seine Lektionen waren noch immer Teil ihres Lebens. Remy Lenève verweigerte sich dem Tod. Vielleicht war Christine auch deshalb zur notorischen Außenseiterin geworden. Manchmal beunruhigte Albert der Gedanke, dass zwischen ihm und ihr immer sein Geist stehen würde.

Das Eis unter dem Steg knirschte. Schnee fiel vom Dach eines Hauses. Christine wand ihre Finger aus Alberts Hand. »Brenners drei Minuten sind um.«

Auf der anderen Seite des Stegs quietschte eine Tür. Der Strahl einer Taschenlampe fuhr durch die Erlen, streifte ihre Stämme und brach sich im verbliebenen Laub. Brenner schwenkte das Licht in einer Kreisbewegung.

»Na, also. Der Mann hält sich an Vereinbarungen.« Christine lief über den Steg. »Komm!«

Albert folgte ihr. Glänzendes Eis zog sich über die Mitte der Bohlen. Er ging am Rand entlang, spürte das nasse Geländer unter seinen Fingern. Die Bäume schimmerten gräulich im Mondlicht. Ein Vogel landete mit hektischem Flügelschlag auf dem Geländer. Es war ein Rotkehlchen. Ruckartig bewegte es seinen Kopf und gab zwei schrille Piepstöne von sich. Albert streckte ganz vorsichtig die Hand nach ihm aus. Der Vogel rührte sich nicht, er wirkte zahm.

»Albert!«

Er löste sich vom Anblick des Rotkehlchens und konzentrierte sich auf die vereisten Holzbohlen vor ihm.

Je weiter sie gingen, desto deutlicher erkannte Albert Brenners hängende Schultern und seinen gehetzten Blick. Er lief ihnen die letzten beiden Schritte entgegen und packte Christine bei den Schultern. »Rasmus ist nicht hier, aber ...« Brenners Nasenflügel vibrierten, seine Lippen zitterten. Er wandte sich ab und trat zurück über die Schwelle des Bungalows, dabei klopfte er mit einem Finger auf das Schloss. »Jede Menge Kratzer, der Zylinder ist beschädigt, und schauen Sie mal, hier!«

Sie folgten Brenner ins Innere des Hauses. Der Geruch von saurer Milch und faulem Obst stieg in Alberts Nase. Brenner ließ den Lichtstrahl über den Boden wandern: aufgerissene Milchtüten, Plastikschalen geöffneter Fertiggerichte, rötliche Steinchen, leere Wasserbehälter, ein Schraubenzieher, eine zwei Tage alte Zeitung.

»Jemand war hier«, raunte er. Der Lichtstrahl kroch über den Boden, tastete sich über abgelaufene Dielen, über zertretene Cornflakes, ein paar benutzte BVG-Karten, zwei Äpfel mit braunen Stellen und einen zerrissenen Schnürsenkel.

»Halt!« Christines Stimme klang weit entfernt, als würde sie am anderen Ende einer Telefonleitung stehen. »Schwenken Sie die Lampe zurück.«

Brenner ließ den Lichtkegel in seine Ausgangsposition wandern.

»Stopp.« Sie kniete sich neben ihn auf den Boden. Das Leder ihrer Boots knirschte. »Das war Rasmus.« Ihr Mantel raschelte, als sie sich wieder aufrichtete. In ihrer Hand lagen zwei der rötlich schimmernden Steinchen. »Korallen.«

»Aber Christine, das heißt ja …« Sie hatte Albert von den Hinterlassenschaften in Doms Briefkasten berichtet. Die verästelten Splitter zeichneten sich wie Blutstropfen auf ihrer Haut ab. »Gott, verdammt.«

»Genau.«

Der Kratzer war in Doms und Emmas direktes Umfeld eingedrungen, er war ihnen ganz nah gewesen.

Christine nahm Brenner die Lampe aus der Hand. Sie ließ das Licht wie einen Scheinwerfer durch den Raum gleiten. In seinem Strahl blitzte eine Küchenzeile mit benutztem Geschirr in einer Ecke auf, ein zerschlissenes Cordsofa mit einer zerwühlten Decke in der anderen. Die gerahmte Schwarz-Weiß-Fotografie der Golden Gate Bridge hing an der Wand. Auf einem kleinen Schreibtisch, der in einer Nische vor dem Fenster verborgen war, standen geleerte Milchflaschen. Stifte und Lineale lagen verteilt darauf. Die Ecke einer Landkarte hing über der Tischkante.

Christine tastete sich im Dunkeln vor zur Arbeitsecke. Sie schob einen Stuhl zur Seite und beugte sich über die Karte. »Sieh dir das an, Albert.«

Er trat neben Christine. Im Licht der Taschenlampe erkannte er auf der Karte vier rote Markierungen, die ein Areal aus der Vogelperspektive umrahmten. Zufahrten waren eingezeichnet und schraffiert. »Wo soll das sein?«

Christine tippte auf die Druckbuchstaben in der oberen Ecke des Papiers. »Lobetal. Bernau.«

»Wo er Doms Ex-Frau erwischt hat.«

»In der Gemeinde Bernau, aber nicht direkt im Lobetal. Nicht dort.« Sie fuhr über die Karte, folgte den handschriftlichen Markierungen. »Das sieht nach einem Waldstück aus, zwei Kilometer westlich vom Ort. Aber diese Zufahrten erscheinen mir merkwürdig. Und dann ist hier plötzlich eine freie Fläche zwischen den Bäumen, die eingekästelt ist.«

Albert zog sein Smartphone aus der Lederjacke. »Warte.«

Eine kurze Recherche im Netz brachte mehr als minutenlange Spekulationen. Rasch tippte er *Lobetal* in der Suchmaske ein. Bilder des Ortes bauten sich auf: Häuser im Grünen, eine gemauerte Schule, ein Rathaus – und immer wieder tauchten seltsame Betonklötze inmitten eines Waldes auf.

Brenner trat an den Tisch. Der Wasserhahn an der Spüle tropfte. Draußen im Erlenwäldchen piepste ein Vogel.

»Verdammt. So simpel. Er hat alle zum Narren gehalten.« Albert hielt Christine das Display vors Gesicht. »Schau dir das an.«

Sie blinzelte. »Die Koralle. Ein verlassener Marinebunker, den die Nazis gebaut haben«, flüsterte sie. »Korallen ...« Die Karte fiel zu Boden. »*Merde.*« Christine schlug mit voller Wucht auf die Tischplatte. »Wir haben seine Zeichen falsch gelesen. Und dabei ist er nicht einen Zentimeter von seinem Muster abgewichen. Die ganze Zeit hat er sich Dom mitgeteilt und ihm genau verraten, wo er seine Pläne umsetzen will. Wie immer die auch aussehen mögen.«

»Rasmus ist in diesem Bunker?« Brenner hob die Landkarte auf und strich sie gerade. »Mein Junge ist da unten?«

»Das werden wir gleich wissen.« Anruf Nummer dreizehn. Albert drückte das Telefonsymbol auf dem Handy. Es klickte in der Leitung. Keine Verbindung. »Dom ist nicht erreichbar. Sorry.«

»Dann eben Plan B.« Christine holte eine Visitenkarte aus der Gesäßtasche ihrer Jeans und reichte sie Albert. *Alexander Finkel. Erster Kriminalhauptkommissar.*

»Wahrscheinlich liegt Finkel schon mit einem Töpfchen Bräunungscreme und seinem frisch gebügelten Pyjama im Bett und träumt vom Job des Polizeipräsidenten.« Ein sardonischer Zug legte sich um ihre Lippen. »Der soll sich mal schön warm anziehen. Sieht mir nach einer stürmischen Nacht aus.«

29. KAPITEL

Sein Zeitgefühl verließ ihn. In diesem Raum existierte ein anderer Modus des Empfindens. Doms innerer Taktgeber hatte den Rhythmus verloren. Vielleicht drei Stunden, womöglich auch länger, hatte ihn der Kratzer der Dunkelheit überlassen. Karens Auto und Doms Kleidung vor dem Bunker mussten verschwinden. Der Kratzer tilgte alle Spuren, radierte alle Hinweise aus, die Dom hier unten auffindbar machten.

Der Raum hatte keine Fenster und keine erkennbaren Schwachstellen, die er zur Flucht nutzen konnte. Ein schwerer Geruch von Moder drang aus allen Winkeln des Gemäuers. In einer Ecke, verborgen unter einem Holzregal, zeichneten sich im schwachen Licht des Laptops die Umrisse von drei Kanistern ab. Zerfetzte Bänder mit dem Aufdruck бензин waren daran befestigt. Stroh, lose Seile, Kohlen, Kisten – ein Wirrwarr an Dingen lag auf dem Boden. Holzbretter und eingerollte Fahnen standen an den Wänden.

Obwohl an der Tür ein Riegel fehlte und Dom sie für nicht versperrbar gehalten hatte, war ein Mechanismus eingerastet. Der Kratzer musste einen verborgenen Hebel benutzt haben – die Falle war zugeschnappt. So simpel.

Er lehnte mit dem nackten Oberkörper an der Wand, strich über das rissige Gemäuer und konzentrierte sich auf seinen Atem, während sich seine Lungen mit abgestandener Luft füllten. Der Beton unter seinen Füßen war kalt und feucht. Seine Zehen fühlten sich taub an, seinen Beinen fehlte die Kraft, ganz so, als sei sein Innerstes mit Watte ausgestopft.

Im Gang vor der Tür hörte er Schritte, darauf folgte ein Knirschen. Die Sichtluke in der Eisentür öffnete sich, Licht fiel in den

Raum. Zwei eiserne Ringe flogen durch die Öffnung hindurch und landeten klirrend vor Doms Füßen.

Verdammt. Handschellen.

Ein bläulicher Schimmer lag auf dem Metall. Er stieß sie mit dem Fuß fort. Die Glieder klirrten.

»Lassen Sie das Theater.« Die Stimme des Kratzers klang gedämpft, als spräche er durch eine Membran. »Eine Hand ans Bett ketten. Los.«

Da lag er nun auf dem Boden, der Achter, und mit ihm sollte sich Dom der letzten Reste seiner Freiheit berauben. »Du hast Karen getötet.« Er verdrängte die Bilder des Videos – die rote Lache vor ihrem Körper, die sich immer weiter über den Boden ausgebreitet hatte. »Du hast sie ausbluten lassen.«

»Natürlich habe ich sie getötet. Ich habe nie behauptet, dass sie noch am Leben ist. Sie haben gehofft und gehofft. Haben es sich selbst eingeredet und machen mir nun Vorwürfe.« Das Licht einer Öllampe flimmerte hinter der Luke, das Gesicht des Kratzers blieb ein dunkler Schatten.

»Und deswegen sind Sie hier. Aber ich will Ihnen nicht Ihre eigene Berechenbarkeit vorwerfen. Sie und ich – wir beide sind, was wir sind.«

»Wenn ich hier rauskomme, erledige ich dich. Ein für alle Mal.«

»Aber Sie kommen nicht raus, Tobias. Sie bleiben hier drinnen. Sie haben es noch immer nicht verstanden.«

»Kranke Drecksau. Hältst deine irren Gedanken für normal.«

»Das sind sie auch. Legen Sie sich die Handschelle an. Das andere Ende ans Bett. Ich komme zu Ihnen in die Zelle.«

Dom könnte sich gegen die Tür werfen oder sich die Lunge aus dem Hals schreien. Aber er würde den Schließmechanismus nicht brechen, und hier unten konnte ihn niemand hören. Doch wenn der Kratzer die Tür öffnete und zu ihm hereinkam, besaß er zumindest den Bruchteil einer Chance.

»Sie überlegen? Kommen Sie schon, Tobias. Wir beide, wir sind doch wie alte Freunde.«

Dom hob die Handschellen auf. Er schob sich einen Bügel übers Handgelenk und ließ die Zahnrasten ineinanderklicken. Mit wenigen Schritten war er beim Bett. Er stellte sich mit dem Rücken zur Tür und strich über einen eisernen Pfosten am Fußende, der mit den Streben verbunden war. Feine Krümel hafteten an seinen Fingern. Rost. Die Jahrzehnte hatten das Armeebett zerfressen. Mit etwas Kraft konnte er die Eisenstange womöglich brechen. Dom legte die zweite Handschelle um eine Strebe und ließ die Schließsperre einrasten. »Zufrieden?« Er drehte sich um und riss den Arm hoch. Die Handschelle klirrte.

»Sehr sogar. Die Schellen haben Karen gehört. Hat sie in der Handtasche mit sich rumgetragen. Wahrscheinlich ein Andenken an die gute alte Zeit mit Ihnen.«

Dom presste die Zähne aufeinander. Er würde sich nicht provozieren lassen. Nicht, wie damals in Polen.

Staub rieselte im Licht zweier Öllampen von den Mauern, als der Kratzer die Tür einen Spaltbreit aufstemmte. »Setzen Sie sich aufs Bett.«

Dom folgte dem Befehl. Die Matratze unter ihm gab kaum nach, sie war steif wie ein Brett. Er griff nach der Decke und verhüllte seinen Körper. Nicht aus Scham oder Kälte und keineswegs aus Schutzbedürftigkeit. Der Stoff verbarg seine angekettete Hand. Er musste die Strebe des Bettes lockern, sie verbiegen, sie aus der Verankerung im Pfosten hebeln.

Der Kratzer betrat den Raum, in seinen Händen schaukelten die Öllampen an den Bügeln. Er stellte die flackernden Lichter in einem Abstand von zweieinhalb Metern vor Dom ab. Mit seinem zufriedenen Blick ähnelte er einem Maler, der die Vollendung seines Kunstwerks genoss und der Farbe beim Trocknen zusah.

Trotz des dicken Mantels und des Wollpullovers waren die

Konturen seines leptosomen Körpers erkennbar: der flache Brustkorb, das spitze Kinn. Die fragile runde Brille. Die Polizeipsychologen würden den Mann als asthenischen Typen einstufen, der als Kind schwächlich, reizbar und verschlossen war. Auf seiner Wange und an seinem Hals zeigten sich verschorfte Blutspuren. Womöglich hatte sich sein Opfer gewehrt.

»Sie betrachten mich wie ein Monster.«

»Das bist du auch.«

»Sie irren sich.« Er trat einen Schritt heran. »Ich bin ein ganz normaler Mensch: Ich mag keine zerlaufenen Spiegeleier. Ich schließe beim Zähneputzen die Augen. Ich hasse es, wenn in der Umkleidekabine die Vorhänge nicht bis zum Boden reichen.«

Er kam zwei Schritte näher, noch näher. Nicht nah genug. »Ich sortiere meine Bücher alphabetisch nach den Namen der Autoren. Ich trinke niemals den letzten Schluck in einer Flasche, weil es mich anekelt.«

Anderthalb Meter vor dem Bett blieb er stehen. Zu weit entfernt, um ihn zu packen.

»Ich bin ein Mensch wie Sie. Es wäre besser, wenn Sie das akzeptieren würden.«

»Du bist ein mordendes Stück Dreck.« Dom wählte Worte, die der Kratzer nicht hören wollte, und wartete auf eine zornige Reaktion, irgendeine Unachtsamkeit, die er nutzen konnte.

»Dann bin ich wie jeder Soldat, der seinen Auftrag erfüllt. Wie jeder Banker, jeder Politiker, der durch seine Geschäfte und Handlungen Kriege mitfinanziert. Wie alle, die wegsehen.« Er reckte den Zeigefinger zur Decke. »Da oben ist eine Welt, die nach ordnenden Systemen funktioniert und sich immer wieder ausgleicht. Das ist die Lehre von der Balance. Sie und ich, wir gehören zu diesem System. Nur auf unterschiedlichen Seiten. Und trotzdem bilden wir ein Ganzes.«

Dom schüttelte den Kopf. »Der ganze Aufwand dafür, dass du

mich jetzt mit deinem verdrehten Psycho-Studenten-Geschwafel zutextest?« *Provoziere ihn. Lass ihn Fehler machen.* Dom zwang sich zu einem Grinsen. »Wie lächerlich du bist, einfach nur jämmerlich.«

Die Flammen der Öllampen tanzten auf ihren Dochten. Ihre Schatten zogen über die Wände, auf und ab, und reflektierten sich im Brillenglas des Kratzers.

Er senkte den Kopf. »Sie und Ihre Mordkommission – Sie haben mich damals auf den Namen *Kratzer* getauft, weil Sie an mir verzweifelt sind. So einer wie ich, der darf kein Mensch sein. Sie haben es nicht ertragen.«

»Wir hatten recht.«

»Sie hatten Angst.« Der Kratzer wandte sich ab. Er schob mit der Schuhspitze einen der Kanister über den Boden. »Sie begreifen die Systeme der göttlichen Fügung nicht. Ich bin das Werkzeug einer Erfüllung. Ich bin der Überbringer einer Nachricht. Und Sie, Tobias … Auch Sie sind Teil dieser Nachricht.«

Am liebsten hätte Dom laut gelacht.

Psychologen und Fallanalytiker hatten sich am Profil des Kratzers abgearbeitet. Dutzende Sprachanalysen der Täterschreiben und Studien der Tatmuster waren über seinen Tisch gewandert. Alles für einen dürren, bleichen Mann, der sich zum Scharfrichter Gottes aufspielte.

»Ich heiße Rasmus.« Er schob sich die Brille über sein Nasenbein. »Das überrascht … *dich?*«

Womöglich war das ein neuer Trick – oder auch nicht. Jede Antwort darauf war für Dom irrelevant. Ein Monster bleibt ein Monster, auch wenn es sich als Mensch verkleidet und um die Nähe seines Gegenübers buhlt. »Und was nun, *Rasmus?*« Dom betonte den Namen mit einem Zischen. Niemals würde ihm der Kratzer seine Identität verraten, wenn er sich nicht sicher wäre, ihn hier unten zu töten. »Bestimmt erklärst du mir, wie es jetzt weitergeht.« Die Antwort hatte er sich längst selbst gegeben. »Du willst doch deinen schönen Plan nach diesem ganzen Aufwand nicht für dich behalten. Nein, so gut kenne ich dich.«

Dom brauchte Zeit, jede Sekunde zählte. Er simulierte ein Husten und beugte den Oberkörper vor. Doch unter der Decke umklammerte er mit der Hand die rostige Strebe, an die er gekettet war, übte Druck aus, ruckelte an ihr. Ganz vorsichtig. Unauffällig.

»Erinnere dich, Tobias: Du wolltest mich in Polen ins Gefängnis werfen und mich dort verrotten lassen. Fast wäre dir das gelungen. Nun bist *du* in einem Gefängnis. Alles gleicht sich aus. Verstehst du es endlich?« Der Kratzer strich über einen Bettpfosten. »Die Balance der Dinge. Das musst du doch erkennen. Sonst wärst du nicht hier unten.« Er ging mit kurzen Schritten vor dem Bett auf und ab, dabei streckte er seine Arme V-förmig in die Luft. »Du bist hier, Tobias. Das ist der Beweis für eine göttliche Fügung.«

Rede weiter. Sprich mit dir selbst. Vergiss mich. Die Strebe beugte sich unter dem Druck von Doms Faust. Nur ein paar Millimeter.

»Ich glaube an Gott. Alles, was wir sind, unsere täglichen Auseinandersetzungen, unsere glücklichen Momente – alles ist, weil er es will. Sein Atem hat mich gestreift.«

Der Kratzer ging in die Hocke. Er schob den Glaszylinder aus der Fassung einer Öllampe. Ruß stieg auf. »Alles ist in Übereinstimmung mit Gottes Willen. Auch mein Handeln. Alles gleicht sich aus.« Er strich über das untere Ende des Dochts. »Alles.«

Dom atmete hörbar aus. Er konnte die Strebe nicht mit der Kraft seiner Faust brechen, sie ruckte in der Fassung hin und her, doch nicht mehr. Das Metall war widerstandsfähiger, als er vermutet hatte. Ein Spiel auf Zeit – mehr blieb ihm nicht. »Natürlich, Gott. So einfach ist das. Eine billige Entschuldigung für deine Morde.«

Der Kratzer erhob sich und ließ den Glaszylinder fallen. Er zerbarst auf dem Boden, Splitter rieselten über den Beton. »Sieh doch genau hin!« Er zog seinen Mantel aus, faltete ihn sorgsam und legte ihn aufs Bett, weit weg von Dom. Dann trat er vor eine Säule und zerrte seinen Pullover über den Kopf. Die Wolle knirschte. Mit beiden Händen strich er über seine nackte Brust. »Schau es dir an!«

Sein schmächtiger Oberkörper glänzte weißlich im Schein der Lampe. Acht rote Narben zogen sich über seine Haut. Die senkrechten Striche waren scharf gestochen, jeder etwa sieben Zentimeter lang. Die rechte Einkerbung zeigte Spuren getrockneten Blutes, sie war ganz frisch.

Der Kratzer strich über die verkrustete Wunde neben seiner Brustwarze, als drückte er die Taste einer Klaviatur. Ein Stöhnen entstieg seinem Mund. »Ich hab Karens Herzschlag noch auf der Klinge gespürt.« Er schloss die Augen und lehnte seinen Rücken an die Säule. »Ist doch merkwürdig. Als ob etwas von ihr zu mir wollte. So ist es jedes Mal gewesen. Und so wird es immer wieder sein.«

Acht Opfer. Für jedes eine Kerbe in seiner Haut. Er begnügte sich nicht mit einfachen Erinnerungsstücken an seine Taten wie die meisten Serienmörder, die Doms Weg gekreuzt hatten. Der Kratzer glaubte offenbar, dass er einen Teil seiner Opfer in sich aufnahm. Jeder Profiler wäre für eine solche Erkenntnis dankbar gewesen, doch Dom brachte diese Information hier unten rein gar nichts.

Er spannte seinen Arm, übte noch mehr Druck auf die Strebe aus. Die Handschelle schabte über den Rost. Ein Millimeter. Noch einer. Der Kratzer öffnete die Augen, er lauschte in die Stille des Raums. Dom simulierte einen weiteren Hustenanfall und übertönte das verdächtige Geräusch unter der Decke. »Du warst über sieben Jahre weg, Rasmus. Gott hat dich in Tiefschlaf versetzt, weil er dich nicht mehr ertragen konnte.«

Wieder strich der Kratzer über die Narben auf seiner Brust, stieß sich dann von der Säule ab. »Du hast mir wehgetan, damals in Polen. Du hast mich gestoppt, und ich habe nicht verstanden, warum Gott das wollte.« Da war ein Zittern in seiner Stimme, er senkte den Blick. »Hab's einfach nicht kapiert. Ich habe doch immer nur gemacht, was er wollte.«

Er kniete vor der zweiten Öllampe nieder und hob das Glas aus der Fassung. Vorsichtig stellte er den Zylinder auf den Boden. »Ich hab für meine Arbeit immer nur die Instrumente benutzt, die er mir vor Ort zugeteilt hat. Immer.« Die Flamme flackerte unruhig. »Er hat mir den Bunker gezeigt, als ich hier draußen war.« Der Kratzer richtete sich auf und strich über eine moosüberwucherte Wand. »Wenn mir jemand begegnet ist, hab ich genau gespürt, wenn ich ihn wegmachen sollte. Das ist wie ein Brummen in meinem Kopf, als ob ein Generator angeworfen wird.« Er ahmte einen tiefen Brummton nach. »So! Ungefähr so.« Noch einmal brummte er. »Genau so.«

»Erzähl mir doch nicht diesen Mist. Du hast die Frauen nur aus Lust am Morden abgeschlachtet.« Dom verlagerte das Gewicht seines Oberkörpers. Nur so ließ sich mehr Druck auf die Strebe ausüben. Er sehnte das erlösende Geräusch des berstenden Metalls herbei, doch mehr als ein Knirschen drang nicht unter der Decke hervor.

Der Kratzer streckte beide Arme aus und stützte sich an einer Säule ab. »Das waren doch nur Säue …«, flüsterte er so leise, dass Dom seine Worte fast erahnen musste. »Sieben Jahre. Ich wäre nicht mehr zurückgekommen, aber die Stimme hat mich geholt und auf meinen Weg zurückgeführt. Zu dir.«

Die Stimme. Irgendeine verdammte Stimme wälzte sich durch die Hirnwindungen in seinem Schädel. »Und diese Stimme hat dir gesagt, dass du mich und alle Menschen, die mir nahestehen, töten sollst?«

»Die Balance muss wiederhergestellt werden.« Der Kratzer wandte sich von der Säule ab und baute sich vor Dom auf. »Ich hab vor deiner Frau gestanden. Hab sie beobachtet in einem Café. Sie und deine Tochter. Sie haben Kakao getrunken und Mandelhörnchen gegessen. Sie haben gelacht. War ein sonniger Tag. Ein Montag.«

Diese gottverdammten Handschellen. Dom wollte sich losreißen. Das Bett zerschmettern. Den Schädel des Irren zertrümmern. Er spürte das Kitzeln in seinem Rachen, den Husten, der diesmal tatsächlich seine Kehle hinaufkroch. *1, 3, 7, 10 – weiter, die Zahlen. 13, 14 … beruhige dich. Lass ihn nicht gewinnen.*

Die Mundwinkel des Kratzers hoben sich. Er lächelte ihn wie einen alten Bekannten an, dem er nach langer Zeit wieder begegnet war. »Ich habe dein Umfeld studiert. Wollte sehen, mit welchen Menschen du dich umgibst.« Mit den Fingerspitzen tippte er gegen seine Stirn. »Und dann war da das Brummen … Und die Stimme hat mir gesagt, was ich tun soll.« Er zeigte auf eine Stelle links neben seiner blutverkrusteten Wunde. »Hier! Da! Das ist Emmas Platz.«

Der Kratzer folgte einer imaginären Linie auf seiner Haut. »Direkt neben Karen. Direkt daneben.«

Es waren nur aneinandergereihte Buchstaben, die zu Worten voller Hass anschwollen. Die Worte eines Menschen, der an seinen traumatischen Störungen längst zerbrochen war. Die Opfer des Kratzers waren symbolische Nachbildungen seiner Mutter, die er töten musste. Es war immer die Mutter. Er empfand gleichzeitig Liebe und Hass für die ermordeten Frauen. Lindfeld hatte das bei seinem Treffen mit Christine angedeutet. In diesem Zwiespalt lag die Schwäche des Kratzers wie eine offene Wunde, die nach einer Portion Salz schrie.

»Deine Mutter … Was hat sie dir eigentlich angetan?«

Der Kratzer klemmte die Hände hinter seinen Hosenbund. »Sie

hat nichts mit uns beiden zu tun.« Er näherte sich Dom mit diesen kurzen, abgehackten Schritten, blieb aber in der sicheren Distanzzone. »Nichts. Verstehst du?« Er blinzelte ihn an.

»Du musst sie sehr hassen.«

»Sei still. Du verstehst nichts.«

Dom lachte laut, eine gezielte Provokation. »Ich kenne dich viel zu gut. Wir haben dich monatelang analysiert.« Mit der freien Hand führte er eine Pendelbewegung aus. »*Klack. Klack ... Klock.*« Wieder lachte er. »Du bist ein kaputtes Uhrwerk. Nicht mehr zu reparieren.« Er schlug gegen die Bettkante. »*Klock. Klock.* Mochte Mutti ihren kleinen Rasmus nicht mehr?«

Die Handschelle am Bett klirrte. Geschmolzener Schnee tropfte von der Decke. Unter dem Bett brummte der Laptop.

Der Kratzer starrte auf die Öllampen zu seinen Füßen, dann verlor sich sein Blick an der Betonwand.

Ein Knacken kam aus einer Ecke. Eine Ratte huschte über den Boden. Die Flammen der Öllampen flackerten unruhig, als sie an ihnen vorbeilief.

Mit einem Ruck riss sich der Kratzer die Brille vom Gesicht. Er presste eines der Gläser aus der Fassung und ließ es auf den Boden fallen. Mit dem Absatz seines Schuhs zertrat er es. Das Knirschen unter seiner Sohle ähnelte einem brechenden Knochen. Er klemmte die Bügel der Brille wieder hinter seine Ohren und hob einen großen Splitter auf. »Ich lese in jedem Buch immer den letzten Satz zuerst. Eine dumme Angewohnheit. Vielleicht, weil ich mir später beim Lesen oft wünsche, dass die Geschichte anders ausgehen soll.«

Er ließ die Scherbe kreisen. »Aber das tut sie nicht. Der Anfang diktiert das Ende. Alles fügt sich. Ich wollte dir Zeit zum Verstehen geben, ich wollte dich heilen, hier unten.«

Der Kratzer würde ihn angreifen, ihm den Hals mit seiner Scherbe aufschlitzen, ihn abschlachten. Dom spannte seinen Körper an. Er schleuderte die Decke fort, riss an der Handschelle.

Doch der Kratzer stand nur ganz ruhig da und beobachtete ihn. Er zog die Glasscherbe über seine Brust, presste sie in seine Haut, direkt neben die frische Wunde. Dabei blickte er Dom an. Blut perlte aus seiner Haut, lief in einer feinen Bahn über seinen Bauch. »Du verstehst nichts. Dir fehlt die Größe, um Gottes Willen zu begreifen. Es spielt keine Rolle mehr.« Er ließ den Glassplitter fallen und tippte auf seine Wunde. »Das hier, das bist du.« Ein dunkler Fleck bildete sich an seiner Fingerspitze. »Auf Wiedersehen, Tobias.« Er holte aus und stieß die Öllampen hintereinander mit seiner Schuhspitze um. »Oder auch nicht.«

Flammen leckten über den Boden, schossen in die Höhe. Der ganze Raum war mit geruchlosem Benzin getränkt. Die Gase zündeten sofort. Die Flammen galoppierten über das Holz, fraßen sich durch Seile, brachten das Stroh zum knistern, kamen Dom immer näher.

Die Eisentür knirschte in den Angeln und fiel zu. Die Luke knallte in den Rahmen. Der Kratzer war fort. Nur sein Mantel lag noch zusammengefaltet auf der Matratze.

Dom rollte sich auf das Bett und trat mit einem Fuß gegen die Strebe. Noch einmal. Immer wieder. Das Eisen presste sich in seinen Fußballen, bog sich leicht, aber es brach nicht.

Rauch stieg auf. Überall knackte und knisterte es. Die Schwaden krochen unter der Zellendecke entlang und verteilten sich im Raum. Der Qualm stach in seiner Nase. Er würde in der Kammer an den giftigen Gasen ersticken, wenn ihn die Flammen nicht vorher erwischten.

Dom zog die Knie an, schlug beide Beine gegen das Gitter und ignorierte den Schmerz, der durch seine Nervenbahnen pulsierte. Nichts. Noch einmal trat er zu. Die Pfosten bogen sich. *Stärker. Komm schon.* Das Feuer erreichte das Bett. Flammen züngelten über die Matratze. Rauch wirbelte. Die Hitze kroch über seinen Rücken. *Du wirst hier nicht sterben. Nicht so.*

Er sah Emma vor sich, wie sie die Bänder ihrer Pelzmütze zu einer Schleife band. Er rammte seine Füße in die eisernen Stäbe. Stärker als zuvor, wütender.

Die Strebe an seiner Handschelle knirschte. Sie bewegte sich, ruckte, fiel endlich, endlich aus der Verankerung und schlug auf den Boden. Klirrendes Metall vermengte sich mit knisternden Feuerwänden.

Dom hob den Arm. Die Handschelle baumelte an seinem Handgelenk. Er war frei – so frei er in einer Zelle sein konnte.

Der Gestank von Schwefel umgab ihn. Sein Haar brannte. Mit der flachen Hand schlug er in seinen Nacken. Die Flammen waren ihm viel zu nah gekommen.

Dom ließ sich hinters Bett fallen. Er duckte sich und versuchte, den Dämpfen zu entkommen. Über ihm wurde der Sauerstoff knapp. Auf allen vieren kroch er an die äußerste Wand und presste seinen Rücken dagegen. Die Hitze breitete sich im Gemäuer aus.

Flammen züngelten über Regale, kletterten das Holz empor, verzehrten den Stoff der Fahnen. Die Verpackungen der Fertiggerichte schmolzen. Der infernalische Gestank von verbranntem Fleisch und Plastik drang bis in seine Ecke.

Die Zelle besaß zwei fünfzig Zentimeter breite Öffnungen unter der Decke. Lüftungsschächte mit scharfen Kanten. Keine Chance, zu ihnen hinaufzuklettern. Es war hoffnungslos.

Doms Sicht verschlechterte sich. Seine Augen tränten, der Rauch stach wie Nadeln in die Nervenzellen seiner Netzhaut. Da fielen ihm die Benzinkanister ein. »Mist. Gottverdammter Mist.«

Die Kanister standen unter einem Regal, fünf Meter von ihm entfernt. Die Feuerwand zwischen den Säulen nahm meterhohe Ausmaße an, nur für Sekundenbruchteile brach die Wand aus Rauch auf, und er sah klarer.

Flammen züngelten über die Außenhüllen der Kanister und umhüllten sie mit grauen Dämpfen. Feuer und Benzin. Er verbot sich jeden Gedanken an die Folgen. Nur der Moment zählte. Er musste handeln.

Die Decke. Sie lag vor dem Bett. Noch hatte sie das Feuer nicht erreicht. Dom umfasste einen Zipfel, er ertastete dicken Stoff, Baumwolle. Er rollte die Decke zu einer Kugel zusammen und presste sie gegen seine Brust. Kurz ging er in die Hocke und schnellte wie eine gespannte Feder empor. Mit Anlauf sprang er durch die Feuerwand, die zwischen zwei Säulen loderte. Er landete zwischen brennenden Brettern und glühenden Kohlen, knickte auf dem Boden ein und rollte sich zur Seite. Nur eine kleine Fläche vor der Tür war von den Flammen verschont geblieben. Hier war er ein paar Momente sicher.

Neben den Benzinkanistern reihten sich die Trinkwasserbehälter aneinander, die der Kratzer mit den Lebensmitteln in die Zelle gebracht hatte, um ihn wie ein Tier zu halten. *Dieses Schwein.*

Dom tastete sich an einer Wand entlang. Schrauben und Holzsplitter bohrten sich in seine Fußsohlen.

Vor dem Regal fiel er auf die Knie. Er riss einen Wasserbehälter hervor. Das Plastik war an den Kanten geschmolzen. Der Drehverschluss knirschte, als er ihn aufschraubte. Wasser, er kippte es auf die verknüllte Decke. Der Stoff sog sich voll, bis er tropfte. Kleine Flammen loderten auf der Außenhülle der Kanister. Dom warf die Decke über die Gefäße, presst sie fest dagegen. Ein Zischen ertönte unter seinen Händen. Das Feuer erstickte.

In der Wand neben ihm war eine Ausbuchtung. Zwei Meter hoch. Perfekt. Er riss die Benzinkanister aus dem Regal und hob einen nach dem anderen in die Nische. Gesichert.

Die giftigen Dämpfe aus Kohlenmonoxid zerstoben in alle Winkel der Zelle, krochen schon über den Boden. Die Hitze im Raum erreichte mindestens achtzig Grad, Tendenz steigend.

Dom kippte das restliche Wasser auf die Decke und warf sie sich über die Schultern.

Da ergriff ihn ein Schwindel. Die Flammen verschwammen zu einer rot-gelben Wand und trudelten hin und her. Ein Brechreiz stieg in seiner Kehle auf. Er streckte seine zitternde Hand aus, rußige Schlieren zogen sich über seine Haut. Sie erschien ihm wie ein Gegenstand, der nicht zu ihm gehörte.

Du darfst nicht ohnmächtig werden. Das Kohlenmonoxid würde ihn erst in die Bewusstlosigkeit treiben – dann in den Tod.

Die Rauchgase sammelten sich über ihm, erhitzten sich immer mehr. Die Zelle stand vor einem Flashover. Noch mehr Flammen, und die Gase würden explosionsartig zünden und den Raum mit einer Flammenwalze überrollen.

Dom schleppte sich zurück zur Eisentür. Er lehnte sich mit dem Rücken gegen das Metall und spürte die winterliche Kälte im Gang dahinter. Nicht mehr lange, und die Tür würde sich durch die hohen Temperaturen erhitzen. Er zog die Decke über den Kopf und atmete die eisige Luft ein, die unter dem Türspalt hervordrang. Ein Kribbeln setzte in seinem Hals ein. Er hustete und schloss die Augen. Der nasse Stoff berührte seine Lippen. Seine Finger bohrten sich in die Decke.

Er sah Christine vor sich, wie sie ihre Fäuste ballte. *Du wirst leben, hörst du? Dein Wille ist feuerfest. Niemand kann dir das nehmen.*

»Ich werde leben.« Seine Stimme klang weit entfernt und so trocken wie ein brechender Stock. »Ich werde leben.«

Doms Worte wurden vom Knistern des Feuers verschluckt. Gase krochen in seine Lunge. Gleißendes Licht blitzte vor ihm auf, flackerte wie ein Gewitter am Himmel, bevor eine endlose Stille über ihn hereinbrach.

30. KAPITEL

Wie ein schlafendes Tier lag der Marinebunker inmitten der Lichtung. Der zersplitterte Beton, von Pflanzen überwuchert und von tiefen Kerben überzogen, zeugte von den Kämpfen, die er überlebt hatte. Er war das Ziel von splitternden Granaten und Feuer gewesen. Doch in dieser Mondnacht war er nur noch der stumme Zeuge eines sich anbahnenden Gefechts.

Zweige knackten. Schnee knirschte. Der Wind trug die Geräusche über die Lichtung. Schatten wälzten sich durchs Unterholz. Stimmen flüsterten. Metall glänzte.

Christine zählte vier Beamte, die mit gezückten Waffen durch den Wald schlichen. »Sagen Sie nicht, dass das alle sind. Damit können Sie den Kratzer nicht stellen. Die paar Männer reichen nicht mal für einen Umzug. Das Gelände ist doch viel zu unübersichtlich.«

Alexander Finkel stemmte beide Hände in die Hüften. Seine Augenbrauen wurden von seiner Wollmütze verschluckt. Christine erahnte die Zornesfalten, die sich über seine Stirn zogen.

»Wir bekommen gleich Nachschub von den Brandenburgern.« Er deutete in den nächtlichen Himmel. »Ein Helikopter ist auch angefordert.«

»Und ich bin ja auch noch da.« Der Mann mit der Basecap hatte sich als Polizeihauptmeister Stefan Küster vorgestellt. Sein Bauch, eine pralle Kugel, wölbte sich unter seiner Lederjacke. »Ist doch alles *easy peasy* hier.« Er zwinkerte Christine zu.

»Nein, ist es nicht.« Albert deutete auf das Tablet unter seinem Arm. »Ich habe das Netz nach Plänen für den unterirdischen Bau durchwühlt. Dieser Hochbunker da hat vier Untergeschosse und ist mit zig anderen unterirdischen Anlagen verbunden. Die Russen haben ihn nach Kriegsende übernommen und aller Wahrscheinlichkeit nach weitere Zugänge gelegt. Die sind nirgendwo verzeichnet, und das heißt ...«

»Der Kratzer könnte irgendwo über Tage auftauchen und das Areal verlassen. Ungesehen.« Christine zog den Reißverschluss ihres Mantels bis zum Anschlag hoch.

»Nichts mit *easy peasy*.« Albert klopfte auf das flimmernde Display seines Tablets. »Das hier ist eine harte Nummer.«

Küster zog sich die Basecap tief ins Gesicht und trat mit einem Bein auf eine Betonplatte ein, als ob er sie fortkicken wollte. Finkel legte den Kopf in den Nacken und schob seine Brille über die Nase. Selbst im schwachen Licht des Mondes wirkte sein gebräuntes Gesicht wie verbrannt.

Inmitten des rauschenden Windes knirschte der Schnee. Eine Frau mit roten Lederstiefeln lief über die Lichtung. Die Schöße ihres Mantels flatterten, ihr langes blondes Haar wehte im Wind. Unter ihrem Arm klemmte ein Clipboard. Sie blieb mit einem angewinkelten Bein wie einstudiert neben Finkel stehen.

»Nicole Siewers, meine Assistentin.« Er betonte jede Silbe mit dem Stolz eines Mannes, der sein neues Auto vorführt.

Siewers nickte Christine und Albert zu. »Die Brandenburger brauchen noch mindestens 'ne halbe Stunde. Schneller geht's nicht.«

»*Merde*. Dann warten wir eben.« Christine hasste es, auch nur eine Sekunde zu verschwenden, wenn sie so kurz vor dem Ziel stand. Sie kletterte eine schräge Betonplatte empor, die versprengt vor ihr lag. Oben, von dem kleinen Plateau aus, konnte sie das gesamte Gelände überblicken.

Dicke Schneeflocken fielen auf die Lichtung. Kiefern umrahmten den Bunker in einem Halbkreis. Gerade verschwanden zwei Fledermäuse durch eine Öffnung im Beton. Sicher hatten sie hier ein Winterquartier gefunden. In der Ferne lagen ein gefrorener

Feuerlöschteich und ein paar Schuppen. Überall standen Schilder mit dem Aufdruck SPERRGEBIET. Das Gelände war kontaminiert.

Koralle. Eigentlich absurd, dass das Oberkommando der Marine von einem Bunker mitten im Wald seine U-Boote und Kampfschiffe gesteuert hatte. Christine strich mit der Schuhspitze über das gefrorene Moos unter ihren Füßen. Am Ende des Krieges waren von hier noch Tausende Menschen in den Tod geschickt worden.

Sie spürte den Schnee auf ihrem Haar wie die sanfte Berührung einer Hand. In der Tasche ihres Mantels ertastete sie ihr Zippo und zog es hervor. Das Rädchen ratschte. Die Flamme schoss empor. Christine röstete die Ränder ihrer Zigarettenspitze.

Brenner wartete in der Nähe des Teichs in ihrem Auto. Sie hatte ihn dazu zwingen müssen. Er durfte den Beamten nicht in die Quere kommen, das Risiko war viel zu hoch. Seit Stunden reagierte Dom nicht auf ihre Anrufe. Vielleicht folgte er einer anderen Spur. Dennoch erschien ihr sein Verhalten seltsam. Sie nahm einen tiefen Zug an ihrer Zigarette. Der Rauch stieg in den Himmel, wurde vom Wind verweht. Graue Schwaden zogen direkt vor ihr über den Bunker.

Graue Schwaden. Christine erstarrte. Der Rauch kam nicht von ihrer Zigarette. Sie kniff die Augen zusammen. Die Schwaden zogen von rechts auf. Aus dem Untergrund.

Sie blickte durch eine Schneise zwischen zwei Platten hinab und sprang auf den Boden. Die Schneedecke dämpfte den Aufprall. Ihre Boots knirschten.

Der Qualm drang aus einem Schacht. In der Tiefe glühte ein Licht. Ein Flackern, wie von Kerzen. Der Kratzer. Irgendwo da unten musste er sein.

Christine zog ihre Taschenlampe hervor. Der Lichtkegel wurde vom Schnee reflektiert. Sie ließ die Lampe über eine Eisentür gleiten. An der Wand daneben befanden sich rote Zeichen. Kyrillisch. Sie suchte das Erdreich ab.

Der Schnee war platt getreten, die frischen Fußabdrücke zeichneten sich auf dem Boden ab.

Sie kniete nieder und strich über die Eiskristalle, ertastete die Konturen der Spuren. Vor Kurzem hatte hier jemand gestanden, und zwar barfuß. Vermutlich Schuhgröße 44. Und da war noch etwas. Ein paar Körner von Streugranulat hoben sich im Schnee ab. Sie sah Doms Füße auf dem Schreibtisch im LKA vor sich, glich die Bilder mit den Fährten ab. *Merde. Könnte passen.* Es musste einen Grund geben, warum er nicht auf ihre Anrufe geantwortet hatte. Hinter den Fußspuren entdeckte sie deutlich kleinere Abdrücke – diesmal mit Schuhen. Vor ihr breiteten sich die Fußstapfen von zwei unterschiedlichen Personen aus.

Christine warf die Zigarette in den Schnee. Der rote Punkt verglühte.

Dom.

Er war hier, im Untergrund. Die Gewissheit in ihr verdrängte jeden Zweifel.

Sie tastete sich zwischen der Schneise im Beton entlang und rief leise: »Albert!«

Sofort knisterte der Schnee auf dem Plateau über ihr. Alberts Kopf erschien über der Kante des Betonklotzes. Sein Tablet flimmerte bläulich im Dunkeln. »Was denn? Was machst du da unten?«

Bevor sie antworten konnte, tauchte neben ihm auch noch Alexander Finkel auf. Er zog sich seine Wollmütze noch tiefer ins Gesicht.

»Jemand ist da unten drin.« Sie deutete auf die Rauchschwaden hinter sich. »Die Dämpfe kommen aus dem Bunker. Ich glaube, dass Dom hier ist. Wir müssen sofort da runter. Jetzt.«

Finkel schüttelte den Kopf. »Unwahrscheinlich. Wir warten bis Nachschub kommt.«

»Wir gehen da jetzt runter.« Christine fuhr mit ihrem Zeigefinger durch die Luft. »Sie. Küster. Albert und ich. Wir alle. Zusammen. Auf der Stelle.«

»Frau Lenève, ich habe großen Respekt für Sie, aber ...«

»Nein, den haben Sie nicht.«

»Sie sind Profi und ...«

»Nein, das denken Sie nicht über mich.«

»Wir sollten jetzt vernünftig sein ...«

»Dann seien Sie eben vernünftig. Ich gehe jetzt alleine da rein.« Sie zwang sich zu einem Lächeln. »Sie werden nicht gut dastehen, wenn mich der Kratzer da unten erledigt, während Sie hier draußen ihr lächerliches Plädoyer über die Vernunft halten.«

»Christine ...« Albert presste die Lippen zusammen.

»Ihre Entscheidung, Herr Erster Kriminalhauptkommissar.«

»Sie bluffen doch nur.«

»Sie wissen rein gar nichts über mich.«

»Christine, warte ...« Albert machte einen Schritt nach vorn.

Sie wandte sich ab und kehrte zurück zu dem Schacht. Noch immer zogen graue Rauchschwaden aus der Öffnung und zerstoben im Himmel. Sie trat ganz nah heran, ihre Schuhspitzen ragten über die Kante. Dünne Metallstreben waren in der Wand unter ihr eingelassen.

Finkel musste sich entscheiden. Reglos, mit herabhängenden Armen, stand er neben Albert auf dem Plateau und fixierte sie.

Das Licht im Schacht flackerte.

So viele Fragen.

Und alle Antworten lagen direkt vor Christine – in der Tiefe.

31. KAPITEL

Ein Lichtstrahl kroch von oben in den Schacht. Da waren Stimmen, vielleicht von drei Personen oder mehr. Sie flüsterten, sprachen wie Jäger miteinander, wenn sie das Wild in die Enge trieben.

Er lehnte den Kopf gegen die Wand. Der Beton kühlte seine Stirn.

Sein Fluchtweg war versperrt. Wer immer sich dort oben aufhielt, es musste mit Kommissar Dom zusammenhängen. Er ließ die Finger über seinen nackten Oberkörper gleiten, erfühlte die Narben auf seiner Brust. »Das ist nicht fair.« Mit seiner Stirn schlug er gegen die Wand. »Nicht fair.«

Auf jede bestandene Prüfung folgte eine weitere. Noch eine und noch eine und immer noch eine. Doch Gott gab ihm Kraft.

Er faltete die Hände und betete. Es war, als spräche eine fremde Stimme zu ihm. Da war ein Pulsieren in seinen Armen, ein Empfinden von Wärme, das sich in seinem Körper ausbreitete – und er verstand.

Sein Ziel lag in der obersten Ebene. Vom ehemaligen Speisesaal des Militärs ging ein verborgener Gang in Richtung Westen ab, einhundertfünfzig Meter lang. Der Ausgang lag in einem Schuppen neben dem Teich, in der Umgebung von einem verfallenen Kasernengebäude.

»Danke, Gott.« Er fuhr über die Narben, bohrte die Spitze seines Fingers in die frische Wunde, die er sich zugefügt hatte. Im Flackern einer Öllampe betrachtete er das Blut an seiner Fingerspitze. Ein dunkler Fleck, der ihm wie eine Träne über die Haut lief. Er schloss seine Faust und spannte die Muskeln an. »Danke ... Gott.«

32. KAPITEL

Sprosse für Sprosse war Christine in die Tiefe gestiegen. Sie setzte einen Schritt vor den anderen, vorbei an Öllampen mit knisternden Dochten und Pfützen geschmolzenen Schnees. Die Wände des Bunkers schienen zu schwitzen, Wasser lief durch die Fugen. Der Wind pfiff in den Gang wie ein lang gezogenes Keuchen, das der Tiefe eines Brustkorbs entstieg. Gerüche von Moder und verbranntem Gummi umgaben sie. Überall waren dunkle Ecken, Nischen und Schleusen.

Christine strich mit den Fingerspitzen über die Wände und setzte ihre Boots mit größter Vorsicht auf, senkte ihre Fersen wie in Zeitlupe. Geräusche hallten um ein Vielfaches verstärkt durch die Gänge der unterirdischen Anlage. Eine unbedachte Bewegung, und sie flogen auf.

Alexander Finkel lief mit gezogener SIG Sauer voran. Vor jedem Raum hielt er inne, aktivierte kurz seine LED-Lenser-Lampe und scannte die Umgebung. Darauf folgte ein unterdrücktes Aufatmen. Sein Finger am Abzug entspannte sich. Seine Schultern sackten nach unten.

Christine konnte seine Aufregung spüren. Er mochte ein Profi sein, doch die Zeit an seinem verstaubten Tisch im Landeskriminalamt hatte seinen Instinkten nicht gutgetan. Und doch trieb ihn sein von Ehrgeiz zerfressener Geist in die Tiefen der Koralle.

Finkel wollte den Kratzer persönlich stellen, sein Bild in den Zeitungen sehen. Nur deshalb hatte er Christines Erpressungsversuch nachgegeben und war zusammen mit ihr in den Schacht hinabgestiegen. Sie sollte seine Heldentaten dokumentieren, seine Story niederschreiben und live dabei sein, wie er ein Phantom erlegte, das Mordkommissionen jahrelang zur Verzweiflung gebracht hatte. So durchschaubar. Finkels Verstand hörte dort auf, wo seine Eitelkeit begann.

Er rückte seine Brille gerade, dann nickte er ihr zu, als bestätigte er ihre Gedankengänge.

Christine erwiderte die Geste.

»Bei diesem Tempo sind wir noch im Morgengrauen unterwegs«, raunte ihr Albert von der Seite zu. »Vier Untergeschosse. Der Typ kann überall lauern.«

Zwölf Räume gingen vom Gang in der ersten Ebene ab. Die Öllampen am Boden markierten die Strecke vor ihnen wie die blinkenden Lichter auf der Landebahn eines Airports.

Der Kratzer hatte einen Weg abgesteckt. Für wen und wozu auch immer. Ein Fehler, der womöglich zu seiner Bruchlandung führte.

Christine legte die Hand auf Alberts Unterarm. »Die Verstärkung aus Brandenburg ist sicher bald da, dann geht es schneller. Wir müssen die Quelle des Rauchs finden. Ich weiß, dass Dom irgendwo da unten ist.«

»Aber ich weiß das nicht.« Alberts Gesicht lag im Schatten.

Christine strich über seine Stirn, ertastete die Vertiefungen in seiner Haut. Da waren sie – die zwei sichelförmigen Furchen zwischen seinen Augenbrauen.

Er senkte den Kopf und drückte ihre Hand. Seine Sprache schien sich irgendwo in ihm zu verstecken. »Na gut.«

Nur zwei Worte. Ausdruck seines tiefen Zweifels.

»Scheiße. *Shit.*« Küster fluchte leise neben Christine. »Das Dreckswasser kraucht durch meine Schuhe.« Sein Fuß klatschte auf den Boden. Mit beiden Händen umklammerte er seine Waffe und starrte auf die Beine.

»Ruhe.« Christine stieß ihn am Oberarm an.

Küster registrierte ihren Stoß mit bebenden Nasenflügeln. Er zog seinen Oberkörper zurück, als wiche er einem giftigen Skorpion aus. »Püppi, ich muss gar nichts, klar?«, zischte er. »Ihr dürftet nicht mal hier unten sein. Das ist ein Polizeieinsatz.«

Sie tippte ihm gegen die Brust. »Ohne mich wüssten Sie nicht mal, dass dieser Bunker überhaupt existiert.«

»Du …« Er zog das Wort in die Länge, als ob er es auf seine maximale Dehnbarkeit prüfen wollte.

»Verdammt noch mal. Verhalten Sie sich professionell.« Finkel baute sich vor seinem Untergebenen auf. »Halten Sie Ihr dämliches Maul. Verstanden?«

Küster presste die Lippen zusammen, bis sie verschwanden. Er zog sich den Schirm seiner Basecap tief ins Gesicht.

Eine Fledermaus flatterte an ihnen vorbei. Der Wind pfiff. Ein Schaben setzte ein, Metall auf Stein. Nur ganz kurz, doch zu lang, um das Geräusch einer vorbeihuschenden Ratte zuzuschreiben.

Christine spannte ihre Arme an. Neben ihr presste sich Albert gegen eine Wand. Küster machte einen Schritt vorwärts. Finkel wendete seinen Arm mit der Waffe zum Ende des Ganges. Das Geräusch war aus einem nahe gelegenen Raum gekommen.

Irgendwo tröpfelte Wasser. Noch einmal erklang ein Schaben.

»Unsere Leute bewachen die Ausgänge. Wir müssen den Kerl nur wie eine Ratte aus seinem Loch treiben.« Finkel blickte Christine über seine Schulter an. »Wird Zeit.«

Und dieses eine Mal herrschte Einigkeit in der kleinen Gruppe, die aufgebrochen war, um den Kratzer zu stoppen.

33. KAPITEL

Die vernietete Eisentür ruhte nahezu unbeweglich im Rahmen. Nur fünf Zentimeter konnte er sie bewegen, bevor die kratzenden Geräusche einsetzten.

Er hatte Erde und Steine fortgeräumt, die auf dem Boden verteilt waren und das Öffnen der Bunkertür behinderten.

Dahinter erstreckte sich ein verzweigtes System aus Gängen, das ihn nach draußen bringen würde. Nun musste er sich entscheiden: Ein schneller, lauter Ruck, der womöglich seine Position verriet, oder ein leises, kräftezehrendes Schieben?

Der rund angelegte Speisesaal lag still vor ihm. Säulen, verrostete Zinkeimer und umgekippte Tische machten den Raum unübersichtlich. Wie viele Soldaten hier vor über siebzig Jahren wohl auf ihre Rettung gehofft und nicht geahnt hatten, dass die Zeit unter der Erde nur ein Aufschub vor ihrem Tod war? Er aber würde in die Freiheit fliehen, die kalte Luft unter dem nächtlichen Himmel einatmen und das Leben kosten. Für immer. Gleich.

Da bemerkte er die Strahlen der Lampen, die sich durch den Saal bohrten, begleitet von Stimmen und Schritten. Er zählte vier Personen und sah gezückte Waffen.

Er schloss die Augen. Die Klinke schmiegte sich in seine Hand wie der Griff eines Revolvers. Er beugte seinen nackten Oberkörper weit nach hinten und stemmte die Beine gegen den Boden. *Gott ist bei mir.* Er brach den Widerstand der Tür. Eisen schabte über die Fliesen. Sand knirschte. Die Klinke entglitt seinen Händen. Er torkelte nach hinten, fiel auf den Rücken. Betonsplitter bohrten sich in seinen Nacken. Die Schritte kamen näher. Eine laute Stimme brachte das Innere des Bunkers zum Vibrieren. Sie war wie ein Donner, auf den der Sturm folgte.

34. KAPITEL

Langsam aufrichten. Arme hoch.« Finkel führte Waffenhand und Lampenhand über Kreuz vorm Körper. Im Strahl seiner Leuchte, fünfundzwanzig Meter entfernt, erkannte Christine einen Mann mit kurzem Haar und nacktem Oberkörper. Er kauerte auf dem Boden. Keine Waffe erkennbar. Der Kratzer. Rasmus Brenner. Er musste es sein.

Langsam richtete er sich auf. Seltsame rote Narben zogen sich über seine Brust. In seinen Bewegungen lag die Geschmeidigkeit einer Kobra. Er sondierte seine Angreifer. Der Lichtstrahl der Lampe reflektierte sich nur im rechten Glas seiner Brille, das linke fehlte.

Finkel bewegte sich langsam auf ihn zu. »Du sollst die Arme hochnehmen. Kapierst du das nicht?«

Rasmus Brenner stand im Strahl der Lampen zwischen zwei Säulen. Dort verharrte er, so reglos, als sei er selbst Bestandteil des Bunkers.

Küster flankierte Finkel in einem Abstand von zwei Metern. Er klammerte sich an seine Waffe wie an ein Tau, an dem er sich voranzog. »Arme hoch! Letzte Warnung.«

Christine blieb im Dunkeln zurück. Sie spürte Alberts Schulter neben sich. »Da stimmt was nicht.« Sie deutete mit dem Kinn auf Rasmus.

»Was meinst du?« Albert ergriff ihre Hand.

Rasmus wirkte im Lichtkreis von Finkels Lampe wie eine lauernde Kreatur, wild und unnahbar. Wenn eine Ratte in die Enge getrieben wird, greift sie auch eine Katze an. Christine konnte Rasmus lesen: Seine Füße zeigten in Richtung der geöffneten Tür. Seine Fersen hoben sich. Seine Finger waren nach unten gestreckt und doch angespannt. Es waren reduzierte Bewegungen, die alle in einem Zusammenhang standen – Täuschung.

Küster stieß mit der Schuhspitze an einen Zinkeimer. Er polterte auf die Fliesen und drehte sich um die eigene Achse. Die Wände warfen das Scheppern als Echo zurück.

Finkel blickte über seine Schulter. Christine spürte den Druck von Alberts Hand, die noch fester ihre umklammerte.

Rasmus hechtete zur Tür. Sein Schatten flog über die Wand. Im Sprung warf er einen Gegenstand auf Küster. Ein scharfkantiger Betonbrocken, der ihn an der Stirn traf und seinen Kopf nach hinten riss. Seine Basecap rutschte herunter. Ein Schuss löste sich aus seiner Waffe. Das 9-mm- Projektil schlug einen halben Meter neben Rasmus in der Wand ein. Staub stob durch den Raum. Die Partikel glitzerten im Licht.

Rasmus rollte sich über den Boden und verschwand hinter der rechten Säule. Ein ungünstiger Winkel, um einen Schuss abzufeuern. Der Pfeiler verdeckte die Öffnung der Tür.

Aus den Augenwinkeln nahm Christine Finkel wahr. Er machte zwei Schritte vorwärts, veränderte seine Sichtachse. Noch immer nicht ausreichend für einen präzisen Schuss. Wieder blickte er sie über die Schulter an.

Küster fiel auf die Knie und ruderte mit den Armen. »Scheiße. Elende Scheiße.« Seine Lampe trudelte über den Boden. Der Strahl erfasste verrottete Holzbretter, den Eimer, zerschlagene Kacheln – und immer wieder sein Gesicht. Blut lief aus einer Platzwunde an seiner Stirn und versickerte in einem Rinnsal in seinem linken Auge.

Loses Geröll scharrte aneinander. Ein Kratzen und Hämmern drang hinter der Säule hervor. Schnelle Schritte ertönten, erst laut, dann leiser.

Rasmus floh durch die geöffnete Eisentür.

Finkel ließ seinen Waffenarm sinken. Er schob sich die Brille übers Nasenbein und nickte Christine kurz zu. Mit nach vorn gebeugtem Oberkörper setzte er zum Spurt an. Seine Absätze dröhnten auf den Fliesen. Er verschwand im Gang hinter der Tür.

Finkel war fort.

Christine wollte ihm folgen, stürzte schon los. Doch Albert riss sie am Arm zurück und zog sie zu sich. Wie Stahlklammern lagen seine Hände auf ihren Schultern.

»Wo willst du hin?«, fragte er.

»Wonach sieht es denn aus?«

»Wir sind keine Polizisten.«

»Ich kann Finkel nicht alleine gehen lassen.« Sie strich über Alberts stoppeliges Kinn. »Du musst den Öllampen folgen. Bitte, Albert ...«

»Wir bleiben zusammen. Das war der Deal.« Er schüttelte den Kopf. »Christine ...«

Küster kroch über den Boden und stöhnte leise.

»Die Lampen. Bitte ...« Christine wand sich mit einem Ruck aus Alberts Umklammerung und rannte los, hetzte über die Fliesen und sprang über den Schutthaufen vor der Tür. Sie blickte nicht zurück. Ihr blieb keine Zeit für Alberts Zweifel, sie durfte ihren Fokus nicht verlieren. Die Jagd auf den Kratzer musste enden. Für Emma.

Christine machte einen langen Satz und tauchte ein in die Finsternis des Gangs.

35. KAPITEL

Der Lichtkegel glitt über die Wände aus Erde, streifte Rasmus' Beine und verschwand wie auf Knopfdruck, als er um die Ecke des Tunnels lief.

Er zog den Kopf ein. Jeden Moment konnte sich eine Kugel in sein Fleisch bohren. Sein Gegner war bewaffnet, doch in dem anderthalb Meter hohen Tunnel war er nur ein herumirrender Eindringling auf fremdem Terrain.

Dem ausgehobenen Stollen fehlte die bergmännische Sicherung. Die Decke war an einigen Stellen mit Betonplatten verstärkt. Auf dem Boden lagen die Reste von eisernen Transportschienen. Das Tunnelsystem war eine Welt, die in den Sand gebaut worden war. Und sie stand vor dem Zusammenbruch.

Er schätzte die Distanz bis zum Ausgang auf achtzig Meter.

Verließ er den Bunker, würde er vor dem Wald wie auf einer offenen Lichtung stehen. Sein Verfolger wäre mit seiner Waffe im Vorteil. Das durfte er nicht zulassen.

Bei der nächsten Abzweigung entschied er sich für rechts. Im Laufen tastete er die Decke ab, ließ die Fingerspitzen über Beton und Erde gleiten. Das Tunnelnetzwerk war wie ein alter Freund, der ihm in den stillen Stunden der Vertrautheit all seine Schwächen offenbart hatte. Daraus konnte er nun seinen strategischen Nutzen ziehen.

Seine Hand griff ins Leere. Er hielt an. Über ihm befand sich ein Nebenschacht für die Belüftung, umgeben von losen Betonplatten. Zwei Stützpfeiler aus morschem Holz waren in die Erde eingelassen. Perfekt.

Er sog die Luft ein. Hier unten, zwanzig Meter in der Tiefe, würde er seine Falle bauen. Gott hatte ihn nicht verlassen.

36. KAPITEL

»Kotzt mich echt an. Finkel und die Püppi hetzen dem Irren nach, und wir latschen hier rum wie bei 'nem Laternenumzug.«

Die Lampen am Boden ließen Küsters Schatten an der Wand wie ein buckliges Untier erscheinen.

»Reden Sie nicht so über Christine, klar?« Albert hatte genug von Küster. Er war ein Sammelbecken aus Ignoranz und Überheblichkeit. In seiner übergewichtigen Person vereinte er alles, was Albert schon als Kind an einem Polizisten verabscheut hatte. Und mehr als das.

»Ach Gottchen, jetzt sei mal nich' so sensibel. Ihr glaubt doch nicht im Ernst, dass Tobi irgendwo hier unten ist.« Immer wieder tupfte sich Küster seine Stirnwunde ab und betrachtete das sich im Taschentuch ausbreitende Blut. »So ein Quatsch.«

Stock für Stock waren sie der Spur der Öllampen in einem Wahnsinnstempo gefolgt und standen nun vor einer verschlossenen Eisentür. *Kein Zutritt.* Die zerfetzten Buchstaben auf dem Schild ließen keinen Zweifel an ihrer beabsichtigten Ernsthaftigkeit aufkommen. Ihre Reise endete in einer Sackgasse.

»So. Endstation.« Küster ließ sein Taschentuch fallen und schlug mit beiden Händen gegen die Tür. »Keiner zu Hause.« Er zuckte mit den Schultern. »Hau'n wir ab.«

»Moment noch.« Albert schwenkte seine Lampe über den Eingang. Die Tür hatte keine Klinke, dennoch war sie verschlossen. Dafür war ein kleines Loch im Metall, genau an der Stelle, wo er einen Griff vermutet hätte. Im Strahl der Taschenlampe brachen sich feine Rauchfahnen, die wie aufgewirbelter Staub durch die Öffnung strömten. »Wir sind hier richtig.«

Küster beugte den Kopf vor. Der Schirm seiner Basecap stieß gegen die Tür. Mit einem Finger stocherte er in der Öffnung herum. »Scheiße, da kommt ja Rauch raus.«

Er richtete sich auf und zog den Reißverschluss seiner Lederjacke nach unten und wieder nach oben. Und noch einmal. »Warum ... warum legt jemand Feuer in 'nem Raum und verschließt ihn dann?« Das monotone Ratschen der Zacken untermalte seine Gedankengänge. »Warum ...?« Hoch und runter, immer wieder. Der Reißverschluss surrte.

Unter Küsters Basecap bildeten sich tiefe Stirnfalten. Die kleinen Zahnrädchen in seinem Gehirn griffen offenbar ineinander. Da ballte er beide Fäuste und schlug gegen die Tür. »Tobi, bist du da drin? Sag was, Mann! Scheiße ...«

Er ließ von der Tür ab und drehte sich zu Albert um. Seine Lederjacke knirschte. Er atmete schwer. »Diese Dreckstür muss doch aufzukriegen sein. Leuchte in den Gang. Komm, Junge. Mach ...«

Albert ließ den Strahler im Gang kreisen: Alte Holzbretter, eine Kiste mit dem Aufdruck яблоки, Kabel, Rohre und zerfaserte Stricke – die Vergangenheit des Bunkers mit all den verrotteten Relikten aus Jahrzehnten lag vor ihm.

Voller Wut trat Küster um sich. Ein Poltern und Krachen ertönte. Ein Schaben und Knirschen hallte durch den Gang – und ein metallisches Klimpern.

Küster ging in die Knie. Seine Gelenke knackten. Über die Schulter hinweg grinste er Albert an. »Sieh an.« Er erhob sich. In seiner Hand lag eine Stange aus Gusseisen, an deren Ende eine runde Fassung mit einem hervorstehenden Kranz eingelassen war. Es musste der Hebel für die Tür sein. »Passt an keinen Schlüsselbund und ist trotzdem unser Türöffner.«

Küster schob den Hebel in das Loch. Die eiserne Fassung knirschte. Er ruckelte an dem Stab, bis er fest einrastete. »Press dich an die Wand. Luft anhalten. Klar?« Ohne Alberts Antwort abzuwarten, drückte er die eiserne Stange mit seinem ganzen Gewicht nach unten.

Ein dumpfer Ton entstieg der Mauer. Die Tür klappte einen kleinen Spalt auf. Albert spürte die Hitze auf seiner Haut. Flammen und Rauch schlugen ihm entgegen. Der Gestank von geschmolzenem Plastik und Holz stieg in seine Nase. Er half Küster, riss mit aller Kraft an der Tür.

Am Boden kauerte eine nackte Gestalt, ein Mann, dessen Kopf und Körper verhüllt waren von einer weißen Decke. Als sich die Tür öffnete, kippte er in den Gang. Reglos lag er auf dem Beton.

Albert riss die Decke zur Seite. Halblanges Haar, ein tätowierter Skorpion auf dem Oberarm: Es war Dom.

»Zieh ihn raus, Junge. Zieh, schnell!«

Albert riss an Doms Beinen, stemmte sich gegen den Körper in seinen Händen und schleifte ihn über die Türschwelle in den kühlen Gang. »Hab ihn. Wir sind *safe*«, keuchte er.

Hinter ihm peitschte der Sauerstoff das Feuer in die Höhe, ließ es hin und her wogen wie ein rotes Meer. Flammen brandeten auf und schlugen gegen die Decke. Das Feuer trieb zurück zum Eingang.

Küster schlug die Tür zu. Der Hebel knirschte in seinen Händen. Vorbei.

Er fiel neben Albert auf die Knie. »Ich kapier das nicht. Was zur Hölle hat Tobi hier unten alleine gemacht?« Er legte die Hand auf Doms Brust, als ob er ihm so Energie zuführen wollte. »Lebt er?«

Albert strich die Haare aus Doms Gesicht. Der Ruß hatte auf seinen Wangen schwarze Schlieren hinterlassen. Ganz still lag er vor ihm. »Ich glaube ... er atmet.«

37. KAPITEL

Alexander Finkels Schrei brachte die Luft zum Schwingen. Das darauffolgende Poltern verschluckte seine Stimme, die durch den Tunnel hallte. Was immer Finkel widerfahren war, es hatte ihn unvorbereitet getroffen.

Christine hetzte durch den unterirdischen Gang, so schnell, als ob sie den tanzenden Strahl ihrer Lampe einholen wollte. Sie folgte der Abzweigung nach rechts, stieß mit der Schulter gegen eine Wand, stolperte über einen Balken und konnte sich gerade noch fangen. Staub rieselte von den Wurzelsträngen über ihr. Die Luft schmeckte nach bitterer Erde.

Christine schaltete den Kippschalter ihrer Taschenlampe eine Stufe höher. Betonplatten, zersplitterte Holzbalken und lose Erde lagen versprengt im Stollen herum, wie die Überreste eines zerstörerischen Wirbelsturms. Inmitten des Gerölls zeichnete sich ein heller Fleck ab.

»*Merde.*« Sie erschrak über den heiseren Klang ihrer Stimme.

Finkel lag auf dem Rücken. Seine Beine waren unter einem zerborstenen Stück Beton eingeklemmt. Schwarze Erde bedeckte seinen Oberkörper. Die Tunneldecke war über ihm eingestürzt.

Christine spurtete den Stollen hinab und ließ sich zwischen einer Transportschiene auf die Knie fallen. Sie legte eine Hand unter Finkels Nacken und stützte ihn. »Sind Sie verletzt?«

»Nein«, knurrte er. Die Gläser seiner Brille waren zersplittert, blutige Striemen zogen sich über sein Gesicht. »Nur meine Würde hat kräftig gelitten. Helfen Sie mir hier raus.« Er berührte ihren Unterarm. »Bitte.«

Christine zog ihn an den Schultern, während er sich mit den Beinen aus dem Schutt wand. Mit gebeugtem Rücken richtete er sich vor ihr auf. Bisher hatte er die Leere in seinem Kopf mit krankhafter Eitelkeit und einer gehörigen Brise Arroganz gefüllt. Doch selbst davon war ihm nun nichts mehr geblieben.

»Meine Waffe. Die ist irgendwo unter dem ganzen Schutt.« Finkel riss sich die Wollmütze vom Kopf und schleuderte sie auf den Erdhügel. »Dieser verdammte Bastard!«

»Wir haben keine Zeit mehr zum Suchen.« Christine deutete auf einen fünfzig Zentimeter breiten Spalt zwischen zwei senkrecht stehenden Betonplatten. Wie eingerammt standen sie im Erdreich. Sie leuchtete in die Schwärze des Spalts.

Die Wände dahinter wirkten stabil, keine Hindernisse erkennbar. »Wir müssen da durch. Der Tunnel sieht intakt aus.« Sie zerrte an Finkels Mantelärmel. »Los, kommen Sie. Sonst holen wir ihn nie ein.«

Finkel spuckte schwarze Erdkrümel auf den Boden, die sich auf seinen Lippen festgesetzt hatten. Er gab ein Knurren von sich, das nach Zustimmung klang.

Sie kletterten über Schutt und Geröll und zwängten sich durch die beiden Betonplatten. Vor ihnen lag ein gerader Gang, der dem Kratzer keine Möglichkeit für einen weiteren Überraschungsangriff bot.

Finkel stöhnte. Immer wieder griff er nach seinem rechten Oberschenkel. Seine ungleichmäßigen Schritte, sein verringertes Tempo – offenbar war er bei dem Deckeneinsturz doch verletzt worden. Aber der Stolz machte ihm wohl die Zunge schwer.

»Wir sind da.« Rostige Sprossen prangten vor Christine in der Wand. Sie führten hinauf in die Nacht, unter freien Himmel. »Sie zuerst.« Wenn Finkel der Anstrengung nicht gewachsen war, konnte Christine ihn wenigstens stützen.

»Natürlich.« Im Vorbeigehen warf er ihr einen mürrischen Seitenblick zu, dann begann er mit dem Aufstieg.

Die Sprossen lagen kalt unter Christines Händen. Der Rost

hinterließ bräunliche Spuren an ihren Fingern. Zentimeter für Zentimeter arbeitete sie sich nach oben. Finkel wimmerte bei jeder Bewegung. Erde rieselte von seinen Sohlen.

Der Kratzer war kaum noch einholbar. Wenn er den Ring der Kriminalbeamten draußen im Wald durchbrochen hatte, begann die Jagd wieder von vorn. Christines Körper erzählte von seiner Müdigkeit. Sie ignorierte ihn. Ihre Wut vertrieb die Schwäche. Sie kletterte weiter, Sprosse für Sprosse.

Über ihr fiel graues Licht in den Schacht, das immer intensiver wurde, je höher sie stieg. Die Luft verlor ihren bitteren Beigeschmack. Winterliche Kälte fuhr in den Stollen.

Da rutschte Finkels Fuß von einem Tritt. Er verlor das Gleichgewicht, schlingerte nach rechts und schlug gegen die Erdwand. Christine packte seinen Mantel und zerrte ihn zurück, als ergriffe sie ein Segel, das sie wieder in Position brachte.

Mit beiden Händen klammerte er sich an eine Sprosse und legte die Stirn aufs Eisen. Sein Atem ging stoßweise. »Danke. Ich weiß auch nicht, was ...«

»Schon gut.« Finkel war fertig. Reden ist sinnlos, wenn Worte nur das Offensichtliche beschreiben.

Nach über siebzig Sprossen erreichten sie die Oberfläche.

Finkel erklomm die Öffnung des Schachts und rollte sich auf den Boden. »Kommen Sie.« Er streckte ihr die Hand entgegen.

Sie griff zu, mit Mühe hievte Finkel sie in die Höhe.

Christine kniete auf den kalten Bohlen. Die Strahlen des Mondes brachen sich in eingeschlagenen Fenstern. Sie befanden sich in einer Scheune. Verrostete Feldbetten standen herum. Eine Holztür, die schief in den Angeln hing, klapperte vom Wind getrieben im Rahmen. Hier war keine Gefahr erkennbar.

Finkel ging zur Tür und stieß sie auf. Die Scharniere quietschten. Klirrende Kälte strömte in den Raum. Draußen fiel der Schnee in einem dichten Meer aus Flocken. Er bedeckte den Wald so lautlos, als würde er alles Leben für immer unter sich begraben wollen. Weit entfernt war der gefrorene Feuerlöschteich zu sehen. Er war umgeben von Birken, hinter denen ein Dutzend Einsatzfahrzeuge der Polizei heranfuhren. Ihre Scheinwerfer verdrängten die Nacht, machten sie taghell. In den nächsten zehn Minuten müsste der Nachschub aus Brandenburg das Gelände gesichert haben. Rasmus' Fluchtchancen waren drastisch gesunken.

Finkel blickte über seine Schulter. »Unmöglich, dass der Kerl diesem Aufgebot entkommt. Ich würde sagen, das war's.« Er humpelte vor den Schuppen. »Und dann packen wir diesen Irren in ein schönes, warmes Verhörzimmer.«

Christine kauerte auf den Knien. Die Bohlen knarrten unter ihr. Finkel wirkte für ihren Geschmack zu euphorisch. Der Kratzer war ein Meister der Improvisation. Die Jagd auf ihn war noch nicht vorüber. Ihr Mantel schleifte auf dem Holz, als sie sich aufrichtete. Da nahm sie aus den Augenwinkeln eine Bewegung wahr, eine blitzartige Geste, seitlich an Finkels Hals. Ein nackter Arm schoss aus der Dunkelheit, umklammerte seinen Nacken, drehte ihn um die eigene Achse wie eine Marionette, deren Fäden zu viel Spiel hatten. Finkel trampelte im Schnee auf und ab. Sein Mund war aufgerissen zu einem stummen Schrei, seine Zunge zappelte im Rachen. Der fremde Arm lag um seinen Hals und presste ihm die Luft aus den Lungen.

Rasmus.

Er stach mit einem keilförmigen Betonsplitter in Finkels Halsschlagader. Blut perlte über Rasmus' Handknöchel. Ganz nah ging er mit seinem Mund an Finkels Ohr, versenkte die Lippen in seiner Muschel. »Du bringst mich hier raus.« Ein Zischen, laut genug, damit Christine es hören konnte.

Fünf Meter lagen zwischen ihnen.

Rasmus zerrte Finkel mit sich über den von Eis verkrusteten Boden. Der Schnee knirschte unter ihren Füßen. Da hielt Rasmus inne und musterte Christine. In seinen Augen lag eine Leere, die seine nächste Handlung unberechenbar machte. »Du bist keine Polizistin.«

»Ich bin Journalistin.«

»Du bist auch nur eine von denen, die mich nicht verstehen.«

»Du bist Rasmus Brenner. Einer von denen, die nicht wissen, wann sie am Ende sind.« Sie musste seine Gedanken fesseln, ihn so am Gehen hindern und den Beamten auf dem Gelände mehr Zeit verschaffen.

Rasmus presste Finkel an seinen Körper und schleifte ihn rücklings weiter in Richtung Teich. »Verstehe. Ihr wisst also endlich, wer ich bin. Hat ja Jahre gedauert.«

Christine folgte ihm mit langsamen Schritten, denen nichts Heimliches anhaftete. Eine falsche Bewegung konnte zur Katastrophe führen.

Das Schneegestöber nahm zu. Immer wieder verschwand Rasmus' Gesicht hinter den Flocken. Finkel schlug mit den Beinen um sich, auf der Suche nach Halt. Sein Röcheln war selbst auf diese Entfernung für Christine hörbar.

In der rechten Manteltasche umklammerte sie den Elektroschocker. Die Waffe war in der Distanz nutzlos. Näher, sie musste viel näher an Rasmus heran.

Blut floss über den Betonsplitter und hinterließ an Finkels Hals ein dunkles Rinnsal. Er schnappte nach Luft, streckte die Arme weit von sich, als wollte er das Gleichgewicht auf einem Schwebebalken halten. Rasmus erhöhte den Druck, Finkel warf sich hin und her. Ein Bügel an seiner Brille brach und verschwand im Schneegestöber.

»Bleib stehen. Nicht näher.«

Sie verharrte. »Du hast Angst vor mir, Rasmus.«

Finkels Arme hingen schlaff herab. Sein Blick war gesenkt, seinen Muskeln fehlte die Spannung. Christine suchte nach einer versteckten Geste, die einen Überraschungsangriff andeutete. Doch da war nichts.

Rasmus schloss die Augen und legte den Kopf in den Nacken. Schneeflocken rieselten auf seine Stirn. Die Tür am Schuppen klapperte.

»Mich hat der Atem Gottes gestreift.« Der Wind fuhr ihm ins Gesicht. »Es gibt nichts, wovor ich mich fürchten müsste.«

»Dann lass ihn los.«

Noch immer hielt Rasmus die Augen geschlossen. »Da ist ein Brummen. Ich höre es. Und wenn das Brummen ertönt, dann muss ich ...«

Wolken zogen über den Mond. Schnee benetzte Christines Lippen.

Rasmus hob langsam den Arm, als würde er einen schweren Hebel betätigen, der ein Federwerk in seinem Körper spannte. Er nahm eine breitbeinige Position ein, die ihm mehr Halt verschaffte. Tief atmete er durch. Als er die Augen öffnete, lächelte er. »Vorbei.«

»Nein!« Christine machte einen schnellen Schritt vorwärts.

Hinter ihr knirschte Schnee. Jemand berührte sie an der Schulter.

»Lass ihn los, Rasmus«, sagte Jochen Brenner.

Er trat neben Christine und zog sich die Pelzkappe vom Kopf. »Es ist genug. Lass ihn los.«

Rasmus legte Finkel den Daumen auf die Halsschlagader. Mit dem Splitter in der Hand deutete er auf seinen Vater. »Misch dich nicht ein. Das hast du doch sonst auch nie gemacht.« Er schüttelte den Kopf. »Nein, ich folge einzig Gott. Niemandem sonst. Er hat mich hierhergeführt.«

»Bitte, Rasmus. Du brauchst meine Hilfe. Ich bin für dich da. Immer.« Brenner wagte einen Schritt in seine Richtung. »Verzeih mir doch. Ich hätte deine Mutter nicht gehen lassen sollen. Das war mein Fehler. Meiner ganz allein. Du kannst nichts dafür.« Seine Stimme erstickte. Mit dem Handrücken fuhr er sich über die Augen. »Ich bin schuld an allem.«

»Alle, die auf Gott vertrauen, werden keine Schuld haben. Du aber bist nur mit dir allein, Vater.«

»Rasmus ...«

Christine suchte nach einer Lücke in Rasmus' Deckung. Finkel war keine Hilfe. Seine Luftzufuhr war durch den Würgegriff gedrosselt, sein Blutdruck abgefallen. Er sah totenbleich aus. Der Elektroschocker lag fest in Christines Hand, doch die Distanz von mehreren Metern blieb immer noch unüberwindbar. Finkel würde sterben, wann immer es Rasmus entschied.

Orange und grüne Lichtpunkte blinkten in Intervallen am nächtlichen Himmel auf. Grelle Suchscheinwerfer durchbohrten das Schneegestöber. Das Knattern eines Helikopters war zu hören. *Bundespolizei* prangte in weißen Buchstaben auf seiner Seitenwand. Die Spitzen der Birken bogen sich unter dem Wind der Rotoren zur Seite, Schnee wurde aufgewirbelt. Rasmus blickte nach oben. Flocken taumelten vor den Scheinwerfern der Maschine durch die Luft. Er schaute über die Schulter. Beamte liefen in einer Linie durch den Wald und näherten sich dem Bunker.

Seine Flucht war gescheitert. Eine Niederlage hatte immer etwas Klärendes. Diese Erkenntnis machte ihn zweifelsohne noch gefährlicher. Christine zog den Elektroschocker aus ihrer Manteltasche. Sie musste jetzt blitzschnell handeln.

»Nimm deine scheiß Hände hoch.« Hinter dem eingefallenen Schuppen tauchten die Umrisse eines Kopfes mit einer Basecap auf. Ein korpulenter Körper auf krummen Beinen stapfte durch den Schnee. »Letzte Warnung.« Küster hielt seine Waffe mit beiden Händen von sich gestreckt. Hinter ihm lehnte Albert an einem Verschlag. Ein Berg verrotteter Ziegel, der unter dem Schnee hervorlugte, war neben ihm aufgetürmt. Dahinter stand ein Anhänger ohne Räder. Er stützte einen Mann, der auf wackligen Beinen stand, eingehüllt in eine weiße Decke. Sein halblanges Haar hing in Strähnen vor seinem Gesicht.

Dom. Endlich. Er war am Leben und ließ sich mit Alberts Hilfe auf dem Hänger nieder.

Christine hatte recht behalten – und Emma behielt ihren Vater. Eine Last fiel von ihr.

Der Lauf von Küsters Waffe blitzte im Strahl des Suchscheinwerfers auf. Noch zwanzig Meter Abstand.

Rasmus verfolgte jede seiner Bewegungen. Da verfing sich sein Blick am Schuppen hinter Küster. »Er lebt?« Seine Schultern sackten nach unten. »Tobias Dom ... Warum hast du ihn am Leben gelassen?« Die Kraft entwich seinen Armen. Seine Muskeln verloren jede Spannung. »Warum tust du mir das an?«

Finkel glitt aus seiner Umklammerung. Er stürzte auf die Knie. Sein Oberkörper schaukelte wie ein Turm, der kurz vor dem Einsturz stand, sich aber immer wieder fing.

Mit den Fingern strich Rasmus über die Narben auf seiner Brust, ertastete die Vertiefungen, als ob er sie streichelte. »Ich verstehe das nicht. Die Balance ...«

»Rasmus.« Jochen Brenner ging einen Schritt auf seinen Sohn zu. »Bitte.« Er streckte die Hände aus. »Ich will dir doch nur helfen.«

Rasmus schüttelte den Kopf und ließ den Betonsplitter fallen. Der Keil versackte im Schnee. »Das ist alles nicht richtig.« Er drehte sich ruckartig weg. »Warum ...?« Seine Schuhe bohrten sich in den frisch gefallenen Schnee. Langsam wankte er auf den Teich zu.

»Stehen bleiben!«, schrie Küster. »Bleib stehen, hörst du?« Er richtete den Lauf seiner Waffe auf Rasmus' Beine.

Die eintreffenden Beamten bauten sich am Ufer auf und bildeten einen Halbkreis.

Rasmus ignorierte alle Rufe. Er betrat die Eisfläche und begab sich zur Mitte des Teichs. Das Schneetreiben wurde stärker. Dicke Flocken umhüllten ihn. Christine konnte seine Konturen in dem Gestöber kaum noch ausmachen, da ließ er sich fallen. Mit weit von sich gestreckten Armen krachte Rasmus auf den Rücken. Das Eis knirschte. Er kreuzte die Füße und schloss die Augen. Wie erstarrt blieb er auf dem gefrorenen Teich liegen, sein nackter Oberkörper schien mit dem Eis zu verschmelzen.

Jochen Brenner folgte seinem Sohn. Als er ihn erreichte, ließ er sich neben ihm auf den Knien nieder. Christine nahm seine Lippenbewegungen wahr, doch die Worte, die er sprach, waren unhörbar. Brenner würde bis zum letzten Herzschlag bei seinem Sohn bleiben.

Der Helikopter schwebte über dem Teich. Rotoren wirbelten. Im kalten Licht der Scheinwerfer badeten ein verlorener Sohn, ein gebrochener Vater und ein Heer von Polizisten.

Christine schmeckte den Schnee auf ihren Lippen. Die Eiskristalle schmolzen auf ihrer Zungenspitze. Salzig. Wie Tränen.

38. KAPITEL

Der Schlauch aus durchsichtigem Plastik vibrierte bei jedem von Doms Atemzügen. Eine Notfallsanitäterin drehte den Hahn an der Gasflasche aus Aluminium immer weiter auf. Ein Rauschen drang aus der Düse. Die Sauerstoffmaske lag fest über Doms Nase und seinem Mund, Gummibändchen klemmten hinter seinen Ohren. Ganz still lag er auf der Ambulanzliege. Nur seine Augenlider flatterten, als würden sie einen verzweifelten Kampf gegen die Schwerkraft führen. Dom weigerte sich einzuschlafen. Er streckte seine Hand unter der Decke aus.

Christine betrat den Rettungswagen durch die geöffnete Schiebetür. Doms Finger schmiegten sich in ihre. Sein Händedruck war kalt, aber kraftvoll. Er zerrte sich die Atemmaske herunter. Rußspuren zogen sich über Stirn und Wangen. Er hustete. Auf seinen Lippen lag ein bläulicher Schimmer.

»Christine …« Zwei Grübchen bildeten sich um seine Mundwinkel. »Ihr Pagenkopf ist ja … ganz aus der Form geraten.«

Sie strich sich die Haare glatt. »Das war auch eine verdammt stürmische Nacht.«

Dom deutete ein Nicken an. »Danke«, flüsterte er.

»Hackt's jetz' oder wat? Ruff mit der Atemmaske.«

Die Sanitäterin stemmte ihre Oberarme in die Hüften. Mit ihren langen Fingernägeln und den knallrot geschminkten Lippen schien sie sich wie zufällig in den Rettungswagen verlaufen zu haben.

Christine stülpte die Atemmaske über Doms Gesicht. »Er ist eine unglaubliche Nervensäge. Nehmen Sie ihn ruhig hart ran.«

Die Frau grinste. »Mach ick. Und wie.«

»Und Sie, Tobias, Sie müssen sich nicht bei mir bedanken.«

Christine legte seinen Arm zurück auf die Liege. »In Nigeria gibt es einen Volksstamm, die Igbo. Sie glauben, dass ein Fremder, der einem Menschen das Leben rettet, fortan über ihn bestimmen kann.« Sie zog die Decke über Doms Hals. »Das Schlimmste steht Ihnen also noch bevor.«

Er schloss die Augen, aber sein Lächeln blieb.

Christine kletterte aus dem Rettungsfahrzeug. Die Kälte der Winternacht umschloss sie. Der Feuerlöschteich war von allen Seiten beleuchtet. Am Ufer rotierten die Blaulichter. Ein Polizeihund schnüffelte sich durchs Areal. Ein Polizist sprach in sein knisterndes Funkgerät. Dazwischen blitzte immer wieder das Licht eines Fotoapparates auf. Natürlich. Mike Schneider hatte den Polizeifunk abgehört und sich den Beamten an die Fersen geheftet. Er war und blieb einer der besten und vor allem schnellsten Reporter Berlins.

»Krasse Nummer, oder?«, rief er Christine vom Teich zu.

»Ja, Mike. Krass.« Für einen Moment meinte sie, von seiner bitteren Gin-Fahne zu kosten, die der Wind zu ihr herübertrug.

»Muss weiter.« Er stolperte über ein paar Äste und näherte sich Nicole Siewers und Alexander Finkel.

Der zog an einer Zigarette, als würde sie sein System mit lebensrettenden Substanzen versorgen. Der glühende Tabak warf Kringel in die Luft. Nie zuvor hatte Christine einem genussvolleren Rückfall in eine alte Sucht beigewohnt. Als Nicole Siewers den Fotoapparat bemerkte, riss sie Finkel die Zigarette aus dem Mund, strich hastig über sein Haar, zupfte einzelne Strähnen zurecht und legte ihm einen sauberen Scheitel – doch das Blitzlicht flackerte unbarmherzig weiter und beleuchtete die viel zu intim wirkende Szene zwischen ihr und ihrem Vorgesetzten.

»Verschwinden Sie von hier, Sie Hyäne.« Finkel riss seinen Arm zu einer Drohgebärde hoch. Als Antwort bekam er eine schnelle Blitzlichtfolge aus Mikes Kamera.

Wie Finkel dastand – die zersplitterte Brille, die am Knie aufgerissene Hose, das Blut an seinem Hals –, wirkte er wie ein verlorener Landstreicher auf der Suche nach einem warmen Essen. Nein, die Story von Alexander Finkel und seinem heldenhaften Kampf gegen den Kratzer wollte sich einfach nicht in Bildern erzählen lassen. Wie schade.

Christine musste fast loslachen, obwohl ihr Finkel verzweifelte Blicke zuwarf. Vielleicht auch gerade deswegen.

Sie suchte Albert in dem kriminaltechnischen Durcheinander, das sich vor dem Bunker ausbreitete – stattdessen lief sie Küster in die Arme. Er blieb vor ihr stehen und tippte mit dem Zeigefinger gegen den Schirm seiner Basecap, als sei sie ein Stetson. »Gut gemacht, Püppi.«

Dann schaukelte er auf seinen kaputt gelaufenen Absätzen davon und verlor sich im Schneetreiben. Zwischen ihnen war alles gesagt.

Albert saß auf einem Baumstamm am Teich fernab der Ermittler. Christine setzte sich neben ihn und legte eine Hand auf seinen Oberschenkel. Die zerfurchte Rinde der Birke presste sich in den Stoff ihrer Jeans. Sie legte den Kopf an seine Schulter. »Du bist nachdenklich.«

»Hm, ja.« Er deutete auf einen 5er BMW der Kriminalpolizei. Vier Beamte flankierten das Fahrzeug. Rasmus saß auf der Rückbank, seine Arme waren mit Handschellen gefesselt.

»Ist doch seltsam.« Albert wandte sich ihr zu und strich ihr eine Haarsträhne aus dem Gesicht. »Wenn Rasmus' Vater nichts vom Kratzer gewusst hätte, wäre er jetzt vielleicht ein glücklicherer Mensch.«

»Mag sein.« Sie blickte auf die andere Seite des Teichs. Jochen Brenner lehnte an dem BMW und redete durch ein geöffnetes Seitenfenster auf seinen Sohn ein. Rasmus antwortete ihm nicht. Er stierte nur geradeaus, abgekapselt und für sich allein. Unerreichbar. »Sicher sogar. Es würde ihm besser gehen, wenn sein Sohn bei den Toten geblieben wäre.«

»Jetzt verliert er ihn zum zweiten Mal. Das alles hier hat sein Leben zerstört. Einfach so.«

Wahrheiten schlossen Beständigkeit aus, und manchmal wurden Menschen sogar zu ihren Opfern. Ein Beamter nahm Jochen Brenner zur Seite. Die Fenster des Wagens schoben sich hoch. Rasmus' unbewegliches Gesicht verschwand hinter der Scheibe.

Christine ergriff Alberts Hand, drückte sie ganz fest. »Lass mich noch die Story vom Kratzer für mein Magazin schreiben. Und dann ...«

»Dann?« Er schaute ihr in die Augen. Einen Moment zu lang. Da waren sie wieder: die zwei sichelförmigen Einkerbungen zwischen seinen Brauen.

»Dann ist es endlich Zeit für Cancale. Wir hauen ab von hier. Du bist reif für meine Heimat.«

Und für meine Vergangenheit. Manchmal muss ein Mensch an alte Orte zurückkehren, um sich selbst zu finden – oder um gefunden zu werden. Auch, wenn Wahrheiten oft mit unerträglicher Qual verbunden sind.

Jochen Brenner blickte seinem Sohn nach. Der Wagen der Kriminalbeamten umrundete den Teich und verschwand im Birkenwäldchen – verschluckt von wirbelndem Schnee.

Dritter Teil

LETZTE TAGE

39. KAPITEL

Irgendwo da oben verbarg sich die Sonne. Hinter den Wolken über dem Hafen von Cancale blitzten ihre Strahlen vereinzelt durch die graue Wand. Ein letztes Aufbäumen vor der nahenden Dämmerung. Der Wind nahm hier keine Rücksicht auf die Jahreszeiten. Winter oder Sommer – mit immer der gleichen Wucht fuhr er über die Steilküste und trieb die Wellen vor sich her, ließ sie gegen die Klippen schlagen und zu Gischt werden.

Christine umklammerte das Lenkrad ihres Citroën so fest, dass das Weiße zwischen ihren Knöcheln sichtbar wurde. Sie wollte ihre Anspannung vor Albert verbergen, aber es war sinnlos. Er strich über ihren Oberschenkel und flüsterte ihr beruhigende Worte zu: etwas über die Schönheit des Ortes und wie dankbar er war, dass er hier mit ihr sein konnte. Von ganz weit weg drang seine Stimme an ihr Ohr.

Die Eindrücke vor der Windschutzscheibe glitten an Christine vorüber. Vor den alten Steinhäusern am Kai von La Houle spazierten Menschen mit Schals entlang, obwohl das Thermometer des Autos vierzehn Grad anzeigte. Aus braunen Papiertüten ragten Lauchstangen und Rettiche. Alte Männer mit schief sitzenden Glenchek-Kappen bevölkerten die Bänke und beobachteten das Treiben im Hafen. Einer von ihnen strich immer wieder seinen Schnauzer gerade, den der Wind zerzauste. Auf einer Schiefertafel wurden frischer *baudroie* und *cabillaud,* Seeteufel und Kabeljau, angepriesen. In der Bucht schaukelten Boote und Jachten. Umgekippte Schollen lehnten an der Hafenmauer. Das Meer brodelte.

Vor zwölf Jahren hatte Christine Cancale verlassen. Nun kehrte sie heim, im Auto ihres Vaters, mit dem sie vor diesem Ort geflohen war.

Christine bog rechts ab. Vorbei ging es am Leuchtturm, der ihr mit seiner grünen Fahne zuwinkte, wie sie es von ihm schon als Kind kannte.

»Das da …« Albert deutete auf ein Gebäude aus bretonischem Granit. Neben der hölzernen Flügeltür hing eine Glocke und daneben ein handgemaltes Schild mit dem Schriftzug *L'école*. »Da bist du zur Schule gegangen?«

»Natürlich.« Sie drosselte den Motor. »Ich hatte eine alte Ledertasche, so ein zerschlissenes schwarzes Teil. War mal die Aktentasche meines Vaters gewesen. Die hab ich mir jeden Morgen unter den Arm geklemmt und bin damit durchs Tor spaziert. Ich kam mir sehr erwachsen vor.«

»Ich hatte einen Hightech-Schulranzen, superleicht, mit eingebauter Lichtanlage, damit ich im Verkehr nicht überfahren werde.«

»Und ich hatte einen Aufkleber mit einem Pottwal auf meiner Tasche. Aus seinem Atemloch ist eine Fontäne geschossen.«

»Pottwal.«

»Ja, klar. Pottwale haben das größte Gehirn der Welt. Das hat mich immer mächtig beeindruckt als Kind. Ich fand das ganz außergewöhnlich.«

Alberts Blick wanderte in Richtung Hafen, als erwartete er dort im Meer den sich aufbäumenden Leib eines fünfzehntausend Kilo schweren Ungetüms.

Christine strich über seine Hand. »Aber deine Blinkanlage war bestimmt auch ganz hübsch.«

Er kniff die Lippen zusammen.

Sie passierten die alte Fischhalle und die Auslagen mit den Felsenaustern. Der Wagen holperte über das Kopfsteinpflaster in Richtung Oberstadt, vorbei an der Place de la République mit ihren Antikläden und den weiß-blauen Häusern. Vor der Kirche Saint-Méen schaltete Christine einen Gang runter.

An diesem späten Freitagnachmittag war der kleine Platz voller Menschen mit Einkaufstüten. *Légumes* stand mit schwarzer Farbe auf einen Anhänger geschrieben. In dem Gemüseladen dahinter standen die Kunden Schlange vor Kisten mit Karotten, Artischocken, Blumenkohl und Tomaten. Selbst die kleinste Knolle wurde von Hand abgeklopft und geprüft. Die Menschen in Cancale waren kritische Geister – und noch mehr, wenn es darum ging, was auf ihren Tellern lag. Niemals hatte Christine sie anders erlebt.

Eine zierliche Frau mit Rollkragenpullover hob vor dem Laden eine Holzkiste auf ihre Schulter. Ihr Haar wurde von einer Spange aus Perlmutt im Nacken gehalten. Emilie. Sie hatte das Geschäft von ihren Eltern übernommen, wie sie es als Jugendliche immer geplant hatte. Alle ihre Freundinnen wollten in die großen Städte, nach Paris, Marseilles oder Nantes – nicht aber Emilie. Sie war glücklich in Cancale, das konnte Christine auch jetzt an ihrem Lächeln erkennen.

Im Zeitungsgeschäft nebenan qualmte Bertrand seine billigen Zigarren aus der Dominikanischen Republik. Sein Bauch hing heute tiefer als vor zwölf Jahren. Noch immer trotzten seine Hosenträger seiner Leibesfülle wie in einem Verzweiflungskampf. Bertrands Haar war grauer und lichter geworden. Doch auch er schien erfüllt zu sein – von seinem Leben in der Gemeinde, von den Plappereien mit seinen Kunden und all den Kleinigkeiten, die ihn umgaben.

Christine fuhr die von Pinien gesäumte schmale Straße hinauf, die vom Ende des Platzes abging. Nur für einen Moment ließ sie sich in die wärmende Vorstellung fallen, Cancale niemals verlassen zu haben. Einen Ort zu haben, mit dem sie wie mit einer Nabelschnur verbunden war, der ihr Kraft gab und sie niemals fallen ließ – es fühlte sich gut an. Doch sie blieb nur ein Gast, wo immer sie sich auch aufhielt. Sie war eine Reisende ohne Ziel.

Christine trat das Gaspedal durch und vertrieb das nagende Gefühl, das sich bei ihr einnisten wollte.

Albert kurbelte die Scheibe zur Hälfte herunter. Eine Böe brachte sein Haar zum Flattern. Die Felsen fielen steil zum Meer hinab, die ersten Korkeichen zeigten sich am Wegesrand. »*Wow*. Wird echt zugig hier oben.«

»Wir sind gleich da.« Christine strich ihm über die Wange. Den feierlichen Ton in ihrer Stimme hätte sie am liebsten nachträglich verschluckt.

Albert starrte auf das Display seines flimmernden Handys. »Je weiter wir die Hügel hinauffahren, desto mieser wird mein Empfang.« Er kaute auf der zerfaserten Kordel seines Kapuzenshirts herum und schüttelte das Smartphone. »Mist. Jetzt ist er ganz weg.«

»Was meinst du, wie oft ich da unten am Hafen gesessen habe, nur weil ich eine E-Mail versenden wollte? Hier oben gab es noch nie Empfang.«

»Na gut.« Er ließ das Handy zwischen seine Knie sacken und blickte auf seine Schuhspitzen. Ein Ex-Hacker, dessen liebstes Spielzeug nutzlos geworden war.

»Es kommt gleich noch schlimmer. Strom und Wasser im Haus sind abgestellt. Aber es gibt einen Brunnen.«

Er ließ den Sicherheitsgurt gegen seine Brust schnalzen. »Wir werden Mammutfelle tragen und zum Frühstück die Innereien von Eichhörnchen essen. Alles roh.« Eine verästelte Flusslandschaft aus Sorgenfalten zog sich über seine Stirn. Er grinste. »Ich freu mich, hier zu sein. Mit dir, ganz allein. Von mir aus kann's auch durchs Dach regnen.«

»Könnte passieren.«

»Echt?«

»Klar. Du wirst tagelang in Pfützen baden.«

Der Sicherheitsgurt schlug mit einem lauten Klatschen gegen seine Brust. »Oh, Mann.«

Der Weg wand sich zwischen den Ginsterbüschen und Farnen über den Hügel. Tausende Male war Christine als Kind diese Strecke gelaufen. Die Fahrbahn aus harter Erde wurde immer schmaler, die umliegenden Häuser rarer. Das Blau des Meeres nahm in der Dämmerung einen metallischen Glanz an, wie sie es schon so oft vor dem Schlafengehen gesehen hatte. Nichts hatte sich verändert.

Sie erreichten die beiden steinernen Torpfeiler mit den Kugeln, die auf ihren Sockeln thronten. Christine fuhr zwischen ihnen hindurch. Die Räder wirbelten Sand und kleine Steine auf, die in den Radläufen klapperten.

Schon bevor sie die Anhöhe erreichten, zeigte sich das Dach des Hauses. Die roten Ziegel aus Ton, die Giebelfenster mit umbrafarbenen Rahmen, mit denen sich das Rauschen des Meeres nie hatte aussperren lassen. Die rote Tür, die immer nur angelehnt gewesen war, solange Christine in dem Haus gelebt hatte.

Sie parkte den Wagen unter der alten Korkeiche vor dem Haus und stieg aus. Mit den Fingern fuhr sie über die schwammige Rinde des Baumes, ertastete die längsrissigen Korkschichten, wie sie es so oft getan hatte. »Bin wieder da«, flüsterte sie.

Der Wind rauschte in der Krone des Baumes, seine ledrigen Blätter rieben aneinander. Der Stamm knarrte.

Albert legte ihr einen Arm um die Schulter.

Hinter dem Haus fielen die Klippen und schroffen Felsen steil ab. Buchten und Landzungen zeigten sich in der Ferne. Die Segel eines Bootes wirkten wie weiße Sprenkel auf dem Meer. Das Licht des Leuchtturms rotierte. Alles war so vertraut, alles war so unwirklich.

Ein Zweig knackte, da war irgendwo ein Schaben auf der Erde, kurz nur, bevor der Wind die Geräusche verschluckte. Für einen Moment nahm Christine einen Lichtschein hinter sich wahr. Sie löste sich aus Alberts Umarmung und blickte den Hügel hinab.

»Was ist?«

»Eine Sekunde hatte ich das Gefühl, dass dort unten jemand ist. Aber es war wohl nur das Licht des Leuchtturms.«

»Ich sehe niemanden.« Albert verhakte seine Finger in ihren. »Die Fahrt war anstrengend. Und hier oben ...« Er deutete auf das Haus, das wie ein friedvolles Versprechen aus dem Erdboden zu wachsen schien. »Hier oben findet uns sowieso kein Mensch auf der Welt. Kein einziger.«

40. KAPITEL

Schnee. Überall dieses Weiß. Mist. Wie ihn diese Kälte anödete. Dom schob die verharschte Schicht vom Fensterbrett seines Büros. Das Eis staute sich an seiner Handkante, bevor es auf den Asphalt der Straße klatschte. Es war ein dreckiges Weiß, durchzogen von Schlieren und schwarzen Sprenkeln, die die Abgase des Berliner Verkehrs ausgespuckt hatten.

Er zerkrümelte die Reste seines Salamibrötchens auf dem Sims. Die Taube war heute noch nicht gekommen, obwohl es ihre Zeit war. Immer kurz vor Sonnenuntergang blickte sie von außen mit wachen Augen durch die Scheibe und beobachtete ihn. Vielleicht war sie heute beschäftigt. Oder ihre Überreste hingen bereits am Blech eines Kühlers. In Berlin sollten sich Mensch und Tier nicht aneinander gewöhnen. Zu gefährlich.

Er schaute auf die riesige, runde Uhr an der Wand. Gleich fünf. In ein paar Minuten konnte er das Landeskriminalamt verlassen. Zum ersten Mal seit Jahren würde er sich in das entspannte Nine-to-five-Feeling eines Bürojobs fallen lassen. Nur drei Minuten fehlten noch.

Dom atmete die kalte Luft ein. Noch immer spürte er den Hustenreiz in sich aufsteigen, die beißende Enge in der Brust, wenn er zu viel Sauerstoff auf einmal in sich aufnahm. Das Kohlenmonoxid des Feuersturms in der Zelle hatte Spuren in seiner Lunge hinterlassen. Auch der Schwindel kehrte immer wieder zurück. Dennoch gab es keinen Grund zur Klage. Alles beherrschbar. Es ging ihm gut.

Acht Tage waren seit der Verhaftung von Rasmus Brenner vergangen. Über einhundertneunzig Stunden, in denen Fernsehsender, Radioanstalten und Zeitungen vorgaben, das Phänomen des

Kratzers bis ins letzte Detail entschlüsselt zu haben. Sie wühlten sich durch Rasmus' Kindheit. Sie interviewten Schulfreunde, Lehrer, Nachbarn. Jagten Jochen Brenner. Doch nur Christine Lenève mit ihren sezierenden Artikeln durchschaute den dürren Mann, der sich drei Stockwerke unter Dom im Zellenbereich des Landeskriminalamtes aufhielt und seit Tagen einen Punkt an der Wand fixierte. Eine Studie des Schweigens und der inneren Emigration. Nicht einmal seinen Vater ließ er als Besucher zu. Ärzte berieten über eine Zwangsernährung.

Ein hoch bezahltes Heer von Polizeipsychologen und Fallanalysten lief im Verhörzimmer mit wehenden weißen Kitteln auf und ab und runzelte im Kollektiv die Stirn.

Sie alle wollten die Mauer um Rasmus einreißen – und scheiterten dann doch. Sein gesamtes System war im Shutdown-Modus.

Am liebsten hätte Dom seine Dienstwaffe durchgeladen und Rasmus' Hirn mit einem Schuss an die Wand genagelt. Jede andere Lösung erschien ihm wie ein von Fäulnis durchsetzter Kompromiss. Gott, wie sehr er diesen Typen hasste.

Er schloss das Fenster und drehte dabei den Messingknauf am Rahmen gegen den Uhrzeigersinn, bis er knirschte. Die Heizkörper gluckerten. Sein Stuhl knarrte, als er sich darauf fallen ließ. Zwei Minuten vor fünf. Gleich konnte er raus hier.

Er nahm das gerahmte Bild von Emma und Jasmin vom Tisch. Zwischen einer aufgerissenen Packung Hustenbonbons und einer verbogenen Tischlampe hatte es seinen angestammten Platz gefunden. Dom strich über die Kanten des Rahmens. Die kräftigen grünen und roten Farben des Fotos strahlten durch das Glas. Vor drei Jahren im Sommer hatte er das Bild aufgenommen. Jasmin umarmt Emma. Schokoladeneis kleckert über ihr Kinn. Ihre weißen Schneidezähne blitzen in der Sonne. Es war eine gute Zeit gewesen.

Vor sieben Tagen war Jasmin in der Klinik aus dem Koma erwacht. Nach vorsichtiger Schätzung würden die posttraumatischen Belastungsstörungen ein halbes Jahr andauern. Wahrscheinlich hatte sie keine bleibenden Schäden. Ein engagierter Neurologe hatte sich zu dieser Spekulation hinreißen lassen – und doch blieb sie eine positive Prognose, die Dom etwas von seiner inneren Ruhe wiedergab.

Er stellte das Foto zurück an seinen Platz, schob die metallenen Füßchen millimetergenau in die staubigen Abdrücke auf seinem Schreibtisch. Er respektierte den Schmutz. Dreck ist eine chemisch saubere Substanz, nur eben am falschen Ort.

Karens Beisetzung war für den kommenden Mittwoch geplant. Viele ihrer Ex-Kollegen aus Kiel wollten von ihr Abschied nehmen. Dom bedauerte die verlorenen Momente und die geplatzten Treffen mit Karen. Immer wieder hatte er Verabredungen verschoben. Und beim allerletzten Termin war er endgültig zu spät gekommen. Er hatte versagt.

Noch eine halbe Minute bis fünf.

Es klopfte dreimal scharf und hektisch an der Tür. Das konnte nur einer sein.

Dom hatte noch nicht einmal *Herein* gerufen, da riss Finkel auch schon die Tür auf. Ein kalter Luftzug fuhr durchs Büro.

»Ein Problem, Tobias.« Er wedelte mit einem Clipboard. Die Blätter raschelten.

Punkt fünf. Natürlich. Die ideale Zeit für Probleme jeder Art.

Finkel warf das Board auf den Tisch. »Lieke Jongmann. Schauen Sie sich das mal an.«

Dom überflog die sechs Seiten. Es waren Notizen über das Verhör mit Jongmann. »Sie kennt Rasmus Brenner nicht ... nie gesehen. Hat ihn auch auf den Fotos nicht erkannt ... seltsam.«

Finkel riss beide Hände nach oben. »Mag ja sein, dass das Gedächtnis einer Crackhure nicht jeden Freier abspeichert.« Er stützte beide Hände auf den Tisch, dabei senkte er den Kopf. Eine

Lauerhaltung, wie Dom sie einmal in einer Naturdoku bei einem Geier in der südafrikanischen Savanne gesehen hatte. »Nur seltsam, dass sich Jongmann daran erinnert, wie sie im Delirium von Ihnen aus der Fabrik geschleppt wurde. Präzise und in allen Details zutreffend. Das ist doch alles nicht stimmig.« Mit der Faust schlug er auf die Platte. »Nicht. Stimmig.« Er schüttelte den gebräunten Kopf. »Nein. Sie muss lügen. Wie soll denn ihr Haar sonst an Rasmus Brenners Brille gekommen sein?«

»Sie haben sie doch sicher danach gefragt.«

»Hätte ich. Aber sie ist zusammengeklappt. Erschöpft und vollgepumpt mit Medikamenten. Ihr Arzt hat das Verhör abgebrochen. Wieder so ein Weichei, dem die Täter wichtiger sind als die Opfer.« Er ballte die Fäuste in den Taschen seiner Bundfaltenhose, bis sie sich wie zwei Kugeln unter dem Stoff ausbuchteten. »Die Frau ist ein Wrack. Sie hat sich mit Blutspenden über Wasser gehalten. Hat sogar eine Niere verscherbelt, um an Geld zu kommen. Ihren ganzen Körper hat sie leer geräumt für ein paar Cent. Alles für die Drogen.«

In diesem Moment landete die Taube auf dem Fenstersims. Sie tockte zweimal mit dem Schnabel gegen die Scheibe. Das Begrüßungsritual, wie immer. Dann pickte sie die Brotkrumen auf. Dom nickte dem Vogel zu.

Finkel registriere die Taube mit einem Stirnrunzeln. »Hübsches Haustier haben Sie da. Eine Ratte mit Flügeln.«

Mit einem Ruck riss Dom die Papiere unter der Klammer des Klemmbretts hervor und rollte sie zusammen. »Wir brauchen Jongmann nicht. Wir haben genug, um Rasmus Brenner für immer aus dem Verkehr zu ziehen.«

»Ich hasse lose Enden, und dieses hier schaukelt wie ein Bindfaden vor meiner Nase herum und kitzelt mich. Da stimmt was nicht. Jongmann deckt Brenner, wenn Sie mich fragen.«

Dom ging zum Fenster. Die Taube registrierte seine Bewegungen, ließ sich aber nicht beim Fressen stören. Immer wieder schlug ihr Schnabel von Hektik und Gier getrieben gegen den Sims. Krümel für Krümel verschwand in ihrem Schlund.

In einer halben Stunde ging die Sonne unter. Auf der anderen Seite der Straße spazierten Familien zum ehemaligen Flughafengelände auf dem Tempelhofer Feld.

Finkel trat neben Dom ans Fenster. Die Taube beäugte ihn, wog seine potenzielle Gefahr gegen ihre Lust am Fressen ab und entschwand mit ein paar schnellen Flügelschlägen. Zwei Federn segelten auf den Sims.

»Da haut Jongmann ab. Sehen Sie.« Finkel deutete mit dem Kinn zur Straße.

Dom riss sich vom Anblick der davonflatternden Taube los. Eine Frau mit blondem kurzem Haar stakste auf wackligen Beinen durch den Schnee, gestützt von einem ernst dreinblickenden Mann mit einer dunkelblauen Pudelmütze.

»Irre macht mich das.« Finkel legte beide Hände gegen das Glas. »Richtig irre.«

Die Federn lagen vor dem Fenster, die schmutzig grauen Kiele einer Stadttaube. Emma hatte sich zu Jasmins Entsetzen einmal aus Taubenfedern einen milbenverseuchten Kopfschmuck gebastelt. Dom lächelte bei dem Gedanken.

Unten auf der Straße winkte Jongmanns Begleiter nach einem Taxi, doch der Wagen fuhr weiter über die Kreuzung.

Finkel atmete schwer. Seine Zähne knirschten.

Dom stützte sich aufs Fensterbrett. Federn ... Die Uhr an der Wand tickte, inzwischen war es Viertel nach fünf. Er könnte längst daheim sein ... Lieke Jongmann. Ihre blonden Haare. Drüben im Nachbarbüro brummte ein Drucker. Keine Ahnung, wer da noch Überstunden machte. Jongmann hatte eine Niere verkauft, um an Geld zu kommen, sie hatte ihren Körper regelrecht ausgeplündert.

»Moment …« Dom schlug mit den zusammengerollten Papieren gegen die Scheibe. »Ich muss zu Jongmann. Nur eine Idee.«

»Aber …«

Dom legte die Blätter aufs Clipboard, schnappte sich seinen Mantel und rannte los. Er riss die Tür seines Büros auf und hastete durch den Gang. Seine Schuhe klatschten auf das Linoleum. Das Geländer lag kalt in seiner Hand. Stufe für Stufe hetzte er das Treppenhaus hinunter, drängelte sich an einer Gruppe forensischer Kriminalwissenschaftler vorbei, passierte die Büros der Waffenmeister, der Ballistiker und des Tatort-Erkennungsdienstes.

Vor einem Süßwarenautomaten im ersten Stock war Küster in die Hocke gegangen, in seiner Hand raschelte eine geöffnete Tüte Gummibärchen. »Was ist denn los? Wo willst du hin?«

»Jongmann. Komm mit.«

Küster hievte sich am Automaten in die Höhe. Aus seiner Tüte fielen rote und grüne Gummibärchen. Im Laufen zog er sich den Schirm seiner Basecap tief ins Gesicht. »Tobi, jetzt sag doch mal, was los ist«, keuchte er.

»Gleich.«

Sie erreichten den Haupteingang. Dom stieß die Pforte auf.

Jongmann und ihr Begleiter stiegen gerade vorn an der Kreuzung in ein Taxi.

»Halt! Moment. Nur einen Moment, bitte …« Er rannte auf dem Gehweg entlang und riss einen Arm in die Höhe. Hinter ihm schnappte Küster nach Luft.

Der Mann an Jongmanns Seite sah Dom und zog im selben Moment die Tür des elfenbeinfarbenen Mercedes zu. Dom packte den Griff von der anderen Seite.

»Was soll das?«, zischte der Mann. »Ich bin Arzt. Meine Patientin braucht Ruhe. Lassen Sie das.« Er ruckelte an der Tür. Der Bommel seiner Pudelmütze stieß gegen die Scheibe.

»Ich habe nur eine einzige Frage an Frau Jongmann.«

»Nein, Schluss jetzt mit dieser Befragung. Dieser Ferkel hat genug Zeit gehabt.«

»Finkel.«

»Wer auch immer. Ein Unsympath. Kein Respekt vor meiner Patientin.« Der Arzt lehnte sich nach hinten und zerrte am Türgriff. »Schluss jetzt. Lassen Sie uns fahren. Frau Jongmann muss zurück in die Klinik. Verschwinden Sie.«

Küster schob Dom zur Seite und steckte seinen Kopf durch den Spalt in der Wagentür. »Pass mal auf, du Pudelmützen-Honk. So sprichst du nicht mit einem Polizisten, klar? Sonst schleif ich dich mal ganz schnell durch den Schnee. Kapiert?«

»Stefan ...«

»Nein. Warten Sie.« Die Beifahrertür klappte auf, Jongmann stieg aus. In ihren hageren Zügen zeichneten sich scharf geschnittene Wangenknochen ab. Ihre Augenlider flatterten. Sie zog sich den Schal bis unters Kinn. Auf ihren Lippen lag ein schmales Lächeln, als sie Dom zunickte. »Sie haben mich aus der Fabrik rausgeholt. Ich weiß, dass Sie das waren.«

»Ja, das war ich.« Dom ging um das Taxi herum. Vorbeifahrende Autos wirbelten tiefgrauen Schnee auf. Der Matsch spritzte auf seine Hosenbeine, die Nässe drang bis auf seine Unterschenkel. »Ich habe eine Frage.«

»Ja?« Jongmanns dunkle Augen hoben sich von ihrer bleichen Haut ab.

»Ihre Haare waren nicht immer so kurz. Habe ich recht?«

Sie strich sich über den Hinterkopf. »Ich hab sie vor fünf Monaten abschneiden lassen. Es ist ... praktischer so.«

»Nur praktisch?«

»Ich musste sie abschneiden lassen.«

»Sie mussten. Warum?«

»Weil ich Geld gebraucht habe. Dreihundert Euro.« Lieke Jongmann senkte den Kopf. »In Charlottenburg gibt es 'nen Friseur, der Echthaar kauft. Die machen daraus Haarverlängerungen für so reiche Tussen. Für blondes Haar gibt's mehr als für schwarzes. War 'n guter Deal.«

Hitze schoss in Doms Wangen. Jasmin hatte sich zu ihrer Hochzeit Haarverlängerungen einsetzen lassen. Sie war nicht der geduldige Typ. Wenn sie sich verändern wollte, dann musste es sofort sein. Sein Instinkt hatte ihn auf die richtige Fährte gebracht.

»Warum ist das so wichtig für Sie?« Jongmann blinzelte Dom an. Die dunkelvioletten Schatten unter ihren Augen, ihre durchschimmernden Blutgefäße, ließen sie fragil und müde wirken.

»Ihr Haar wurde an einem Tatort gefunden.«

»Aber, ich ...« Ihre Unterlippe zitterte. Sie berührte ihren Mund mit den Fingerspitzen. »Nein ...«

»Beruhigen Sie sich. Niemand verdächtigt Sie.« Eine Lüge. Aber Lieke Jongmann hatte sie sich verdient.

Ihr Arzt kletterte aus dem Taxi. »Sind Sie endlich fertig? Das reicht jetzt.« Er schob Küster zur Seite und stolperte um den Wagen herum. »Sie sehen doch, dass Frau Jongmann nicht mehr kann.« Er zog sie in den Wagen, wo sie sich auf die Rückbank fallen ließ. Sie starrte auf die Kopfstütze des Vordersitzes.

»Sie erinnern sich doch sicher noch an den Namen des Friseurs.« Dom verbannte jede Schärfe aus seiner Frage.

»Das war ein Laden direkt am Stuttgarter Platz. Da gibt's nur den einen.« Ein rasselnder Husten entrang sich ihrer Kehle. »Nur den einen. Ich erinnere mich.«

Die Wagentür klappte zu. Der Arzt versperrte Dom den Weg. Ganz nah trat er an ihn heran. »Zufrieden? Ihre Lunge wird gleich kollabieren.« Er streifte Dom und Küster mit abfälligen Blicken und schüttelte den Kopf. Der Bommel seiner Mütze wackelte. »Sie sind völlig unqualifiziert. Was für eine Verschwendung von Steuergeldern.« Er stolperte zurück auf die andere Seite und stieg zu Jongmann ins Taxi. Die Reifen des Wagens wirbelten Schnee auf, dunkle Wolken schossen aus dem Auspuffrohr. Lieke Jongmann verschwand im dichten Berliner Verkehr.

»Na komm, Tobi. Ab zum Stutti. Den Friseur von dem Biest nehmen wir uns mal vor.« Küster klatschte in die Hände. »Wir haben noch 'ne gute Stunde. Das packen wir.«

»Fahr du allein.« Dom fehlte die Geduld für den Feierabendverkehr, außerdem spürte er den zurückkehrenden Schwindel. »Ich brauche ein bisschen frische Luft. Ruf mich an, wenn du an die Kundenkartei gekommen bist.«

»Gut. Mach ich.« Küster wollte sich gerade in Bewegung setzen, da verharrte er. »Alles in Ordnung, Tobi?«

»Ja. Alles in Ordnung.«

»Sicher?«

Dom fegte mit der flachen Hand den Schnee vom Dach eines Autos. Die Partikel rieselten durch die Luft und trafen Küster im Gesicht.

»Okay, ich verschwinde ja schon.« Mit einem Schulterzucken stiefelte er durch den Schnee zurück zum Gebäude aus Glas und Sandstein.

Im LKA brannten nur noch in wenigen Räumen die Lichter. Sechshundertfünfzig Büros mit Experten und Hochleistungslaboren – doch manchmal lag die Wahrheit in einem spontanen Gedanken, geboren in der Intuition eines Einzelnen.

Dom stellte seinen Mantelkragen auf. Er überquerte den Tempelhofer Damm und betrat das ehemalige Flughafengelände. Die Weite des Areals ließ ihn die Enge der Großstadt vergessen. Er atmete tief durch. Dreihundertfünfzig Hektar freie Fläche, beladen mit Schnee, lagen vor ihm und ließen ihn in der Illusion eines Ausflugs aufs Land versinken. Nur der Hangar aus Naturstein und seine Treppentürme, die sich monumental in der Ferne erhoben, störten ihn bei seinem Selbstbetrug.

Kreuz und quer lief Dom über das einstige Flughafengelände. Die Sonne ging unter, doch der Schnee und die Lichter angrenzender Häuser verweigerten sich der Dunkelheit. Kinder spielten mit einem Schäferhund, der mit hechelnder Zunge einer Frisbee-Scheibe nachjagte. Ein Vater zog zwei johlende Mädchen auf einem Schlitten hinter sich her. Eine Gruppe Skilangläufer kreuzte Doms Weg. Ihre Spuren im Schnee erinnerten ihn an die Schienen einer Eisenbahn.

Ein höchstens zehnjähriger Junge mühte sich mit seinem Drachen ab. Fest entschlossen, das selbst gebastelte gelb-grüne Monstrum in den Himmel zu hieven, lief er über eine ehemalige Landebahn. Immer und immer wieder sauste er durch den Schnee und stürzte. Sofort setzte er zu einem erneuten Versuch an. Und noch einen.

Dom bewunderte die Hartnäckigkeit des Jungen. Er war allein auf dem Feld, ohne Eltern, nur mit sich und seiner selbst gewählten Aufgabe. Er näherte sich ihm. »Hallo. Ich bin Tobias. Wenn du möchtest, dann helfe ich dir, das Ding hochzubringen.«

Der Junge ließ seinen Blick an ihm hinabgleiten. Die Jacke des Kleinen war an den Ellbogen geflickt, seine Handschuhe abgetragen. Seine Frisur erinnerte an ein strohiges Durcheinander. »Bin Jonas. Ich glaube, das wird nichts mehr.« Er ruckelte an der Leine. Der Drachen zappelte im Schnee.

»Natürlich wird das was.« Dom nahm die Schnur. »Du hältst den Drachen, und ich renne. Dann übernimmst du.«

Jonas hob einen Daumen. »Abgemacht.«

Sie rannten. Sie schrien sich Kommandos zu. Der Wind zerrte an seinem Widersacher, der sich frech wie ein Emporkömmling in die Luft erhob und ihn herausforderte. Der Drachen schwebte am Himmel. Jonas hielt die Leine in beiden Händen und lachte Dom zu.

Da ertönte ein Piepen auf seinem Handy. Dom zog sein Smartphone aus der Manteltasche. Eine Mail von Küster: *Lief gut. Kundenkartei für ausgeführte Extensions (die nennen die Haarverlängerungen hier so) hängt dran. Nur die letzten fünf Monate. Bin auf dem Rückweg. Bis gleich.*

Dom klickte auf den Anhang. Eine Excel-Datei mit über dreißig Namen klappte auf, daneben die Termine und die entstandenen Kosten. Er scannte die Datei nach einem auffälligen Merkmal. Ewigkeiten würden vergehen, ehe jede einzelne Person überprüft war.

Jonas lief an ihm vorbei. Er jubelte, während der Drachen über seinem Kopf tanzte.

Dom wollte die Datei schließen, da fiel ihm der Name im letzten Viertel der Liste auf. Ganz unten. Knapp über seinem Daumen. Er blinzelte.

Die Kinder auf dem Schlitten riefen ihrem Vater Kommandos zu. Der Schäferhund bellte.

Die Buchstaben auf Doms Display blieben, sie klammerten sich aneinander und spuckten eine unwirkliche Wahrheit aus.

»Nein ...« Doch das Handy strahlte weiter in unerbittlicher Härte. »Unmöglich ...«

Und endlich verstand er.

Neben ihm krachte der Drachen zu Boden. Er zerbarst in drei Teile, die verloren im Schnee zurückblieben. Am Ende der Schnur stand Jonas mit gesenkten Schultern und blickte hinab auf die Trümmer dieses kalten Tages im Februar.

41. KAPITEL

Albert strich über die Profilleisten am Kamin, über die Ornamente mit rankendem Efeu. Darüber hing ein alter Holzbalken, der als Sims diente. Auf ihm stand das Foto einer dunkelhaarigen Frau. Sie saß mit gekreuzten Beinen auf einer Hafenmauer, schwenkte beide Arme und lachte ins Objektiv. Christines Mutter. Wie schön sie war. Ihr zierlicher Körper wurde von einer eng anliegenden weißen Bluse verhüllt, deren Ärmel im Wind flatterten.

»Komm, ich zeig dir mein altes Zimmer.« Christine ergriff Alberts Hand.

»Eine Schlossbesichtigung?«

»Ein Trip in meine Kindheit.«

»Bin dabei.«

Die Flammen loderten im Kamin und tanzten über knackende Holzscheite. Ein intensiver, würziger Geruch strich durchs Haus. Eine Petroleumlampe flackerte. Jahrzehntealte Dielen knarrten, als Albert die gusseiserne Wendeltreppe zum ersten Stock des Hauses erklomm. Christine schwenkte vor ihm die Lampe nach rechts. Der Schein fiel auf eine grob gemaserte Tür. Über ihr war ein Torbogen mit Oberlichtern aus farbigem Glas eingelassen.

Sie drückte die Messingklinke nach unten. Die Tür knarrte in den Angeln.

Ein an die fünfundzwanzig Quadratmeter großer Raum öffnete sich vor Albert. In der Mitte befand sich ein Messingbett, dahinter eine Kommode mit roten Schubladen. Ein ovaler Spiegel aus Buche hing an der Wand. Rostige Punkte zogen sich übers Glas. Neben der Tür stand ein schwarzer Garderobenschrank mit goldenen Kanten. Und Bücher. Überall lagen Bücher – aufeinandergestapelt bis unter die Decke.

Albert trat an einen Stapel heran, der an den Schrank gelehnt aufragte. Abhandlungen über die Physiognomie des menschlichen Körpers, Stenogramme der Psychologie, Bildbände über Berlin, Romane von Guy de Maupassant, Robert Louis Stevenson, Ernest Hemingway und ...

»Jane Austin? *Stolz und Vorurteil*. Du hast den Schmachtfetzen über Liebe und Ehe gelesen?«

»Keine Ahnung, wie der da hingekommen ist.« Christine grinste. »Das Buch habe ich mit acht gelesen. Ich musste doch wissen, wie die Welt da draußen tickt und mit welchen Tricks ich an den richtigen Mann rankomme.« Sie küsste Albert auf den Mund, ihre Zunge glitt über seine Lippen. »Hat doch gut geklappt. Du bist mir auf den Leim gegangen, *n'est-ce pas?*« Sie nickte dem Bücherstapel zu. »Danke, Jane.«

Christine wandte sich ab und öffnete ein Fenster. Genussvoll sog sie die kühle Luft ein.

Alberts Blick folgte ihr. Wie friedlich das Meer am Fuße der Felsen lag und wie unvorstellbar, dass Christine als Heranwachsende jeden Tag diese Aussicht genossen hatte. Wie beschaulich ihre Welt in dem alten Haus auf der Klippe wohl gewesen sein mochte.

Mit der Schuhspitze stieß Albert gegen einen schwarz glänzenden Le-Tallec-Plattenspieler. Er ging in die Hocke. *A Hard Days Night. Abbey Road. Help! Sgt. Pepper's Lonely Hearts Club Band.* Paul, Ringo, George und John grinsten ihn von Dutzenden Schallplattenhüllen an. »Du bist ein elender Beatles-Freak. Nicht zu fassen. Hast du als Kind nie was anderes gehört?«

»Nicht wirklich.« Christine kniete neben Albert nieder und strich den Staub von John Lennons Gesicht. »Ich habe in den Songs alles gefunden, was ich fürs Leben gebraucht habe. Habe ich zumindest immer gedacht. Ich hatte keinen Grund weiterzusuchen. Nicht wirklich.«

»Schade, dass wir keinen Strom für den Plattenspieler haben. Ich würde jetzt glatt was davon anhören.«

»Albert, bitte …« Mit gespielter Empörung zückte sie ihr Handy und drückte eine Funktion auf dem Display. Lennons Stimme mit seinem nasalen Timbre ertönte. Albert meinte sogar, das Knistern einer Platte zu hören.

»Ohne meine tägliche Dosis gehe ich nicht aus dem Haus. Müsstest du doch wissen.« Christine legte ihr Smartphone aufs Fensterbrett. Sie zerrte Albert aufs Bett.

Wurde er gezogen, oder ließ er sich fallen? Egal.

Wie zerbrechlich sich Christines Körper inmitten der Leinenbezüge anfühlte. Wie sanft ihre Lippen auf seinen lagen. Das Meer rauschte leise, Salz lag in der Luft. Der Wind fuhr ins Zimmer. Sie riss ihm das Hemd vom Leib und öffnete den Gürtel seiner Jeans. Mit einem Ruck zog sie ihm seine Hose herunter und ließ sie auf den Boden gleiten. Der Leuchtturm warf seine Strahlen gegen die Decke, ein Trudeln, so natürlich, als hätte es der Sternenhimmel ausgespuckt.

Er riss ihre Bluse auf, schob ihr die Hose über die Knie, strich über die Narben an ihrem Bauch, an ihrer Hüfte. So vertraut und noch immer so fremd.

Als Albert in sie eindrang, wusste er, dass ihn all die verstörenden Erlebnisse in seinem Leben hierhergeführt hatten. Christines Fingerspitzen fuhren über seinen Nacken, bohrten sich in seine Haut, rissen an ihm – und er gab sich diesem Schmerz vollends hin.

Albert trieb seinen Körper in ihren, ließ ihn eins mit ihr werden. Er spürte ihre Hände an seiner Brust. Ihre Bisse, zart und hart, härter, als ob sie ihn in sich aufnehmen wollte. Sie war seine Frau. Bald. Es würde niemals eine andere geben. Seine Stöße wurden schneller, fordernder. Christine stöhnte unter ihm. Sie öffnete den Mund, klammerte sich ans Bettgestell. Albert gab die Kontrolle über sich auf, ließ alle Gedanken fahren. Ein Stöhnen drang aus Christines Mund, ihre Lider flatterten, ihre Arme zitterten. Als er in ihr kam, streichelte sie seine Wangen.

»*Petit ange. Vous appartenez à moi.*«

Er verstand kein Wort. Seine Kenntnisse der französischen Sprache reichten für ein freudvoll ausgestoßenes *Oui* und ein kehliges *Non*. Doch mehr als die Zärtlichkeit ihrer Worte brauchte er nicht. Er war hier, in Christines Heimat, in ihrem Leben, in ihrer Welt.

Er streichelte ihre Brüste, fuhr über ihre Wangen. »Weißt du, manchmal möchte ich dir wie Louis Darget eine fotografische Platte an die Stirn schnallen.«

Christine verdrehte die Augen. Er liebte diese Geste.

»Und dann?«, fragte sie.

»Dann würden deine Gedanken auf die Platte projiziert werden, und ich könnte mitlesen.«

»Das denkst du dir doch nur aus.«

»Dein Landsmann hat im neunzehnten Jahrhundert daran geglaubt, dass sich Gedanken fotografieren lassen. Finde ich sehr reizvoll, diese Vorstellung.«

»Du mieser Spion.«

Bevor Albert Einspruch erheben konnte, raschelten die Laken. Eine leere Stelle blieb neben ihm zurück.

Christine schwang sich aus dem Bett und stützte sich auf das Fensterbrett. »So ruhig da draußen. Ich habe die Stille richtig vermisst. Ganz anders als in Berlin.«

Die Silhouette ihres Körpers zeichnete sich mädchenhaft im Licht der Petroleumlampe ab. Albert erhob sich, trat hinter sie und streichelte ihren Nacken. »Ich könnte jetzt ein Glas Wasser vertragen.«

»Ich hol dir welches aus dem Brunnen. Ist besser als jedes überteuerte Designerwässerchen aus Prenzlauer Berg.«

»Ich komm mit.«

»Nein, du bist viel zu geschwächt.« Sie strich über seine Schenkel und lächelte. »Warte auf mich. Wir haben hier auch ein Notstromaggregat. So ein Ding, das mit Diesel betrieben wird. Das gibt meinem Lieblings-Hightech-Nerd ein besseres Gefühl. Oder?«

Albert konnte sein Grinsen nicht unterdrücken.

Christine zog sich im Gehen an und huschte aus dem Zimmer. »Bin gleich wieder zurück. Dann haben wir wenigstens ein bisschen Licht. Ich weiß doch, wie schreckhaft du bist«, rief sie ihm aus dem Gang zu.

Ihre Schritte auf der Wendeltreppe klangen rhythmisch und sicher – wie bei einem Menschen, der diesen Weg bereits Hunderte Male gegangen war.

Albert zog seine Hose über und blickte aus dem Fenster.

Draußen fuhr das Licht des Leuchtturms übers Meer und brach sich in der Wasseroberfläche. Aus Christines Handy dudelte der Refrain von *Yellow Submarine*.

Cancale erschien ihm wie eine Paralleldimension. Fast schon meinte er, die verstreichenden Sekunden viel intensiver als in Berlin zu erleben – als würden sich hier alle Uhren aus der Herrschsucht der Zeit befreien.

Jeden Morgen war Christine hier aufgewacht, mit ihren Büchern, dem Rauschen des Meeres und ihrem Vater. Würde Albert die Wahrheit nicht kennen, er hätte in dem Haus auf der Klippe ein Biotop für langhaarige und benebelte Aussteiger im Cannabisrausch vermutet. Doch hier oben, in der Stille des Hügels, war Christines scharfer Geist entfesselt worden, den er so liebte.

Er strich über den Bücherstapel beim Schrank. »Danke, Jane«, raunte er dem zerlesenen Taschenbuch zu.

Mit der Petroleumlampe in der ausgestreckten Hand tastete sich Albert durchs Zimmer und stieg die Wendeltreppe hinab.

Seine Mission *Durchstöbern von Christines Vergangenheit* lief gerade erst an.

Eine offene Küche lag zu seiner Linken. Eine Laterne aus Blech hing an einer Wand. Schalen mit Kies und Muscheln lagerten in eingestaubten Regalen, daneben Geschirr und Karaffen. Ein Messerblock stand auf der Kücheninsel aus Buche. In der Ferne vernahm er das unregelmäßige Tuckern eines Generators. Über ihm, in einem Trägerbalken, begannen elektrische Lichter zu flackern. Er setzte die Lampe auf der Arbeitsplatte ab. Endlich gab es Strom.

Albert durchschritt das Wohnzimmer. Mit Leder bezogene Birkenholzstühle reihten sich aneinander. An der Decke hing eine Lampe mit metallenen Armen, die ihn an einen Oktopus erinnerte. Er näherte sich einer schweren Doppeltür aus Holz. Die Flügel knirschten, als er sie öffnete. Neben dem Eingang entdeckte er eine Stehlampe aus Messing. Mit dem rechten Fuß tippte er den Schalter an. Ein elektrisches Brummen setzte ein. Das schmutzig gelbe Licht einer Glühbirne reflektierte sich im Sockel der Lampe.

Vor Albert lag ein spartanisch eingerichteter Raum. Die schokoladenfarbenen Wände, der klobige Bücherschrank und das Intarsienparkett mit seinem Schachbrettmuster verbreiteten die Atmosphäre einer Kapitänskajüte. Der Geruch von kaltem Rauch hing im Raum. Durch eine verglaste Doppeltür und die großen Holzfenster sah er den Leuchtturm.

An der gegenüberliegenden Wand stand ein Studiertisch auf fragilen Beinen. Hinter ihm hingen zahllose Papiere an einem Board: wellig und schief, umhergewirbelten Blättern im Herbstwind nicht unähnlich.

Albert schlich sich ins Zimmer. Das Parkett knackte unter seinen Sneakers. Am Holzboard baumelten aufgespießte Fotos und Papiere, alle mit schwarzem Garn verbunden. Männer waren darauf zu sehen. Unrasiert, lächelnd, glatzköpfig oder mit sauber gezogenem Scheitel, blickten sie ihn von den vergilbten Fotos an. Daneben hingen Phantomzeichnungen und unscharfe Schwarz-Weiß-Bilder von Überwachungskameras. Handgeschriebene Aktennotizen reihten sich aneinander, verstreut und doch miteinander in Beziehung durch das Garn, das all die Personen, Hinweise und Spuren im Zickzack miteinander verband. Albert folgte dem Faden mit dem Zeigefinger. Auf einem Papier entdeckte er einen Stempel der *Brigade de recherche et d'intervention*.

Er befand sich in Remy Lenèves Arbeitszimmer.

Auf einem schweren Holzstuhl mit Lederbezug entdeckte Albert eine Tageszeitung. *Ouest-France* stand in großen Lettern in der Kopfzeile, der Name des Blattes. Das Papier zerfiel an den Ecken. Eine dreizehn Jahre alte historische Kuriosität, die Albert eher in einem Antikshop vermutet hätte. Auf dem Tisch lagen ein bis zum Rand gefüllter Aschenbecher und zwei eingestaubte Packungen Gauloises. Er nahm eine Schachtel und schüttelte sie. Sie war noch voll. Wenigstens hatte er nun eine Erklärung für Christines Nikotinsucht gefunden. Sie hatte nicht nur das kriminalistische Talent und das Auto ihres Vaters übernommen, sondern auch seine Laster.

Der Raum vermittelte den Eindruck, als sei sein Bewohner nur kurz aufgestanden, um frische Luft zu schnappen. Albert sollte nicht hier sein, es fühlte sich irgendwie falsch an. Er wandte sich der Tür zu.

»Du hast *sein* Zimmer gefunden.« Christine stand am Eingang mit einer Karaffe aus Ton in den Händen.

»Hätte ich nicht reingehen sollen?«

»Doch. Natürlich.« Sie stellte die Karaffe aufs Parkett. Wie die Figur auf einem überdimensionierten Schachbrett prangte sie dort. Wasser schwappte über den Rand und hinterließ feine Perlen auf dem Boden. »Du stehst genauso vor dem Board wie ich, als ich noch ein Kind war.« Mit der Schuhspitze verwischte Christine die feuchten Spuren und holte tief Luft. »Ungewohnt. Gefällt mir aber ganz gut.«

»Ich hätte dich eher mit einem schicken Badeanzug da unten am Strand vermutet. Mit anderen Kindern.«

Sie ging langsam durchs Zimmer und winkte ab. »Langweilig. Aber dieser Raum, der hat mich immer angezogen. Meistens bin ich hier heimlich reingeschlichen, weil ich wissen wollte, welche neuen Gesichter mein Vater an das Holzboard gehängt hatte.«

»Schöner Zeitvertreib.«

»Spannend, nicht schön.« Christine trat neben ihn. »Der wirkliche Horror zeigt sich immer in der Normalität.« Sie tippte auf das Foto eines Mannes mit blondem, halblangem Haar. »Der hier könnte ein netter Kunstlehrer sein, und der hier …«, sie fuhr mit dem Finger über einen Typen mit Schlips und gewinnendem Lächeln. »… ein harmloser Beamter, der einen unglaublichen Spaß an seinem Job hat.« Ein harter Zug legte sich um ihre Mundwinkel, ihre vollen Lippen verformten sich zu Strichen. »Beide sind brutale Mörder.«

In der Mitte der Wand hing das Foto eines dicklichen Kerls im Leinenanzug, Anfang fünfzig, mit einem herzlichen und offenen Blick. Er war kahlköpfig, nur an seiner Stirn klebte verloren eine schwarze Haarsträhne, die er gleichmäßig in dünnen Linien über seinen Schädel verteilt hatte.

Christine riss das Foto von der Nadel und hielt es in ihrer ausgestreckten Hand. »Alles Mörder. Genau wie der hier.« Sie blickte Albert direkt in die Augen.

Niemals hätte er geglaubt, dass Christine auch nur ein Detail im Arbeitszimmer ihres Vaters verändern würde. Er wusste sofort, wer der Mann war und was er getan hatte, noch bevor Christine das Foto zerknüllte und auf den Boden fallen ließ.

»Jahrelang habe ich beobachtet, wie mein Vater die Mörder an sein Holzboard gepinnt hat – die reinste Galerie. Aber immer nur die Täter.« Sie öffnete die verglaste Kassettentür an der Südseite des Zimmers und strich über den Rahmen. »Und niemals die Bilder der Opfer.«

Draußen schlugen Wellen gegen die Felsen. Die Glühbirne im Zimmer knisterte.

»Ich muss dir was sagen, Albert. Etwas über mich.«

42. KAPITEL

»Hey, nun rede doch mal mit mir. Wo fahren wir denn hin?« Küster verkrallte sich mit beiden Händen an der Armatur, als Dom den Wagen in eine scharfe Rechtskurve zog.

»Wir sind gleich da.«

Die Tachonadel zitterte knapp unter siebzig Stundenkilometer. Der BMW schlidderte durch den Schnee und drohte immer wieder auszubrechen, bevor ihn Dom zurück in die Spur brachte. Er konnte ein Pochen in seinem Hals spüren. Auch die Kopfschmerzen waren zurückgekehrt. Er unterdrückte den Hustenreiz und konzentrierte sich auf die Straße, ließ sich nicht von seinem Verdacht überrumpeln. *Kontrollier dich, denk jetzt nicht nach.*

»Also, Tobi, echt mal. Du tust ja so, als ob die Welt untergeht.«

»Das wird sie auch. Gleich.«

Küster wollte etwas sagen. Stattdessen griff er in seine Jackentasche und schob sich eine kandierte Mandel in den Mund.

An der nächsten Kreuzung schlug Dom das Lenkrad nach links ein. Der Motor heulte unter dem Druck des Gaspedals auf. In dem Haus am Ende der Straße brannten die Lichter. »Wir sind gleich da.«

»Was ist *da*? Ich sehe nur diesen komischen Kasten da hinten.«

»Ganz genau.«

Küster zerknackte seine Mandel und zuckte mit den Schultern.

Schatten huschten hinter den Fenstern des Hauses. Eine Tür am Eingang klappte zu. Im Garten davor stand eine kleine Gruppe Menschen. Zigaretten glühten auf.

Dom gab Gas, achtzig Meter später trat er aufs mittlere Pedal. Die Bremsen griffen, doch das Auto rutschte auf einen Poller nahe der Einfahrt zu. Eine Kontrolllampe leuchtete. Das ABS-System ratterte. Er rechnete mit dem Geräusch berstenden Blechs. Doch es blieb aus. Der Wagen stand still.

Dom legte die Stirn aufs Lenkrad. »Fast hätten wir das Dreckspiel verloren.« Er richtete sich auf. »Und wir haben es nicht mal gemerkt.«

Dicke Schneeflocken fielen auf die Windschutzscheibe. Das Weiß nahm ihm die Sicht, vernebelte seinen Blick. Er klickte einen Schalter, und die Wischblätter fegten den Schnee fort. »Jetzt wird abgerechnet.«

43. KAPITEL

»Du wolltest dir mal das Leben nehmen?«

»Nicht einmal, Albert. Zweimal.«

»Aber an deinen Pulsadern sind keine ...«

»Mit Tabletten. Ich mag keine Sauereien.«

»Ist sicher lange her.«

»Anderthalb Jahre, bevor wir uns das erste Mal begegnet sind.«

»Erst? Christine, aber das heißt ja ...«

»Dass es im Leben keine Sicherheiten gibt. Es heißt, dass in jeder Sekunde alles möglich ist. Und es heißt ...« Sie erschrak über den Klang ihrer Stimme, so rau, wie mit Sand abgestrahlt. »... dass jeder Mensch immer auch eine verborgene Seite hat.«

Sie saßen auf den Stufen vor dem Arbeitszimmer ihres Vaters.

Eine Kerze flackerte auf der gusseisernen Bank am Brunnen. Eine Windböe ließ sie hin und her tanzen, zerrte an ihr, doch das Licht verlosch nicht, als würde in ihm ein widerspenstiger Geist hausen.

»Der Tod deines Vaters. Der Mord. Darum geht es immer noch.«

Albert legte ihr einen Arm um die Schultern. Er strahlte Wärme aus, doch hielt er sie so fest, als wollte er eine Antwort erzwingen.

Natürlich lag er richtig, so gut kannte er sie inzwischen. »Meine Mutter ist bei meiner Geburt gestorben. Ich hatte nur meinen Vater – bis kurz vor meinem achtzehnten Geburtstag, als der Mörder zuschlug.« Christine warf ein kleines Steinchen auf die Terrasse. Der Kiesel schlug gegen einen Pflanzenkübel und trudelte über den Boden. »Ich war leer danach. Völlig ziellos. Ich hab dann mit dem Journalismus angefangen. Der war irgendwie mein eigenes Rechtssystem: Mörder, Korruption, Intrigen – mit jeder Story ging's mir ein bisschen besser.« Es stimmte. Für die Jagd nach Fakten brauchte sie keine Gefühle. »Richtig gut ging's mir sogar.«

Sie fuhr mit der Fingerspitze über den Boden und verrieb die schwarzen Krümel auf ihrer Haut. »Je gefährlicher die Geschichte, desto besser. Das hat mich abgelenkt, hat mir einen Sinn gegeben. Aber eigentlich ...«

»Du wolltest deinen Tod provozieren. Darum ging es.« Albert sprach leise, doch seiner Schlussfolgerung nahm das nichts vom Gewicht der Wahrheit.

Ein paar Motten surrten um den brennenden Docht der Kerze. Es knisterte, als ihre Flügel verbrannten.

Christine nickte. Der Arzt in Berlin nach ihrem ersten Selbstmordversuch: sein weißer Kittel, der an den Schultern immer ein wenig zu eng saß, und seine feingliedrigen Finger, mit denen er durch die Luft fuhr, um seinen Warnungen Nachdruck zu verleihen. *Wenn Sie keine Hoffnung haben, tun Sie zu wenig dafür.* Er war ein guter Doktor gewesen, und sie eine junge, magersüchtige Frau mit einem brutalen Hang zur Selbstschädigung.

In Bulgarien hatten Zuhälter sie zusammengeschlagen. In Nigeria war sie nur knapp dem Kugelhagel während eines Angriffs der Regierungstruppen entkommen. Mörder hatten sie mit ihrem Tod bedroht – doch sie machte weiter, immer weiter. Sie brauchte den körperlichen Schmerz bei jedem Einsatz, sie sehnte ihn herbei, weil sie sich nur dann lebendig fühlte und die Leere in sich vergaß.

Um sie herum führten Menschen Beziehungen. Selbst Journalisten im Dauerstress zogen Kinder auf und gründeten Familien, während sie ihren Koffer wieder einmal gepackt hatte und unterwegs zum nächsten Krisenherd war. Sex statt Liebe – das funktionierte für sie eine Weile ganz gut. Jedes Wochenende schlief sie mit einem anderen Typen, niemals mit Kollegen – immer nur mit

Fremden, die sie in Bars aufgegabelt hatte. Mit keinem von ihnen war sie gemeinsam aufgewacht. Zu viel Nähe bekam ihr nicht. Aber das musste Albert nicht wissen.

Nur der Arzt im weißen Kittel war nicht auf ihre Verpackung hereingefallen. Seine hellblauen Augen blickten durch sie hindurch, doch helfen konnte auch er nicht: Sie war eine Frau, die auf der Grenze ging. Ihre innere Anspannung und ihre Wut ließen sich durch Gefahr abbauen. Nur der Job half ihr. Je riskanter, desto besser. Ihre Medizin war längst zur Sucht verkommen, bis ihr Albert begegnet war.

»Es stimmt, oder? Du wolltest bei deinen Aufträgen draufgehen.«

»Kann ich nicht ausschließen.«

»Jetzt auch? Beim Kratzer?«

Eine Maus huschte hinter einem alten Wagenrad hervor, das an der Mauer lehnte. Sie verschwand hinter den vertrockneten Zweigen eines Weinstocks.

Christine schüttelte den Kopf. Fast musste sie lächeln. »Da ist es mir nur um Emma gegangen. Wenn der Kratzer Dom erwischt hätte, wäre Emma ohne Vater aufgewachsen. Ich wollte nicht, dass noch ein Mädchen so wird wie ich.« Sie schleuderte die Reste schwarzer Erde von ihrer Hand. »Keinem Kind sollte so was passieren.«

Albert strich über ihren Nacken. »Muss ich mir Sorgen um dich machen? Auch jetzt noch? Sei ehrlich, bitte.« Sein linkes Knie wippte auf und ab. »Ich verkrafte die Antwort, sag schon.«

Am liebsten wäre Christine durch einen Sprung ins Meer geflohen. Sie wollte unter der Wasseroberfläche abtauchen, sich verbergen, mit einem Rauschen in den Ohren und weit entfernt von der Welt über ihr. Doch je mehr Lüge, desto mehr Schwäche. Sie aber war stark, und Albert verdiente die Wahrheit.

»Ich hab das im Griff. Aber da ist etwas in mir, das manchmal rauswill. Mir fehlt dann der Sinn in allem. Und dann stelle ich mir vor, wie schön es wäre, einfach aufzugeben. Für immer.«

Albert verzog den Mund. Wahrscheinlich hatte er mit einem klaren *Nein* gerechnet. Oder zumindest darauf gehofft. Als ob ihre Beziehung jedes Problem der alten Christine wie mit Löschpapier getilgt hätte, einfach so.

»Weißt du, Albert, ich habe oft das Gefühl, dass ich dich nicht verdient habe, und …«

»Hast du.«

»Aber ich bin …«

»Ich weiß, wer du bist.«

»Vielleicht verstehst du mich nicht richtig, weil …«

»Tu ich aber.« Er strich ihr übers Kinn, ganz sanft. Christine legte ihr Gesicht in seine Hand. »Tu ich«, flüsterte er.

Hinter ihnen zerrte im Arbeitszimmer der Wind an den Fotos am Holzboard. Die Papiere raschelten.

Sie wandte sich Albert zu und sog die Wärme seiner Lippen auf. »Albert …«

Er streichelte ihre Hand. »Du erinnerst mich irgendwie an diese Bergsteiger, die rauf auf den Everest wollen. Mit aller Gewalt und ohne Rücksicht auf Verluste. Immer weiter hinauf. Das sind Danger-Junkies.«

»Kann schon sein. Dann heiratest du eine Abhängige, wie's aussieht.« Sie sah sich mit einer Atemmaske durch eisige Gletscherlandschaften laufen, in der Hand einen Eispickel, auf dem Rücken den überlebensnotwendigen Rucksack, der nur eine Attrappe war.

Albert strich eine Haarsträhne aus ihrem Gesicht. »Ich möchte nur nicht, dass du Rainbow Valley kennenlernst.« In seinem Lächeln verbarg sich unausgesprochenes Wissen.

»Das Regenbogental? Klingt doch gar nicht so schlecht.«

»Du willst die Geschichte nicht hören.«

»Ich liebe Geschichten.«

»Die aber nicht.«

»Probier's doch aus.«

»Später.« Er presste seine Stirn an ihre. »Irgendwie bist du 'n echtes Mängelexemplar. Krieg ich bei der Heirat wenigstens einen ordentlichen Rabatt?«

»So viel du willst.« Sie setzte sich auf seinen Schoß und küsste sein Ohr. »Und nicht nur das. Du bekommst alles, was du willst.«

»Wirklich alles?«

»Alles, alles, alles – das ganze Paket. Aber vor allem meine miesen Seiten. Die kannst du nicht einfach aus dem Pauschalangebot rausschmeißen. Sorry.«

Er lächelte, und die Grübchen, die sie so liebte, spielten um seine Mundwinkel. »Deal.« Seine Lippen legten sich auf ihren Mund. Er küsste sie.

Christine fuhr durch sein lockiges Haar, ertastete die weichen Wellen unter ihren Fingerspitzen. Sie ließ sich in den Moment der Stille fallen. Alles war gut.

Über Alberts Schulter blickte sie ins Arbeitszimmer ihres Vaters. Wie leer es wirkte. Als Kind hatte sie ihn so oft durch die Scheiben vom Garten aus beobachtet. Sein ernstes Gesicht, wenn er über seinen Mördergalerien brütete und der Qualm seiner Zigaretten wie schwere Gewitterwolken über seinem Kopf schwebten – das alles war so lange her.

Sie wand sich aus Alberts Umarmung und erhob sich. »Ich muss da drinnen aufräumen.«

»Jetzt?«

»Ich möchte die Fotos vom Board nehmen. Die Mörder haben keinen Platz mehr in meinem … in unserem Leben.«

Das alte Rad des Bauernwagens knackte an der Hauswand.

Christine hatte das hölzerne Monstrum als Kind am Fuße des Hügels gefunden. Seit über zwanzig Jahren stand es schon an derselben Stelle. Der Regen ließ das Holz aufquellen, Spinnen bauten ihre Netze darin. Einmal hatten sogar Vögel zwischen den Speichen genistet. Christine zog das Rad von der Wand. Das Holz gab mit einem Knirschen nach. Mit beiden Händen stieß sie das Rad über die Terrasse, es rollte über den Natursteinboden, verschwand zwischen den Sträuchern und polterte den Hügel hinab.

»Davon habe ich in Berlin immer geträumt, dass ich das alte Ding einfach den Hang runterrollen lasse. Und jetzt ist es endlich passiert.«

»Allmachtsfantasien.« Albert erhob sich und grinste.

»Das war erst der Anfang.« Christine klatschte in die Hände. »Jetzt geht's da drinnen weiter.«

Albert zog sein Handy aus der Tasche. Das Display flimmerte auf. »Noch immer kein Empfang. Ich möchte zu gerne wissen, ob mit meinem Artikel über Helsinki alles in Ordnung ist. Ich muss mich wenigstens mal in der Redaktion melden.« Er schwenkte das Smartphone hin und her. »So was nervt.«

»Nimm doch das Auto und fahr runter. Kannst uns ja eine Flasche Wein mitbringen. Zum Feiern.«

Albert salutierte mit einer zackigen Bewegung. »Jawohl. Wein. Wird erledigt, strenge Herrin.«

Christine legte die Arme um seine Hüfte und gab ihm einen Kuss. Sie würde hier ordentlich aufräumen, solange Albert fort war. »Lass dir Zeit.«

Er ging ins Haus. Die Autoschlüssel klapperten, als er sie von der Küheninsel nahm. Die Tür fiel zu.

Christine strich über die Lamellen des verwitterten Fensterladens. An ihren Fingern blieb abgeblätterte braune Farbe haften. Sie betrat das Arbeitszimmer und stellte sich vor das hölzerne Board an der Wand. Im Uhrzeigersinn zog sie Nadel für Nadel aus dem Kork, in derselben Richtung, wie sie ihr Vater ursprünglich befestigt hatte.

Bald war das Board vor ihr nur noch eine sandgelbe, nackte Fläche. Sie nahm sich den Packen Papier, um ins Wohnzimmer zu gehen. Dabei stieß sie mit der Schuhspitze gegen das zerknüllte Foto, das auf dem Parkett lag. Sie hob die Papierkugel auf und steckte sie in ihre Hosentasche.

Mit großer Vorsicht ging Christine über das Intarsienparkett, wobei sie nur die dunklen Flächen im Schachbrettmuster berührte. Hell war Wasser, dunkel war Erde – niemals würde sie mit den Ritualen ihrer Kindheit brechen. Leise zog sie die Tür des Arbeitszimmers hinter sich zu.

Draußen tanzten die Flammen im Kamin. Christine ging in die Hocke und legte ein Holzscheit nach. Hitze fuhr über ihre Stirn. Sie wog den Papierstapel in ihrer Hand. Wie leicht er war.

Mit einer schnellen Bewegung warf sie die Papiere ihres Vaters in die Flammen. Das Feuer loderte auf. Ein rauchiger Geruch drang in ihre Nase. Sie zog das zerknüllte Foto aus ihrer Hosentasche und strich es glatt.

Das Gesicht auf dem Bild lag in einer Faltenlandschaft vor ihr. Das Doppelkinn des Mannes schob sich über seinen Hemdkragen. Sein strähniges dünnes Haar hing ihm wie ein löchriger Teppich über den Kopf. Seine Augen waren durch das zerknitterte Papier verzerrt, doch in ihnen war noch immer der Ausdruck eines zufriedenen Menschen erkennbar, der andere mit seiner Fröhlichkeit anstecken konnte.

Drei Wochen. Nur drei Wochen hatte sie gebraucht, um den Mörder ihres Vaters zu stellen, ihn mit den unwiderlegbaren Beweisen seiner Tat zu konfrontieren. Sie war ganz allein gewesen. Nur sie gegen eine Bestie, die sich als treusorgender Familienvater getarnt hatte. Zwei Tage später war er tot. Er hatte sein Leben mit einem 9-mm-Projektil ausgepustet. Sie hatte ihn dazu gebracht. Sein Tod lag in ihrer Verantwortung, und nicht eine Sekunde lang hatte sie Zweifel an ihrem Handeln empfunden. Bis heute nicht.

Sie war nicht nur die Tochter ihres Vaters, sie war auch die lebende Erinnerung an seinen Mörder.

Christine ließ das Foto in die Flammen fallen. Die Ecken hoben sich und rollten sich zusammen. Das Feuer fraß sich durch die Augen des Mannes, durch seine Lippen, sein Haar. Asche rieselte über die Holzscheite, wurde aufgewirbelt und verlor sich im Kamin.

»Du bist sowieso nur noch ein Schatten«, flüsterte Christine und wandte sich von dem knisternden Feuer ab.

44. KAPITEL

Die frische Meeresluft fuhr Albert ins Gesicht, der Geruch von Salz brannte in seiner Nase. Der Lichtkegel des Leuchtturms drehte seine Runden. Unter ihm breitete sich Cancale aus mit seinen Häusern und der steinernen Hafenmauer, die sich wie ein Schutzwall vor dem Ort erstreckte.

Albert klimperte mit den Autoschlüsseln und ließ sie um den kleinen metallenen Ring rotieren. Das monotone Klirren half ihm beim Nachdenken.

Er war ein verschrobener Mensch, der hartnäckig an seinen Gewohnheiten hing. Grundsätzlich putzte er sich die Zähne, bevor er telefonierte. Er hörte gerne Musik, die für Männer komponiert war, die sich an Geschwindigkeitsbeschränkungen hielten. Seine Klamotten sortierte er ausnahmslos nach Farben, und oft kaufte er sich das gleiche Hemd dreimal – nur so, zur Sicherheit. Immer hatte Albert versucht, seine Macken vor Christine zu verbergen, bis er endlich begriff, dass sie ihn so normal gar nicht wollte. Er musste sich in ihrer Nähe nicht verstellen. Er durfte der sein, der er wirklich war. Einfach nur Albert.

Und nun stand er hier, auf einem Hügel in Frankreich, mitten in einem aufregenden Leben mit einer Frau, die ihn vorbehaltlos liebte.

Einmal, als sie sich gerade ein paar Tage kannten, hatte ihm Christine von einem ihrer lebensbedrohlichen Einsätze in Ruanda erzählt. Er war entsetzt gewesen über ihr Draufgängertum und hatte wissen wollen, was da eigentlich in ihrem Kopf vor sich ging.

Keine Ahnung, ich wohne dort nicht mehr, Albert. An ihren leeren Blick erinnerte er sich noch heute. Doch der eigentliche Sinn ihrer Worte hatte sich ihm eben erst erschlossen.

Christines Schatten huschte durchs Haus. Mit lautem Poltern zog sie ein Fenster in der Küche zu.

Glocken läuteten unten im Dorf. Der Kirchturm trug die dumpfen Dur- und Mollakkorde zu Albert herüber. »Wird Zeit«, flüsterte er und ging hinüber zum Citroën. Noch einmal blickte er in den Himmel. Der Wind hatte die Wolken vertrieben. Das Meer schillerte im Schein des Leuchtturms.

Er öffnete die Tür und ließ sich in den Ledersitz des Wagens fallen. Der Schlüssel rastete im Schloss ein. Albert gab Gas, der Motor brummte auf.

Steinchen polterten im Radkasten, der Wagen schaukelte den unebenen Hügel hinab. Es knackte am Unterboden. Zweige brachen. Die Achse knirschte. Immer wieder blitzten die Korkeichen im Scheinwerferlicht auf. Wie verkrüppelte Wächter des Anwesens wiesen sie ihm den Weg nach unten. Er passierte die Zufahrt mit ihren beiden Pfeilern aus Stein und bog nach links in Richtung Hafen ab.

Albert kurbelte das Seitenfenster herunter. Der Wind fuhr ihm durchs Haar. Er fühlte sich frei und stellte sich vor, wie oft wohl Christine mit ihrem Vater diesen Weg gefahren war.

Die Tachonadel am Armaturenbrett zitterte vor seinen Augen auf und ab, als würde sie für ihn tanzen. Da kam ihm im Licht der Scheinwerfer eine Gestalt entgegen. Sie ging direkt am Rand der Fahrbahn, vielleicht dreißig Meter von ihm entfernt. Albert zog den Wagen vorsichtig nach links und verringerte das Tempo. Seltsam, dass in der stillen Dunkelheit des Hügels ein Mensch spazieren ging. Der rechte Scheinwerfer streifte eine Lederjacke, eine Jeans blitzte im Licht auf und eine tief ins Gesicht gezogene Kappe – es war offenbar ein Mann. Er blieb mit einem Mal stehen, riss einen Arm hoch und deutete auf das Vorderrad des Citroën.

Keine blinkenden Lampen an der Armatur, nichts Auffälliges. Trotzdem trat Albert auf die Bremse. Sand knirschte unter den

Reifen. Irgendetwas musste der Mann außen am Auto gesehen haben. Vielleicht hatte einer der Reifen etwas abbekommen, als er über die Zweige gefahren war. Albert nahm den Gang aus dem Getriebe und hielt an. Der Mann kam näher, nickte ihm zu und fuchtelte mit der Hand. Dabei deutete er immer wieder auf das Vorderrad.

»Na, toll. Super.« Eine Reifenpanne in der Dunkelheit war das Allerletzte, worauf er jetzt Lust hatte. Und das auch noch ausgerechnet mit Christines widerspenstigem Auto. Er ließ die Handbremse einrasten, damit ihm die alte Kiste nicht auch noch den Hang hinunterrollte. Dann stieg er aus, trat ins Scheinwerferlicht und ging vor dem Vorderreifen in die Hocke. Das Rad machte einen intakten Eindruck, aber in diesem schummrigen Licht gab es keine absolute Sicherheit. Er legte seine Hände auf den Reifen und rüttelte an ihm. Der Luftdruck schien in Ordnung zu sein. Hoffentlich war es kein Achsenschaden.

Albert zuckte mit den Schultern. »It's an old car«, rief er dem Fremden zu, der auf ihn zukam. Sein rudimentäres Französisch wollte er lieber nicht an den Dorfbewohnern ausprobieren. Er hielt sich am Radlauf fest und wollte sich gerade aufrichten, da nahm er aus den Augenwinkeln eine schnelle Bewegung wahr. Albert wandte sich rasch um. Der Lauf einer Waffe wurde auf ihn gerichtet.

Ein dumpfes Krachen durchschlug die Luft. Ein Knall, einmal, dann noch einmal, und noch einmal. Schläge in Alberts Brust, sie reißen ihn von den Beinen. Weiße Blitze zucken, er fällt, stürzt, will sich aufrichten. Hoch, hoch. Erde unter seinen Händen, an seinen Lippen. Schritte ganz nah, noch näher. Gleißendes Licht über ihm, das Gesicht unter der Kappe, hell, so hell. Wird dunkel. Ist nur noch schwarz.

»Das weiß ich doch, mein Junge«, flüstert eine Stimme. »Das weiß ich doch.«

45. KAPITEL

»Wo, bitte, kann ich Frau Dr. Herzog erreichen?« Dom legte beide Hände auf die glatt polierte Oberfläche des Empfangstisches. »Wo ist sie?« Er hielt seine Stimme flach und bemühte sich um ein möglichst entspanntes Auftreten, doch seine Kiefer lagen schwer wie Blei aufeinander.

Ärzte in weißen Kitteln huschten durch die Psychiatrie. Ein Geschirrwagen klapperte. Hinter ihm klopfte Küster Schnee von seinen Schuhen.

Die grauhaarige Empfangsdame linste über den Rand ihrer Brille. Stanniolpapier knisterte, als sie sich ein Stück ihrer Diätschokolade abbrach. »Sie sind ...?«

»Kriminalkommissar Tobias Dom.« Er durchwühlte seine rechte Manteltasche nach dem Dienstausweis. »Ich war neulich schon einmal hier. Wenn Sie sich erinnern.« Unter seinen Fingern erspürte er die ovale Form aus Messing und die eingeprägten Buchstaben, die in zwei Reihen das Wort *Kriminalpolizei* bildeten.

In der Mimik der Empfangsdame fehlte jede Regung, die auf ein Wiedererkennen schließen ließ. »Frau Herzog ist nicht im Haus. Schon seit Tagen nicht.« Zwischen jedem zweiten Wort ließ sie eine Pause verstreichen.

Sie erinnerte ihn an Jasmins Mutter. Selbst heute noch begegnete sie Dom mit der autoritären Attitüde einer Lehrerin, die einem Siebenjährigen in kurzer Hose die Welt erklären will. »Wo ist Frau Herzog jetzt?«

»Das darf ich Ihnen nicht ...«

»Wo ... ist ... sie?« Er legte seine Dienstmarke auf den Tisch, die Kette daran klirrte.

»Sie können doch hier nicht einfach reinplatzen und ...«

»Nein? Kann ich nicht? Warum passiert es dann gerade?« Höflichkeit mochte das Öl im alltäglichen Umgang mit Menschen sein, die jede Reibung vermeiden wollten. Dom streute stattdessen einen Sack Sand ins Getriebe der Etikette. Er hatte genug von überholten Gesellschaftsspielen.

Küster trat neben ihn und knallte seine Marke ebenfalls auf den Tisch. Er stützte beide Arme auf die Platte, beugte seinen Kopf weit vor und stieß hörbar die Luft aus. Wie durch ein mittelgroßes Wunder beschlug nicht sofort die gesamte Tischoberfläche.

»Wir wollen mit Ihrem Vorgesetzten sprechen. Und zwar sofort.« Dom blickte sich mit gespielter Verzweiflung um. »Irgendjemand wird ja wohl hier sein, oder? Holen Sie mir einen Verantwortlichen.«

Mit beiden Händen schob sich die Empfangsdame ihre Brille über die Nase, als würde sie sich an einem Geländer festhalten.

»Auf der Stelle. Habe ich mich deutlich genug ausgedrückt?« Diesmal sprach Dom die Worte bewusst leise.

Das schnelle Nicken der Frau war vor dem Hintergrund ihrer schleppenden Langsamkeit schlichtweg revolutionär.

Sie reckte einen Arm in die Höhe. »Herr Dr. Matuschek?«

Ein Arzt mit wehendem Kittel huschte im Gang entlang, vorbei an bunten Gemälden und Grünpflanzen. Als er seinen Namen hörte, änderte er die Laufrichtung. »Was denn?« Er wedelte mit seinem Klemmbrett. »Ich hab grad wenig Zeit. Muss in die 5.17.«

Seine Clogs quietschten auf dem Parkett, als er sich Dom näherte. Die weißen Sportsocken zeigten an den Hacken Spuren von Abnutzung, nackte Haut glänzte durch die Stofffäden. Am rechten Ärmel seines Kittels befand sich ein Muster aus Kugelschreiberflecken. Der blonde Schnauzer des Mannes erinnerte Dom an einen ausgefransten Läufer. »Was gibt es denn?« Mit der Hand fuhr er sich über seinen Mittelscheitel.

»Polizei«, raunte ihm die Empfangsdame zu und deutete auf Dom und Küster.

Die Brauen des Arztes senkten sich. »Matuschek.«

»Tobias Dom.« Er ließ seine Dienstmarke an der Kette baumeln.

»Kriminalhauptmeister Küster.« In seiner Stimme lag die Schärfe und Selbstsicherheit eines Mannes, der das Image eines übellaunigen Bullen wie ein Schild vor sich hertrug. Doch diesmal war Dom dankbar, dass Küster an seiner Seite stand.

Dom legte eine Hand auf Matuscheks Oberarm und schob den Arzt zur Seite, fort vom Empfangstresen. »Frau Dr. Herzog ist nicht hier. Wo ist sie?«

»Sie hat sich vor ein paar Tagen krankgemeldet. Grippe.« Sein Schnauzer hob sich. »Ist doch nichts Besonderes bei diesem eiskalten Wetter.«

»Habe ich auch nicht behauptet«, sagte er. »Können wir uns kurz unterhalten? In einem geschlossenen Raum?«

»Natürlich.« Matuschek führte sie durch den Seitentrakt des Gebäudes. Eine Gruppe Männer mit blauen und roten Yogamatten kam ihnen entgegen. Fenster klapperten im Gang.

Dr. Florian Matuschek, Stellvertretende Klinikleitung prangte in dünner Schrift an einem Büro. Sie betraten das Zimmer. Dom zog die Tür hinter sich zu.

»Also?« Matuschek legte die Fingerspitzen aneinander. Er lehnte sich an die Kante seines Schreibtisches. Aufgerissene Lakritztüten, ein am oberen Ende zerkauter Bleistift, Zigaretten, ein Kartenspiel, dunkelbraune Bananenschalen, ein Computer mit verkrümelter Tastatur und drei angeschlagene Aschenbecher mit Kippen ließen die Arbeitsplatte im Chaos versinken. Staub lag auf medizinischen Büchern, die ohne System rund um den Tisch gestapelt waren.

Niemals zuvor hatte Dom einen besseren Beweis für den *Bro-*

ken-Windows-Effekt erlebt: Ein wenig Müll reichte aus, und bald versank auch der Rest des Umfelds im Dreck. Doch der Geist, der sich hier verbarg, besaß vielleicht genau die Flexibilität, die er benötigte.

»Ich möchte mit einem Ihrer Patienten sprechen. Mit Viktor Lindfeld.«

»Aber das geht nicht so einfach. Ich kann Ihnen doch nicht ...« Matuschek fuhr sich durchs Haar. »Haben Sie einen richterlichen Erlass dafür?«

Nein, den hatte er nicht. Und er würde ihn heute auch nicht mehr bekommen. Vielleicht nicht einmal morgen. Bei psychisch Kranken ließen sich manche Richter ohnehin von ihrem längst erkalteten Mitgefühl leiten. Oft genug hatte er das schon erlebt. Doms Hände waren leer, und womöglich würden sie das auch bleiben.

Küster trat zwei Schritte vor. »Ihr Kasten hier ist löchrig wie'n Käse.« Sein Nacken versteifte sich. »Ich hab hier zwei Sicherheitsschleusen gesehen, die nicht aktiviert waren.«

»Was wollen Sie damit sagen?« Matuschek verschränkte die Arme. »Ich verstehe nicht ...«

»Wir können hier auch mal 'n Team vorbeischicken, das Ihre Sicherheitsvorkehrungen prüft. Ist das deutlich genug? Ich nehme den Bau mal ganz flott auseinander, Stück für Stück. Und ich wette, dass ich was Unschönes finde.« Er zeigte seine gelblich verfärbten Schneidezähne. »Hätte richtig Bock drauf.«

»Aber ... soll das jetzt eine Erpressung sein?«

Küsters Verhandlungsgeschick war auf dem dreckigen Asphalt der Berliner Straßen geboren worden. Druck und nochmals Druck, eine andere Technik hatte er nie erlernt. Sein Punkt war gemacht. Dom hoffte, dass das ausreiche.

»Stefan, schick bitte mal einen EWA mit zwei Beamten zu Frau Herzogs Wohnung.« Dom tippte auf seine Armbanduhr. »Es eilt.«

»Jetzt sofort?«

»Jetzt sofort. Draußen.«

Küster schnaufte, als er den Raum verließ. Seine unkultivierte Aggression reichte offenbar, um Matuschek nachhaltig zu verwirren.

Der Arzt schüttelte den Kopf. »Wollen Sie mir mal erklären, was hier eigentlich los ist?«

»Wir ermitteln in einer Mordserie. Eine entscheidende Spur führt in diese Klinik.«

»Zu Lindfeld?«

»Ich möchte mit ihm sprechen.«

Matuschek fuhr sich über den Nacken. »Ich muss ihn fragen. Wir können ihn nicht ohne Erlass zwingen, mit Ihnen zu reden. Niemand kann das.«

»Selbstverständlich. Er wird mit mir sprechen.«

»Warum sind Sie da so sicher?« Matuschek zuckte mit den Schultern.

»Ich weiß es. Glauben Sie mir einfach.« Vor den Fenstern tobte der nächste Schneesturm. Berlin versank im Weiß. Geschmolzene Flocken zogen ihre Bahnen über die Fenster. »Ich weiß es«, flüsterte Dom.

46. KAPITEL

Das Knacken nahm Christine nur beiläufig wahr – ein trockenes Brechen in weiter Entfernung, draußen vor der Terrasse. Sicher ein Ast, den der Wind vom Stamm eines Baumes abgeknickt hatte. Vielleicht war es auch nur der Weinstock, der verdorrt am Brunnen hing und sich gegen eine Böe wehrte. Doch vor den Fenstern gab es keine Regung in den Bäumen. Eine seltsame Asynchronität. Die Geräusche ihrer Kindheit hatten Christine nie verlassen, egal, welche Orte auf der Welt sie auch bereiste. Cancale blieb immer ein Windrauschen in ihrem Kopf.

Sie stellte zwei Bücher auf den Schreibtisch ihres Vaters. *Psychologische Stenogramme der Täter* stand in goldener Reliefschrift auf einem zerfledderten Band. Querschnitte durchs menschliche Gehirn waren in weißen und blauen Linien auf den Einband gedruckt. Sie strich über die Buchstaben und blies den Staub fort, die Partikel wirbelten auf.

Kieselsteine knirschten vor der Terrasse. Ein leises Schaben folgte. Christine blickte auf. Draußen war nichts zu sehen. Doch dieses Geräusch entstand nur, wenn Gewicht Druck auf die Steine ausübte.

Da war es noch einmal. Diesmal näher am Eingang. Links, es kam von links neben der Tür. Ein Tier wäre zu leicht für dieses Geräusch gewesen. Es musste ein Mensch sein, hier oben. Das war die einzig mögliche Antwort.

Christine durchforstete die Dunkelheit vor den Fenstern des Arbeitszimmers. Der Schein des Leuchtturms flimmerte auf und glitt über die leere Bank auf der Terrasse, die Ginstersträucher und verrosteten Harken.

Albert war erst vor zehn Minuten aufgebrochen. Wenn er schon zurück wäre, hätte sie den Motor des Wagens gehört. Wer immer sich dem Haus näherte, er setzte seine Schritte mit der Vorsicht eines Menschen auf, der unerkannt bleiben wollte.

Christine ging hinter dem Schreibtisch in die Hocke. Vielleicht war es nur ein neugieriger Dorfbewohner, der sich dem Haus näherte. Sicher war das elektrische Licht auch unten im Ort aufgefallen.

Ein Windstoß zerrte an den Flügeltüren des Zimmers, ließ sie klappern. Eine Spiegelung im Glas, in der rechten Scheibe. Christine erkannte einen hellen Punkt, oval. Da war eine Kappe, darunter ein Gesicht. Zwei schnelle Schritte. Ein Mündungsblitz in der Dunkelheit, ein gedämpfter Knall. Glas barst, Scherben rieselten auf den Boden. Noch ein Schuss.

Ein stechender Schmerz warf Christine nach hinten. Sie fiel gegen ein Regal, klammerte sich daran fest. Das Holz presste sich in ihren Rücken. Bücher polterten zu Boden, blieben mit aufgeschlagenen Seiten vor ihr liegen.

Christine rollte sich über das Parkett, verhakte sich mit dem Fuß im Kabel der Tischlampe, die neben ihr auf das Parkett schlug. Die Glühbirne flackerte einmal, und noch einmal, bevor sie mit einem Knistern erlosch.

Die Gestalt im Türrahmen ließ den Lauf der Waffe im Zimmer kreisen, bis sie ihr Ziel gefunden hatte. Ein mechanisches Klicken drang an Christines Ohren.

Da fiel der nächste Schuss.

47. KAPITEL

»Das passt mir jetzt eigentlich überhaupt nicht. Sie sehen ja, dass ich beschäftigt bin.« Viktor Lindfeld legte seinen in Leder eingeschlagenen Notizblock zur Seite und deutete mit seinem Waterman-Kugelschreiber auf Dom. »Aber selbstverständlich mache ich für Sie eine Ausnahme. Sehr gerne sogar.«

Er saß in einem weißen T-Shirt und der dazu passenden Hose in seinem Sessel und balancierte seinen Kugelschreiber wie einen Taktstock. Für einen Patienten der Anstalt fehlte ihm jegliche Demut. »Und Sie haben ja sogar den Arzt Ihres Vertrauens an Ihrer Seite. Schön, schön«, sagte er.

Dom blickte über seine Schulter. Dr. Matuschek lehnte mit verschränkten Armen an der Tür. Sein unterdrücktes Seufzen war deutlich hörbar.

»Oder doch nicht so schön?« Lindfeld tippte mit seinem Kugelschreiber auf die Armlehne. »Egal. Ich bin ja hier und aufnahmebereit.« Niemals würde Lindfeld den Habitus des Psychoanalytikers ablegen. Er musterte Dom wie einen Boxer, der den Ring unvorbereitet betreten hatte.

Braune Vorhänge aus Seide flatterten vor gekippten Fenstern.

Ein gebeizter Dielenschrank mit Fräsungen stand in einer Ecke. An der Wand hing ein Flachbildschirm, daneben befand sich ein Regal mit Dutzenden Büchern, an deren Seiten Zettelchen klebten. Weiße Laken zogen sich über ein Bett aus Buchenholz. Das Zimmer erinnerte an ein Sanatorium für Wohlbetuchte, und sein Insasse rundete dieses Bild aufs Vortrefflichste ab.

Dom trat näher an den Sessel heran. »Ganz sicher wollen Sie mit mir keine Spielchen treiben.« Drei Meter lagen zwischen ihnen. »Sie wissen, warum ich hier bin.«

»Keine Spiele?« Lindfeld hob beide Augenbrauen in einer übertriebenen Geste, als probierte er sie gerade zum ersten Mal aus. »Wie schade. Aber was bleibt uns dann sonst noch in diesem Leben? Sagen Sie es mir, Herr Dom.« Mit einer federnden Bewegung erhob er sich aus seinem Sessel und setzte einen Fuß vor den anderen, so langsam wie ein Mann, der über ein Drahtseil balanciert. In einem Abstand von einem Meter blieb er vor Dom stehen. »Ein Handy leistet heute mehr als ein Großrechner zur Zeit der Mondlandung. Aber wir, wir haben uns nicht weiterentwickelt. Wir sind immer die Gleichen geblieben. Wir hetzen dem Geld nach, immer nur bemüht, die Systeme am Laufen zu halten. Wir ziehen Kinder auf, wie wir es schon vor Tausenden Jahren gemacht haben.« Mit den Fingern klopfte er den Bund seiner Hose ab. »Dabei sollten wir endlich unsere Rituale hinterfragen. Und bietet uns ein Spiel nicht die besten Möglichkeiten, alle bestehenden Grenzen auszutesten und uns weiterzuentwickeln?«

Lag da ein Lächeln um seine Mundwinkel, oder war es nur ein Schatten, den das schummrige Licht einer Stehlampe warf? Dom konnte sich nicht entscheiden. Am liebsten hätte er seine Fäuste in Lindfelds Magengrube versenkt.

»Nun bleiben Sie doch gelassen. Ich sehe doch Ihre angespannte Halsschlagader. Es war ja nur eine theoretische Frage, nicht mehr.« Lindfeld ging zu einem Handwaschbecken und betrachtete sich in dem darüber hängenden Spiegel. »Nur eine Theorie. Nicht wahr?«

Dom wandte den Kopf zur Seite, ohne Lindfeld aus den Augen zu lassen. »Herr Matuschek, dürfte ich mich einen Moment alleine mit Ihrem Patienten unterhalten?«

Matuschek fuhr zusammen. Aber Lindfeld würde sich nicht vor einem Zeugen entblößen. Dafür war er zu smart. Er hatte ihn zu einem Spiel herausgefordert, und Dom musste sich nun aus der Ecke des Rings bewegen und die Fäuste zum Angriff heben.

Matuscheks Blick wanderte von Dom zu Lindfeld. »Aber ...«

»Bitte, bitte ... erfüllen wir dem Kommissar doch seinen Wunsch.« Lindfeld wusch seine Hände und verrieb ein weißes Stück Seife in seinen Handflächen. Der würzige Geruch von Minze zog durchs Zimmer. »Ich bin damit einverstanden.« Dabei betrachtete er das Geschehen hinter sich im Spiegel.

»Aber nicht länger als zehn Minuten. Sie müssen verstehen, dass ich ...« Matuschek legte eine Hand auf die Türklinke.

»Aber natürlich, geht klar.« Wie selbstsicher Lindfeld wirkte. Das Eindringen eines Polizisten in seine Wohnzelle schien ihn nicht im Geringsten zu stören. Oder er verbarg seine Gefühle mit der Raffinesse des Psychologen hinter seiner jahrelang erprobten Fassade.

Neben dem Handwaschbecken hing ein Baumwolltuch mit dem Monogramm V. L. Lindfeld rieb damit seine Hände trocken, immer wieder ließ er den Lappen zwischen seinen Händen kreisen.

»Zehn Minuten.« Dom nickte Matuschek zu. Der erwiderte die Geste und verließ das Zimmer.

Eine Flasche Eau de Toilette von Gaultier stand auf einer Ablage. Lindfeld drückte den Zerstäuber und atmete tief ein. Ein süßlich-orientalischer Duft hing in der Luft. Dom kannte den Geruch von einem Kollegen aus der Forensik, der den Gestank des Formaldehyds mit Parfum übertünchen wollte. Lindfeld wandte sich ihm zu. »Ich wurde darüber informiert, dass Sie den Kratzer nach einem sehr gewagten Einsatz in einem Bunker gestellt haben. Rasmus Brenner heißt der Bursche also. Klingt eigentlich viel zu normal, oder?« Noch einmal drückte er den Zerstäuber und stellte das Parfum zurück auf die Ablage. »Der Fall ist abgeschlossen, und doch erzählen mir Ihre verkrampfte Körperhaltung und Ihre erhöhte Lidschlagfrequenz die Geschichte Ihrer inneren Unruhe.«

»Warum? Sagen Sie mir nur, warum? Das ist alles, was ich wissen will.«

»Mehr Präzision, bitte.« Lindfeld stellte sich vor eines der Fenster und blickte nach draußen.

»Ich habe mich die ganze Zeit gefragt, warum der Kratzer nach sieben Jahren ausgerechnet jetzt zugeschlagen hat. Warum hat er seine Muster geändert, meine Familie angegriffen, eine ehemalige Kollegin getötet und mir eine Falle gestellt? Alles untypisch.«

»Dann sollten Sie Brenner zum Sprechen bringen. Die Antwort verbirgt sich in den verlorenen sieben Jahren.«

Dom schüttelte den Kopf. »Das glaube ich nicht. Die Antwort ist in diesem Raum.« Er streckte den Zeigefinger aus. »Sie steht direkt vor mir.«

»Ich bin hier drinnen gefangen. Isoliert.« Lindfeld hob die Arme in einer theatralisch anmutenden Geste. »Aber ich freue mich dennoch über die regelrechte Omnipotenz, die Sie mir selbst noch in dieser Situation zuschreiben.«

Dom trat an das Regal und strich über die meist hochglänzenden Buchrücken. *Psychologie der Massen. Selbstbild. Macht der Illusion.* Die Titel glitten an ihm vorüber. Papier raschelte unter seinen Fingern, als er einen Zettel aus einem Buch zog. Es stand nichts darauf. »Als der Kratzer zurückkehrte, waren Sie unsere einzige Option, um in das Gehirn dieses Irren vorzudringen. Sie wussten, dass alle ehemaligen Gutachter entweder tot oder nicht greifbar waren.«

»Ich meine, einen Vorwurf in Ihren Worten zu hören.«

»Es ist ein interessanter Zufall.« Dom schlenderte mit der Gelassenheit eines Spaziergängers durchs Zimmer. Hoffentlich durchschaute Lindfeld seine Maske nicht sofort. »Ihnen ging es nicht darum, uns zu unterstützen oder um Ihren Doktortitel zu kämpfen. Nein, viel zu trivial.« Er scannte den Raum auf seine Details: Der Seifenbehälter am Becken, der antiquarische Glockenwecker auf dem Nachttisch – hier gab es keine besonderen Auffälligkeiten. »Sie waren der einzige Experte in diesem Fall. Und Sie haben gewartet, bis wir zu Ihnen gekommen sind.«

»Ich gehöre nicht unbedingt zu den Menschen, die warten, Herr Dom. In der Regel werde ich erwartet.«

Jedes Satzende verwandelte Lindfeld in einen Singsang, der eine neue Frage provozierte. Ob sich auch seine Gedanken in dieser von Arroganz aufgeblähten Sprache vollzogen? »Das passt nicht unbedingt zu Ihrer Lage in dieser geschlossenen Klinik. Wer die Tür zu Ihrem Zimmer öffnet, wird Sie hier vorfinden, egal, ob Sie jemanden erwarten oder nicht.«

Lindfeld stieß die Luft aus. »Sie unterstellen mir, dass ich in irgendeiner Weise für die Aktionen des Kratzers verantwortlich bin. Ich lese den Subtext in Ihren Aussagen sehr deutlich.«

»Sie haben den Knopf gedrückt, der eine stillgelegte Maschine wieder in Bewegung gesetzt hat.« Dom schlug mit dem Zeigefinger auf die Glocke des Weckers. »Nicht mehr und nicht weniger.«

Im Fenster spiegelte sich Lindfelds Lächeln. »Das wäre natürlich ein brillanter Schachzug. Ein Gefangener, der einen ganzen Polizeiapparat von seiner Zelle aus in Bewegung hält.« Er strich sein Haar zurück. »Lassen Sie uns doch mal Ihre ungeheure Anschuldigung durchspielen.«

»Gerne.« Dom trat neben ihn ans Fenster. »Vor über sieben Jahren stand der Kratzer in Polen direkt vor mir. Nie zuvor war er so nah dran an einer Niederlage. Er konnte fliehen. Aber was hat er nach dieser Zeit getrieben? Sein Handeln hinterfragt? Sich unsicher gefühlt? Ich glaube, er war nicht mehr derselbe Mensch. Und dann geschah etwas ... irgendetwas ...«

Lindfeld stützte sich aufs Fensterbrett und blickte nach draußen auf die verschneite Auffahrt. Eine Falte zeigte sich in seinem akkurat ausrasierten Nacken.

Auf dem Parkplatz fuhren die letzten Besucher der Klinik davon, zurück in ihre warmen Wohnungen und fort von ihren mit Psychopharmaka vollgepumpten Angehörigen. Dom wäre gerne mit ihnen gegangen, aber er war hier noch nicht fertig. Noch lange nicht. Die Motoren der Wagen dröhnten und wurden leiser. Dunkelheit verschluckte die Blinklichter.

Lindfeld drehte sich um die eigene Achse. Mit kurzen Schritten trat er an sein Nachttischchen. Er öffnete eine Schublade und entnahm ihr eine Packung herzförmiger Bonbons. »Waldmeister. Möchten Sie auch? Ein Exportschlager aus der Schweiz.«

Dom winkte ab. In der Schublade lagen eine Brille, eine goldene Armbanduhr und eine Plastikschiene mit bunten Tabletten, die einzelnen Wochentagen zugeordnet waren.

»Ich denke darüber nach, wie Ihre Geschichte weitergehen könnte.« Lindfeld steckte sich ein herzförmiges Bonbon in den Mund. »Vielleicht hat eines Tages im Sommer ein dürrer Mann die Praxis eines Psychiaters betreten. Womöglich wirkte er verwirrt. Seine Gedanken waren unklar. Er zweifelte an sich und hoffte darauf, dass ihm Gott einen Weg aus dem Chaos in seinem Kopf weisen würde. Doch der schwieg. Typisch Gott. Diese Stille trieb den Mann in eine noch tiefere Verzweiflung. Er suchte Hilfe.« Das Bonbon klackte gegen Lindfelds Schneidezähne. »Die Gewaltfantasien des Mannes waren fulminant. Eine dissoziale Persönlichkeitsstörung, geprägt durch einen psychopathologischen Glauben an Gott. Und obendrauf, als kleines Sahnehäubchen, eine abgöttische Mutterliebe, die sich in brennenden Hass verwandelt hatte.« Lindfeld zerknackte das Bonbon in seinem Mund. »Der Mann zeigte die Beuteaggression eines Tieres.« Er schob beide Hände in seinen Hosenbund. Nur die Daumen lugten noch hervor, mit denen er kreisende Bewegungen vollzog.

Sprich weiter. Komm schon. Hör jetzt nicht auf. Alles in Dom wehrte sich dagegen, an diesem Psychospielchen teilzunehmen.

Doch Lindfeld hatte ihm ein ermittlungstaktisch relevantes Detail zugeworfen. »Was ist dann passiert?«

»Was *könnte* dann passiert sein? Ich führe hier nur eine Theorie aus. Nichts als ein kleines gedankliches Experiment, das juristisch nicht trägt. Nicht mehr.«

Natürlich. Ein Schlag, nur ein einziger Schlag in dieses selbstverliebte Gesicht. Dom sah Lindfelds Schneidezähne brechen, Splitter prasselten auf den Boden, Blut floss über seine Lippen. Doch das war eher Küsters Stil.

»Vielleicht ... nur vielleicht hat sich der Psychiater, von dem ich hier erzähle, für die besondere Herausforderung begeistert, die sich ihm präsentiert hat. Ein Patient, bei dem Empathietrainings und Psychopharmaka versagen – so etwas war ihm nie zuvor in seiner Laufbahn begegnet. Also musste der Psychiater seine Methodik radikal ändern. Erst als er mit der Stimme Gottes sprach, die Bibel zitierte, den göttlichen Weg für seinen Patienten aufbereitete, erst da ließ sich das chaotische Durcheinander im Kopf des Mannes neu sortieren. Zumindest vorübergehend.«

Lindfeld tippte sich gegen die Stirn. »Nur vorübergehend.«

»Sie haben gewusst, wer der Kratzer wirklich ist.« Dom unterdrückte den Hustenreiz, der in ihm aufstieg. »Sie haben es gewusst. Die ganze Zeit.«

»Das menschliche Nervensystem kann eine Nachricht mit einer Geschwindigkeit von dreihundert Stundenkilometern übermitteln. Offenbar sind sie auf dieser Strecke irgendwo liegen geblieben.«

»Hören Sie mit diesen verdammten Rätseln auf.«

»Na gut. Ich mache es Ihnen leicht. Womöglich hat es sich bei diesem Patienten um einen Mann gehandelt, der immer bar bezahlt hat, dessen angegebene Adresse nicht mit seinem Namen übereinstimmte und der Termine ausschließlich per E-Mail vereinbarte. Ein Patient ohne Identität.«

»Sie wussten aber, dass er der Kratzer ist.«

»Nicht ich ...«

»Ja, verdammt, der Psychiater ...«

»Jetzt folgen Sie mir. Bravo.« Lindfelds Lächeln legte seine perfekte obere Zahnreihe frei. »Selbst im Sommer, wenn der Mann die Praxis betrat, hat er weiße Stoffhandschuhe getragen. Eine Allergie, wie er immer behauptete. Doch an einem Tag bemerkte unser Psychiater ...« Lindfeld ließ die Bruchstücke seines Bonbons über die Zungenspitze gleiten. »... dass der kleine Finger der linken Hand den Stoff des Handschuhs nicht ausfüllte. Ein winziges Detail nur, aber eines mit unglaublicher Schlagkraft, oder?« Lindfeld rammte beide Fäuste gegeneinander. »Und damit endet meine kleine Geschichte, mein fantastisches, völlig frei erfundenes Konstrukt.«

Jedes Wort aus seinem Mund erschien Dom plausibel. Immer hatte der Kratzer den Kontakt zu seinen Verfolgern gesucht. Mit Sicherheit hatte er von Lindfelds Mitwirken an den polizeilichen Gutachten gewusst und sich ihm deshalb genähert, sich in seine Hände begeben. Lindfeld musste schon damals von den Vorgängen in Polen erfahren haben, womöglich kannte er sogar die Akten zum Fall. Lindfelds Praxis, seine Unterlagen – nichts von dem existierte heute noch. Das Patientengeheimnis machte ihn ohnehin unantastbar. Es gab keine Beweise. Sein Handeln wurde verschluckt von der stillen Gnade verstreichender Jahre.

»Sie haben den Kratzer wieder aktiviert. Sie hatten das Wissen und die Mittel.«

»Interessante Idee, nur ...« Lindfeld betrachtete seine leeren Hände. »Kein Handy, kein Internet. Meine Post wird kontrolliert. Mauern umgeben mich.«

»Bettina Herzog.«

Der Wecker tickte mechanisch. Der Sekundenzeiger hetzte über die römischen Ziffern. Draußen klappte eine Tür.

»Wir haben ein unwiderlegbares Indiz dafür gefunden, dass Frau Dr. Herzog mit dem Kratzer in Kontakt stand.« Ein Haar, nur ein einziges Haar hatte Dom hierhergeführt. Doch dieses Detail verschwieg er.

Lindfeld ließ sich in seinen Sessel sinken und wich Doms Blick aus. »Dann fragen Sie doch Frau Herzog.« Das Leder knirschte unter seinem Gewicht. »Vielleicht hat sie ja nur einen Kaffee mit Herrn Brenner getrunken.« Der spöttische Zug um seine Lippen blieb. In seiner Mimik ließ sich keine Veränderung ausmachen.

Dom brauchte fünf Schritte, um den Sessel zu erreichen. Er umklammerte Lindfelds Hals, zog seinen Kopf ganz dicht zu sich heran. »Sie haben den Kratzer und Frau Dr. Herzog manipuliert, haben sie zu Ihren Instrumenten gemacht.« Noch fester presste er Lindfelds Halsschlagadern zusammen. Wieder dachte er an Küster und verwarf den Gedanken an ihn genauso schnell. »Überall sehe ich Ihre gottverdammte Handschrift.« Er fühlte das Pochen unter seinen Fingern. »Warum das alles?«, flüsterte er. »Warum?«

»Vielleicht braucht unsere Gesellschaft Monster, damit sie sich in ihren Grundfesten bestätigt fühlt.« Speichel rann aus Lindfelds Mundwinkel. Haare fielen ihm ins Gesicht. »Fühlen *Sie* sich jetzt … bestätigt, Herr Dom?« Seine Stimme erstickte in einem Röcheln.

Dom wollte das Leben aus Lindfeld herauspressen. Stattdessen zerrte er ihn aus dem Sessel und stieß ihn von sich. Lindfeld stürzte rücklings auf den Boden. Er zeigte keine Anzeichen von Widerstand. Dicke Adern zogen sich über seine Unterarme. Sein voluminöser Bizeps bildete sich unter dem Ärmel des T-Shirts ab. *Wehr dich endlich!* Lindfeld richtete seinen Oberkörper auf. Mehr nicht.

Mit einem Fußtritt brachte Dom den Sessel zum Kippen, er krachte neben Lindfeld auf den Boden. Dom ging zum Bett und riss die Matratze vom Lattenrost, ein hölzernes Gerippe blieb zurück. Mit beiden Händen durchsuchte er die Bezüge. Er riss die weiße Baumwolle in Streifen. Nichts. Ihm fehlte die Vorstellung für das, wonach er suchte. Lindfelds Geist war für ihn undurchschaubar, doch sein Lebensraum war es nicht. Er würde dieses Zimmer erst verlassen, wenn er sich hundertprozentig sicher war, nicht das winzigste Detail übersehen zu haben.

Er nahm die Bücher aus dem Regal, stapelte eins ums andere auf dem Parkett. Da fiel ihm Lindfelds Notizbuch auf. Er bückte sich, hob es auf und blätterte darin herum. *Vita ludus est.* Nur lateinische Wörter. Das Büchlein verschwand in seiner Manteltasche. Beschlagnahmt. Irgendwie würde er schon einen richterlichen Erlass dafür bekommen. Dom riss die Türen des Dielenschranks auf. Weiße Hemden, dunkle Hosen, Handtücher und Unterwäsche. Er räumte die Regale leer, fetzte alles heraus. Vor dem Schrank türmte sich ein Berg aus Stoff auf. Nichts, nichts. Wieder nichts.

Lindfeld saß noch immer völlig reglos auf dem Boden. Nur seine Augen folgten Dom.

Er blieb vor Lindfeld stehen. Schweiß hatte sich unter seinen Achseln gebildet. »Warum?« Das Zittern seiner Stimme erschreckte ihn. »Sagen Sie es mir!«

Lindfeld schüttelte nur den Kopf. »Der Loa loa ist ein Wurm, der vorwiegend unter dem Augenlid eines Nilpferds lebt und sich von dessen Tränenflüssigkeit ernährt. In Ihrer Wahrnehmung mag auch ich ein Wesen sein, das vom Leid der anderen lebt. Ein Parasit. Aber Sie irren sich. Sie unterliegen dem größtmöglichen Irrtum.«

»Warum?«, fauchte Dom. Die Blutlache vor Karens Körper. Die Schläuche in Jasmins Haut. Die Drohung an Emma. Das Feuer im Bunker. Mit jeder Antwort, die Lindfelds Lippen ausspuckte, tat sich nur ein neuer Irrweg auf.

Dom wandte sich ab, riss die Regalbretter aus dem Schrank, zerrte an den Metallgriffen der Türen, trat gegen die Schubladen. Mit einem Poltern brach das Ungetüm aus Holz in sich zusammen, die Einzelteile verstreuten sich auf dem Boden.

»Warum?« Diesmal sprach er ganz leise.

Die Tür zum Patientenzimmer wurde aufgerissen. Dr. Matuschek stürzte herein. Sein Gesicht hatte einen facettenreichen Grauton angenommen. Matuscheks Mund stand halb offen.

Lindfeld am Boden. Der zerlegte Schrank. Aufgeschlagene Bücher. Das zerfetzte Bett. Dom war viel zu weit gegangen.

Matuschek stolperte in den Raum, als sei er es gewesen, der gerade einen Kampf überstanden hätte. »Was ...?«

»Alles in Ordnung. Alles bestens. Nichts passiert. Herr Dom hat sich nur ein bisschen verlaufen in seiner Gedankenwelt. Nicht wahr?« Lindfeld nickte ihm vom Boden zu.

Wie er ihn hasste. Dieser Zwischenfall könnte mindestens eine Dienstaufsichtsbeschwerde nach sich ziehen, doch Lindfeld umarmte ihn mit seiner dreckigen Milde.

»Aber, was ...?« Matuschek kam näher. In seinen Augen lag eine seltsame Starre. Er streckte den Arm aus, deutete auf Dom – nein, nicht direkt auf ihn – über seine Schulter. Höher, zur Wand. Dort, wo der Schrank gestanden hatte, der nun in Trümmern auf dem Parkett lag. Matuschek kniff die Augen zusammen und fuhr mit seinem Zeigefinger in der Luft herum.

Dom wandte sich um. Matuscheks Schuhe knarzten. Auf dem Gang vorm Zimmer erklang leise eine Klaviersonate. Beethovens *Für Elise*.

Da waren dunkle Punkte auf der weißen Wand. Tausende von Punkten. Wie reglose Käfer. Symmetrisch angeordnet in langen Reihen.

Dom stieg über Bücher und Bretter, über zerfetzte Laken und Hemden.

Es waren keine Punkte. Worte. Druckbuchstaben, sie waren mit blauem Kugelschreiber an die Wand geschrieben worden. Sauber nebeneinander platziert, akkurat geschrieben, wie von einer Maschine ausgespuckt.

CHRISTINE WEINT. CHRISTINE LACHT. CHRISTINE WEINT.
CHRISTINE LACHT. CHRISTINE WEINT. CHRISTINE LACHT.
CHRISTINE WEINT. CHRISTINE LACHT. CHRISTINE WEINT.
CHRISTINE LACHT. CHRISTINE WEINT. CHRISTINE LACHT.
CHRISTINE WEINT. CHRISTINE LACHT. CHRISTINE WEINT.
CHRISTINE LACHT. CHRISTINE WEINT. CHRISTINE LACHT.
CHRISTINE WEINT. CHRISTINE LACHT. CHRISTINE WEINT.
CHRISTINE LACHT. CHRISTINE WEINT. CHRISTINE LACHT.
CHRISTINE WEINT. CHRISTINE LACHT. CHRISTINE WEINT.
CHRISTINE LACHT. CHRISTINE WEINT. CHRISTINE LACHT.
CHRISTINE WEINT. CHRISTINE LACHT. CHRISTINE WEINT.
CHRISTINE LACHT. CHRISTINE WEINT. CHRISTINE LACHT.
CHRISTINE WEINT. CHRISTINE LACHT. CHRISTINE WEINT.
CHRISTINE LACHT. CHRISTINE WEINT. CHRISTINE LACHT.
CHRISTINE WEINT. CHRISTINE LACHT. CHRISTINE WEINT.
CHRISTINE LACHT. CHRISTINE WEINT. CHRISTINE LACHT.
CHRISTINE WEINT. CHRISTINE LACHT. CHRISTINE WEINT.
CHRISTINE LACHT. CHRISTINE WEINT. CHRISTINE LACHT.
CHRISTINE WEINT. CHRISTINE LACHT. CHRISTINE WEINT.
CHRISTINE LACHT. CHRISTINE WEINT. CHRISTINE LACHT.
CHRISTINE WEINT. CHRISTINE LACHT. CHRISTINE SCHREIT.
CHRISTINE LACHT. CHRISTINE WEINT. CHRISTINE LACHT.
CHRISTINE WEINT. CHRISTINE LACHT. CHRISTINE WEINT.
CHRISTINE LACHT. CHRISTINE WEINT. CHRISTINE LACHT.
CHRISTINE WEINT. CHRISTINE LACHT. CHRISTINE WEINT.
CHRISTINE LACHT. CHRISTINE WEINT. CHRISTINE LACHT.
CHRISTINE WEINT. CHRISTINE LACHT. CHRISTINE WEINT.
CHRISTINE LACHT. CHRISTINE WEINT. CHRISTINE LACHT.
CHRISTINE WEINT. CHRISTINE LACHT. CHRISTINE WEINT.
CHRISTINE LACHT. CHRISTINE WEINT. CHRISTINE LACHT.
CHRISTINE WEINT. CHRISTINE LACHT. CHRISTINE WEINT.
CHRISTINE LACHT. CHRISTINE WEINT. CHRISTINE LACHT.

Dom strich über die Worte. Sie ließen sich erfühlen, als seien sie mit der Spitze eines Kugelschreibers eingemeißelt worden.

Christine. Das alles nur wegen Christine. Wenn das die Antwort auf sein Warum war, dann verstand er sie nicht. Die Spuren von Lindfelds Besessenheit hinterließen nur ein Vakuum in ihm, eine Leere, wie er sie nie zuvor gespürt hatte. Dom stützte beide Hände gegen die Wand und ließ den Kopf sacken.

Christine lacht. Christine weint. Christine lacht. Christine weint. Christine lacht. Christine weint. Christine lacht.
Die Worte fraßen sich in sein Gehirn. Lacht. Weint. Christine. Weint. Lacht. Er verschloss die Augen vor der Methodik des Wahnsinns und stieß sich von der Wand ab. Langsam wandte er sich um.

Lindfeld saß ganz aufrecht vor ihm. Seine Hände berührten das Parkett. In seinem Schulterzucken lag die Beiläufigkeit des Alltäglichen. »Was soll ich machen? Auch ich bin nur ein Mann meiner Leidenschaften.«

Draußen im Park gingen die Lampen im Schnee unter, ihr Licht versank im wehenden Weiß. Das Rauschen des Windes drang durch die gekippten Fenster.

Dom zog sein Handy aus der Manteltasche. Er lief vorbei an Lindfeld, schob Matuschek zur Seite und stürzte in den Gang. Im Laufen suchte er in der Kontaktliste seines Handys den Buchstaben L. Das Display flimmerte, Namen scrollten hinab. Dom drückte den grünen Button der Anruftaste. »Geh ran, bitte geh ran.« Ein Knistern, ein Klicken. Die Mailbox. »Nein.« Christine war nicht erreichbar.

Küster kam ihm im Gang entgegen, in seiner Hand hielt er einen Keksriegel. »Die Herzog ist nicht in ihrer Wohnung.« Er biss ab. »Nichts zu machen.«

Dom packte ihn an den Schultern. »Christine ist in Cancale, in Frankreich. Wir müssen die Polizei vor Ort kontaktieren. Jetzt, auf der Stelle.«

»Ich kann kein Französisch.«

»Ruf unseren Kontaktmann in Lyon an. Der übernimmt das.« Er presste Küsters Schultern zusammen, das kalte Leder warf Falten unter seinen Fingern. »Ich geh kein Risiko bei diesem Wahnsinnigen ein.«

Küster betrachtete Doms Hände auf seinen Schultern. Mit einer raschen Bewegung schob er sich den Keks vollends in den Mund und schluckte ihn hinunter. »Tobi, ehrlich jetzt mal, was ist da drinnen passiert? Ist irgendwas mit der Püppi nicht in Ordnung?«

»Ich weiß es nicht.« Dom stützte sich an der Wand ab. Bei Lindfeld konnte niemand erahnen, wo dieses Spiel endete, welche Hebel er in Bewegung gesetzt hatte und ob schon jetzt Zahnräder mit verheerenden Folgen ineinandergriffen. »Ich weiß es wirklich nicht.«

48. KAPITEL

Die zweite Kugel schlug neben Christines rechtem Bein ein. Das Parkett riss auf, Splitter spritzten über den Boden. Der Mündungsknall klang gedämpft, der Blitz aus dem Lauf war ihr reduziert vorgekommen, silbrig statt weiß. Ein Schalldämpfer und Unterschallmunition. Ihr Angreifer hatte sich professionell auf die Attacke vorbereitet.

Christines Oberarm pulsierte dort, wo die erste Kugel sie getroffen hatte. Sie strich über die Wunde, erfühlte die Vertiefung in ihrer Haut. Nur ein Streifschuss. Ein minimaler Blutverlust, auf den schon bald ein Taubheitsgefühl folgen würde.

Die Dunkelheit im Zimmer wurde durch das Licht des Leuchtturms erhellt, sein Kegel wanderte alle fünfzehn Sekunden über die Zimmerdecke. Die Gestalt im Türrahmen beugte sich vor und umklammerte ihre Waffe mit beiden Händen. Eine Schirmmütze verdeckte das Gesicht, Augen und Nase blieben im Verborgenen.

Christine kauerte neben dem Regal auf dem Boden und hielt ihren Atem flach. Der Schreibtisch vor ihr schränkte die Sichtachse ihres Angreifers ein. Sie bot ein schlechtes Ziel, aber das konnte sich jede Sekunde ändern. Eine minimale Positionsänderung, und sie präsentierte sich wie ein angeschossenes Reh auf einer offenen Lichtung.

Das Licht des Leuchtturms kehrte zurück und trudelte über die Decke. Mit ihm betrat die Gestalt das Zimmer. Das Parkett knarrte.

Christine griff nach einem Buch, ein schwerer, in Leder gebundener Wälzer. Sie schleuderte ihn in Richtung Tür. Der Waffenlauf folgte dem fliegenden Objekt. Ein Schuss krachte, Putz rieselte von der Decke und berührte Christines Wange.

Sie sprang in die Hocke, umklammerte die Kanten des Schreibtisches und riss ihn mit aller Kraft hoch. Ihre Arme zitterten.

Zigarettenschachteln, Kugelschreiber, ein Aschenbecher und Papiere glitten von der Arbeitsplatte und polterten aufs Parkett. Die nächste Kugel schwirrte in Kopfhöhe an Christine vorbei und schlug in die Wand hinter ihr. Drei Meter lagen zwischen ihr und der Gestalt. Christine stemmte ihre unverletzte Schulter gegen die Arbeitsplatte. Wie ein Schutzschild stand der Tisch vor ihr. Sie bot ein undefiniertes Ziel, doch das Blei konnte das Holz durchschlagen.

Beweg dich. Sie stemmte die Beine ins Parkett und drückte mit ihrem ganzen Gewicht gegen den Tisch. Holz schrammte über Holz. Die Platte rutschte in Richtung Tür. Christine rammte ein Knie gegen die Fläche und brachte den Tisch zum Kippen. Er knallte auf den Boden. Staub wirbelte auf.

Ihr Angreifer torkelte zurück auf die Terrasse, er ruderte mit der Pistole durch die Luft. Christine wollte zu einem Frontalangriff ansetzen, doch sie stoppte in der Bewegung. Die Waffe würde vorher ihr Ziel finden und sie durchlöchern.

Ihr blieb nur eine Möglichkeit: Flucht.

Christine rannte los, vorbei an den Bücherregalen und Kerzenständern. Hinter sich hörte sie zwei schnelle Schritte. Dann nichts mehr. Der Angreifer legte an, er versuchte, sie ins Visier zu nehmen. Sie konnte spüren, wie sich Kimme und Korn langsam zu einer Linie verbanden. Sie schlug einen Haken und duckte sich im Laufen.

Die Karaffe am Boden kippte und zerbrach. Wasser spritzte über das Intarsienparkett. Ein Schuss zerfetzte den Rahmen der Tür. Holzsplitter prasselten auf ihre Stirn. Knapp, viel zu knapp.

Christine drückte die Klinke nach unten, stieß die Tür auf und zwängte sich durch den Spalt. Sie stürzte nach links, presste sich gegen die Wand. Die Fleischwunde an ihrem Arm pochte, der

Schmerz schwoll zu einem dumpfen Trommeln an. Christine drehte den Kopf nach rechts und legte ihr Ohr aufs Gemäuer. Da war kein mechanisches Klicken eines Abzugs, das eine Kugel ankündigte. Keine Schritte, die sich in Eile der Tür näherten.

Der Kamin knisterte am anderen Ende des Hauses. Eine Petroleumlampe flackerte auf der Anrichte. Die Holzbalken unter der Decke knarrten, als würden sie sich im Rhythmus des Windes wiegen, der ums Haus strich.

Sie zog die Tür zu und drehte rasch den alten Eisenschlüssel im Schloss um. Das Klacken ließ sie aufatmen. Albert würde bald zurückkehren. Wenn er das Haus betrat, war er in Gefahr. Sie musste den Angreifer vorher ausschalten. Egal, wie.

Es brachte nichts, auf dem Hügel um Hilfe zu rufen, damit verriet sie nur ihre Position. Sie musste das Haus nutzen, das alte Gemäuer war ihr bester Freund. Seit ihrer Kindheit kannte sie hier jeden Zentimeter. Ihr Angreifer aber bewegte sich auf fremdem Terrain. Wer immer er auch war, er musste von ihren Plänen, nach Cancale zu kommen, gewusst haben. Rasmus Brenner befand sich in Untersuchungshaft. Christine war eintausendvierhundert Kilometer von Berlin entfernt. Als Journalistin hatte sie sich Dutzende Feinde gemacht, jeder von ihnen konnte sie da draußen mit einer Kugel erwarten. Aber wer war es?

Sie brauchte eine Waffe. Der Messerblock auf der Küchenzeile, zwanzig Meter entfernt. Allerdings ließ sich die zerstörerische Kraft einer Klinge nur aus der Nähe nutzen. Der Weinkeller. Ihr Vater hatte dort eine alte Handfeuerpistole in einer Metallschatulle verborgen, ein sentimentales Erinnerungsstück aus seiner Zeit beim Militär. Doch die Waffe war nicht gereinigt, und die Kugeln lagen irgendwo verborgen im Haus. Zu riskant.

Aus den Augenwinkeln nahm Christine eine Bewegung vor dem Fenster wahr. Ein Knall, ein Blitz, Glas splitterte. Sie ließ sich fallen. Die Kugel schlug über ihrem Kopf ein. Sie rollte sich über den Boden und erstickte den Schmerzensschrei, als ihr verletzter Oberarm aufs Parkett krachte. Sie kroch weiter nach links, aus dem Sichtfeld ihres Angreifers.

Von draußen vernahm sie schnelle Schritte. Die Haustür. Die verdammte Tür war nicht verschlossen. Christine ging in die Hocke und federte empor. Sie rannte los. Vergilbte Zeitungen raschelten unter ihren Füßen. Eine Stehlampe kippte.

Vor dem Fenster, unweit der Tür, huschte ein Schatten entlang und verschwand sofort wieder hinter der Mauer. Christine erreichte die Küchenzeile und riss im Laufen ein Messer aus dem Block. Der kalte Stahl des Filetiermessers schmiegte sich in ihre Hand. Ein warmes Gefühl von Stärke zog durch ihren Arm.

Da knirschte die Haustür in ihren rostigen Scharnieren, sie flog auf und krachte gegen das Mauerwerk.

Christine stoppte in der Bewegung. Nur der fünf Meter lange Flur lag zwischen ihr und der Tür.

Ein schwarzer Stiefel zeigte sich für einen Moment an der Schwelle. Darauf folgte der Lauf einer Kleinpistole, der nach rechts und links schwenkte, bis sich Christine in seinem Visier befand. Ihr fehlte jede Fluchtmöglichkeit.

Die Gestalt trat mit gesenktem Kopf über die Türschwelle, riss sich die Mütze vom Kopf und warf das Haar nach hinten.

Die Tür federte im Scharnier nach. In der Ferne tutete eine Schiffssirene.

Lange blonde Strähnen fielen über die Lederjacke. Volle Lippen lächelten Christine an. Bettina Herzog nickte ihr zu.

Sie war hier, in Christines Elternhaus – ein Moment, der surrealer nicht hätte sein können.

Herzog schien jede Sekunde zu genießen. Sie machte einen Schritt nach vorn, die Waffe auf Christines Oberkörper gerichtet.

Rasmus Brenners vernarbte Brust, die Psychiatrie mit ihrer Turnhalle. Lindfeld, der auf den Boxsack eindrosch. Viktor Lindfeld ... immer wieder er. Die Eindrücke der vergangenen Tage zogen an Christine vorüber, sie suchte einen verborgenen Sinn. Und sie fand ihn: Bettina Herzog und Viktor Lindfeld – er selbst konnte Christine nicht töten, doch er hatte eine Stellvertreterin geschickt, um sein Versprechen einzulösen. Zumindest sah es so aus.

»Schön, dass Sie sich einen Moment Zeit für mich nehmen, Frau Lenève.« Die Waffe in Herzogs Hand zitterte nicht. Ihre Finger lagen ruhig und unverkrampft um die hölzernen Griffschalen – eine Geste, die von jahrelanger Routine zeugte.

»Lassen Sie das Messer fallen.«

Christine senkte den Arm mit der Klinge.

»Fallen lassen. Ich meine es so, wie ich es sage.«

Sie öffnete ihre Finger. Das Messer polterte zu Boden. Widerstand brachte jetzt nichts.

Bettina Herzog nickte ihr zu. »Wissen Sie, ich bin mit meinen Eltern in Missouri aufgewachsen, und ich verspreche Ihnen, dass ich ...« Sie wog die Waffe in ihrer Hand. »... dieses Instrument präzise bedienen kann.«

Fünf abgefeuerte Kugeln, doch nur ein halber Treffer. Christine behielt das Ergebnis ihrer ernüchternden Rechnung für sich. »Soll ich Ihnen einen Tee kochen, während Sie mir weiter von Ihren Kindheitserlebnissen berichten? Sicher haben Sie noch eine rührende Geschichte von einem kleinen Hund im Angebot, an dem Sie hingen. Oder etwas über Ihre Großmutter, die einen grandiosen Heidelbeerkuchen gebacken hat. Nur raus damit, ich kann mich ja schwer wehren.«

Bettina Herzog schob ihre Mütze in die Gesäßtasche ihrer Jeans. »Ach, Sie sind genauso überheblich, wie ich Sie mir vorgestellt habe. Interessant. Aber auch das ist nur eine Abwehrreaktion, um Ihre Kindheitstraumata zu überwinden. Viktor hat Ihr Wesen begriffen – auch wenn er Sie etwas überbewertet hat, denke ich. Aber ich wollte mir gerne ein eigenes Bild machen.«

Sie nannte Lindfeld beim Vornamen, was auf ein explizites Vertrauensverhältnis hinwies. »*Er* hat sie geschickt?«

»Nein, das hat er nicht. Das wäre viel zu simpel für einen brillanten Geist wie seinen.« Herzog stieß die Tür mit dem Absatz ihres Stiefels zu. »Er ahnt nicht mal, dass wir beide diesen Abend gemeinsam verbringen werden. Wie ja auch Sie nicht ahnen, dass Sie für das alles hier selbst verantwortlich sind.«

»Sie wollen mich töten, und ich bin selbst daran schuld. Das erscheint mir höchst plausibel.«

Bettina Herzog zuckte mit den Schultern. »Aber natürlich ist es das.« Das Rot ihrer lackierten Fingernägel blitzte auf. Der Nagel am Zeigefinger war abgebrochen – ein Makel inmitten ihrer körperlichen Perfektion, die sie anzustreben schien. »Setzen Sie sich, bitte.« Sie deutete auf einen Stuhl, der zwischen zwei Pflanzenkübeln und dem Mülleimer stand. »Und legen Sie die Arme auf die Lehnen.«

Christine ließ sich auf dem knirschenden Leder nieder, da bemerkte sie das Flackern der Strahler in den Balken über ihr. Der Diesel im Generator war nahezu aufgebraucht. Der Strom würde in den nächsten fünf bis sieben Minuten ausfallen. In der Dunkelheit hatte sie deutlich bessere Chancen als Bettina Herzog, die eine Fremde in ihrem Zuhause war.

»Wissen Sie, ich bin nicht feindselig, deshalb verrate ich Ihnen gerne, warum Sie dieses Haus nicht lebend verlassen werden.« Herzogs harte Absätze klapperten über das Parkett. Sie lehnte sich an den Küchenblock und strich über den Griff eines Messers. »Viktor hat in den vergangenen Jahren viele Männer mit dissoziativen Identitätsstörungen therapiert. Aber ein Patient war besonders auffällig. Er benutzte während seiner Therapie einen falschen Namen. Im Lauf der Behandlung identifizierte ihn Viktor als einen alten Bekannten. Einen, den Sie vor Kurzem in diesem Bunker kennengelernt haben.«

»Der Kratzer. Rasmus Brenner.«

Bettina Herzog nickte. »Ein isoliertes Individuum, verzweifelt und gefangen in einer tiefen Sinnkrise. Für Viktor war das ein spannendes Experiment. Eine Herausforderung. Zweieinhalb Jahre hat er gebraucht, um Brenner zu stabilisieren. Und dann kamen Sie, die ach so toughe Journalistin, und weisen Viktor diese dummen Verwicklungen in einem Entführungsfall nach.«

»Das heißt, Lindfeld konnte die Therapie nicht fortsetzen, weil er in den Maßregelvollzug musste.«

»Exakt. Ihr Handeln hat ihn dort hineingebracht. Direkt zu mir.« Bettina Herzog ging um den Küchenblock herum und nahm Christine dabei mit ihrer Waffe ins Visier. »Wenn die Gesellschaft Viktor wegsperrt, gibt er ihr auch den Kratzer zurück. Das ist nur logisch. Er hat dem Mann die Fesseln wieder abgenommen, mit denen er ihn zuvor gebändigt hatte.«

»Sie waren es. Sie haben den Kratzer manipuliert.«

Bettina Herzog stieß mit der Fingerspitze ans Glas der Petroleumlampe. Die lodernde Flamme warf Schatten, die über ihre Stirn tanzten.

»Natürlich habe ich das. Wir hatten nur seine E-Mail-Adresse, um in Kontakt zu kommen. Aber ist das nicht eine großartige Welt, in der ein paar Klicks dafür ausreichen? Ein Dutzend Nachrichten im Namen Viktors und ein paar Treffen waren notwendig, damit mir der kleine Brenner vertraut hat. Mehr nicht. Wir haben uns an öffentlichen Orten getroffen, sind durch den Grunewald spaziert. Brenner kannte meinen echten Namen nicht, ebenso wenig wie ich seinen. Er fühlte sich von mir verstanden, hat sich mir geöffnet. Und dann …« Sie fuhr sich mit der Zungenspitze über die Unterlippe. »… musste ich nur die gelernten Inhalte seines alten Bewusstseins aktivieren und das Vertrauen in seinen religiösen Wahn wiederherstellen. Suggestionen, ständige Wiederholungen, die bei ihm hocheffizient gewirkt haben. Ich war die Stimme im Kopf eines Serienmörders.« Sie zog den Spannhahn ihrer

Pistole mit dem Daumen zurück. »Ich habe eine menschliche Waffe scharfgemacht.«

Niemals würde eine renommierte Psychoanalytikerin in leitender Position ihre Karriere und ihr Leben einfach so dem Spiel eines Wahnsinnigen opfern. Im *Warum* lag das *Weil*. »Ihre Beziehung zu Lindfeld hat Sie blind gemacht. Ein bisschen Sex, ein paar lächerliche Liebesschwüre, und Sie, Sie haben wie ein hungriger Fisch danach geschnappt. So war es doch, oder?«

Herzog umklammerte die Griffschalen fester.

»Wie trivial.« Christine schüttelte den Kopf. »Ich bin enttäuscht.«

»Ach Kindchen, Sie wissen rein gar nichts über Viktor und mich. Ich kenne ihn noch aus meiner Studienzeit. Ich bin der einzige Mensch, den er in seiner Nähe zulässt. Der ihn versteht.« Die feinen Falten um ihre Mundwinkel hoben sich. »Und mehr als das.« In einem Abstand von anderthalb Metern blieb sie vor dem Stuhl stehen. »Viktor befindet sich in einer Krise. Eine Krise, die *Sie* ausgelöst haben.«

Herzog hielt die Waffe auf Hüfthöhe und beugte sich vor. Mit dem Lauf strich sie über Christines Mund. »Sie sind ein hübsches kleines Ding, mit der Anmut einer Ballerina und dem Gehirn eines Boxers. So etwas ist mir sehr selten begegnet.«

Das Metall lag kalt auf Christines Unterlippe. Sie verkrallte sich in den Armlehnen. Ein Stoß gegen Bettina Herzogs Kopf ... Sie saß zu tief. Ein Schlag gegen ihren Waffenarm ... Zu riskant, ein Schuss könnte sich lösen. Die Lampen über Christine flackerten wieder.

Warte. Du musst nur warten. Auf die Dunkelheit.

»Viktor ist regelrecht vernarrt in Sie, wie ein Teenager in einem Rausch. Er hat alle Ihre Artikel, jede Story von Ihnen gesammelt, sie ausgeschnitten und eingeklebt. Irgendwie süß, oder?« Der Waffenlauf strich über Christines Hals, über die Vertiefung zwischen Kehle und Brustbein. »Viktor wollte Sie beobachten, Sie analysieren, die Fäden in der Hand halten, nach denen Sie tanzen. Alles, was ihm emotional zu nahe kommt, muss er kontrollieren. Er wusste genau, dass Sie diesem naiven Polizisten helfen würden, wenn es um seine Tochter geht.« Ihre perfekten Augenbrauen hoben sich in einer Geste gespielter Überraschung. »Die Tochter eines Polizisten. Das kommt uns doch irgendwie bekannt vor. Nein, da konnten Sie nicht ablehnen. Wie berechenbar Sie doch sind.« Der Lauf fuhr über Christines Kinn. »Fühlen Sie sich unwohl, Frau Lenève?«

Christine unterdrückte das Zittern ihrer Lippen. Sie würde keine Schwäche zeigen, nicht vor Bettina Herzog.

»So schweigsam? Wo ist Ihr Mut geblieben, von dem Viktor immer so schwärmt? Wollen wir ihn gemeinsam suchen gehen?«

Christine wandte ihr Gesicht ab. Draußen vor den Fenstern lag nur die Dunkelheit, durch die sich immer wieder der Lichtkegel des Leuchtturms bohrte. Sie horchte auf den brummenden Motor ihres Wagens, doch da war nichts.

Ein harter Schlag traf sie an der Wange.

»Ich habe Ihnen nicht erlaubt wegzusehen.« Herzog riss Christines Kopf am Kinn zurück. »Ich habe Ihre Artikel zerrissen, die Viktor vor mir verborgen hat. Ich habe gehofft, dass der kleine Brenner Sie erledigt.« Ihre Fingernägel bohrten sich in Christines Haut. »Solange Sie leben, wird Viktor ein Gefangener seiner Obsession sein.« Sie stieß Christines Kopf nach hinten. »Das lasse ich nicht zu.«

Lindfeld und Herzog – zwei Gesichter des Irrsinns. Hier oben auf dem Hügel in Cancale gab es keine Überwachungskameras, keine Menschen, keine Zeugen. Bettina Herzog hatte den perfekten Ort für ihren Mord gewählt. Und den idealen Zeitpunkt. Sie musste gewusst haben, wann Christine in Cancale ankommen würde.

Die Lampen flackerten heftiger. Aus dem Keller drang ein mechanisches Stottern.

Bettina Herzog trat einen Schritt zurück und hob die Waffe. »Ihre gesamte journalistische Karriere ist eine Abfolge von Gewalt. Aber diesmal holt Sie Ihre Vergangenheit ein. Ich habe keine Ahnung, wie viele Leben Sie noch haben. Aber wissen Sie, was?« Die Lichter in den Deckenbalken verloschen kurz und sprangen wieder an. »Heute Abend werden wir einen kleinen Test veranstalten. Ihre Reise endet hier und jetzt.« Sie nickte. »Und dann ist wieder alles in Ordnung.«

In der Ferne ertönte ein Hupen. Kein Schiff auf dem Meer. Es war der unverwechselbare Klang der Zweitonhupe von Christines Citroën. Noch einmal hupte es, diesmal länger, wie eine Warnung, die der Wind zum Haus hinauftrug. Albert.

Bettina Herzog wandte den Kopf zur Seite. »Was …?«

Christine löste die Hände von den Armlehnen. *Jetzt.*

49. KAPITEL

Seine Hand glitt von der Hupe, der Citroën verstummte. Albert kippte zur Seite. Seine Knochen verweigerten sich den Befehlen des Nervensystems. Er klammerte sich am Lenkrad fest, doch seine Hände verrieten ihn. Die Kraft wich aus seinen Fingern, das Leder entglitt ihm. Er sackte durch die offene Fahrertür zurück in den Sand, aus dem er sich zuvor noch gekämpft hatte.

Ein Gefühl von Taubheit zog durch Alberts Beine. Ihm war kalt und heiß zugleich. Steinchen pressten sich in seine Wange, Sandkörner klebten an seinen Lippen. Christine brauchte ihn, so dringend wie nie zuvor, und er lag hier im Staub.

Vor ihm blitzte Bettina Herzogs Gesicht auf – ihre Augen unter der Mütze, der freundliche Zug um ihre Lippen, als sie sich bei ihm für ihre Kugelsalve entschuldigte –, er hatte vieles erlebt im Leben, doch diesen Moment würde er nie vergessen. Die kurze Zeit, die ihm noch blieb. Es war absurd. Er hätte gelacht, doch dafür fehlte ihm die Kraft.

Bettina Herzog hatte die Schlüssel abgezogen und ihn wie ein totes Stück Vieh vor dem Auto liegen gelassen. Ihr Erscheinen auf dem Hügel in Cancale warf Hunderte Fragen auf, doch jede Antwort erschien ihm jetzt sinnlos. Es ging nur noch um Christine, nur um sie.

Alberts Finger zitterten. Das Blut lief warm über seinen Bauch und sickerte durch den Stoff seines Shirts. Die Kugeln hatten sich durch sein Fleisch gefressen. Er verdrängte den Gedanken an zerfetzte Gefäße und tödlichen Blutverlust und rollte sich auf den Rücken. Mühsam legte er den Kopf auf die Fußleiste des Wagens, das kühle Metall presste sich in seinen Nacken. Sein Körper fühlte sich hohl an, aller Organe beraubt, als sei er ein leer geräumter Mensch.

Über ihm zogen Wolken über den dunklen Himmel, das Licht des Leuchtturms brach sich in ihnen. Im Haus auf dem Hügel flackerten die Lampen. Zwei Schatten tauchten vor einem Fenster auf, ineinander verschlungen wie bei einem Tanz. Dann waren sie wieder verschwunden. Ein Schuss fiel, Glas splitterte. Nur noch das Kreischen der Möwen war zu hören, die der Knall aufgeschreckt hatte.

»Gott, Christine ... Mach das Miststück fertig ...« Blut lief aus Alberts Mund. Er wollte sich aufrichten, doch aus seiner Lunge drang ein tiefes Gurgeln. Er sackte in sich zusammen und blinzelte in den Himmel.

Nur einen Moment löste sich die Wolkendecke auf. Venus strahlte hell am Firmament. Wellen schlugen gegen die Felsen, so gleichmäßig, als ob sie Albert in den Schlaf wiegen wollten.

Als Kind hatte ihm sein Großvater beim Zubettgehen immer die Geschichte vom Ohr erzählt. Sie handelte davon, dass ein Kind ganz früh, schon vor der Geburt, zu hören beginnt. Und das Gehör soll auch der letzte Sinn sein, der im Tod wieder erlischt. Dieser Gedanke hatte ihn nie losgelassen. Was war mit den Augen? Hörte man zuerst auf zu sehen? Oder zu riechen? Wer hatte eine solche Reihenfolge überhaupt festgelegt? Gott? Aber warum?

Albert betrachtete den Leuchtturm in der Ferne. Der Geruch von Benzin hing in der Luft. Die Äste der Bäume knackten. Seine Sicht verschwamm zu einer grauen Nebelwand. In weiter Ferne vernahm er den Schrei einer Katze. Seine Zeit war gekommen, um die Antworten zu finden.

50. KAPITEL

Lass die verdammte Pistole fallen. Christine hielt Bettina Herzogs Handgelenk umschlossen, riss es nach hinten, bog es hin und her. Der Waffenlauf kratzte über die Wand wie die Spitze eines Meißels.

Christine bohrte ihre Fingernägel in Herzogs Sehnen, suchte Nervenpunkte, um ihr Schmerzen zuzufügen. Mit der anderen Hand packte sie ihren Hals und drückte zu, presste die Halsschlagadern zusammen, bis ein Röcheln an ihr Ohr drang. Bettina Herzog riss ein Knie hoch, wollte es Christine in den Magen rammen, schlug mit dem Arm um sich und traf sie an der Stirn.

Die Lichter flackerten. Schuhsohlen quietschten. Ein schweres Keuchen durchschnitt die Luft.

Alberts Warnsignal hatte Christine den entscheidenden Bruchteil einer Sekunde für ihre Attacke verschafft. Doch warum war er nicht längst wieder hier oben im Haus? Von allen möglichen Antworten machte ihr die wahrscheinlichste am meisten Angst: Er war nicht hier, weil er nicht hier sein konnte. Vielleicht brauchte er sie. So oder so – der Kampf musste enden.

Zentimeter für Zentimeter schob Christine ihre Finger über Bettina Herzogs Waffenhand, bis sie den Abzug erreichte.

Alles auf eine Karte. Mit beiden Händen packte Christine zu, zwängte ihren Zeigefinger in den Abzugsbügel und drückte ihn durch. Einmal, zweimal, dreimal.

Schüsse krachten. Die Laterne aus Blech fiel scheppernd von der Wand auf den Boden. In einem Regal zersprangen Teller. Bettina Herzog warf sich hin und her, ihre Schläge trafen Christine an Kinn und Wange. Doch sie spürte den Schmerz nicht. Immer wieder drückte sie den Abzug durch. Eine Karaffe zerbarst. Das

Bild ihrer Mutter zersplitterte über dem Kamin. Und endlich – ein Klicken. Das Magazin der Waffe war leer.

Bettina Herzog verharrte. »Verdammte Schlampe.« Der Griff entglitt ihrer Hand, die Waffe polterte dumpf zu Boden – ein nutzloses Stück Metall.

Der Generator im Keller stotterte, bevor er mit einem letzten Klacken in Stille verfiel. Die Lampen flackerten noch einmal auf und verloschen. Eine schemenhafte Dunkelheit senkte sich über das Haus. Nur das Feuer im Kamin und die Petroleumlampe führten von allem unberührt ihre Tänze auf.

Herzog schlug mit der geballten Faust auf Christines verletzten Oberarm. Es war eine gezielte Attacke. Der Schmerz raste durch ihre Nervenbahnen. Die Wunde pulsierte, als wollte sie explodieren. Sie musste sich an der Wand abstützen.

Bettina Herzog ließ sich fallen. Sie kroch über den Boden und streckte eine Hand aus. *Das Messer. Nein.* Christine beugte sich vor, packte Herzogs Haare und riss sie zurück. Sie fiel auf den Rücken, doch das Filetiermesser hatte sie schon gepackt. Christine wollte auf ihr Handgelenk treten. *Zu langsam.* Herzog rollte sich zur Seite und richtete sich auf – die Klinge hoch erhoben. Selbst im schwachen Licht des Kaminfeuers blitzte das stählerne Messer bedrohlich. Nur ein Haarbüschel blieb in Christines Hand zurück. Sie öffnete die Finger, wie Federn rieselten die Haare zu Boden.

»Und nun, Frau Lenève? Was passiert nun?«, keuchte Herzog und fuhr sich über die Lippen. »Haben Sie noch etwas in Ihrer kleinen Trickkiste?«

Langsam trat Christine zurück und tastete sich an der rissigen Wand entlang, spürte die Spalten im kalten Gemäuer. Bettina Herzog folgte ihr Schritt für Schritt. Das Messer hielt sie dabei auf Christines Brustkorb gerichtet.

Da war ein Widerstand an Christines Hüfte. Der Küchenblock.

Die Kanten der Arbeitsplatte bohrten sich in ihr Fleisch. Am anderen Ende standen die Messer. Unerreichbar für sie. Die Petroleumlampe neben ihr flackerte. Der Wind fuhr durch den Kamin. Die Spitze der Klinge näherte sich.

Feuer, Petroleum, Baumwolle – drei Komponenten, die den Kampf entscheiden konnten.

Los. Schnell. Christine griff den rostigen Bügel der Laterne, das Eisen knirschte in der Fassung. Nur ein kleiner Rest von Petroleum schlug gegen das Innere des Tanks. Wenig, aber genug. Sie schleuderte die Lampe auf Bettina Herzogs Hose. Der Glaszylinder der Lampe brach. Splitter rieselten auf den Boden. Auf Herzogs rechtem Oberschenkel züngelten die Flammen empor, krochen über den Stoff ihrer Jeans. Hektisch schlug sie auf das Feuer ein. Dabei senkte sie in stiller Fassungslosigkeit den Kopf. Ein schwefeliger Geruch machte sich breit. Noch immer umklammerte sie das Messer.

Christine nahm Anlauf und stürzte sich auf Herzog. Sie riss ihre Schultern nach unten, rammte ihr das Knie ins Gesicht. Ein unterdrückter Schrei folgte, darauf ein Stöhnen, das in einem hohen Wimmerton ausklang – sie wankte, stolperte nach hinten, schlug dabei immer wieder auf die Flammen ein, bis der Jeansstoff nur noch schmauchte.

Eine Tonschale mit Muscheln rutschte von einer Ablage und zerbarst. Die Schalen knackten unter Christines Schuhen. Bettina Herzog fuhr sich mit einer Hand durchs Gesicht. Sie kämpfte um ihr Gleichgewicht. Das Filetiermesser ließ sie auch jetzt nicht fallen, als sei sie mit dem Stahl eine unheilvolle Symbiose eingegangen, die niemand zu trennen vermochte. Mit dem Rücken schlug sie gegen den Standkühlschrank, drehte sich und hielt sich am Spülbecken fest.

Genug. Christine setzte nach und riss die Tür des Kühlschranks auf. Der Griff lag kalt in ihrer Hand. Die eiserne Tür traf Bettina

Herzog seitlich an der Stirn. Noch einmal schlug Christine die Tür gegen sie. Und noch einmal, immer wieder.

Bettina Herzog torkelte, sie ging in die Knie, und endlich entglitt ihr das Messer. Christine trat die Klinge mit der Schuhspitze fort.

»Guter Trick, oder?«

Bettina Herzog sackte zusammen und blieb auf dem Rücken liegen. Ihr Brustkorb hob und senkte sich wie nach einem Marathonlauf. Ihr zerschundener Körper war Teil des staubigen Küchenbodens geworden, inmitten zerstörter Muscheln und Scherben.

Christine setzte sich auf Herzogs Becken und riss sie am Kragen ihrer Lederjacke empor. Das Stechen in ihrem Arm ignorierte sie. Zorn war stärker als Schmerz. »Sie bedeuten Lindfeld nichts. Absolut gar nichts.« Noch näher zog sie den Kopf zu sich heran. »Er ist ein kranker Narzisst, er spielt nur mit Ihnen. Alles, Ihre ganzen Pläne, Ihr Drecksspiel, alles war völlig umsonst.«

»Sie ... werden ... Viktor und mich nie begreifen.« Blut lief aus einem Riss an ihrer Stirn und sickerte auf den Boden.

Christine rüttelte am Kragen der Jacke. »Ich will Sie auch nicht verstehen. Sie haben verloren, nur das zählt für mich.« Ihre Stirn berührte Herzogs Gesicht. »Wer hat Ihnen überhaupt gesagt, dass ich hier bin?«, zischte sie.

Bettina Herzog lachte heiser. »Ihr kleiner Kriminalkommissar ... hat es erwähnt. Vor ein paar Tagen ... als er mich über die Festnahme in dem Fall informiert hat ... War kein Problem ... Ihr Haus hier zu finden. Hab ... gewartet.« Sie sog die Luft ein. »Sie glauben jetzt vielleicht ... dass Sie gewonnen haben ... dass es vorbei ist, aber ...« Ein pfeifender Laut drang aus ihrem Rachen. »Aber das haben Sie nicht. Ich habe Sie längst ... zerstört ... Und Sie wissen es nicht mal ...«

Christine brauchte kein Licht, um den spöttischen Zug um Bettina Herzogs Lippen zu erahnen. Sie packte sie an der Kehle. »Was haben Sie getan?«

Christine blickte über ihre Schulter, nach draußen. Da war nur diese Stille vor dem Haus, die unbeweglichen Korkeichen. Der Wind war verstummt. Kein Licht eines sich nähernden Autos, keine Motorengeräusche. Kein Albert. Er hätte längst zurück sein müssen.

Sie schlug Bettina Herzog ihre Faust ins Gesicht. Knochen auf Knochen. Mit einem Gurgeln sackte sie in ihren Armen zusammen.

Christine durchwühlte Herzogs Lederjacke: ein Autoschlüssel, ein Ersatzmagazin und ein fünf Zentimeter großes Plastikgehäuse mit einer blinkenden Lampe. Sie wendete das Kästchen. Ein Satellitenzeichen und ein Erdball waren in die Außenhülle eingraviert, ein aktiver GPS-Tracker. Auf der Rückseite des Plastikgehäuses pappte der verschmutzte Rest eines Doppelklebebands. Das Teil musste an ihrem Wagen befestigt gewesen sein. Bettina Herzog hatte ihre Route genau kontrolliert. Das hieß auch, dass sie den Tracker wieder entfernt haben musste. Aber wann? Und wo?

Christine sprang auf. Sie lief zurück ins Arbeitszimmer ihres Vaters. Mit einem Ruck richtete sie den alten Schreibtisch auf und zerrte eine Schublade heraus.

»Wo sind sie? *Merde* ...«

Unter Pappheftern, Landkarten, Zigarettenschachteln und vergilbten Fahndungsfotos klirrte endlich das Metall der Handschellen. Der Schlüssel steckte noch. Christine überprüfte den Schließmechanismus und rannte zurück in die Küche. Sie ließ einen Bügel um Bettina Herzogs Handgelenk einrasten, den anderen Bügelzahn befestigte sie am Heizungsrohr unter der Spüle. Herzog registrierte das Geschehen nur mit einem leisen Stöhnen.

Christine hetzte zur Haustür, schlug die Klinke nach unten, riss die Tür auf. Der Wind war zurückgekehrt und empfing sie mit einem Rauschen. Die Äste der Korkeichen knarrten. Steine und Sand wirbelten unter ihren Schuhen auf. Sie lief, lief, wie sie als Kind so oft den Hügel hinabgerannt war, um ihren Vater zu begrüßen. Immer wieder stolperte sie und fing sich im selben Moment. Sie passierte die Säulen mit den Kugeln, strich im Vorbeilaufen über den Stein. Ihr Atem ging viel zu schnell. Ihre Arme lagen flach am Körper, bewegten sich auf und ab wie zwei rasende Pendel.

In der Ferne kreiste der Kegel des Leuchtturms. Das Signal fuhr über den Boden, nur ein kurzes Aufblitzen, doch in seinem Schein erkannte sie ihr Auto. Siebzig Meter entfernt. Die Fahrertür stand offen. Davor lag eine reglose Gestalt. »Nein, nein, nein ...«

Sie erhöhte ihr Tempo, rannte, so schnell sie konnte. Das Pochen in ihrer Wunde schwoll zu einem Beben an. »Albert!«

Meter für Meter kam sie ihm näher. Tränen stiegen in ihr auf, ihr verschwamm die Sicht. Die Konturen ihres Autos verloren sich in einem Nebel. Dazwischen tauchte ein heller Punkt auf, Alberts Gesicht. Er lag zur Seite gewandt, die Arme weit von sich gestreckt.

Sie erreichte das Heck ihres Autos, berührte das kalte Blech, suchte Halt. Doch die Knie knickten unter ihr weg.

Christine fiel neben Albert in den Sand. Sie riss seinen Kopf herum, ertastete die Adern an seinem Hals und suchte seinen Herzschlag. Ihr Ohr lag ganz dicht an seinem Mund. Sie wartete auf den warmen Atem, der ihre Haut berühren würde.

Nichts.

Von irgendwoher drang der lang gezogene Schrei einer Katze. Die Glocken im Kirchturm Cancales schlugen zweimal. Das Meer rauschte, rauschte so laut.

Christine hielt Alberts Kopf, streichelte seine Stirn. Seine Augen waren geschlossen. Gleich würde er sie öffnen und sie in den Arm nehmen, nur noch einen Moment.

Der rotierende Strahl des Leuchtturms streifte Alberts Gesicht. Christine küsste ihn auf den Mund. Seine Lippen waren rissig, feine Sandkörner hatten sich in ihnen abgesetzt. Sie schmeckte Eisen. »Albert, bitte ...« Christine strich über seinen Oberkörper. Die Wunden erhoben sich unter ihren Fingerspitzen wie feine Krater. Sie zählte drei Einschüsse. Alberts Shirt war feucht, sein Körper noch warm. Blut klebte an ihrer Hand, so viel Blut.

Am Fuße des Hügels brummte ein Motor, die Scheinwerfer eines Autos leuchteten auf. Der Wagen näherte sich Christine zielgerichtet und viel zu schnell, als dass sein Auftauchen in dieser Nacht ein Zufall hätte sein können. Für einen Moment, als er sich durch eine Kurve schlängelte, erkannte sie den weißen Schriftzug der Gendarmerie.

»Hilfe. Da kommt Hilfe«, flüsterte sie Albert zu. »Hörst du?« Christine legte sich neben Albert in den Sand, sie schlang ihre Arme um seinen Oberkörper und vergrub ihren Kopf an seiner Schulter. Sein stoppeliges Kinn kratzte über ihre Haut. »Alles wird gut«, sagte sie leise. »Alles wird gut, Albert.«

15 Monate später

Flughafen Frankfurt, Terminal 1, Dienstagnachmittag

Über zweihundert tote Körper lagen eingefroren für die Ewigkeit in einem Tal auf dem Mount Everest. Rainbow Valley. An klaren Tagen schillerten die bunten Jacken der verstorbenen Bergsteiger wie die Farben eines Regenbogens im Eis. Schneestürme, Temperaturstürze und Lawinen hatten sie überrascht. Sie waren Gefahren-Junkies gewesen, getrieben von einem Ziel, das ihnen am Ende ein eisiges Grab auf dem höchsten Friedhof der Welt eingebracht hatte.

Christine blickte dem Flugzeug mit dem bunten Rumpf und dem aufgemalten riesigen Auge nach, das auf dem Rollfeld beschleunigte und in Richtung Tansania abhob. Sie hatte Alberts Geschichte vom Regenbogental erst viel später verstanden und erkannt, was er ihr damit sagen wollte. Seine Worte hatten sich in ihr Gehirn eingebrannt. Für immer.

Die Sonne brach sich in der Glasfront des Terminals. Mit einer schwungvollen Geste zog eine Frau ihren Rucksack von den Schultern und nahm einen Schluck aus ihrer Wasserflasche. Neben Christine ließ sich ein Mann im Anzug in einen der freien Kunstledersitze fallen. Er fuhr durch sein abstehendes Haar und kramte eine Mohrrübe aus seiner Tasche. Die Wartehalle kochte in der Nachmittagssonne.

Christine streckte die Beine auf ihrem rissigen Lederkoffer aus. Sie band ihr Haar mit einem Gummi zu einem Pferdeschwanz zusammen und betrachtete sich in der Reflexion der Scheiben. Sie war in den vergangenen Monaten älter, ihr Haar länger und die Züge um ihre Mundwinkel ausgeprägter geworden. Leugnen, Trauer, Akzeptanz, Loslassen – sie hatte den ganzen Mist in den psychologischen Ratgebern Kapitel für Kapitel durchlebt. Albert war fort, und er würde nicht mehr zurückkehren. Das Leben ließ sich nicht rückdatieren. Die Minutenanzeige der Digitaluhr in der Wartehalle lief ungerührt weiter.

Maschinen aus Madrid, Amsterdam und Paris zogen auf den Rollfeldern ihre Bahnen. Zielgerichtet folgten sie ihrer Ordnung und den vorgegebenen Markierungen.

Christine strich über den goldenen Ring an ihrer rechten Hand. Er war seit Alberts Tod ein Teil von ihr geworden. Sie vermisste sein Lachen und seine Nachdenklichkeit. Manchmal, wenn sie allein war, sprach sie mit ihm, als ob er neben ihr stehen würde, und ohne Zögern ließ sie sich in die Wärme der Lüge fallen.

Die Sonne zog langsam in Richtung Süden über den verglasten Flughafen. Während Reisende in fremde Länder aufbrachen, saß Bettina Herzog in der Justizvollzugsanstalt Moabit und starrte auf weiße Wände.

Christine sehnte ein Gefühl von Genugtuung herbei, doch es wollte sich nicht einstellen.

Die französischen Behörden hatten Herzog nach Deutschland ausgeliefert. Der Prozess vor dem ehrwürdigen Berliner Kriminalgericht war nach nur fünf Tagen vorüber gewesen. Rasmus Brenner sprach seit seiner Verhaftung kein einziges Wort mehr. Viktor Lindfeld galt wegen seines Geisteszustands als nicht vernehmungsfähig. Nur Bettina Herzog legte vor dem Gericht ein Geständnis ab. Eine von Liebe verblendete Frau hatte sich in die Hände ihres Patienten begeben und geglaubt, unbemerkt einen Serienmörder manipulieren zu können.

Dreizehn Jahre Haft, so lautete das Urteil des Richters. Bei guter Führung käme Herzog unter Umständen nach neun Jahren wieder in Freiheit. Neun Jahre für Alberts Leben, für die Mithilfe zum Mord an Karen Weiss und den Angriff auf Jasmin Dom. Lächerlich. Justitia mochte blind sein, doch gerecht erschien sie Christine deswegen keineswegs.

Sie war als Zeugin aufgetreten. Die Medien hatten sich um Christine gerissen. Die hübsche Journalistin, deren zukünftiger Ehemann einer teuflischen Intrige zum Opfer gefallen war – das kam gut an da draußen im Blätterwald. Ein paar Wochen lang war Christine selbst zur Sensation geworden. Doch sie kannte die Regeln des Boulevardjournalismus und wusste sich ihnen zu entziehen.

In sieben Stunden würde sie nach Nigeria zurückkehren, einfach wieder fort sein und an ihren Reportagen arbeiten, so wie in den vergangenen anderthalb Jahren.

Der Mann neben ihr zerknackte eine besonders üppige Mohrrübe. Seine Zähne knirschten, als er das Gemüse zermahlte. Er mochte Anfang vierzig sein. Ein schmaler Typ mit Nerdbrille, durch die er konzentriert aufs Rollfeld starrte. Zwischen seinen Knien klemmte ein Schirm. Seit Tagen hatte es nicht geregnet, dennoch schien er sich auf diesen unwahrscheinlichen Fall vorzubereiten wollen.

Christine erhob sich, trat an die Glasfront und stützte beide Hände gegen die Scheibe. Sie schloss die Augen und badete ihr Gesicht in den wärmenden Strahlen. Schon seit Monaten nahm sie keine Schlaftabletten mehr. Albert hatte so lange mit ihr gegen ihre Sucht angekämpft. Am Ende gelang ihr der Entzug von den kleinen weißen Pillen – ohne ihn, aber doch für ihn. Albert war immer bei ihr. In ihrem Kopf. In ihrem Leben.

»Verzeihung, äh, Entschuldigung?«

Sie drehte sich um. Der Mann mit dem Schirm winkte ihr zu. »Würde es Ihnen etwas ausmachen, ein kleines Stück zur Seite zu treten?«

Sie machte zwei Schritte nach rechts. »So?«

Er nickte ihr zu. »Reicht, danke.«

»Reicht wofür?«

»Ich beobachte immer gern alles da draußen, wenn ich hier bin.«

Auf dem Rollfeld war einiges los. Gepäck- und Tankwagen rasten vor den Terminals hin und her. Eine Maschine mit blauem Logo setzte zur Landung an.

»Das ist mir zu anstrengend«, sagte Christine.

»Ach, was. Entspannend ist das.« Der Mann erhob sich und trat mit flinken Bewegungen neben sie. Sein Schirm baumelte in einer Armbeuge. »Ich komme immer extra früher hierher, wenn ich von Frankfurt aus fliege. Das ist mein Stammplatz.« In seinen Augenbrauen glänzte der Schweiß. »Sehen Sie sich das doch mal an.« Er deutete mit der Mohrrübe nach draußen. »Anflug. Landung. Start. Rauf und runter. Alles perfekt und berechenbar. Alle Teile greifen ineinander und ergeben ein Ganzes. Schauen Sie mal ganz genau hin. Das ist großartig.«

Ein ganz normaler Tag auf dem Flughafen. Purer Stress und Hektik. Mehr wollte sich Christine hinter der Scheibe nicht zeigen.

»Wissen Sie, wenn ich hier rausschaue, dann habe ich das Gefühl, dass ich mein Leben genauso kontrollieren kann. Als ob die ganzen Einzelteile am Ende wirklich einen Sinn ergäben.« Wieder knackte es, als er von seiner Mohrrübe abbiss. »Ist nur eine Spinnerei von mir, gefällt mir aber trotzdem, der Gedanke.« Er lächelte Christine an. »Klingt irgendwie nach esoterischer Schaumschlägerei. Ich weiß.«

»Vielleicht ...« Sie tippte auf den Griff seines Regenschirms. »... sind Sie nur ein Kontrollfreak.«

»Kann sein. Aber ich bin auch am Lehrstuhl für Philosophie tätig. Da passt es dann irgendwie doch wieder, finden Sie nicht?«

Schnell griff er in seine linke Sakkotasche und zerrte aus einem Plastikbeutelchen eine weitere Mohrrübe hervor. »Wollen Sie auch eine?«

Christine griff zu, nicht aus Appetit, sondern aus Höflichkeit. »Danke.«

Aus den Lautsprechern drang die entspannte Stimme eines Mannes, der letztmalig zum Einstieg in eine Maschine nach Pisa aufforderte. Rollkoffer klapperten in der Halle. Ein Dröhnen drang von den Landebahnen.

»Meine Frau ist vor drei Jahren gestorben. Ein Autounfall. Manchmal könnte ich verrückt werden bei dem Gedanken, dass von einer Sekunde zur nächsten einfach so alles vorüber ist.« Ein voll beladener Gepäckwagen schlängelte sich an einer Gruppe Reisender vorbei. »Und dann möchte ich gern glauben, dass vielleicht auch das kleinste Teil in meinem Leben irgendwo einen verborgenen Sinn hat.«

»Sie glauben an Fügung.«

»An einen Grund für alles.«

»Und wenn es keinen gibt?«

Er zuckte mit den Schultern.

»Dann komme ich weiter hierher, starre auf die Rollfelder und texte junge, hübsche Frauen mit meinen wirren Gedanken zu.«

Christine musste lachen. »Wie außergewöhnlich charmant«, raunte sie ihm zu.

»Aber auch wahr.« Er musterte sie einen Moment zu lang und bemerkte es wohl selbst. Mit der Spitze seines Regenschirms stocherte er auf den Boden. »Wo wollen Sie eigentlich hin?«

»Nach Nigeria. Ich bin Journalistin.«

Seine Augenbrauen hoben sich über den Brillenrand. »Oh. Das ist ein hartes Pflaster. Korruption, Hungerkrisen, Aufstände.« Sein Blick blieb an Christines Ring hängen. »Lässt Sie Ihr Mann da alleine hinreisen?«

»Mein Mann ...« Sie ballte die Hand zur Faust. »Er ... ist nicht mehr ... Er ist ...«

»Schon gut. Schon gut. Ich hätte nicht fragen dürfen. Das geht mich ja nichts an.«

»Nein, ist schon in Ordnung.« Da war eine Trockenheit in ihrem Mund. »Er ... lebt nicht mehr.«

»Das tut mir leid.« Er betrachtete seine Schuhspitzen, dabei legten sich seine Kiefer hart aufeinander.

Christine wandte ihr Gesicht zum Rollfeld.

Reisende verschwanden im Bauch eines Flugzeugs, als würden sie von ihm verschluckt werden. Die Klappen wurden zugezogen. Die Maschine setzte sich in Bewegung und verschwand.

»Wissen Sie, manchmal erkennen wir die Schönheit eines Moments erst in der Erinnerung. Das muss eine menschliche Krankheit sein, ein Makel.« Der Mann schob die Mohrrübe in seine Sakkotasche. »Dabei ist die Gegenwart doch eigentlich stärker als Vergangenheit und Zukunft.«

»Da spricht der erfahrene Philosoph.«

»Aber auch der leidgeprüfte Mensch. Wir müssen weitermachen, weil wir uns das selbst schuldig sind. Denken Sie daran, wie viele Sommer Ihnen noch bleiben. Nutzen Sie sie. Das macht vieles leichter.«

Er hatte recht. Aufgeben war keine Option. Albert würde das genauso sehen.

Christine hatte so viele fremde Leben berührt, aber diesmal ging es nur um sie. Nicht um die anderen. Sie lächelte dem Fremden an ihrer Seite zu, und er lächelte zurück.

»Christine! Hey, Christine.« Die Stimme von Rolf hallte durch die Wartehalle.

Sie drehte sich auf den Absätzen um.

Rolfs graues Haar klebte in sizilianischer Manier zurückgekämmt an seinem Kopf. Zwei Fotoapparate schaukelten um seinen Hals. »Wo bleibst du denn? Die haben dich schon aufgerufen.«

Sie nickte ihm zu. »Das ist mein Fotograf. Sieht so aus, als ob ich jetzt losmüsste.«

Der Mann neben ihr wühlte in seiner Sakkotasche herum. »Moment ... eine Sekunde. Wo ist sie denn wieder?«

Christine rechnete mit einer weiteren Karotte. Stattdessen lag eine schlichte Visitenkarte in seiner Hand.

»Wenn Sie mal ... Also, ich meine, nur für den Fall, dass Sie ... Also ...« Er fuhr sich durchs Haar. »Hier, bitte.«

Christine nahm die Karte. *Harald Steinberg* stand in schlichten Druckbuchstaben auf dem Papier. Sie las den Namen zweimal und ertastete den Reliefdruck. In ihm schwang etwas Bekanntes mit.

Ja, kein Zweifel. *Harald Steinberg. Die Lehre der Balance.* Das abgegriffene Buch in Rasmus Brenners Koffer. Wieder einer dieser surrealen Momente. Christine steckte die Karte in die Tasche ihrer Lederjacke.

»Wenn wir uns wiedersehen, Harald, möchte ich von Ihnen alle Ihre Ansichten von Fügung und Schicksal hören. Wirklich alle.«

Er nickte. »Lässt sich einrichten. Haben Sie auch einen Nachnamen, Christine?«

»Ja, habe ich.«

Die Grübchen um seinen Mund hoben sich. »Verstehe.« An seinen Augen zeigten sich feine Lachfältchen. »Seien Sie vorsichtig da draußen.«

»Das werde ich sein.« Noch einmal betrachtete Christine das Rollfeld. Wie Ameisen bewegten sich die Menschen neben den Landebahnen. Mal schneller, mal langsamer – aber jeder mit einem Ziel, als sei er Teil eines geheimnisvollen, undurchsichtigen Plans.

»Christine!« In der Ferne tippte Rolf auf seine Armbanduhr und zuckte mit den Schultern.

Sie ging zu ihrem Sitz und packte den Griff ihres alten Reisekoffers. »Ich bin bereit.«

Und das war sie. Für den Rest ihres Lebens.

Sieben Wochen später

Berlin am frühen Abend

Sieh mal, Papa. Post aus Afrika.« Emma schwenkte einen Umschlag über ihrem Kopf. »Von Christine.«

Dom fuhr an seinem Schreibtisch hoch und blickte über den Rand seines Laptops. »Was?« Seit über einem Jahr hatte er nichts mehr von ihr gehört. »Lass doch mal sehen.«

Emma stand im Türrahmen und versteckte den Brief hinter ihrem Rücken. »Aber der ist für mich. Da steht mein Name drauf. Briefgeheimnis und so.«

»Emma …«

»Na gut«, murrte sie und trat in sein Arbeitszimmer. »Aber ich darf zuerst alleine reingucken.« Sie blieb vor seinem Schreibtisch stehen und streckte einen Arm zum Handschlag aus. »Versprochen?« Dom griff zu. »Versprochen. Deal.« Wie erwachsen Emma zwischen seinen Bücherregalen wirkte, wie fest ihre Hand in seiner lag. Noch sieben Jahre, dann war sie erwachsen, eine junge Frau. »Na, komm her.«

Emma legte den Brief auf die Arbeitsplatte. *République du Niger* war auf die Briefmarken gedruckt. Darauf die Abbildung einer Bäuerin, die mit einem Stock vor einer Herde Büffel stand. Ein gewaltiger Baum befand sich im Hintergrund der Darstellung. Emma ritzte den Brief mit der Spitze eines Kugelschreibers auf. Sie zog ein gefaltetes Blatt Papier aus dem Umschlag und wandte sich ab.

Der Lüfter des Laptops surrte. Merkwürdig, dass Christine sich bei Emma meldete und nicht bei ihm.

Sie atmete hörbar aus. »Das sind gute Nachrichten, Papa.« Emma legte das Blatt auf den Tisch.

Es war kein Brief, sondern eine Buntstiftzeichnung. Ein Mann mit Kapuzenpulli. Neben ihm stand eine Frau mit schwarzem Mantel und Pagenkopf. Am unteren Rand der Zeichnung entdeckte Dom Emmas Signatur. »Ich verstehe das nicht. Das ist doch von dir. Warum schickt dir Christine dein Bild zurück?«

»Sie hat es fertig gemalt. Guck doch mal.« Emma tippte auf die Mundpartie der papiernen Christine. »Die Stelle habe ich damals für sie freigelassen.«

Dom hob die Zeichnung auf Augenhöhe und wandte sich seinem Fenster zu. Da waren fein geschwungene Lippen, die mit einem roten Filzstift nachträglich eingesetzt worden waren. »Sie lächelt, zumindest ein bisschen.«

»Gut, oder?«

»Sehr gut.« Er holte tief Luft. »Sehr, sehr gut sogar.«

»Weißt du was? Wir fahren jetzt ins Museum.«

»Jetzt noch? Was willst du denn da?«

Emma griff in die Gesäßtasche ihrer Jeans, tippte auf ihrem Handy herum und hielt ihm das Display hin. »Das ist Christines Lieblingsbild, die Jeanne d'Arc von Lepage. Ich möchte es mir angucken. Sie wollte mit mir immer dorthin.«

Das Gemälde einer Frau in einem Garten flimmerte ihm entgegen. Dom scrollte herunter und las den zugehörigen Text. Das Gemälde hing in einer Galerie am Landwehrkanal. Eine Leihgabe des *Metropolitan Museum of Art*. Die Ausstellung schloss um achtzehn Uhr. Die Ziffern der Digitalanzeige auf seinem Laptop zeigten sechs Minuten nach fünf. »Die machen in knapp einer Stunde zu. Das schaffen wir nicht mehr.«

»Schaffen wir doch.« Emma verschränkte die Arme vor ihrer Brust. »Wenn man will, schafft man alles.«

Sie hetzten durch die Gänge des Museums, während die letzten Besucher zum Ausgang schlenderten. Französische Meisterwerke des neunzehnten Jahrhunderts zogen an Dom wie im Zeitraffer vorbei: Eine Frau mit einem Papagei wälzte sich auf dem Rücken liegend durch ein Bett. Der Boulevard Montmartre. Ein Tanzsaal mit jungen Ballerinen. Daneben ein Stillleben mit Äpfeln auf einem weißen Tuch. Und endlich erreichten sie einen Raum mit einer breiten Glasfront. Schon aus der Ferne erkannte Dom die Gestalt der Jeanne d'Arc. Die Stille des Gemäldes überstrahlte den gesamten Raum.

»Wow.« Emma löste sich von seiner Hand und ging auf das Bild zu. Sie hockte sich mit gekreuzten Beinen auf den Boden und legte den Kopf in den Nacken.

Zwischen zwei Pfeilern unweit des Gemäldes saß ein junges Pärchen auf einem Sofa. Dom trat neben sie. Von hier wirkte das Bild noch intensiver. Die Frau warf ihre Rastalocken nach hinten und lächelte ihm zu. Ein Piercing blitzte an ihren Schneidezähnen. Vor ihr lagen Bleistiftzeichnungen auf dem Boden. Ganz fest hielt sie die Hand ihres Begleiters. Der junge Typ trug die Uniform der Museumswärter. Sein schmächtiger Körper konnte den Stoff kaum ausfüllen. Er beugte sein Gesicht vor und küsste die Frau. Sie erwiderte den Kuss und strich dabei mit beiden Händen über seine Wangen – ganz sanft und immer wieder. Seltsam, dass zwei so unterschiedlich wirkende Menschen zusammengekommen waren. Die beiden schmiegten sich aneinander, verschmolzen förmlich zu einem Ganzen und vergaßen alles um sich herum.

Dom wollte diese Intimität nicht stören und setzte sich neben Emma auf den Boden. Sie saß reglos vor dem Gemälde. Nur ihre Augen wanderten über das Bild, sie schien jedes Detail aufzusaugen.

Dom war, als könne er den Garten auf dem Bild betreten und

die Zweige berühren, die den Körper der jungen Frau umgaben. Er roch Gras und Heu, spürte die Sonne auf seiner Haut. Drei Gestalten zeichneten sich schemenhaft hinter der Frau ab, doch sie schien sie nicht zu bemerken. Ihr zielloser Blick und ihre Verletzlichkeit nahmen ihn völlig gefangen.

Er sah Christine vor sich – ihren zierlichen Körper, ihre dunklen Augen. Sie war irgendwo da draußen, und er hoffte so sehr, dass sie auf sich aufpasste, dass es ihr gut ging. Irgendwann würden sie sich wiedersehen. Das Gefühl in ihm war so stark, dass er es fast berühren konnte.

In der Ferne, vor den Fensterscheiben, jagten zwei Hunde über die Granitplatten. Ein Mann biss in seine Bratwurst, Senf kleckerte auf seinen Ärmel. Zwei rote Luftballons hingen an einer Strippe, die ein Kind in der Hand hielt. Der Wind trieb sie hin und her.

Emma nahm seine Hand und drückte sie. »Hab dich lieb, Papa.«

»Ich dich auch.«

Sie lehnte ihren Kopf an seine Schulter. »Bleiben wir noch einen Moment?«

Das küssende Paar, Jeanne und Emma – die Welt hier drinnen erschien Dom in diesen Sekunden viel wirklicher als das Leben vor den großen Glasfenstern.

»Ja, Emma. Noch einen Moment.«

Ein Dank, und noch einer …

Journalisten sind oft nervend, manchmal arrogant und besserwisserisch, aber fast immer getrieben von einer, von ihrer Geschichte. Und ich muss es wissen. Ich bin selbst Journalist und gehöre ebenfalls zu den Nervensägen dieser Branche.

Christines Abenteuer sind darum auch immer meine eigenen. Das heimliche Zusammenspiel zwischen Journalist und Polizist habe ich selbst jahrelang praktiziert. Und gemessen an der Lenève-Trilogie sind mir in dieser Zeit hinter verschlossenen Türen sogar noch wundersamere Dinge widerfahren als Christine. Daher bedanke ich mich bei den Beamten, die im Stillen, oftmals im Flüsterton, meinen Weg begleitet haben. Ohne sie wären mir viele Einsichten verborgen geblieben. Danke dafür, ganz ehrlich.

Ich danke Lisa Kuppler für ihr enzyklopädisches Wissen über Kriminalliteratur, ihre Härte in der Kritik und ihre grenzenlose Wärme und Leidenschaft für das geschriebene Wort.

Ich bedanke mich bei Dr. Harry Olechnowitz. Er ist nicht nur der Agent meines Vertrauens, sondern auch ein passionierter Segler. Seit Jahren versucht er, mich zu einem Törn auf einem der deutschen Seen zu überreden, obwohl er weiß, dass ich unter einer entsetzlichen Wasserphobie leide. Sollte dies mein letztes Buch sein und ich aus unerklärlichen Gründen verschwunden sein, fragen Sie Harry Olechnowitz. Er wird die wahren Hintergründe kennen.

Mein Dank gilt Peter Hammans vom Droemer Knaur Verlag. Wer einen Mann sucht, der Ironie, Weisheit und Humanismus in einer Person einzigartig vereint, der ist bei ihm genau richtig.

Und ein ganz großer Dank an Steffen Haselbach, Patricia Keßler, Hanna Pfaffenwimmer und den Rest der Droemer-Knaur-

Gang, die sich alle mit so viel Engagement für ihre Autoren einsetzen.

Dann ist da noch Jutta Ressel. In ihrem Innersten scheint ein Atomreaktor zu wüten, mindestens. Deutschlands schnellste Lektorin hat den Kratzer Wort für Wort im Highspeed-Modus gejagt. Tausend Dank für das Power-Lektorat.

Rita Mattutat ist Lehrerin. Sie hat sich mit gezücktem Rotstift als Erstleserin meines Manuskripts angenommen. Ich danke für die beschaulichen Stunden, die mich in die Welt eines Fünftklässlers mit kurzen Hosen zurückversetzt haben. Es ist nie zu spät, Demut zu lernen.

Für ihre forensisch-psychiatrischen Ausführungen zu Pferderippern danke ich der Universität Bremen. Die Rechtsphilosophie und Rechtspsychologie der Uni hat Fallanalysen zur Thematik erstellt, die jedem Interessierten einen Zugang in die Handlungsweisen der Ripper ermöglichen. Das ist keineswegs schön, aber dafür hochspannend. Eine großartige wissenschaftliche Leistung.

Da ich grundsätzlich alle Locations meiner Bücher, jede Ruine und jedes Hausdach vor Ort recherchiere und auch dort experimentiere, gebührt besonders Anja Weinhold mein Dank. Beim Abseilen in einen verlassenen Bunker ist sie bis zur Hüfte durch fauliges Wasser gewatet, herabfallenden Steinbrocken ausgewichen und vor erwachenden Fledermäusen geflüchtet – dennoch hat sie die Lampe fast wackelfrei gehalten. Respekt.

Danke auch Jürgen Meschede. Er ist ein wandelndes Rocklexikon (zu Hause hat er achtzehn Gitarren gehortet). Christines Leidenschaft für die Beatles hat er regelmäßig mit den heißesten Liverpool-Fakten unterfüttert. Wenn Sie Fragen zu irgendwelchen Rocklegenden haben, rufen Sie ihn an – auch nachts. Er wird Ihnen immer eine Antwort liefern können. Jede Wette.

Ich danke Uwe Theuerkauff, der mich als begeisterter Angler darüber aufgeklärt hat, welche Angelhaken wie eingesetzt werden müssen, um einen leblosen Menschen daran aufzuhängen. Nachdem mich bei meiner Recherche in einem Angelfachgeschäft die wenig amüsierte Verkäuferin hinausgeworfen hatte, war er meine letzte Hoffnung.

Ein spezieller Dank an Pauline. Ihr umfangreiches Fachwissen über ungewöhnliche Angriffsmethoden gegen den menschlichen Körper hat dazu beigetragen, die Actionszenen dieses Buches lebendiger zu gestalten. Mein großer, mein sehr, sehr großer Dank dafür.

Und natürlich können wir über Christine, Albert und Tobias Dom vortrefflich diskutieren. Versuchen Sie es: Unter olivermenard.de erreichen Sie mich. Ich habe immer große Freude daran, wenn meine Charaktere aus den Buchseiten steigen und auf ihre ganz eigene Weise lebendig werden. Das können wir schaffen, Sie und ich.

Oliver Ménard

Mord ist Kunst

OLIVER MÉNARD

DAS HOSPITAL

THRILLER

Er liebt die Schönheit der Frauen – und er nimmt sie sich. Als in Berlin eine Wasserleiche ohne Lippen in der Spree gefunden wird, folgt die investigative Journalistin Christine Lenève der Spur des Mörders. Ihre Recherche führt sie in die Gesellschaft der Superreichen und ihres Handlangers, genannt der »Eismann«. Christine stellt den Killer, und ein knallhartes Psychospiel beginnt. Denn der Eismann hat einen Plan …

»Ein rasanter Thriller, der die Spannungsschraube immer sehr hoch hält – bis zum überraschenden Finale.«
Literaturschock.de